DEBBIE MACOMBER

Frühlingsnächte

DEBBIE
MACOMBER

Frühlingsnächte

Roman

Aus dem Amerikanischen
von Nina Bader

blanvalet

Die Originalausgabe erschien 2013
unter dem Titel »Rose Harbor in Bloom« bei Ballantine Books,
an imprint of The Random House Publishing Group,
a division of Random House, Inc., New York.

MIX
Papier aus verantwortungsvollen Quellen
FSC® C014496

Verlagsgruppe Random House FSC® N001967

1. Auflage
Deutsche Erstausgabe März 2016 bei Blanvalet Verlag,
einem Unternehmen der
Verlagsgruppe Random House GmbH, München

Umschlaggestaltung: www.buerosued.de
Umschlagmotiv: plainpicture/Carl Johan Ronn
Redaktion: Ulrike Nikel
LH · Herstellung: sam
Satz: Buch-Werkstatt GmbH, Bad Aibling
Druck und Bindung: GGP Media GmbH, Pößneck
Printed in Germany
ISBN: 978-3-7341-0191-5

www.blanvalet.de

Liebe Freunde,
willkommen beim zweiten Teil der Rose-Harbor-Inn-Serie. Jo Marie kann es kaum erwarten, euch bezüglich der Ereignisse in ihrem Bed&Breakfast auf den neuesten Stand zu bringen. Diesmal ist sie vollständig ausgebucht, und es wird euch Spaß machen, Kent und Julie Shivers kennenzulernen, die ihre Goldhochzeit feiern – und das, obwohl sie anscheinend überhaupt nicht miteinander auskommen. Ihre Enkelin richtet das Fest für sie aus und muss sich mit einem jungen Mann arrangieren, den sie früher für das reinste Ekelpaket hielt und der sie jetzt ständig mit seinen Blicken verfolgt. Oder Mary Smith …

Aber ich greife vor. Das passiert Romanschriftstellern öfter mal. Wir verlieben uns in unsere Geschichten und Charaktere und müssen dann aufpassen, dass wir nicht vorschnell alles verraten.

Mein Wunsch ist, dass ihr euch in der Pension wie zu Hause fühlt. Jo Marie backt Plätzchen für eine Veranstaltung, vor der ihr eigentlich graut … Halt, ich verrate schon wieder zu viel. Und dann ist da natürlich noch Mark, der … Okay, das war's. Ich sage kein einziges Wort mehr.

Lehnt euch also zurück, und beginnt entspannt zu lesen. Jeder in Cedar Cove brennt darauf, euch zu erzählen, was in der letzten Zeit passiert ist. Was wie immer ziemlich viel zu sein scheint.

Wie alle Schriftsteller würde ich zu gerne eure Meinung erfahren und mich über ein Feedback freuen. Ihr erreicht mich entweder auf meiner Website: DebbieMacomber.com, über Facebook, oder ihr schreibt mir: P. O. Box 1458, Port Orchard, WA 98366. Ich hoffe sehr, von euch zu hören.

Herzlichst
Debbie Macomber
August 2013

Für Peter und Maureen Kleinknecht,
unsere Florida-Freunde.
Auf Wein, Golf, Geschichten und Freundschaft.

1

Rose Harbor stand in voller Blüte. Ringsum leuchteten rote und violette Farbkleckse von Rhododendren und Azaleen. Ich stand auf der Veranda, lehnte mich gegen den dicken weißen Pfosten und blickte über das Grundstück hinweg, auf dem mein Bed&Breakfast stand.

Rose Harbor Inn prangte in kunstvoller Schrift auf dem gut sichtbar im vorderen Teil des Gartens aufgestellten Holzschild, darunter mein Name *Jo Marie Rose*.

Dabei lag es eigentlich nie in meiner Absicht, ein Bed&Breakfast zu kaufen oder gar selbst zu betreiben. Allerdings hatte ich auch nicht damit gerechnet, mit achtunddreißig und nach nur neun Monaten Ehe meinen Mann zu verlieren und alleine klarkommen zu müssen. So geht es eben zu auf der Straße des Lebens. Sie macht oft unerwartete Biegungen und bringt uns von dem Weg ab, der uns zuvor als der einzig mögliche erschien.

Meine Freunde rieten mir von dem Kauf ab. Der Schritt sei zu drastisch, meinten sie. Weil er nicht nur den Umzug in eine Kleinstadt und die Kündigung meines Jobs bedeutete, sondern die Veränderung meines gesamten Lebens. Ich solle mindestens ein Jahr warten mit einer so weitreichenden Entscheidung. Doch sie lagen falsch, denn ich fand hier Frieden und zu meiner Überraschung sogar eine gewisse Zufriedenheit.

Bis zu meiner Übersiedlung nach Cedar Cove hatte ich in einer Eigentumswohnung im Herzen der Innenstadt von Seattle gelebt und einen verantwortungsvollen Posten bei einer Bank gehabt, sodass ein Haustier für mich nicht infrage gekommen war. Hier stellte sich die Situation anders dar, und so holte ich mir Rover ins Haus. Er wurde im Laufe der letzten Monate zu meinem Schatten, meinem ständigen Begleiter, und ich möchte ihn nicht mehr missen.

Rover war ein Fundtier. Grace Harding, die Bibliothekarin des Ortes und nebenher ehrenamtliche Mitarbeiterin des Tierheims, brachte mich auf die Idee, mir einen vierbeinigen Hausgenossen zuzulegen. Obwohl ich ursprünglich an einen Schäferhund gedacht hatte, kam ich mit einem undefinierbaren kurzhaarigen Mischling nach Hause. Im Tierheim war er Rover getauft worden, weil der Name »Vagabund« bedeutet und es ganz so aussah, als sei der Hund allein auf sich gestellt gewesen und ziemlich lange durch die Gegend gestreunt.

Plötzlich hörte ich ein unwilliges Gemurmel. Es kam von Mark Taylor, der bereits das Rose-Harbor-Inn-Schild gestaltet und angefertigt hatte und gerade den Rasen umgrub, weil ich mir dort einen Rosengarten mit einem Pavillon wünschte.

Mark, ein interessanter Mensch und genialer Allroundhandwerker, arbeitete ziemlich regelmäßig für mich, denn irgendwas fiel immer an. Wie er persönlich zu mir stand, wusste ich hingegen nicht so recht. Meistens verhielt er sich freundschaftlich und kumpelhaft, konnte sich aber auch schlagartig in einen mürrischen, unausstehlichen, streitsüchtigen Zeitgenossen verwandeln. Die Liste seiner weniger sympathischen Eigenschaften war lang.

»Was ist los?«, rief ich.

»Nichts«, gab er ungehalten zurück.

Offenbar steckte er wieder in einer schlechten Phase. Bereits kurz nach meinem Einzug hatten wir über die Gestaltung des Grundstücks gesprochen, wozu auch das Anlegen eines Rosengartens samt Pavillon gehörte. Ein Projekt, das mir sehr am Herzen lag, für ihn offenbar jedoch nur untergeordnete Priorität besaß. Er beschäftigte sich lediglich damit, wenn er gerade in der Stimmung oder nichts anderes zu tun war. Beides kam leider nicht allzu oft vor. Außerdem hatte der strenge Winter Arbeiten im Freien nahezu unmöglich gemacht.

Alles zusammen führte dazu, dass meine Erwartungen nicht erfüllt wurden. Die Rosenbüsche hätten jetzt gepflanzt werden müssen, aber nichts war vorbereitet – nicht einmal zum Umgraben war Mark bis heute gekommen. Dabei war es meine Hoffnung gewesen, den Garten am Tag der offenen Tür, zu dem unter anderem die für mich wichtigen Mitglieder der Handelskammer von Cedar Cove erscheinen würden, fertig und in voller Pracht präsentieren zu können.

Das Problem oder zumindest eines davon bestand in Marks Perfektionismus, der Zeit kostete. So hatte er allein eine Woche benötigt, um den Garten zu vermessen. Schnüre und Kreidemarkierungen verliefen damals kreuz und quer von einem Ende des Rasens zum anderen, der zuvor gemäht werden musste, damit die Exaktheit der Markierungen auch ja nicht durch die unterschiedliche Grashöhe beeinträchtigt wurde.

Zähneknirschend nahm ich seine Marotten immer wieder hin, denn ich war froh, ihn zu haben. Es gab einfach nichts, was er nicht beherrschte, und ich brauchte ihn ständig für irgendwelche Arbeiten, die mit schöner Regelmäßigkeit in einem betagten Haus wie meinem anfielen. Selbst wenn es sich bloß um Kleinigkeiten handelte.

Neu in diesem Geschäft und handwerklich nicht sonderlich begabt, wäre ich ohne jemanden wie ihn, der prompt und zuverlässig plötzlich anfallende Reparaturen erledigte, aufgeschmissen. Da musste ich mich wohl oder übel damit abfinden, wenn es mal nicht nach meinen Vorstellungen lief. Wie eben die Sache mit dem Rosengarten.

Ich beobachtete ihn, sah, wie er sich aufrichtete und sich mit dem Unterarm über die Stirn wischte. Als habe er meine Anwesenheit auf der Veranda erst jetzt bemerkt, warf er mir einen missmutigen Blick zu.

»Gedenkst du dich schon wieder zu beschweren?«, rief er mir schroff zu.

»Ich habe keinen Ton gesagt.«

Angesichts seiner miesen Laune zwang ich mich, den Mund zu halten. Nicht dass mir etwas entschlüpfte, das ihn noch mehr verärgerte. Ihm genügte nämlich bisweilen ein einziges falsches Wort als Vorwand, um die Arbeit für diesen Tag zu beenden.

»Du brauchst gar nichts zu sagen«, gab er mürrisch zurück. »Ich kann auch Stirnrunzeln deuten.«

Selbst Rover, der sensibel auf unfreundliche Stimmen reagiert, hob jetzt den Kopf. Schaute mich auffordernd an, als erwarte er von mir, Mark Kontra zu geben. Was ich am liebsten getan hätte, doch widerwillig bezwang ich mich, lächelte stattdessen zuckersüß und verkniff mir die süffisante Retourkutsche, die mir auf der Zunge lag.

Gott sei Dank rechnete Mark pro Auftrag und nicht pro Stunde ab, dachte ich im Stillen.

»Sag einfach, was du auf dem Herzen hast.«

»Nun, eigentlich sollte der Rosengarten vor dem Tag der offenen Tür angelegt werden, oder nicht?« Ich tat mein Bestes, um mir meinen Frust nicht anmerken zu lassen.

»Dann hättest du mich vielleicht etwas früher daran erinnern sollen«, knurrte er.

»Das habe ich. Mehrmals.«

»Muss mir wohl entfallen sein.«

»Schon gut, reg dich nicht auf«, lenkte ich ein.

Zu diesem Zeitpunkt lohnte es sich ohnehin nicht mehr, darüber zu streiten. Die Einladungen fürs Wochenende waren verschickt, die Gäste würden erscheinen, ob der Rosengarten nun fertig war oder nicht. Er würde es nicht sein, denn alles andere käme einem Wunder gleich, und es lohnte nicht, deswegen einen Zank vom Zaun zu brechen.

Ehrlich gesagt, war ich im Grunde nicht ganz unschuldig an der Verzögerung. Ich lud Mark oft zum Kaffee ein, bevor er überhaupt mit der Arbeit begann. Trotz seiner häufigen Anfälle von Reizbarkeit mochte ich ihn, und er war inzwischen sogar ein enger Freund geworden. Der engste vermutlich, den ich in Cedar Cove hatte. Außerdem fand ich ihn ausgesprochen interessant und wollte so viel wie möglich über ihn in Erfahrung bringen. Leider war er nicht sehr redselig. Dabei besaß er einen trockenen Humor, war gewitzt und schlagfertig und verfügte über einen immens großen Wortschatz. Mit ein Grund, warum man bei einer Partie Scrabble mehr über ihn herausfand als bei einem Gespräch.

Sogar jetzt noch, nachdem wir uns fünf Monate kannten, wich er direkten Fragen aus und sprach nie über persönliche Dinge. Ob er je verheiratet war oder ob es irgendwo Familienangehörige gab, das wusste ich nicht. Nur dass er allein lebte, Telefonieren hasste und Süßigkeiten liebte. Das eine war nicht zu übersehen, das andere hatte ich im Laufe unserer Bekanntschaft ebenso herausgefunden wie seinen Perfektionismus.

Mehr vermochte ich nicht über einen Mann zu sagen, den ich im Schnitt fünfmal in der Woche sah. Außer vielleicht, dass er mich gern besuchte. Aber nicht etwa, weil er meinem Charme erlegen wäre – da gab ich mich keinen Illusionen hin – , eher schon meinen Plätzchen wegen, an denen er sich ausgiebig gütlich tat. So nett ich diese Kaffeepausen auch fand – für Marks Arbeitstempo waren sie Gift, und ich sollte sie zumindest bei eiligen Projekten nach Möglichkeit unterbinden.

Vor sich hinbrummend, fuhr Mark gemächlich fort, Rasenstücke auszustechen und aufzustapeln, um Platz für die Rosenbeete zu schaffen. Dabei ging er so sorgfältig vor, als würde er exakt abgemessene Portionen einer Hochzeitstorte servieren. Jedes Quadrat hatte genau dieselbe Größe. Vermutlich bis auf den Zentimeter.

Ich musste an mich halten, um nicht aus der Haut zu fahren, denn im Moment ging mir seine pingelige Art schwer auf die Nerven. Trotzdem blieb ich noch eine Weile auf meinem Beobachtungsposten und genoss die laue Luft und den Sonnenschein. Lust, nach drinnen zu gehen, verspürte ich außerdem deshalb nicht, weil Fensterputzen anstand. Eine Arbeit, die mir verhasst war wie kaum etwas anderes. Doch es musste getan werden, und da brachte ich es lieber rasch hinter mich.

Ich beschloss angesichts des schönen Wetters, mit den Außenseiten anzufangen, holte von drinnen einen Eimer mit heißem Seifenwasser, Schwämme und Tücher und stellte eine Leiter an die Hauswand auf der Veranda. Wenn Paul noch am Leben wäre, würde er statt meiner auf die Leiter steigen, dachte ich unwillkürlich. Dann schüttelte ich den Kopf und erinnerte mich daran, dass ich mit meinem Mann gar nicht nach Cedar Cove gezogen wäre.

Manchmal fragte ich mich, ob Paul die Frau, zu der ich im Laufe des letzten Jahres geworden war, überhaupt wiedererkennen würde. Schließlich kannte ich mich mitunter selbst nicht mehr. Wie sollte ich auch, nachdem meine gesamte Welt aus den Fugen geraten war.

Mein dichtes, dunkles Haar trug ich jetzt viel länger, fast bis auf die Schultern, und band es meist einfach zusammen, während meine Frisur früher immer sorgfältig geschnitten und gestylt war.

Ich sähe mit meinem Pferdeschwanz aus wie ein Teenager, lautete Marks Kommentar, der sich eigentlich eher selten zu solchen Dingen äußerte. Ich wertete das als Kompliment, wenngleich das mit an Sicherheit grenzender Wahrscheinlichkeit nicht von ihm beabsichtigt war. Überhaupt bezweifelte ich, dass er viel Zeit in der Gesellschaft von Frauen zu verbringen pflegte, denn manchmal ließ er, ohne es böse zu meinen, ziemlich rüde Bemerkungen vom Stapel.

Meine äußere Erscheinung hatte sich nicht nur hinsichtlich der Frisur grundlegend verändert. Verschwunden waren die schicken Kostüme, die Bleistiftröcke und die maßgeschneiderten Blazer, die zu meinem Businessoutfit in der Bank gehörten. Jetzt trug ich meist Jeans und einen Pullover und darüber eine Latzschürze. Zu meiner eigenen Überraschung hatte ich nämlich entdeckt, wie viel Freude ich am Kochen und Backen fand.

Morgens stand ich gerne in der Küche und rührte dieses oder jenes zusammen. Früher war derlei undenkbar für mich gewesen, schon allein aus zeitlichen Gründen. Jetzt hingegen verschlang ich Kochbücher genauso begeistert wie einen *New-York-Times*-Bestseller.

Meine Gäste dankten mir meine kulinarischen Experimente, vor allem meine Kreativität beim Backen. Sie schätzten die nachmittäglichen Leckerbissen, köstliche Kekse und immer neue Muffinvarianten, ebenso wie das frisch gebackene Brot, das ich mit sichtbarem Stolz zum Frühstück auftischte. Ich selbst hatte dank all dieser Backorgien ein paar Pfund zugenommen und arbeitete gerade daran, sie wieder zu verlieren. Zum Glück passten meine Lieblingsjeans noch.

Ich zwang meine Aufmerksamkeit zurück zu den schmutzigen Fenstern, tauchte den Schwamm in das Seifenwasser und stieg die ersten drei Sprossen der Leiter hoch, um Staub und Schmiere mehrerer Monate von den Scheiben zu waschen. Der beißende Geruch des Essigs, den mir meine Mutter zum Fensterputzen empfohlen hatte, nahm mir fast den Atem. Vermutlich weil ich zu viel reingekippt hatte, immerhin eine halbe Flasche. Jetzt roch der Wassereimer wie ein Gewürzgurkenfass.

»Was machst du da?«, rief Mark mir quer durch den Garten zu.

»Wonach sieht es denn aus?«

Er stieß den Spaten ins Gras und marschierte über den Rasen auf mich zu wie ein in die Schlacht ziehender Soldat, die Stirn missmutig in Falten gelegt.

»Komm da runter.«

»Wie bitte?«

Ich verharrte wie erstarrt auf meiner Leiter. Sollte das ein Scherz sein?

»Du hast mich genau verstanden.«

Ungläubig sah ich ihn an. Kam ja wohl kaum infrage, mir von Mark vorschreiben zu lassen, was ich auf meinem eigenen Grund und Boden anstellen durfte.

»Leitern sind gefährlich«, warnte er und stemmte die Fäuste in die Hüften.

Ich ignorierte seine Worte, kletterte noch eine Sprosse höher und begann das Fenster zu putzen.

»Weißt du nicht, dass bei sechzig Prozent aller Unfälle im Haushalt jemand von einer Leiter fällt?«

»Das habe ich bislang nie gehört. Und im Übrigen werden sechzig Prozent aller Statistiken aus dem Ärmel geschüttelt.«

Wenn ich gehofft hatte, meine Antwort würde ihm ein Lächeln entlocken, so irrte ich mich. Stattdessen verfinsterte sich seine Miene zusehends.

»Du solltest nicht auf dieser Leiter herumklettern. Um Himmels willen, Jo Marie, sei doch vernünftig.«

»Ich? Wer bitte ist hier unvernünftig?«

»Es ist gefährlich, was du da treibst.«

»Meinst du, ich brauche ein Sicherheitsnetz?«

Er tat so, als würde ich auf einem Fenstersims im neunundfünfzigsten Stock eines sechzigstöckigen Gebäudes balancieren und nicht auf einer Trittleiter.

Mark gab keine Antwort, sondern presste die Lippen zu einem schmalen Strich zusammen. »Ich will mich mit dir nicht darüber streiten.«

»Gut, dann lass es. Ich putze die Fenster, und du kannst dich weiter mit meinem Rosengarten befassen.«

»Nein«, beharrte er.

»Nein?«

»Ich bleibe hier stehen, bis du mit diesem Unsinn aufhörst und runterkommst.«

Ich seufzte. Mark behandelte mich wie ein Kind und nicht wie eine erwachsene Frau, die durchaus imstande war, auf sich selbst aufzupassen.

»Vermutlich muss ich auch noch dankbar sein, dass du dich um mich sorgst.«

»Mach dich nicht lächerlich«, gab er zurück. »Von mir aus kannst du dir ruhig den Hals brechen, nur möchte ich nicht dabei sein und zusehen.«

»Wie nett von dir«, murmelte ich sarkastisch.

Heute reizte Mark mich wirklich bis aufs Blut, und es fiel mir schwer, meine Verärgerung zu unterdrücken. Das Beste war, ihn einfach zu ignorieren und weiter Fenster zu putzen. Als ich mit den oberen beiden fertig war und mich anschickte, die Sprossen hinunterzusteigen, stand Mark jedoch bereits unten und hielt die Leiter fest.

»Bist du immer noch da?«, fragte ich, obwohl die Antwort auf der Hand lag.

Als er nicht antwortete, wurde ich gemein. »Ich bezahle dich nicht dafür, dass du hier herumstehst und mir bei der Arbeit zusiehst«, giftete ich ihn an.

Seine Augen verengten sich zu schmalen Schlitzen. »Schön. Ich kündige.«

»Nein, das tust du nicht.«

In Sekundenschnelle verließ er die Veranda und stapfte durch den Garten, drückte mit jedem seiner Schritte Verärgerung aus. Ich sprang die letzten beiden Sprossen hinunter und folgte ihm, um ihn zurückzuhalten und zur Rede zu stellen. Ich war kurz davor, die Beherrschung zu verlieren, so sehr regte mich sein Machogehabe auf. So zumindest empfand ich in diesem Augenblick sein Verhalten.

»Du kannst nicht kündigen«, rief ich. »Und mir meinen Garten halb umgegraben hinterlassen, das geht erst recht nicht.«

Mark tat, als habe er nichts gehört. Sammelte Spaten, Forke und andere Geräte ein, die im Gras herumlagen.

»Wir haben einen Vertrag«, erinnerte ich ihn.

»Dann verklag mich doch.«

»Mit Vergnügen, das werde ich tun. Gleich morgen früh setzt sich mein Anwalt mit dir in Verbindung.«

Zwar hatte ich gar keinen, hoffte aber, dass Mark das nicht wusste und dass die bloße Drohung reichte, ihn zur Besinnung zu bringen. Ich hätte es besser wissen müssen: Er zuckte mit keiner Wimper.

Wie konnte er sich nach all den Monaten der Zusammenarbeit so anstellen? Wegen einer absoluten Nichtigkeit einfach alles hinschmeißen. Es war total albern. Als sei er selbst zu dieser Erkenntnis gelangt, drehte er sich plötzlich um. Erleichtert, dass er zur Vernunft gekommen zu sein schien, trat ich auf ihn zu.

»Gib deinem Anwalt meine Handynummer«, sagte er.

Mich traf der Schlag, und meine Stimmung sank endgültig auf den Nullpunkt.

»Grandiose Idee. Du vergisst die Hälfte der Zeit, es mitzunehmen, und wenn du es dabeihast, ist der Akku fast leer.«

»Wie dem auch sei. Dann gib ihm eben auch die Nummer meines Geschäftsanschlusses – falls du so wild darauf bist, mich zu verklagen.«

»Das werde ich tun.«

Mein Rücken versteifte sich, als ich Mark hinterherschaute, der gerade das Grundstück verließ. Rover neben mir legte den Kopf zur Seite, als fiele es ihm ebenfalls schwer zu verstehen, was sich soeben abgespielt hatte und weshalb.

»Du brauchst keine Angst zu haben, er ist es nicht wert«, sagte ich, kauerte mich neben ihn und tätschelte seinen Kopf. »Alles dauert ohnehin zehnmal so lange wie vereinbart.« Daraufhin hob ich in der Hoffnung, Mark würde mich hören, die Stimme und fügte hinzu: »Gott sei Dank, dass wir ihn los sind.«

Ich richtete mich wieder auf und wartete, bis Mark außer Sicht war. Dann erst gestattete ich mir, resigniert die Schultern hängen zu lassen, denn trotz meiner forschen Worte war mir elend zumute.

Es war verrückt. Kaum eine Stunde zuvor hatten wir auf der Veranda Kaffee getrunken, und jetzt drohte ich Mark mit einer Klage. Als ich zu meinen Fenstern zurückkehrte, war ich völlig aufgewühlt und legte meinen ganzen Frust ins Putzen. Mit dem Resultat, dass ich in Rekordzeit fertig war. Gleichzeitig taten mir meine Oberarme ganz schön weh. Eine Sekunde lang war ich versucht, Mark anzurufen und ihm mit heimlicher Genugtuung mitzuteilen, dass ich meine vorgeblich lebensgefährliche Tätigkeit heil überstanden hatte. Ich ließ es bleiben.

Zuerst würde er sich bei mir entschuldigen müssen, beschloss ich. Hätte er mich nämlich nicht wie ein Kind behandelt, wäre das alles nicht passiert. Aber ich kannte ihn gut genug, um zu wissen, wie stur er war und dass ich lange auf eine Entschuldigung warten durfte. Bis in alle Ewigkeit. Wenn er ankündigte, alles hinzuschmeißen, dann meinte er es auch so.

Mein Zorn hielt bis zum Abend an. Ich wollte es mir nicht eingestehen, doch ich vermisste Mark bereits. Und zwar gewaltig. Inzwischen war ich irgendwie daran gewöhnt, dass er ständig vorbeischaute und sei es bloß wegen einer Tasse Kaffee und der Plätzchen. Im Grunde kamen wir gut miteinander zurecht. Als Freunde, mehr war da nicht. Aber gerade das wusste ich zu schätzen: dass wir einfach nur Freunde sein konnten.

Um mich abzulenken, ging ich in mein kleines Büro, das praktischerweise direkt hinter der Küche lag, und schaute mir die Reservierungen an.

Zum Wochenende würden Gäste eintreffen. Der erste Name, den ich auf der Liste sah, war jener der mysteriösen Mary Smith. Sie hatte kurz nach der Übernahme der Pension angerufen, um ein Zimmer zu reservieren, und war mir wegen ihrer zögerlichen Stimme im Gedächtnis geblieben. Ich gewann damals den Eindruck, als sei Mary Smith nicht sicher, ob sie das Richtige tat und wirklich anreisen würde. Irgendwie rechnete ich damit, dass sie in letzter Minute absagte.

Die restlichen Zimmer waren bis auf eines im Erdgeschoss für eine Gruppe reserviert. Der Anruf war von einem Kent Shivers gekommen, der mit seiner Frau Julie demnächst die goldene Hochzeit feierte. Offenbar hatte die Familie sie zu einem großen Fest überredet, obwohl Kent über den ganzen Rummel alles andere als begeistert zu sein schien.

Ich ging in die Küche und überlegte, was ich essen könnte. Da ich keinen großen Appetit verspürte, begnügte ich mich mit Chips und Salsa, die ich schnell in mich hineinstopfte, um anschließend Erdnussbutterplätzchen zu backen, meine Lieblingskekse. Erst als sie auf der Arbeitsfläche abkühlten, fiel mir ein, dass es auch Marks Lieblingsgebäck war.

Der elende Streit wollte mir einfach nicht aus dem Kopf.

Unruhig tigerte ich in der Küche auf und ab und beneidete Rover, der mit sich und der Welt zufrieden auf dem Läufer vor dem Kühlschrank lag, seinem bevorzugten Schlafplatz.

Nach einer Weile beschloss ich, oben in meinem Wohnschlafzimmer ein wenig zu stricken, was normalerweise Wunder wirkte. Heute nicht, denn ich machte einen Fehler nach dem anderen. Entnervt gab ich auf und stopfte mein Strickzeug in den Korb zurück. Im Fernsehen gab es nichts Interessantes, und das Buch, das mich am Abend zuvor noch gefesselt hatte, langweilte mich.

Keine Frage, woher diese innere Unruhe rührte. Im Nachhinein wünschte ich, einen kühlen Kopf bewahrt zu haben, statt dermaßen aus der Haut zu fahren. Und das wegen solcher Peanuts. Trotzdem versuchte ich mein Verhalten zu rechtfertigen und Mark eine gehörige Portion Schuld zuzuschieben.

Was hätte ich denn tun können? Mark war schließlich derjenige, der den Streit vom Zaun gebrochen und die Sache auf die Spitze getrieben hatte, oder etwa nicht? Wie konnte man bloß wegen etwas so Läppischem wie Fensterputzen auf einer Trittleiter dermaßen überreagieren? Und sich so irrational verhalten? War ich da nicht im Recht gewesen, mir diese Anmaßung zu verbitten?

Dennoch stimmte es mich traurig, dass es so weit gekommen war.

»Denk nur an all das Geld für Mehl und Zucker, das du künftig sparen wirst«, sagte ich laut zu mir selbst, aber selbst in meinen Ohren klang der Scherz lahm.

Okay, zugegeben. Ich würde Mark vermissen.

2

In dieser Nacht schlief ich nicht gut, was nach dem Zerwürfnis mit Mark nicht weiter verwunderlich war. Doch obwohl ich mich schlecht fühlte und meine heftigen Reaktionen bedauerte, beharrte ich weiterhin darauf, im Prinzip recht zu haben. Insofern nämlich, dass es niemandem zustand, mir in meinem eigenen Haus Vorschriften zu machen.

Wenn Mark vertragsbrüchig wurde, dann sollte er eben. Ich würde es nicht verhindern können, nachdem die Drohung, ihn zu verklagen, wirkungslos von ihm abgeprallt war. Aus meiner Sicht blieb mir nichts anderes übrig, als die Angelegenheit auf sich beruhen zu lassen und darauf zu hoffen, dass der Sturm sich bald legte.

Da ich kein Gästefrühstück zubereiten musste, konnte ich bis gegen Mittag, wenn Mary Smith auftauchte, frei über meine Zeit verfügen und es nach Herzenslust genießen, dass niemand mit irgendwelchen Wünschen an mich herantrat. Ich ging in die Küche, machte mir einen Kaffee und nahm ihn mit auf die vordere Veranda, schaute Rover zu, der eifrig sein Geschäft verrichtete und den Rasen bewässerte. Sobald er fertig war, sprang er die Verandastufen mit einer Eile hoch, als würde ihn jemand verfolgen.

Nach dem gestrigen Sonnentag zeigte sich der Himmel heute grau und wolkenverhangen. Es sah nach Regen aus, aber noch gab ich die Hoffnung nicht auf, dass die Sonne irgendwann durchkam. Während ich mit vorsichtigen Schlucken meinen heißen Kaffee trank, betrachtete ich meinen Garten, in dem ich statt blühender Rosen aufgegrabene Beete und gestapelte Rasenstücke sah.

Frustriert kehrte ich ins Haus zurück und beschloss, entweder Grace Harding oder Peggy und Bob Beldon, die in Cedar Cove ebenfalls ein B&B betrieben, zu fragen, wen ich statt Mark für die Gestaltung des Rosengartens anheuern könnte. Egal, wer es machen würde: Bei keinem würde es so lange dauern wie bei Mark – es sei denn, er ließe alles andere stehen und liegen.

Während ich Rover fütterte, hörte ich, wie eine Autotür geschlossen wurde. Verwundert sah ich auf die Uhr und stellte fest, dass es noch früh war, kaum halb acht. Die Seitentür ging auf, und jemand rief meinen Namen.

»Hier bin ich«, meldete ich mich, und Rover rannte los, um den Ankömmling zu begrüßen.

Hailey Tremont hatte soeben das letzte Jahr an der Highschool absolviert und kam zweimal in der Woche, um mir bei der Hausarbeit und anderen Dingen, die gerade anfielen, zur Hand zu gehen.

»Guten Morgen«, sagte sie, als sie die Küche betrat, und bückte sich, um Rover zu streicheln. Sie war ein hübsches Mädchen, klein und zierlich, freundlich und umgänglich. Wenn man sie ansah, fiel es schwer zu glauben, dass sie bereits achtzehn war.

Vor ein paar Wochen hatte Grace mich gefragt, ob ich Hilfe gebrauchen könnte. Hailey, deren Familie das

Grundstück neben der Ranch von Grace und ihrem Mann bewohnte, suchte einen Aushilfsjob. Zum einen, um sich ein kleines Polster zuzulegen, bevor sie im Herbst mit dem College begann, und zum anderen, weil sie Erfahrungen sammeln wollte. Hailey träumte nämlich von einer großen Karriere in der Hotelbranche.

»Ich wollte mich bloß erkundigen, ob Sie mich Samstag oder Sonntag brauchen«, sagte sie.

»An welchem Tag ist eure Abschlussfeier denn?«

»Sonntag. Aber ich könnte zur Not am Vormittag arbeiten, falls Sie alleine nicht klarkommen.« Sie senkte den Blick. »Auch wenn meine Großeltern und meine Tante Melanie extra anreisen …«

Zwar wäre ich über ihre Hilfe weiß Gott froh gewesen, weil ich zum einen das Haus bis Sonntagmorgen voll hatte und zum anderen am Nachmittag der Tag der offenen Tür stattfand, doch dieser Tag der Abschlussfeier gehörte ganz allein Hailey und ihrer Familie. Das wollte und konnte ich ihr nicht verderben.

»Wie wäre es, wenn du heute und morgen nach der Schule kommst?« Ich blickte auf. »Oder bringt das deinen Terminplan durcheinander?«

»Nein, das passt perfekt.« Ihre Augen leuchteten auf. »Ich bin dann heute Nachmittag wieder da.«

»Ausgezeichnet.«

Hailey blickte auf ihre Uhr. »Ich muss jetzt zur Schule. Obwohl es eigentlich unsinnig ist, nachdem wirklich absolut nichts mehr ansteht. Andererseits sind es die letzten Tage, die wir alle gemeinsam verbringen.«

Ich erinnerte mich an meinen eigenen Schulabschluss. Es schien eine Ewigkeit her zu sein, und die meisten meiner Highschoolfreunde hatte ich aus den Augen verloren. Nur zu den beiden besten Freundinnen aus jener Zeit hielt ich noch Kontakt. Diane war in Texas verheiratet und hatte zwei Kinder, während Katie in Seattle geblieben war und mit ihrer Familie, Mann und drei Kindern, im Norden der Stadt lebte. Zwar standen wir über Facebook und per E-Mail ziemlich regelmäßig in Verbindung, sahen uns aber eher selten. Immerhin hatte Katie mich in Cedar Cove besucht, kurz nachdem ich die Pension übernommen hatte, und war begeistert gewesen. Ich schwor mir, sie bald wieder einzuladen.

»Ich muss los, Unterricht hin, Unterricht her«, sagte Hailey und stieß ein kurzes Lachen aus. »Wir sehen uns dann heute Nachmittag.«

»In Ordnung.«

Sobald sie weg war, kramte ich die Rührschüssel heraus und alle Zutaten, die ich für Muffins benötigte. Gerade schlug ich das Kochbuch auf, als ich draußen ein Geräusch hörte. Ich hegte den leisen Verdacht, dass es Mark sein könnte. Als ich vorsichtig aus dem Fenster spähte, fand ich meine Vermutung bestätigt.

Da stand er im Garten bei den Grassoden, die er ausgestochen hatte, um dort Rosenbüsche zu pflanzen. Offenbar machte ihm unser Streit genauso zu schaffen wie mir, und er wollte die Dinge in Ordnung bringen. Höchstwahrscheinlich würde er gleich wieder zu arbeiten beginnen und so tun, als habe es den gestrigen Zwischenfall nie gegeben.

Gerührt, weil er den ersten Schritt tat, beschloss ich großmütig, keine Entschuldigung zu verlangen. Zumal ich mittlerweile einsah, dass ich ihm wahrscheinlich ebenfalls eine schuldete. Jetzt empfand ich bloß Erleichterung, denn unsere Meinungsverschiedenheit hatte mich doch gewaltig belastet.

Trotzdem beschloss ich, meine Freude nicht zu offen zu zeigen. Nicht dass es am Ende wirkte, als würde ich Abbitte leisten. Ich würde einfach ganz cool bleiben, ein paar Minuten warten, bevor ich ihm eine Tasse Kaffee anbot und beiläufig die Muffins erwähnte. Dann sah ich ja, wie er reagierte. Die Zeit verstrich sehr langsam, und ungeduldig schaute ich immer wieder auf die Uhr. Dann endlich waren fünf Minuten vergangen, und ich griff nach einem Kaffeebecher, füllte ihn, trug ihn nach draußen und blieb auf der obersten Stufe stehen.

Mark war nirgends zu sehen.

Ich hatte keine Ahnung, wo er stecken könnte, bis ich die angelehnte Tür des Werkzeugschuppens entdeckte. Also stieg ich die Stufen hinunter, ging zu dem Schuppen hinüber, öffnete die Tür ganz und knipste das Licht an. Kein Mark weit und breit. In dieser kurzen Zeit, in nur wenigen Minuten, war er gekommen und wieder gegangen. Meine Hoffnungen auf ein Ende unseres Zerwürfnisses zerplatzten wie Seifenblasen. Er war lediglich hier gewesen, um alles abzuholen, was sich von seinen Gerätschaften in meinem Schuppen befand.

Wie es aussah, war es ihm mit seiner Kündigung ernst. Bitterernst. Er hatte die ganze Nacht Zeit gehabt, über alles nachzudenken. Wenn er seine Meinung auch im Licht des neuen Tages nicht revidierte, bereute und bedauerte er sichtlich nichts. Enttäuscht starrte ich vor mich hin, als ich in der Ferne das Telefon klingeln hörte. Schnell hastete ich ins Haus zurück.

»Rose Harbor Inn«, meldete ich mich und hoffte, dass ich nicht so atemlos klang, wie ich mich fühlte.

»Guten Morgen«, begrüßte mich eine freundliche Männerstimme.

»Guten Morgen«, erwiderte ich.

»Ich wollte fragen, ob Sie ab morgen für das Wochenende noch etwas frei haben.«

»Gerade mal ein Zimmer.« Das wusste ich, auch ohne in meinem Reservierungsbuch nachzuschauen.

»Wunderbar, reservieren Sie es. Ich fahre Kent und Julie Shivers von Portland herüber. Mein Name ist Sutton, Oliver Sutton, und ich bin ein Freund der Familie. Ich werde ebenfalls an der Goldhochzeitsfeier teilnehmen.«

»Fein, ist bereits notiert.«

Ich fragte mich, warum eine Familie aus Oregon eigens den langen Weg nach Cedar Cove auf sich nahm, um in unserer verschlafenen Stadt eine goldene Hochzeit zu feiern. Vielleicht würde ich es ja am Wochenende herausfinden.

»Wäre es möglich, den Shivers ein Zimmer im Erdgeschoss zu geben?«, fragte Oliver Sutton. »Aufgrund des Fotos auf Ihrer Homepage nehme ich mal an, dass es in Ihrem Haus keinen Aufzug gibt.«

»Nein, das sehen Sie richtig. Die Gästezimmer verteilen sich auf drei Stockwerke – eines liegt ganz unten.«

Es handelte sich um mein Lieblingszimmer, weil es, größer als die anderen, mit einem kleinen Sofa und einem Kamin ausgestattet war. Außerdem bot es einen herrlichen Blick über die Bucht, und an klaren Tagen sah man sogar die Olympic Mountains im Hintergrund schimmern. Ein atemberaubend schönes Bild, von dem man sich nur schwer losreißen konnte.

»Ist das Zimmer denn frei? Ich fürchte nämlich, dass Kent die Treppen nur schwer schafft. Obwohl er es nie zugeben würde.«

»Das lässt sich ohne Weiteres einrichten: Ich tausche einfach die Zimmer. Allerdings gibt es einen kleinen Preisunterschied.« Es war nur fair, ihm das nicht zu verschweigen.

»Kein Problem. Setzen Sie es auf meine Rechnung.«

»Okay. Haben Sie bezüglich Ihres eigenen Zimmers ebenfalls einen besonderen Wunsch?«

Er zögerte. »Annie Newton hat auch ein Zimmer reserviert ...«

»Ja, das hat sie«, antwortete ich ein wenig irritiert.

Natürlich würde Annie mit von der Partie sein. Sie war schließlich die Enkelin der Shivers und hatte, soweit ich wusste, die Familienfeier überhaupt angeregt. Da sie in Seattle lebte, war sie ein paarmal vorbeigekommen, um sich alles anzusehen und zu besprechen. Partys zu planen war nämlich ihr Beruf.

»Wenn es geht, hätte ich gerne ein Zimmer auf derselben Etage wie Annie.«

»Das lässt sich einrichten«, versprach ich, denn noch konnte ich mit den Zimmern nach Gutdünken jonglieren.

»Perfekt. Ich komme dann Freitag, also morgen, zusammen mit den Shivers. Wir werden um die Mittagszeit eintreffen.«

Am späten Vormittag erfüllte der Duft von Karotten-Ananas-Muffins meine Küche. Es war ein neues Rezept, das ich schon lange ausprobieren wollte. In die Füllung kamen außerdem Walnüsse, Rosinen und Leinsamen, und wenn mich meine Nase nicht trog, würden die Muffins nicht nur köstlich riechen, sondern genauso schmecken. Später würde ich noch Plätzchen für den Tag der offenen Tür backen, nahm ich mir vor.

Als Hailey gegen zwei aufkreuzte, war ich mittendrin. Einiges war noch im Ofen, anderes stand bereits neben den Muffins zum Abkühlen auf der Arbeitsplatte. Und für den großen Rest hatte ich gerade einmal die Zutaten herausgesucht.

»Wo soll ich anfangen?«, fragte sie, nachdem sie ihren Rucksack in mein Büro gestellt hatte.

Ich gab ihr eine detaillierte Liste, die ich früher am Tag gemacht hatte. Sie las sie durch, stellte mir ein paar Fragen und ging an die Arbeit. Währenddessen füllte ich den Geschirrspüler, verstaute die Plätzchen in einem luftdichten Behälter und wischte die Arbeitsflächen ab.

Draußen näherte sich ein Taxi. Ich blickte aus dem Fenster, sah, wie der Fahrer parkte, ausstieg und die Beifahrertür öffnete. Eine Frau, bei der es sich eigentlich nur um Mary Smith handeln konnte, glitt heraus und betrachtete das Haus einen Moment lang. Mit ihrer klassisch-eleganten Kleidung wirkte sie wie eine Frau, die eine leitende Position innehatte.

Ich band meine Schürze ab und ging ihr mit Rover im Schlepptau entgegen.

»Hallo«, sagte ich. »Ich bin Jo Marie Rose. Herzlich willkommen im Rose Harbor.«

»Danke«, gab sie mit einem leichten New Yorker Akzent zurück.

Dicht vor ihr stehend war nicht zu übersehen, dass ihr das teure Designerkostüm bestimmt eine Nummer zu groß war und dass der um ihren Kopf gewundene Schal geschickt den Umstand verbarg, dass sie ihre Haare verloren hatte. Mary Smith schien sich kürzlich einer Chemotherapie unterzogen zu haben. Sie hatte Krebs, und ich fragte mich unwillkürlich, was sie in dieser Situation von New York nach Cedar Cove und ins Rose Harbor geführt haben mochte.

3

Von dem langen Flug von Newark nach Seattle erschöpft, legte sich Mary auf das Bett und schloss die Augen. Der Wunsch, Cedar Cove zu besuchen, hatte sie überkommen, nachdem bei ihr Brustkrebs diagnostiziert worden war. Es war eine spontane Idee gewesen, geboren aus der Furcht zu sterben, aber in Wahrheit hatte sie nie damit gerechnet, die Reise wirklich anzutreten.

Eigentlich war Mary ohnehin kein impulsiver Mensch; führte vielmehr ein zweckorientiertes Leben. Aus einer düsteren Stimmung heraus quer durchs Land zu fliegen sah ihr überhaupt nicht ähnlich, und doch war sie hier.

Sie hatte einen Nonstopflug gebucht, um das Unternehmen so wenig strapaziös wie eben möglich zu gestalten. Und beim Umsteigen von einem Gate zum anderen zu hetzen hätte sie körperlich überfordert. Allein der Sechsstundenflug von der West- zur Ostküste war anstrengend genug gewesen. Aber obwohl sie todmüde war, wollte sich der Schlaf nicht einstellen. Ihre Gedanken überschlugen sich, wanderten viele Jahre zurück zu den Entscheidungen, die sie getroffen, und zu dem Mann, den sie einst geliebt hatte.

Sie rechnete damit, dass George nach wie vor in Seattle lebte. Zum letzten Mal hatten sie sich vor neunzehn Jahren gesehen. War das wirklich schon so lange her, dass sie sich komplett aus seinem Leben zurückgezogen hatte? Ja, das war es, und sie plante nach der langen Zeit weder, das zu ändern, noch sich mit ihm in Verbindung zu setzen. Sie würde sich nicht in sein Leben drängen und erst recht nicht in seine Ehe. Denn dass er verheiratet war, wusste sie. Warum bloß war sie überhaupt hergekommen?

Die App auf ihrem Smartphone zeigte ihr die Wettervorhersage für die nächsten fünf Tage an. Sie erinnerte sich gut daran, dass es in der Gegend um Seattle schrecklich viel regnete. Darunter hatte sie während ihres Aufenthalts hier sehr gelitten. Wie um sie mit ihren Vorurteilen ins Unrecht zu setzen, sagten die Wetterfrösche jedoch fünf Tage Sonne voraus. Ein unerwartetes Geschenk.

Im Übrigen war Mary seinerzeit, als sie zurück an die Ostküste zog, sehr erstaunt gewesen, dass New York City mit einer noch größeren jährlichen Regenmenge aufwartete. Allerdings wurden bei diesem Vergleich vermutlich nicht das permanente leichte Nieseln und Nebelnässen in Seattle berücksichtigt, was das Wetter für sie ebenso deprimierend hatte erscheinen lassen wie der ewig graue, verhangene Himmel.

Doch trotz des Wetters, wie immer es auch sein mochte, würde Seattle immer einen besonderen Platz in ihrem Herzen einnehmen. Denn hier war es gewesen, wo sie sich zum ersten und einzigen Mal in ihrem Leben verliebt hatte. Tief und unauslöschlich.

Es erschien ihr unsinnig, im Bett zu liegen, ohne Schlaf zu finden. Vor allem wenn draußen hell die Sonne schien. Mary erhob sich, räumte schnell ihre wenigen Sachen in den Schrank, und verließ ihr Zimmer. Am Fuße der Treppe stieß sie auf Jo Marie, die gerade aus der Küche kam.

»Ich hoffe, Sie sind mit Ihrem Zimmer zufrieden?«, fragte sie und fügte mit einem besorgten Blick hinzu: »Kommen Sie mit den Treppen zurecht?«

»Es geht schon.«

»Es gibt ein Zimmer ganz unten, das leider aber einem älteren Ehepaar versprochen ist. Wenn ich geahnt hätte ...« Sie zögerte.

Mary hob abwehrend eine Hand. »Schon gut. Ich werde von Tag zu Tag kräftiger.«

»Kann ich irgendetwas tun, um es Ihnen bequemer zu machen?«

»Nichts, danke«, versicherte Mary.

Jo Marie wirkte nicht überzeugt. »Möchten Sie wenigstens eine Tasse Tee?«

»Das wäre schön. Geht es in Ordnung, wenn ich ihn auf der Veranda trinke?«, fragte Mary, die keine Lust auf eine längere Unterhaltung verspürte.

»Natürlich. Ich bringe Ihnen eine Tasse hinaus. Nehmen Sie ihn mit Zucker oder Milch?«

»Ohne alles.«

Von dem Gartensessel aus hatte sie einen wundervollen Blick auf die Bergkette, die sich hinter dem spiegelglatten, dunkelgrün schimmernden Wasser der Bucht erhob. Gegenüber befand sich die Marinewerft von Bremerton, und sie konnte neben diversen Schiffen einen Flugzeugträger erkennen, der dort lag. In der Ferne ragte ein Leuchtturm auf. Es war ein wirklich schönes Fleckchen Erde.

Die Verandatür wurde geöffnet, und ein Mädchen im Teenageralter trat heraus. Es trug ein Tablett, auf dem eine Teekanne, eine Tasse und ein Teller mit Keksen standen, und stellte es auf den kleinen Tisch neben Marys Stuhl.

»Hallo.« Mary lächelte zu dem Mädchen hoch.

»Hallo. Jo Marie hat mich gebeten, Ihnen das hier zu bringen.«

»Danke.«

»Soll ich eingießen?«

Mary zögerte, entschied dann, dass die Gesellschaft ihr angenehm war. »Bitte.«

Sie beobachtete das Mädchen, das mit anmutigen Bewegungen die Teekanne hob, sie vorsichtig neigte, wobei sie den Deckel festhielt, und die Tasse aus feinem, hauchdünnem Porzellan füllte. Dampf stieg auf, und ein aromatischer Duft wehte zu Mary hinüber.

»Wie heißt du?«

»Hailey.«

»Lebst du in Cedar Cove?«

»Ja.« Hailey richtete sich auf und trat einen Schritt zurück. »Es kann noch ein bisschen kühl werden um diese Jahreszeit, vor allem wenn die Sonne hinter einer Wolke verschwindet. Soll ich Ihnen eine Decke holen?«

»Bitte. Das ist wirklich aufmerksam von dir.«

Hailey ging ins Haus und kehrte ein paar Minuten später mit einer handgestrickten Decke in warmen Pastelltönen zurück, breitete sie über Marys Schoß und schob ein Kissen hinter ihren Kopf.

»Gehst du zur Schule?«

»Ja, am Sonntag findet meine Abschlussfeier statt.«

»Herzlichen Glückwunsch.«

»Danke.«

»Irgendwelche Zukunftspläne?«

Hailey nickte. »Ich möchte im Hotel- oder Gaststättengewerbe arbeiten. In irgendeiner interessanten Position.«

»Klingt gut.«

»Es wird mir zwar schwerfallen, Cedar Cove, meine Familie und meine Freunde zu verlassen, nur lässt sich das nun einmal nicht ändern, stimmt's? Zeit, flügge zu werden, wie meine Großmutter sagt.«

»Da hat sie recht.«

»Mom wäre es lieber, wenn ich in Seattle ein College besuchen würde, aber ich habe ein Stipendium für die Washington State University in Pullman bekommen.«

»Meinen Glückwunsch, das spricht für deine Leistungen. Wie groß ist denn deine Jahrgangsstufe.«

»Sechshundert Schüler.«

»Das ist eine gewaltige Menge.«

Hailey nickte zustimmend.

»Meine eigene Jahrgangsstufe war ungefähr genauso groß. Ich hatte das Glück, die Abschlussrede halten zu dürfen.«

»Wirklich? Eine meiner besten Freundinnen, Amanda Palmer, hält sie bei uns. Sie ist total intelligent und witzig. Waren Sie das auch?«

Mary lächelte. »Man hat es mir nachgesagt, doch gute Noten befähigen einen nicht automatisch zu einem erfolgreichen und glücklichen Leben.«

»Mandy wird es schaffen. Sie erreicht alles, was sie will. Sie hat einfach das Zeug dazu.«

»Du schaffst es bestimmt ebenfalls.«

»Ich wünsche es mir zumindest.« Das Mädchen verschränkte die Hände. »Kann ich sonst noch etwas für Sie tun?«

»Danke, alles bestens. Es war ein langer Tag, und ich bin ein bisschen müde.«

»Dann werde ich Sie jetzt alleine lassen. Falls Sie später einen Wunsch haben sollten, sagen Sie es bitte. Es hat mich gefreut, Sie kennenzulernen, Miss Smith.«

»Ganz meinerseits, Hailey.«

Das Mädchen zog sich zurück, und Mary, die sich mit einem Mal besser fühlte, schloss die Augen. Obwohl sie es bereits für eine dumme Idee gehalten hatte, eine so weite Reise zu unternehmen, und ihr Onkologe ganz und gar nicht begeistert gewesen war von ihrem Vorhaben, war sie plötzlich froh, hier zu sein. Sie spürte, wie sie sich entspannte und das Bad in der warmen Sonne genoss. Fast unmerklich fiel sie in einen leichten Schlaf, und zwischen Wachen und Träumen kehrten die Erinnerungen an George zurück.

Keinen Mann hatte sie je so geliebt wie ihn. Zwar waren da vorher und nachher andere Beziehungen und Affären gewesen, doch niemand vermochte ihr Herz so zu berühren wie der junge Anwalt in Seattle vor fast zwanzig Jahren.

Sie begegneten sich zum ersten Mal an einem Samstagnachmittag im Sommer. War es Juni gewesen? Ja, Juni. Sie wollte sich mit ihrer Freundin Louise zum Lunch in der Space Needle, dem Restaurant- und Aussichtsturm des Seattle Center, treffen, aber Mary wartete umsonst vor dem Eingang auf sie. Unruhig begann sie auf und ab zu gehen, sah alle paar Minuten auf die Uhr und starrte dabei so gebannt auf ihr Handgelenk, dass sie versehentlich mit einem Mann zusammenprallte. Mit George.

Sie kamen ins Gespräch, und wie es der Zufall wollte, war er ebenfalls versetzt worden. Ob sie nicht Lust hätte, ihm Gesellschaft zu leisten, fragte er. Warum nicht, dachte sie und sagte Ja. Zwischen ihr und George funkte es auf Anhieb. Sie fühlten sich sofort stark zueinander hingezogen, und der gemeinsame Lunch dauerte ganze drei Stunden. Später gestand er ihr, dass seine angebliche Verabredung ein Schwindel gewesen war und er nur ihre Bekanntschaft gesucht hatte.

Louise hingegen war wirklich verhindert gewesen, weil sie zu ihrem Vater musste. Es handelte sich um einen Notfall, genauer gesagt um einen Herzinfarkt. Und da es damals noch nicht üblich war, dass jeder ein Handy mit sich herumtrug, gab es für die Freundin keine Möglichkeit, Mary anzurufen und ihr mitzuteilen, warum sie nicht kommen konnte.

Im Nachhinein erschien es ihnen wie ein Wink des Schicksals.

Nachdem die erste Begegnung rundheraus erfreulich verlaufen war, verabredeten sie sich gleich aufs Neue, trafen sich am nächsten und auch am übernächsten Tag. Innerhalb eines Monats waren sie ein Liebespaar und verrückt nacheinander. Mit einer solchen Hingabe, dass sie wie im Rausch lebten. Für Mary eine überraschende Erfahrung, denn Gefühle von dieser Heftigkeit hatte sie nie zuvor erlebt.

Es war das erste und letzte Mal.

Sie arbeitete bei einer Investmentbank, hatte sich in einer Männerwelt nach oben gekämpft und begann sich einen Namen zu machen. Seattle betrachtete sie lediglich als ein Sprungbrett auf ihrer Karriereleiter, denn sie verfolgte ehrgeizigere Ziele. Hoffte auf eine führende Position in New York, wo sich der Hauptsitz ihrer Firma befand und wo sie oft hinflog.

Als sie sich kennenlernten, war George gerade Partner einer aufstrebenden Anwaltskanzlei geworden. Beide hatten einen harten Job, der sie manchmal rund um die Uhr festhielt und häufige Geschäftsreisen mit sich brachte. Es kam vor, dass sie sich wochenlang nicht sehen konnten, doch wenn sie gleichzeitig in Seattle waren, nutzten sie die Zeit, um so oft wie möglich zusammen zu sein. Drei Monate nach ihrem ersten Date machte George ihr einen Heiratsantrag.

Selbst jetzt, nach all den Jahren, erinnerte sich Mary an die Enttäuschung, die sich auf seinem Gesicht abmalte, als sie ablehnte. Damals war sie sich bereits so gut wie sicher, dass man ihr eine Stelle in New York anbieten würde, und diese Chance wollte sie sich nicht entgehen lassen. Und von George zu verlangen, mit ihr an die Ostküste zu gehen und in Seattle alles aufzugeben, das brachte sie nicht fertig. Schließlich hatte er hier bereits die Basis für eine eigene Karriere gelegt.

Dennoch entmutigte ihn ihre Zurückweisung nicht. Wenn George eines war, dann hartnäckig. Mary konnte nicht mehr zählen, wie oft er sie umzustimmen versuchte. Er liebte sie. Sie liebte ihn. Selbst wenn das bedeutete, zwischen den Küsten hin und her zu pendeln, würden sie das irgendwie auf die Reihe kriegen. Weil ihre Liebe größer sei als alle Hindernisse, argumentierte er. Nur das zähle, alles andere sei nicht von Bedeutung. Sie würden bestimmt einen Weg finden.

Mary wollte ihm gerne glauben, doch sie kannte sich

zu gut und bezweifelte, dass es funktionierte. Trotzdem ließ sie sich während ihrer Probezeit auf das Experiment ein. Nach sechs Monaten Hinundherfliegen zwischen New York und Seattle merkte sie, wie sehr dieses Arrangement sie belastete. Es war für sie keine Art zu leben.

Erschwerend kam hinzu, dass George sich eine Familie wünschte mit einer Reihe von Kindern, während ihr alles Mütterliche abging. Sie verspürte keinerlei Sehnsucht nach Kindern und einem Familienidyll, vermochte sich das nicht einmal vorzustellen. Erfolg im Beruf war ihr wichtiger, hatte für sie oberste Priorität.

Da sie mit dieser Einstellung absolut nicht in das Bild passte, das George von ihrer Zukunft vorschwebte, tat Mary das aus ihrer Sicht einzig Richtige und beendete die Beziehung. Weil sie instinktiv ahnte, dass ihre Liebe auf Dauer an diesen Konflikten zerbrechen würde. Sowie ihr der Job in New York sicher war, verkaufte sie ihre Eigentumswohnung in Seattle und küsste George zum Abschied ein letztes Mal.

Es brach ihr Herz nicht weniger als seines, und sie hasste sich dafür, ihn so tief zu verletzen, aber sie sah keine andere Lösung. Fand es besser, einen schnellen, wenngleich schmerzhaften Schnitt zu machen, anstatt jahrelang zuzusehen, wie sie sich auseinanderlebten, sich fremd wurden und sich am Ende hassten.

Sie hörte erst wieder von ihm, als er ihr zwei Jahre später eine Heiratsanzeige schickte. Warum tat er das, fragte sie sich, denn die Nachricht schnitt ihr ins Herz. Wollte er sie wissen lassen, dass er eine andere Liebe gefunden hatte? Eine Frau, die bereit war, ihm all das zu geben, was er sich wünschte und was sie ihm verwehrt hatte? Bis zu diesem Zeitpunkt hatte sie nie geweint, zumindest als Erwachsene nicht. Jetzt vergoss sie beim Anblick der Karte bittere Tränen.

Nachdem sie den Schock überwunden hatte, betrachtete sie die Sache mit anderen Augen und empfand Dankbarkeit, dass George die Trennung scheinbar überwunden hatte. Sie liebte ihn nach wie vor und wollte ihn glücklich sehen. Obwohl sie überzeugt war, dass sie und eine Ehe nicht zusammenpassten, wäre er der Einzige gewesen, den sie sich als ihren Mann überhaupt hätte vorstellen können. George, der wundervolle, liebenswerte, fürsorgliche George.

Sie erwachte aus ihrem kurzen Schlummer und strich sich mit der Hand über den Kopf, spürte durch das Tuch die Stoppeln ihres Haares, das nach Ende der Chemotherapie wieder zu wachsen begann. Mary seufzte und griff nach ihrem Tee.

Krebs.

Die Diagnose hatte ihr Leben auf den Kopf gestellt. Eben noch stand sie auf dem Höhepunkt ihrer Karriere und sah sich plötzlich mit einem Brustkrebs im fortgeschrittenen Stadium konfrontiert, der schon Metastasen gebildet hatte. Über Nacht veränderte sich alles. Statt an Vorstandssitzungen teilzunehmen und Entscheidungen zu treffen, saß sie in einem Krebszentrum und ließ sich von Spezialisten erklären, was zu tun sei, um die Krankheit in den Griff zu bekommen. Statt Ratschläge zu erteilen, musste sie welche annehmen. Und sie befolgen.

Nicht einfach für jemanden, der es gewöhnt war, die

Zügel fest in der Hand zu halten und die Richtung zu bestimmen.

Nichts und niemand hatte ihr je im Weg gestanden. Sie war intelligent, clever und weltgewandt, hatte mit Finanzinstituten, Bundesbehörden und Wirtschaftsbossen verhandelt und ihnen die Stirn geboten. Inzwischen Vizepräsidentin einer der größten Investmentbanken, galt sie als eine der einflussreichsten Frauen des Landes. Eine Musterkarriere, die ihr neben Ansehen und Macht auch einen beachtlichen Reichtum einbrachte. Nur half Geld gegen diese heimtückische Krankheit wenig. Und der Krebs ließ sich weder einschüchtern noch an einen ihrer persönlichen Assistenten weiterreichen. Nicht einmal ignorieren konnte sie ihn.

Der Krebs war da, immer und überall, grinste ihr ins Gesicht, nahm ihr jede Wahlfreiheit.

Sie war krank und würde vielleicht noch viel kränker werden. Alles medizinisch Mögliche war bereits getan worden. Blieb nur, eine Phase der Ruhe einzulegen und auf Besserung zu hoffen. Zwanzig Jahre lang hatte sich Mary keine Auszeit genommen. Stillstand bedeutete für sie Rückschritt. Undenkbar für eine Karrierefrau.

Jetzt zwang die Krankheit sie dazu. Mary nutzte die Gelegenheit, ihr Leben und ihre Vergangenheit zu analysieren und stieß dabei auf eine Reihe beunruhigender Entscheidungen, die alle George betrafen.

Zeit, der Wahrheit ins Gesicht zu sehen und sich selbst gegenüber gnadenlos ehrlich zu sein. Das hatte sie nie fertiggebracht und immer falsche Behauptungen vorgeschoben, die nichts waren als ein einziger Selbstbetrug. Selbst was diese Reise anbetraf, machte sie sich hinsichtlich ihrer Gründe etwas vor.

Lügen. Alles Lügen.

Es gab nur einen Grund, warum sie hier war: George.

»Mary?«

Sie riss die Augen auf und sah Jo Marie vor sich stehen. Die Schürze sowie die Jeans und der legere Pullover waren verschwunden. Jetzt trug sie eine schwarze Hose und eine weiße Seidenbluse, an der eine pinkfarbene Anstecknadel in Form einer Rose befestigt war.

»Ich muss kurz weg.«

Mary blinzelte, wusste nicht, warum Jo Marie es für nötig hielt, ihr das mitzuteilen.

»Falls das Telefon klingelt, ignorieren Sie es einfach. Hailey ist noch da.«

»Okay«, murmelte Mary, die sich nach wie vor fragte, was sie das eigentlich anging.

»Ich bleibe nicht lange weg …«

»Sie sind mir keine Rechenschaft schuldig, Mrs. Rose. Das ist Ihr Haus, in dem Sie tun und lassen können, was Ihnen beliebt. Und was mich betrifft – ich komme durchaus eine Weile alleine zurecht.«

»Das ist mir klar. Ich dachte bloß, Sie sollten Bescheid wissen, falls jemand kommt.«

»Erwarten Sie jemanden?«

»Eigentlich nicht …« Sie ließ den Satz angefangen in der Luft hängen. »Und falls Sie doch etwas wünschen sollten, könnte ich mich vorher noch darum kümmern.«

Mary bereute es bereits, sich in einem Bed & Breakfast einquartiert zu haben. Die viel gepriesene warme, herzliche Atmosphäre, die diesen Privatpensionen nachgesagt wurde, schien nichts für sie zu sein. Zumindest im Augenblick nicht. Sie war durch eine Onlinesuche auf das Rose Harbor Inn gestoßen und von dessen schlichter Eleganz und Schönheit angetan gewesen. Und von dem Foto, das den Blick über die Bucht zeigte. Das müsste genau das Richtige für sie sein, hatte sie gedacht und telefonisch ein Zimmer reserviert.

»Machen Sie sich wegen mir keine Umstände«, sagte sie eine Spur zu schroff. Sie wollte keine Sonderbehandlung, schon gar nicht wegen ihrer Krankheit.

Jo Marie nickte und ging. Die hölzernen Verandastufen knarrten unter ihren Schuhen.

Mary schloss erneut die Augen, um weiterhin ihren Gedanken nachzuhängen. Jahrelang hatte sie wegen der kompromisslosen Art, ihre Beziehung zu beenden, George gegenüber ein schlechtes Gewissen gehabt. Wie konnte sie damals nur so herzlos sein und sich zu allem Überfluss einbilden, es sei zu ihrer beider Besten?

Sie seufzte. Es war zu spät für ihre Reue, denn ändern ließ sich nichts mehr. Nur empfand sie mit einem Mal, da sie ihn ganz in der Nähe, auf der anderen Seite des Pudget Sound, wusste, ein unglaublich starkes Verlangen danach, ihn wiederzusehen. Wahrscheinlich zum letzten Mal.

Aber das musste sie vergessen. George war verheiratet, hatte vermutlich Kinder. Jetzt als Störfaktor in eine Familie hineinzuplatzen, wäre falsch und unrecht und stand ihr außerdem nicht zu. Sie hatte damals die Wahl gehabt und ihre Entscheidung getroffen.

Jetzt blieb ihr nichts anderes übrig, als damit zu leben.

4

Ich war gerade auf dem Weg zur Tür hinaus, als das Telefon klingelte. Einen Moment lang geriet ich in Versuchung, es einfach zu ignorieren. Doch so töricht durfte ich nicht sein, denn die Zimmervermietung war schließlich mein Geschäft und sicherte meinen Lebensunterhalt. Und vielleicht wollte wirklich gerade jemand eine Reservierung vornehmen.

»Rose Harbor Inn.«

»Jo Marie?«, hörte ich eine fragende Stimme. »Hier ist Lieutenant Colonel Milford.«

Meine Hand schloss sich fester um den Telefonhörer. Ich hätte ihn auch erkannt, ohne dass er seinen Namen nannte. Milford. Zum letzten Mal war ich ihm bei dem Gedenkgottesdienst in Fort Lewis begegnet. Von dem Moment an, wo man mir mitteilte, dass mein Mann bei einem Hubschrauberabsturz in den afghanischen Bergen ums Leben gekommen sei, hatte er sich rührend um mich gekümmert. Geduldig meine Fragen beantwortet, mir Trost gespendet und mir versprochen, alles in seiner Macht Stehende zu tun, um die sterblichen Überreste zu bergen. Milford war sein Kommandeur gewesen, und Paul hatte viel von ihm gehalten. Ein Respekt, der auf Gegenseitigkeit beruhte.

»Ich rufe wegen eines Versprechens an, das ich Ihnen und den anderen Angehörigen im April gegeben habe.«

»Ja.« Mehr als dieses eine Wort bekam ich nicht heraus, weil meine Kehle wie zugeschnürt war.

»Bei dem Gedenkgottesdienst versicherte ich Ihnen, wir würden alles daransetzen, Pauls Leichnam zu bergen, damit Sie ihn zu Hause beerdigen können.«

»Ich erinnere mich«, flüsterte ich und erwartete, dass genau dieser Fall eingetreten war.

Dass man Paul gefunden hatte. Ein Teil von mir wollte es hören, musste es hören, und zugleich hätte ich mir am liebsten die Ohren zugehalten und ihn angebrüllt, nicht weiterzusprechen. Denn das wäre die endgültige Bestätigung, dass mein Mann wirklich tot war. Trotz aller Berichte über den Hergang des Unglücks und trotz aller Versicherungen, niemand könne den Absturz überlebt haben, blieb da dieses Fünkchen Hoffnung, dass er irgendwie herausgekommen und am Leben geblieben war. Ich klammerte mich an den sprichwörtlichen Strohhalm.

»Jo Marie?«

Anscheinend hatte Milford etwas gesagt, was mir entgangen war.

»Entschuldigung.«

»Die Stelle, wo der Hubschrauber abgestürzt ist, liegt bekanntermaßen in einer unzugänglichen Gebirgsregion. Dank einiger Veränderungen in jüngster Zeit sind wir allerdings jetzt in der Lage, dorthin vorzudringen.«

Er erläuterte nicht weiter, was er damit meinte, doch ich konnte es mir zusammenreimen. Paul und sein Team waren in ein von Al Kaida besetztes Territorium geschickt worden, und man konnte keinen Rettungstrupp losschicken, solange das Gebiet von Bin Ladens Terroristen kontrolliert wurde. Das schwierige Gelände war offenbar mehr oder weniger eine Ausrede gewesen.

»Jüngste Veränderungen?«, wiederholte ich, schluckte gegen den Kloß in meinem Hals an und biss mir auf die Unterlippe. »Wollen Sie damit sagen, dass ich meinen Mann begraben kann?«, fragte ich dann und merkte, dass meine Stimme zitterte.

»Ja und nein. Wie ich schon sagte, haben wir jetzt Zugang zu der Absturzstelle. Sowie das Team dort eingetroffen ist, wird nach den Opfern gesucht. Wenn die Leichen geborgen sind, müssen wir natürlich DNA-Tests durchführen.«

»Natürlich.«

»Ich wollte Sie über den Stand der Dinge einfach informieren. Sie und die anderen Familien.«

»Ja, danke.«

»Kann ich sonst etwas für Sie tun, Jo Marie?«

Er solle mir meinen Mann lebendig zurückbringen, wollte ich schreien. Und mir all das wiedergeben, was ich in diesem Gebirge auf der anderen Seite der Erde verloren hatte. Aber dieser Wunsch war ebenso unerfüllbar wie unvernünftig. Paul war tot. Früher oder später würde ich mich von der absurden Illusion trennen müssen, dass er vielleicht noch lebte. Sobald man seine sterblichen Überreste gefunden und identifiziert hatte, würde mir sowieso dieser letzte Hoffnungsschimmer genommen, an dem ich mich so verzweifelt festhielt.

»Paul Rose war ein guter Soldat und Offizier«, versicherte mir Milford. »Bitte lassen Sie mich wissen, wenn ich Ihnen in irgendeiner Weise helfen kann.« Er zögerte, dann fügte er hinzu: »Gibt es da etwas, Jo Marie?«

»Im Augenblick nicht. Danke für den Anruf.«

»Ich melde mich, sobald ich neue Informationen habe.«

»Ja bitte«, brachte ich mit unsicherer Stimme heraus und versuchte meine Tränen zu unterdrücken. »Es war sehr nett von Ihnen, mir Bescheid zu geben.«

»Denken Sie daran: Ich bin für Sie da, wenn Sie irgendwelche Fragen haben.«

»Werde ich tun, danke.«

Meine Hand zitterte, als ich auflegte. Wenn es um Paul ging, brach in meinem Inneren stets ein Gefühlsaufruhr los. Mein Leben, meine Träume, alles war mit Paul verbunden und mir mit ihm genommen worden. Ich wusste nicht, ob ich mich je damit würde abfinden können. Ihn kennenzulernen, mich zu verlieben und unsere gemeinsame Zukunft zu planen war meine glücklichste Zeit gewesen.

Paul kam wie ein Wunder in mein Leben, denn ich hatte die Hoffnung, den richtigen Mann zu finden, bereits begraben. Und ich konnte jetzt einfach nicht verstehen, warum Gott ihn zu mir führte, um ihn mir nach so kurzer Zeit wieder zu nehmen. Wie oft hatte ich seit Pauls Tod mit ihm deswegen gehadert! Noch brachte ich es nicht fertig, mich demütig seinem, wie man so schön sagt, unerforschlichen Ratschluss zu beugen.

Am ganzen Körper zitternd, holte ich tief Luft, um mich zu beruhigen, ließ mich auf einen Stuhl sinken und stützte die Ellbogen auf den Tisch. Rover kam zu mir; als würde er spüren, dass ich Trost brauchte. Er stemmte die

Vorderpfoten gegen meinen Oberschenkel und legte die Schnauze darauf, während ich über seinen Kopf strich und darauf wartete, dass das Zittern abebbte.

Kaum hatte ich meine Fassung zurückgewonnen, als Hailey die Treppe hinunterkam.

»Ich muss für ein paar Minuten weg«, sagte ich. »Mary Smith sitzt noch immer auf der Veranda und scheint ihre Ruhe haben zu wollen ... Behalte sie bloß im Auge, falls sie einen Wunsch hat.«

»Gerne.« Hailey schien sich sichtlich darüber zu freuen, dass ich einen Gast ihrer Obhut anvertraute.

»Bestimmt bleibe ich nicht lange weg«, sagte ich und ließ mich von Rover zur Tür zerren.

»Ich sehe derweil nach dem Rechten«, versprach Hailey, als ich mit dem Plätzchenteller in der einen und der Leine in der anderen Hand auf den Ausgang zusteuerte. »Viel Spaß bei Ihrem Spaziergang.«

»Danke. Nimm dir ein paar Plätzchen, wenn du möchtest.«

»Okay. Erdnussbutterkekse esse ich am liebsten«, meinte sie. »Da fällt mir ein, dass ich Mark noch nicht gesehen habe. Sollte er nicht heute hier sein?«

Statt dem Mädchen eine Erklärung zu geben, zuckte ich nur die Schultern. »Er hat vermutlich anderes zu tun.«

»Er weiß doch von dem Tag der offenen Tür, oder?«

»Allerdings.«

Ich versuchte mir nicht anmerken zu lassen, wie frustriert und enttäuscht ich war. Zwar hatte mich Mark wirklich wütend gemacht, doch mehr und mehr begann ich meine dumme Auseinandersetzung mit ihm zu bereuen.

Auch war ich mittlerweile bereit zuzugeben, dass er aus Sorge um mich gehandelt hatte. Was lästig und albern sein mochte, aber keiner bösen Absicht entsprang.

Mit anderen Worten: Ich war bereit, den ersten Schritt zu tun. Meinen Stolz herunterzuschlucken, wenngleich das schwer an meinem Ego kratzte und mir das Gefühl gab, zu Kreuze zu kriechen. Es half nichts: Bevor die Dinge zwischen uns nicht geklärt waren, würde ich keine Ruhe finden. Außerdem brauchte ich nach Milfords Anruf jemanden, bei dem ich mich ausheulen konnte.

Einen Freund. Mark.

Es gab keinen besseren Zuhörer als ihn. Und die Plätzchen waren das Friedensangebot. Ich hoffte, dass er darauf einging. Ob er seine Arbeit wieder aufnahm oder nicht, war im Moment zweitrangig. Wichtig war mir vor allem, unsere Freundschaft zu retten und die dämliche Meinungsverschiedenheit aus dem Weg zu räumen. Alles Weitere würden sich dann finden.

Rover schien genau zu wissen, wo ich hinwollte, und strebte automatisch in die richtige Richtung. Marks Haus und Werkstatt lagen nur ein paar Blocks vom Rose Harbor entfernt, und wir waren den Weg in den letzten Monaten ein paarmal gegangen.

Da ich unangemeldet bei ihm aufkreuzte, wusste ich natürlich nicht, ob er zu Hause war. Was sollte ich tun, falls ich ihn nicht antraf? Ich würde die Plätzchen einfach in seiner Werkstatt, die in der Regel unverschlossen war, zurücklassen, überlegte ich. Als Zeichen meiner Versöhnungsbereitschaft. Dann wäre er am Zug und musste den nächsten Schritt machen.

Schon aus einiger Entfernung vernahm ich aus der Werkstatt Radioklänge. Mark war offenbar da und hörte sich irgendeine Talkshow an. Rover bellte erwartungsvoll, doch ich mahnte ihn zur Ruhe, damit er uns nicht verriet. Irgendwie versprach ich mir mehr von einem Überraschungseffekt, zumal ich mir nicht zurechtgelegt hatte, was ich sagen wollte.

Ich straffte die Schultern und öffnete die Tür. Mark blickte kaum auf, schmirgelte weiter eine Wiege ab, an der ich ihn schon früher hatte arbeiten sehen. Es handelte sich nicht um eine Auftragsarbeit, sondern um erlesene Handwerkskunst, mit der er sich in seiner Freizeit beschäftigte. Als er mich sah, hielt er für einen kurzen Augenblick inne, um sogleich mit dem Abschmirgeln fortzufahren.

»Hallo«, sagte ich.

Mein Mund fühlte sich trocken an, und ich blieb unschlüssig an der Tür der Werkstatt stehen.

»Hallo.«

Leicht machte er es mir wirklich nicht.

»Ich habe heute Morgen Plätzchen gebacken.«

Mark hob den Kopf, als würde er den Teller erst jetzt bemerken.

»Ein Friedensangebot«, erklärte ich.

Er ging um die Wiege herum, ohne den Blick von mir zu wenden.

»Weil du willst, dass ich zurückkomme und mit deinem Rosengarten weitermache?«

»Nein …, zumindest nicht allein deswegen.«

»Warum dann?«

»Weil ich dich als Freund betrachte und unseren Streit aus der Welt haben möchte.«

»Du warst ausgesprochen leichtsinnig.«

»Und du hast gewaltig übertrieben«, gab ich zurück. »Können wir die Sache nicht einfach vergessen?«

Mark zuckte die Achseln, als sei es ihm egal, aber der Anflug eines Lächelns auf seinem Gesicht verriet mir, dass unsere Meinungsverschiedenheit ihm ebenfalls zu schaffen machte.

»Soll ich die Plätzchen hierlassen?«

Er blickte auf und lachte. »Für wie dumm hältst du mich? Klar will ich die Plätzchen.«

Ich wartete ein paar Minuten, ob er noch etwas sagte, doch er schwieg. Enttäuscht stellte ich den Teller ab und wandte mich zum Gehen. Zog an der Leine meines Hundes, aber Rover hatte sich auf dem Boden zusammengerollt und schien sich nicht von der Stelle rühren zu wollen. Das hatte mir noch gefehlt!

»Dann gehe ich jetzt mal.«

In dem Moment, als ich den widerstrebenden Rover zur Tür hinauszerren wollte, rief Mark mich zurück.

»Warum so eilig? Wir sollten noch über den Rosengarten sprechen«, sagte er, ließ von seiner Arbeit an der Wiege ab und schob die Hände in die Taschen seiner Jeans.

»Was ist damit?«

»Soll ich nun daran weiterarbeiten oder nicht?«

Ich zuckte genauso lässig die Achseln wie er zuvor – tat so, als läge mir nicht viel daran.

»Das musst allein du entscheiden. Du bist derjenige, der gekündigt hat.«

»Yeah, das habe ich vermutlich getan.«

Er griff nach einer Kaffeekanne, die immer in seiner

Werkstatt stand, schenkte sich einen Becher voll und bot mir wortlos, nur mit einem Schwenken der Kanne ebenfalls einen an. Obwohl ich keine Lust auf Kaffee verspürte, nickte ich. Weil es seine Art war, das Kriegsbeil zu begraben. Ich setzte Plätzchen ein, er Kaffee.

»Alles hinzuwerfen war nicht gerade eine meiner besten Ideen«, sagte er reuevoll und erwiderte mein Lächeln.

Mir fiel ein Stein vom Herzen, und dankbar nahm ich den Kaffee entgegen, der leicht angebrannt roch. Vermutlich hatte er zu lange auf der Warmhalteplatte gestanden.

»Ist der frisch?«, erkundigte ich mich argwöhnisch.

Mark nickte. »Habe ich gestern erst gekocht.«

Ich lachte. »Du machst Witze, oder?«

Er lächelte erneut, gab aber keine Antwort. Ein Zeichen, dass er es ernst gemeint hatte. Ich probierte, schnitt eine Grimasse und stellte den Becher beiseite.

Mark deutete auf einen Stuhl, damit ich mich setzte, nahm mir gegenüber Platz und zog die Plastikfolie von dem Teller mit den Plätzchen.

»Möchtest du auch eines?«, fragte er.

Ich schüttelte den Kopf. Wenn man den ganzen Tag in der Küche steht und sich mit Backen beschäftigt, probiert man ständig. Da fällt es schwer, überflüssige Pfunde loszuwerden.

Mark musterte mich einen Moment lang und runzelte dann die Stirn. »Wir sind quitt, oder?«

»Hoffentlich.« Ich zögerte: »Was ist jetzt mit dem Rosengarten? Kommst du zurück und machst weiter?«

»Wenn du willst. Nur erwarte keine Wunder. Er wird nicht bis zu deinem Tag der offenen Tür fertig.«

»Das habe ich mir schon gedacht, denn das sind ja bloß noch lumpige zwei Tage.«

»Sehr vernünftig«, sagte er mit Krümeln in den Mundwinkeln. Mark probierte mit Genuss die verschiedenen Plätzchensorten. Er war von Natur aus ein hagerer Typ und konnte essen, was er wollte, ohne je mit Gewichtsproblemen kämpfen zu müssen.

»Wenn wir quitt sind, was hast du dann auf dem Herzen?«, bohrte er weiter, während er nach einem weiteren Plätzchen griff.

»Wie kommst du darauf, dass ich etwas auf dem Herzen haben könnte?«, fragte ich verwundert. Irgendwie störte es mich, dass er mich so leicht durchschaute.

Er sah mich forschend an und legte einen Finger zwischen die Augen. »Wenn dir irgendetwas auf der Seele liegt, kriegst du hier immer diese komischen kleinen Fältchen.«

»Ach was.«

»Doch.«

Ich seufzte. »Okay, du hast recht. Kurz bevor ich das Haus verlassen habe, bekam ich einen Anruf, der mir zu schaffen macht.«

Er hob schweigend die Brauen und trank einen weiteren Schluck Kaffee. Es war mir schleierhaft, wie er das ungenießbare Zeug herunterbrachte.

»Pauls Kommandeur hat sich mit mir in Verbindung gesetzt.«

Mark stellte seinen Becher ab. »Weswegen?«

»Das Gebiet, in dem der Hubschrauber abstürzte, ist jetzt offenbar für die Army zugänglich.« Ich verkrallte die Hände in meinem Schoß, senkte den Kopf und vermied jeglichen Blickkontakt. »Milford teilte mir mit, dass sie einen Trupp dorthin geschickt haben, um die Leichen zu bergen.«

Mark wischte Plätzchenkrümel von seiner Jeans.

»Das ist doch gut, oder? Damit du Paul beerdigen kannst.«

»Ja schon«, flüsterte ich mit zittriger Stimme. »Natürlich will ich das. Ich möchte nicht, dass mein Mann für immer auf irgendeinem Berghang in Afghanistan liegen bleibt. Paul und die Männer, die bei ihm waren, verdienen eine anständige Beerdigung.«

»Warum hat der Anruf dich dann aus der Fassung gebracht? Liegt es daran, weil alles, was mit Paul zusammenhängt, dem Herumstochern in einer Wunde gleicht?«

Mark hatte es genau getroffen. Durch den Anruf waren alte Wunden wieder aufgerissen worden.

»Ja, vielleicht ist es so«, sagte ich zögernd.

»Aber es steckt mehr dahinter?«

Ich nickte und schluckte schwer. Marks Blick wanderte zu meinen im Schoß zu Fäusten geballten Händen, die zu zittern begannen. Am liebsten hätte ich sie unter meine Arme geschoben.

Einen unbehaglichen Moment lang herrschte Stille. Mark wartete auf eine Erklärung, und ich schrak davor zurück, den wahren Grund für meine Betroffenheit zu offenbaren. Schließlich rang ich mich dazu durch und brach das Schweigen.

»Wenn Pauls Leichnam gefunden wird, muss ich mich von der irrealen Hoffnung verabschieden, dass er noch am Leben sein könnte.«

»Besteht eine solche Möglichkeit überhaupt nicht?«

Ich schüttelte den Kopf. Paul und seine Männer waren quasi für tot erklärt worden, weil nicht die geringste Überlebenschance bestanden hatte. Allein die Tatsache, dass die Lebensversicherung ausbezahlt worden war, sprach für sich. Vermutlich hatte Milford selbst sich eingeschaltet.

»Nun ja, dann ist es allmählich Zeit loszulassen, findest du nicht?«, meinte Mark.

»Nein«, widersprach ich heftig. »Noch nicht. Ich kann es bislang nicht.«

Wir hatten nie zuvor so ausführlich über Paul gesprochen, und mir wurde klar, dass Mark kaum nachvollziehen konnte, welche Gefühle diese jüngste Nachricht in mir ausgelöst hatte. Es schien mir mit einem Mal keine gute Idee mehr zu sein, mit Mark über die Sache zu reden. Plötzlich hatte ich es eilig, nach Hause zu kommen.

»Ich muss zurück«, erklärte ich hastig und merkte selbst, wie steif und gekünstelt meine Worte klangen. »Komm, Rover.«

Ich zog an der Leine. Diesmal reagierte er sofort und trottete zur Werkstatttür.

»Danke für die Plätzchen«, sagte Mark und brachte mich zur Tür.

»Gern geschehen«, antwortete ich und hob zum Abschied eine Hand.

Er erwiderte die Geste. »Ich weiß es zu schätzen, dass du zuzugeben bereit bist, gestern im Unrecht gewesen zu sein.«

Noch immer ganz durcheinander wegen des Anrufs, entging mir sein spöttischer Tonfall, und um ein Haar wäre ich erneut aus der Haut gefahren. Zum Glück dämmerte mir rechtzeitig, dass es sich um einen Scherz handelte, mit dem er mich aufheitern wollte.

»Sehr komisch«, brummte ich.

Mark lachte und hielt mir die Tür auf. »Wir sehen uns.«

Ich nickte. Es war seine Art, mir zu verstehen zu geben, dass er bald vorbeikommen würde.

Obwohl Rover der Sinn zweifellos nach einem längeren Spaziergang stand, zog es mich nach Hause zurück. Einfach so und weil Hailey bald frei hatte.

»Wir gehen ein andermal ausgiebig Gassi«, versprach ich Rover, der weiterhin an seiner Leine zerrte, als könne er seinen Willen doch noch durchsetzen.

Bevor ich mich endgültig in Bewegung setzte, schaute ich noch einmal zurück und sah Mark auf der Türschwelle stehen. Er lehnte lässig am Rahmen und folgte mir mit seinen Blicken. Wie lange, wusste ich nicht, denn ich drehte mich nicht ein zweites Mal zu ihm um.

5

Hailey empfing mich an der Tür, als ich ins Rose Harbor zurückkehrte.

»Alles in Ordnung?«, erkundigte ich mich.

Sie nickte und reichte mir einen pinkfarbenen Notizzettel. »Annie Newton hat angerufen und ihre Telefonnummer hinterlassen. Sie sagte, sie würde es in ein paar Minuten noch einmal versuchen.«

»Gut, danke.«

Ich steckte den Zettel ein und verabschiedete Hailey, die morgen Nachmittag wiederkommen würde, um mir bei den Vorbereitungen für das Wochenende zu helfen.

Ich hatte gerade Rovers Leine weggehängt, als das Telefon klingelte.

»Rose Harbor Inn«, meldete ich mich und schielte ungeduldig zu der Wanduhr in meinem Büro. Hoffentlich wurde ich nicht zu lange aufgehalten, denn ich musste noch zu einer Versammlung der Handelskammer.

»Hallo, hier ist Annie Newton. Sie wissen schon, die Enkelin von Kent und Julie Shivers.«

Ich musste grinsen. Jedes Mal stellte Annie sich auf diese Weise vor, wenn wir miteinander sprachen. Dabei war sie in den letzten Monaten zweimal hier gewesen und hatte mehrfach mit mir telefoniert. Vorübergehend stand sogar zur Diskussion, die ganze Feier bei mir zu organisieren, aber mit mehr als hundert Gästen waren die Kapazitäten des Rose Harbor Inn eindeutig überschritten, und Annie nahm wieder Abstand von der Idee.

»Ich wollte fragen, ob ich bereits heute Nachmittag anreisen kann statt morgen früh wie ursprünglich geplant.« Ihre Stimme klang ein wenig unsicher, zittrig beinahe.

»Ist alles in Ordnung?«, fragte ich.

»Ja, ja, sicher … Nein, eigentlich nicht. Ich bin im Moment ein bisschen durcheinander. Habe ich irgendwann mal erwähnt, dass ich vor sechs Monaten meine Verlobung gelöst habe?«

Das hatte sie nicht, aber es spielte keine Rolle. Offenbar brauchte die junge Frau einfach jemanden zum Reden.

»Tut mir leid für Sie, Annie«, sagte ich mitfühlend. »Bestimmt war das eine große Enttäuschung.«

»Ja, das war es und ist es noch. Lenny hat heute angerufen, und wir haben gestritten. Deshalb dachte ich, es wäre besser für mich, hier abzuhauen.«

»Wenn Sie früher herüberkommen möchten, ist das kein Problem.«

Es schien so, als sei ich nicht die Einzige, die heute von einem unerwarteten Anruf aus der Fassung gebracht worden war.

»Wunderbar. Meine Großeltern treffen morgen irgendwann im Laufe des Vormittags ein, und ich will auf Nummer sicher gehen, dass ich sie in Empfang nehmen kann. Außerdem halte ich es für sinnvoll, mit Ihnen dieses und jenes noch einmal durchzusprechen.«

»Ich habe heute in der Frühe mit einem Freund Ihrer Familie gesprochen«, sagte ich zu ihr. »Zumindest behauptete der Mann das.«

»Ein Freund der Familie?«, wiederholte Annie.

»Er hat angerufen, um ein Zimmer zu reservieren. Anscheinend fährt er Ihre Großeltern von Oregon hierher.«

Annie zögerte. »Dieser ... Freund der Familie hat nicht zufällig seinen Namen erwähnt?«

»Doch, ich habe ihn in mein Reservierungsbuch eingetragen. Es dauert nur einen Moment, ihn nachzuschlagen.«

»Schon gut. Es ist nicht weiter wichtig.«

Sie seufzte schwer, als handele es sich um eine weitere unwillkommene Neuigkeit. Es schien nicht gerade ihr Tag zu sein, dachte ich.

»Ihr Zimmer ist fertig und steht für Sie bereit. Allerdings gibt es ein kleines Problem ...«

»Ja?«, fragte sie mit einem Anflug von Panik.

»Ich muss heute Nachmittag zu einer Sitzung und bin eine Weile fort. Wann werden Sie denn vermutlich hier eintreffen?«

»Oh, lassen Sie sich Zeit. Ich bleibe einfach noch ein paar Stunden in Seattle.«

»Wir können das auch anders regeln, wenn Sie wollen«, sagte ich. »Mein Vorschlag wäre, Ihren Zimmerschlüssel auf die Küchentheke zu legen, dann können Sie, falls Sie vor mir da sind, gleich in Ihr Zimmer gehen. Die Eingangstür lasse ich offen.«

»Sind Sie sicher, dass das in Ordnung geht?«

»Natürlich. Falls Sie meinem anderen Gast begegnen, erklären Sie einfach, wer Sie sind.«

»Wird gemacht.«

Mir fiel auf, wie erleichtert ihre Stimme jetzt klang. Ich musste nicht Sherlock Holmes sein, um zu folgern, dass die Diskussion mit ihrem Ex sie aus dem Gleis geworfen hatte. Ich fragte mich, was passiert sein mochte, denn eigentlich wirkte sie auf mich wie eine eher resolute Person, die nichts so schnell aus der Ruhe brachte.

Vor allem bewunderte ich ihr Organisationstalent. Nicht umsonst war das Arrangieren und Ausrichten von Partys ihr Beruf. Entsprechend hatte sie sich für die Feier ihrer Großeltern ins Zeug gelegt, mit dem Cateringservice vor Ort ebenso jedes Detail besprochen wie mit dem besten Floristen von Cedar Cove. Bei der Stadtverwaltung erwirkte sie die Erlaubnis, die Wiederholung des Jaworts in einem Pavillon am Wasser zu inszenieren. Es würde ein Riesenspektakel werden, da war ich mir sicher. Und immer wieder betonte sie, dass für die Großeltern alles perfekt sein müsse. Jetzt kam mir eine Ahnung, dass das ganze Brimborium eher einer gigantischen Selbstbestätigung diente. Vielleicht sogar ein Ablenkungsmanöver von ihrem privaten Debakel war.

Wäre die Handelskammerversammlung nicht gewesen, hätte ich noch ein paar Minuten mit Annie geplaudert, so aber verabschiedeten wir uns, und ich griff nach meiner Tasche. Auf dem Weg nach draußen kraulte ich im Vorübergehen Rovers Ohren – er mochte es nicht, wenn ich ohne ihn das Haus verließ. Wann immer er beobachtete, dass ich mich zum Gehen fertig machte, ohne nach seiner Leine zu greifen, hob er den Kopf und bekam einen kummervollen Blick. Ließ die Schnauze auf die Pfoten sinken und blies Trübsal, bis ich zurückkehrte.

Dann allerdings war sein ganzes Unglück vergessen, und er begrüßte mich, als sei ich endlos lange weg gewesen und furchtbar vermisst worden.

»Ehe du dich versiehst, bin ich wieder da«, versprach ich meinem treuen Freund.

Als ich auf die Veranda hinaustrat, arbeitete Mark im Garten. Zögernd blieb ich auf der obersten Stufe stehen und lächelte dankbar. Wenigstens eine Last war mir von der Seele genommen.

Als ich die Fliegengittertür schloss, blickte er auf. »Wo willst du denn hin?«, fragte er und stützte sich auf den Spaten, mit dem er die Rasenstücke auszustechen pflegte.

»Zur Sitzung der Handelskammer.«

Peggy Beldon und ihr Mann, die ebenfalls ein B&B betrieben, hatten mir nach meinem Umzug erklärt, wie wichtig gerade in einer kleinen Stadt Kontakte seien, und mir geraten, Mitglied der Handelskammer zu werden. Die Geschäftsleute hielten zusammen und unterstützten sich gegenseitig, sagten sie. Eine Hand wasche hier die andere, da dürfe man nicht abseitsstehen. Außerdem böten die Zusammenkünfte vielfältige Anregungen, und man lerne nette Leute kennen. Sie hatten recht, und ich bereute es nicht, ihrem Rat gefolgt zu sein.

»Wie kommt es, dass du kein Mitglied der Kammer bist?«, fragte ich. »Schließlich hast du ebenfalls eine eigene Firma.«

»Wer sagt denn, dass ich das nicht bin?«

Auch wieder wahr. »Ich habe dich allerdings noch nie bei einer Versammlung gesehen.«

»Ich gehe nicht hin.«

»Warum nicht?«, hakte ich nach, denn meiner unmaßgeblichen Meinung nach konnte es ihm nicht schaden, sich etwas geselliger zu geben.

Er zuckte die Achseln. »Zum einen habe ich mehr als genug Arbeit, die mich auf Trab hält. Zum anderen bin ich kein Freund von Tratsch und Visitenkartenaustausch. Wenn diese Leute halb so viel Zeit auf ihre Geschäfte verwenden würden wie auf diese Plauderstunden, dann gingen sie ebenfalls nicht mehr hin.«

»Du bist wirklich auf deine Art Superman, nicht wahr?«

Er grinste. »Meine Zeit ist mir einfach zu schade für all diesen Kram. Willst du, dass ich an deinem Garten arbeite, oder soll ich lieber zu dieser Versammlung gehen und Käsehäppchen und Cracker knabbern?«

»Dass du an meinem Garten arbeitest.«

»Meine Rede.«

Mark grinste erneut. Zweimal an einem Tag, das war rekordverdächtig.

»Ich bleibe zwar nicht lange weg, aber im Laufe der nächsten Stunde oder so könnte ein Gast kommen. Es wäre nett, wenn du die junge Dame vielleicht ins Haus begleitest«, bat ich ihn. »Der Schlüssel für ihr Zimmer liegt auf der Küchentheke.«

»Was ist mit der Frau, die sich auf der Seitenveranda sonnt?«

»Mary Smith? Was soll mit ihr sein?«

»Ist sie okay?« Er blickte stirnrunzelnd zu ihr hinüber.

»Sie ist gesundheitlich angeschlagen und leicht reizbar«, erklärte ich ihm. »Vermutlich hat der Flug sie zusätzlich angestrengt, und sie braucht Ruhe. Mach dir nichts draus, wenn sie dich anfährt.«

»Keine Sorge, ich weiß mich zu wehren.«

»Mark«, warnte ich. »Sei nett.«

»Ja doch«, versprach er, und ich machte mich auf den Weg.

Da fast alles von hier aus rasch zu Fuß zu erreichen ist, ließ ich das Auto stehen. Die Handelskammer hatte kürzlich ihren Sitz gewechselt und ein Gebäude nahe der Harbor Street bezogen. Im Grunde diente das heutige Treffen lediglich dazu, die neuen Räumlichkeiten zu besichtigen. Es war sozusagen ein Tag der offenen Tür.

Als ich ankam, wimmelte es in dem Gebäude bereits von Menschen. Die Erste, die ich sah, war Grace Harding, eine gute Freundin und eine schier unerschöpfliche Informationsquelle. Sie hatte ihr ganzes Leben in Cedar Cove verbracht und schien fast alles über jeden in der Stadt zu wissen. Da sie vor ihrer Wiederverheiratung einige Jahre lang Witwe gewesen war, hatte sie mich als Schicksalsgefährtin gewissermaßen unter ihre Fittiche genommen. Ich war sowohl für ihre Freundschaft als auch für ihren Rat dankbar. Und natürlich für Rover.

Es war schon eine Weile her, seit wir zuletzt miteinander gesprochen hatten. Zwar sah ich sie oft in der Bücherei, in letzter Zeit allerdings nur im Vorbeigehen.

»Jo Marie.« Sie kam mit zum Gruß ausgestreckten Händen auf mich zu.

»Grace, wie schön, Sie zu sehen.«

»Ich freue mich auch. Wie geht es Rover?«

»Wunderbar. Ich möchte ihn nicht mehr missen, meinen treuen Gefährten.«

»Ich bin froh, dass Sie seinen Namen nicht geändert haben. Er passt zu ihm.«

Ehrlich gesagt, hatte ich eine Weile hin und her überlegt, ihm einen anspruchsvolleren Namen zu geben. Schließlich hatte ich ihn aus dem Tierheim geholt, und er war jetzt kein Streuner mehr. Mir schwebte etwas Originelles, Geistreiches vor. Ein Namen wie Buttercup etwa. So hatte Graces Golden Retriever geheißen, der sie nach dem Tod ihres ersten Mannes in ihrer Einsamkeit getröstet hatte. Zu seinem Andenken vermachte sie dem Tierheim später ein Stück Land als Auslauf für Fundhunde.

Buttercup.

Was für ein wundervoller Name für ein Haustier. Im Vergleich dazu erschien Rover banal und wenig beeindruckend. Der Umstand, dass er eine Zeit lang mutterseelenallein durch die Gegend gestreunt sein musste, war für mich ein weiterer Grund gewesen, über einen anderen Namen nachzudenken. Rover hatte jetzt ein Zuhause – einen sicheren Hafen, in den er nach langem Herumirren eingelaufen war.

»Rover macht sich also gut? Bezüglich der Gäste gibt es keine Probleme mit ihm?«

»Überhaupt keine.«

Ihre Züge entspannten sich. »Großartig.«

Ich nahm ein paar Einladungen für meinen Tag der offenen Tür aus meiner Tasche und reichte sie ihr. »Ich hoffe, Sie können kommen und Richterin Griffin mitbringen. Oder wer Ihnen sonst einfällt. Es kann leicht sein, dass ich den einen oder anderen vergessen habe.«

Grace betrachtete die Einladungen. »Ich freue mich darauf zu sehen, was Sie aus Ihrer Pension gemacht haben. Und ich weiß, dass es Olivia genauso geht.«

»Wie schön, Sie beide bekommen eine Sonderführung durchs Haus.«

»Ich freue mich schon darauf.« Grace schob die Einladungen in das Seitenfach ihrer großen Handtasche.

»Grace«, rief Sheriff Troy Davis, der gerade mit einem mir unbekannten Mann sprach.

»Entschuldigen Sie mich bitte«, sagte Grace und ging zu den beiden Männern.

»Natürlich.«

Als ich die Versammlung verließ, waren alle restlichen Einladungen an den Mann gebracht, und zahlreiche Geschäftsinhaber hatten ihr Kommen bereits fest zugesagt. Sowohl Peggy Beldon als auch ihre Freundin Corrie McAfee boten mir ihre Hilfe an, falls ich es nicht alleine schaffen sollte. Ich dankte für das Angebot, ohne es anzunehmen. Ich käme klar, meinte ich. Falls nicht, würde ich gerne auf sie zurückkommen.

Zurück im Rose Harbor, fiel mir als Erstes auf, dass Mark gegangen und Annie eingetroffen war. Ihr Auto parkte in der Auffahrt. Ich blickte hinüber zur Seitenveranda, ob Mary nach wie vor dort saß, doch sie schien sich in ihr Zimmer zurückgezogen zu haben. Inzwischen war es nämlich ganz schön frisch geworden.

Mein treuer Rover wartete schon an der Tür auf mich. Und nach dem üblichen Begrüßungsritual, bei dem er in die Höhe sprang, bellte und zwei- oder dreimal um mich herumrannte, um seiner Freude gebührend Ausdruck zu verleihen, raste er in den Aufenthaltsraum. Offenbar fühlte er sich verpflichtet, mich zu dem neuen Gast zu führen.

Annie saß auf dem Sofa und starrte blicklos in den kalten Kamin.

»Hallo Annie.«

Sie hob den Kopf. Ein überraschter Ausdruck huschte über ihr Gesicht. Offenbar hatte sie den Lärm, den Rover veranstaltete, nicht auf mich und meine Rückkehr bezogen. Jetzt lächelte sie mich melancholisch an.

»Danke, dass ich früher kommen durfte.«

»Das war überhaupt kein Problem.« Ich brachte meine Tasche in mein Büro und ging zurück zu ihr. »Haben Sie meinen anderen Gast gesehen?«

»Mary Smith, nicht wahr?«

»Genau.«

»Sie sagte, sie sei müde und werde zu Bett gehen. Ist mit ihr alles in Ordnung?«

»Nun, sie war wohl sehr krank und braucht viel Ruhe. Hat sie irgendetwas wegen des Dinners gesagt?«

Bestimmt würde sie nicht ausgehen. Insofern kam nur ein Lieferservice für sie infrage, oder ich bereitete eine Kleinigkeit für sie zu.

»Nein. Ich glaube eher nicht, dass sie etwas essen will. Sie schien gleich ins Bett gehen zu wollen.«

»Wahrscheinlich nicht. Falls sie etwas will, kann sie sich ja melden. Was ist mit Ihnen? Hätten Sie Lust, mir bei einem Tee Gesellschaft zu leisten?«

Annie zögerte einen Moment, dann nickte sie. »Gerne, vielen Dank.«

Sie war eine hübsche junge Frau mit kastanienbraunem Haar mit einem Stich ins Rote und tiefgrünen Augen. Ich beneidete sie um ihre Haarfülle, die ihr bis über den halben Rücken fiel. Damit könnte sie locker Werbung für Shampoo oder andere Pflegeprodukte machen. Ein strahlendes TV-Lächeln zeigte sie allerdings nicht.

Als sie mir in die Küche folgte und auf einem Hocker am Küchentresen Platz nahm, bemerkte ich ein zusammengeknülltes, durchweichtes Papiertaschentuch in ihrer Hand. Offensichtlich hatte sie geweint – ich wusste nur zu gut, wie sie sich fühlte.

»Ich bin eine gute Zuhörerin, wenn Sie reden möchten, Annie«, sagte ich beinahe beiläufig.

Ich wollte nicht den Eindruck erwecken, dass ich sie bedrängte, aber sie schien ernstlich jemanden zu brauchen, bei dem sie sich ihren Kummer von der Seele reden konnte.

»Ich bin über ihn hinweg«, sagte sie. »Wirklich. Wenn ich traurig bin, dann wegen der Dinge, die wir zusammen hätten haben können und die mir jetzt entgehen. Meine Mom meint, ich sei in den Gedanken verliebt gewesen, verliebt zu sein, und ich glaube langsam, sie hat recht damit.«

»So sind Mütter nun einmal, nicht wahr?« Ich setzte mich auf den Hocker auf der anderen Seite des Tresens. »Sie scheinen uns besser zu kennen als wir uns selbst.«

Annie musterte die Oberfläche der Marmorplatte, als würde sie in der Maserung einen verborgenen Sinn suchen.

»Lenny unterliegt dem Irrglauben, ich würde meine Meinung ändern. Das habe ich schon einmal getan, doch das passiert mir nicht erneut – da kann er lange warten.« Sie sagte es mit derselben Entschlossenheit, die ich früher schon bei ihr gehört hatte.

Ich goss jeder von uns einen Becher heißen Tee ein und wartete darauf, dass Annie weitersprach. Falls sie es wollte. Obwohl meine Neugier geweckt war, würde ich sie nicht mit Fragen bombardieren.

Nach einer Weile griff sie nach dem Becher und umschloss ihn mit den Händen, als brauche sie die Wärme. »Es ist die beste Lösung.«

Da ich nicht kapierte, was sie meinte, schaute ich sie nur schweigend an und trank von meinem Tee.

»Ich habe Lenny geliebt. Komisch, nicht wahr? So sehr, dass ich ihn sogar heiraten wollte. Dann fand ich heraus, dass er mich mit einer anderen Frau betrogen hatte. Sobald ich von seinem ›kleinen Ausrutscher‹ erfuhr, wie er es nannte, habe ich die Beziehung beendet. Und mich nach einer gewissen Zeit überreden lassen, es noch einmal mit ihm zu versuchen. Ihm eine zweite Chance zu geben.«

»Darauf haben Sie sich wirklich eingelassen?«

Sie nickte. »Bis es vor sechs Monaten erneut passierte. Wieder ein kleiner Ausrutscher. Das war es dann. Diesmal blieb ich hart und löste die Verlobung. Zuerst habe ich es meinen Eltern verschwiegen, denn meine Familie mochte Lenny. Er ist offen und sympathisch, lustig und witzig. Wenn man ihn sieht, denkt man, was für ein netter Bursche. Der Traum aller Schwiegermütter.«

»Sofern man von dem einen Fehler absieht, oder?«

Annie hob den Becher an die Lippen. »Ein ziemlich großer Fehler, finden Sie nicht? Leider hat Lenny nicht akzeptiert, dass ich ihn nicht mehr heiraten will.«

Für mich hörte sich das Ganze an, als habe sie eine kluge Entscheidung getroffen und müsse sich glücklich schätzen, ihn los zu sein.

»Das Problem ist nur«, fuhr Annie fort und starrte in ihren Becher, »dass ich ihn und das Zusammensein mit ihm nach wie vor vermisse. Obwohl ich nicht begreife, wieso.« Sie stieß ein bitteres Lachen aus. »Ist das nicht absolut lächerlich?«

»Ganz und gar nicht.« Ich stützte die Ellbogen auf den Tisch und hielt meinen Teebecher dicht an die Lippen. »Sie beide haben vermutlich viel Zeit miteinander verbracht, sodass das Zusammensein mit ihm einfach zur Gewohnheit wurde.«

Annie warf mir einen unglücklichen, herzzerreißenden Blick zu, während sie über meine Worte nachdachte.

»Sie haben recht. Ich habe ihn jeden Tag gesehen, und wir haben praktisch alles gemeinsam gemacht. Dachte ich zumindest«, fügte sie am Ende in einer Mischung aus Selbstironie und Traurigkeit hinzu.

»Ich glaube, dass Sie gut daran getan haben, einen Schlussstrich zu ziehen. Nicht auszudenken, wenn Sie seine Affären erst nach der Hochzeit entdeckt hätten.«

»Genauso sehe ich das auch. Er hingegen schwört Stein und Bein, seine Seitensprünge seien bedeutungslos gewesen.« Annie schloss die Augen und schüttelte den Kopf. »Er hat doch tatsächlich behauptet, die andere Frau hätte ihn verführt, um ihn mir wegnehmen zu können.«

»Glauben Sie ihm das?«

Sie winkte ab. »Ich denke, es spielt keine Rolle, ob ich ihm glaube oder nicht. Aus welchem Grund immer sie ihn verführte – er hatte die Wahl, Ja oder Nein zu sagen, und entschied sich dafür, mich zu betrügen.«

»Es schmerzt im Augenblick sicher sehr, aber das lässt im Laufe der Zeit nach«, versuchte ich sie zu trösten und dachte dabei an meine eigenen Erfahrungen, dass man nach und nach mit dem Schmerz zu leben lernt.

»Ich weigere mich einfach, einen Mann zu heiraten, dem ich nicht vertrauen kann. Trotzdem scheint Lenny fest davon überzeugt zu sein, ich würde meine Meinung ändern, wenn er mir nur genug zusetzt. Seit sechs Monaten verfolgt er mich mit seinem Gerede, dass wir es noch einmal versuchen sollten.«

Annie wusste nicht mehr ein noch aus. Dass sie einen Tag früher hierherkam, war eine Flucht. Vor Lenny und vor sich selbst. Weil sie vielleicht fürchtete, sie könnte sich ein weiteres Mal erweichen lassen. Ich konnte ihr bloß wünschen, dass der Aufenthalt in Cedar Cove ihr den nötigen Abstand verschaffte und das Gespräch mit mir sie in der Richtigkeit ihrer Entscheidung bestärkte und sie vor einem neuerlichen Nachgeben bewahrte.

Irgendwann, nachdem die Wunden verheilt und die Kränkungen vergessen waren, würde sie die Kraft finden für einen neuen Anfang.

Ohne Lenny.

6

In dem Bemühen, sich von ihren privaten Problemen abzulenken, hatte Annie sich mit Feuereifer in die Vorbereitungen für die Feier gestürzt.

Sie entwarf originelle Einladungen in Form kleiner Schriftrollen, die in speziellen Röhrchen verschickt werden mussten, stellte einen Vorschlag für die Gästeliste zusammen und nahm Kontakt zu über hundert Familienmitgliedern und Freunden auf. Außerdem organisierte sie einen Geistlichen für die Wiederholung des Ehegelöbnisses, wählte die Speisen für das Buffet aus und engagierte eine dreiköpfige Band, die in Cedar Cove eine Institution war. Denn die Väter der jetzigen Musiker hatten hier bereits vor fünfzig Jahren aufgespielt. Durchaus möglich also, dass Kent und Julie Shivers bei ihrem früheren Aufenthalt in der Gegend zur Musik dieser Band getanzt hatten.

Annie hatte wirklich alles perfekt arrangiert und nichts übersehen. Ausgenommen Lennys Entschlossenheit, sie zurückzugewinnen. Dieses Problem schien sie unterschätzt zu haben. Offenbar glaubte ihr verflossener Verlobter felsenfest daran, dass sie ihm irgendwann verzieh. Wenn sie es bereits einmal getan hatte, warum nicht ein zweites Mal? Das Problem war Annie sehr wohl bewusst – nur dass er so hartnäckig war, damit hatte sie nicht gerechnet.

Wie aufs Stichwort klingelte ihr Handy. Annie griff danach und blickte auf das Display. Lenny, ganz wie sie es vermutet hatte. Zuerst erwog sie, einfach nicht ranzugehen und ihm auf diese Weise die Vergeblichkeit seiner Versuche vor Augen zu führen. Aus leidvoller Erfahrung wusste sie jedoch, dass das nicht funktionierte. Nachdem sie einmal zwei Wochen lang seine Anrufe ignoriert hatte, begann er sie mit Nachrichten auf dem Anrufbeantworter, mit SMS und E-Mails zu bombardieren. Annie wäre beinahe verzweifelt. Und jetzt ging das wieder los. Sie durfte sich nicht drücken, sondern musste der Sache ein für alle Mal ein Ende bereiten, sonst ruinierte Lenny am Ende womöglich noch die Feier zu Ehren ihrer Großeltern. Sie traute ihm mittlerweile alles zu.

Sie atmete einmal tief durch und nahm den Anruf an, gab ihm aber keine Möglichkeit, etwas zu sagen.

»Habe ich dir nicht zweifelsfrei zu verstehen gegeben, dass ich mir deine Anrufe verbitte?«, fauchte sie ihn an. »Es gibt definitiv nichts, was du vorbringen könntest, um mich umzustimmen. Ich will nicht mehr. Kapier das endlich!«

»Annie, bitte.«

»Ich weiß nicht, wie oft ich es noch sagen muss, Lenny: Es ist aus und vorbei, ohne Wenn und Aber. Und ich wünsche darüber hinaus, von dir in Ruhe gelassen zu werden. Keine Anrufe mehr, keine Nachrichten, nichts. Hast du mich verstanden?«

Das müsste doch reichen, dachte Annie. Klarer und schonungsloser konnte sie ihren Entschluss, sich endgültig von ihm zu trennen, kaum zum Ausdruck bringen. Sie sah sich getäuscht: Ihre deutlichen Worte perlten an ihm ab wie Wassertropfen.

»Nein, ich verstehe dich nicht«, antwortete Lenny gereizt. »Ich verstehe überhaupt nichts mehr.«

»Ich nenne nur zwei Namen, und dann weißt du hoffentlich Bescheid. Nicole und Sadie … Und vielleicht sind da sogar noch andere.«

Erneut versuchte er, den Kopf aus der Schlinge zu ziehen. »Wie oft muss ich dir versichern, dass alles ihre Schuld war. Sie haben mich verführt …«

Annie stieß ein höhnisches Lachen aus. Sie konnte es nicht fassen. Lenny war nicht nur ein untreuer Schuft, sondern zudem ein elender Feigling, der nicht einmal zu seinen Seitensprüngen stand.

»Du bist reingelegt worden, willst du damit sagen? Und wenn schon: Den Fehler, dich darauf einzulassen, hast du aus freien Stücken begangen. Und genau das ist der Grund für das Ende unserer Beziehung und für meinen Wunsch, dich nie wiederzusehen.«

Annie seufzte. Wie oft hatte sie ihm das in den vergangenen sechs Monaten schon gesagt? Mal ruhig, mal wütend, aber nie war die Botschaft bei ihm angekommen. Jetzt drückte er sich vor einer Antwort.

»Wo bist du?«, fragte er stattdessen vorwurfsvoll. »Ich habe über eine Stunde lang vor deiner Wohnung gesessen und auf dich gewartet, weil ich mit dir sprechen wollte. Siehst du eigentlich nicht, was du mir antust? Ich kann nicht mehr schlafen, ich kann nichts mehr essen. Wir müssen diese Angelegenheit ein für alle Mal bereinigen, bevor ich den Verstand verliere.«

Annie grub frustriert die Finger in die Bettdecke. Jetzt

machte er auch noch auf die Mitleidstour. Immer nur er. Alles drehte sich um ihn. Warum war ihr das nicht früher aufgefallen? Wie konnte sie bloß so blind gewesen sein? Weil sie, wie ihre Mutter behauptete, verliebt gewesen war in den Gedanken, verliebt zu sein?

Sie konzentrierte sich wieder auf Lenny. »Ich bin nicht in Seattle«, sagte sie kurz angebunden.

»Das habe ich gemerkt.« Seine Stimme klang ärgerlich. »Aber wo steckst du? Sag es mir, dann komme ich zu dir, und wir reden wie vernünftige Menschen miteinander. Ich bin todunglücklich ohne dich, Annie. Bitte, sei nicht so grausam!«

Ein Treffen mit ihm war nun wirklich das Letzte, was sie gebrauchen konnte.

»Lenny, es ist aus. Ich weiß nicht, wie oft ich es noch wiederholen muss: Unsere Beziehung ist kaputt, zu Ende, vorbei. Wir werden nicht heiraten.«

»Wenn meine Familie und vor allem meine Mutter das herausfindet …«

»Soll das heißen, dass du ihnen bislang nichts erzählt hast?« Nicht zu fassen! Nun, das würde sie sich sofort zunutze machen. »Hör zu«, flötete sie zuckersüß, »wenn du möchtest, werde ich das gerne für dich übernehmen. Um dir die Probleme und die Peinlichkeit zu ersparen, verstehst du.«

»Nein, tu das bitte nicht.«

»Dann lass mich endlich in Ruhe.«

»Das kann ich nicht und werde ich nicht, bis wir uns ausgesprochen haben.«

Obwohl er sie eindeutig unter Druck zu setzen versuchte, gab es aus Annies Sicht nichts mehr zu sagen und zu besprechen. Nicht nachdem sie ihn endgültig durchschaut hatte. Lenny war ein unterhaltsamer Charmeur, dessen Gesellschaft man schätzte. Nicht umsonst stand er meist im Mittelpunkt der allgemeinen Aufmerksamkeit und war in seinem Beruf als Autoverkäufer ausgesprochen erfolgreich. Nur hatte Annie inzwischen bemerkt, dass unter der attraktiven Oberfläche bei ihm nichts steckte. Ihm fehlte jeder Tiefgang, jede Ernsthaftigkeit. Für ihn war das Leben bloß ein Spiel. Worte kosteten nichts, wie ihr Vater zu sagen pflegte.

»Meine Mutter lässt nichts auf dich kommen …«

»Ich bin sicher, sie wird Nicole oder Sadie ebenfalls mögen«, erwiderte sie spitz.

Lennys Mutter war sowieso davon überzeugt, dass ihr kostbarer Sohn ohne Fehl und Tadel sei, aber den Kommentar verkniff sie sich, um nicht weitere Diskussionen heraufzubeschwören.

»Annie, sag mir bitte, wo du bist, damit wir uns nicht am Telefon unterhalten müssen.«

»Wo ich bin, geht dich wirklich nichts an.«

»Du bist also wild entschlossen, mir aus dem Weg zu gehen, oder wie soll ich das verstehen?«

Eines musste man Lenny lassen: Er gab nicht auf, egal was man tat. Ob man mit ihm redete oder nicht, ob man seine Anrufe annahm oder sie ignorierte, ob man auf seine zahllosen SMS reagierte oder nicht – Lenny hielt unverbrüchlich an seiner Überzeugung fest, dass noch nicht alles verloren sei.

Sie wechselte die Strategie und ließ ihn schmoren, indem sie beharrlich schwieg.

»Annie?«

»Lenny. Bitte. Hör. Mir. Zu«, betonte sie jedes einzelne Wort.

»Natürlich. Ich tue alles, um meinen Fehler wiedergutzumachen. Alles. Du musst nur sagen, was du verlangst, und ich tue es«, unterbrach er sie eifrig.

Es war noch nicht lange her, dass sie ihm in einer ähnlichen Situation geglaubt hatte und weich geworden war. Doch das passierte ihr kein zweites Mal. Darauf konnte Lenny Gift nehmen.

»Was ich will, was ich wirklich will, ist, dass du mir zuhörst. Das, was ich dir zu sagen habe, meine ich nämlich ernst.«

»Ich meine es auch ernst, Süße.«

»Ich habe dir den Verlobungsring nicht deshalb zurückgegeben, weil ich wütend war, sondern …«

»Weiß ich ja alles«, unterbrach er sie, und seine Stimme überschlug sich förmlich. »Du hättest mir die Augen auskratzen können und hast es nicht getan. Warst ganz ruhig, irgendwie emotionslos. Deshalb kam ich zu dem Schluss …«

»Lenny, du sollst mir zuhören und nicht reden.«

»Okay, okay, sag, was du mir sagen willst, und ich verspreche, dir meine ungeteilte Aufmerksamkeit zu schenken.«

Annie holte tief Luft, während sie sich im Geiste die Worte zurechtlegte. Sie musste zu ihm durchdringen, sich klar und unmissverständlich ausdrücken.

»Ich habe dir den Ring zurückgegeben, weil wir beide unter keinen Umständen jemals heiraten werden.« Sie ließ ihm einen Moment Zeit, um ihre Worte zu verarbeiten. »Verstehst du, was ich sage, Lenny?«

Nach kurzem Zögern murmelte er: »Ich denke schon.«

»Gut.«

»Und wann kann ich dich sehen?«, fragte er.

Annie widerstand dem Drang, einfach die Verbindung zu unterbrechen. »Du hast mir offenbar immer noch nicht richtig zugehört, Lenny. Wir werden uns nie wiedersehen.«

Jetzt schien er ernstlich schockiert. *»Nie mehr?* Das kann nicht dein Ernst sein.«

»Es ist so ernst wie ein geplatzter Scheck an den Fiskus.«

Da Lenny sich exakt mit diesem Problem im Jahr zuvor konfrontiert gesehen hatte, hoffte sie, er würde die Tragweite ihrer Worte begreifen.

»Du meinst, dass du mich nicht mehr sehen willst? Überhaupt nicht mehr?«

Wie es aussah, konnte sie sagen, was sie wollte – Lenny weigerte sich, sie ernst zu nehmen. Annie hatte keine Ahnung, wie sie es noch deutlicher formulieren sollte. Wahrscheinlich konnte sie sich die Mühe sparen. Lenny *wollte* es nicht kapieren, das war das Problem. Vermutlich hoffte er, sie irgendwann beschwatzen zu können. Schließlich gehörte es zu seinem Geschäft, selbst widerstrebende Kunden von der Güte seiner Ware zu überzeugen. So ähnlich kam ihr das zumindest manchmal vor. Dass Verkaufsstrategien nicht zum Kitten persönlicher Beziehungen taugten, erkannte er in seiner Selbstüberschätzung nicht.

»Nie mehr«, bestätigte sie mit kühler, unbeteiligter Stimme. »Welchen Grund sollte ich haben, dich sehen zu wollen?«

»Äh …« Lenny zögerte, als würde ihm dazu nichts einfallen, und vermutlich war es auch so.

Annie verbiss sich ein Lachen. Sobald es nicht um ihn ging, geriet er ins Schleudern, und bestimmt hatte er bei dem ganzen Drama nie über ihre Gefühle nachgedacht. Trotz all seiner Versuche, sie zurückzugewinnen, war das Wort Liebe nie gefallen. Scheinbar bestand seine größte Sorge darin, wie er die geplatzte Verlobung seiner Mutter erklären sollte.

»Bitte ruf mich nicht mehr an, Lenny.«

»Nie mehr?« Die Worte schienen sich in sein Gedächtnis eingebrannt zu haben.

»Du hast es erfasst. Nie mehr. Unsere Verlobung, unsere Beziehung ist vorbei. Und bevor du erneut mit irgendwelchen Einwänden kommst, lass dir noch einmal versichern, dass es mir ernst ist damit. So ernst, dass ich Anzeige gegen dich erstatte und eine einstweilige Verfügung erwirke, falls du nicht aufhörst, mich zu belästigen. Wäre im Übrigen beruflich nicht unbedingt günstig.«

»Das würdest du nicht tun«, stieß er hervor und schnappte vernehmlich nach Luft.

»Lass es lieber nicht darauf ankommen, Lenny. Zur Not werde ich es tun.«

Ohne weitere Argumente seinerseits abzuwarten, beendete sie das Gespräch. Blieb noch ein paar Minuten mit dem Telefon in der Hand sitzen, falls er sich prompt wieder meldete, und ließ das Handy schließlich erleichtert in ihre Tasche fallen. Vielleicht war es jetzt wirklich vorüber, dachte sie und griff nach einem Buch.

Doch die Diskussion mit Lenny ging ihr nicht aus dem

Kopf. Sie überlegte kurz, eine Freundin anzurufen, um das Ganze durchzuhecheln, und verwarf den Gedanken wieder. Vorbei war vorbei, und das galt auch für sie. Vor allem würde sie künftig entschiedener gegen ihre unterschwelligen Gefühle ankämpfen. Es musste ein Ende haben, dass sie den untreuen Ex trotz allem irgendwie vermisste und bisweilen hinsichtlich der Richtigkeit ihrer Entscheidungen schwankte. Sie sollte stattdessen gottfroh sein, dass sie ihm den Laufpass gegeben hatte. Mit solch guten Vorsätzen beschloss sie, noch ein Weilchen zu lesen und dann früh zu schlafen. Schließlich würde der morgige Tag anstrengend werden.

Fünfzig Jahre waren ihre Großeltern verheiratet. Da hatten sie wirklich ein großes Fest verdient – eines, das zum Höhepunkt ihrer Ehe würde. Ob sie so etwas je erlebte, fragte Annie sich. Immerhin weckte das Vorbild der Großeltern in ihr die Hoffnung, dass eine Beziehung auch von Dauer sein konnte. Allerdings brauchte man dafür den geeigneten Mann, und den musste sie erst finden. Zumindest aber hatte sie sich von dem falschen bereits getrennt, und das war immerhin ein erster Schritt in die richtige Richtung.

Mary Smith saß bereits am Frühstückstisch, als Annie die Treppe hinunterkam. Am Nachmittag zuvor hatten sie sich nur kurz unterhalten, denn nicht lange nach Annies Ankunft war Mary in ihr Zimmer hochgegangen. Ein deutliches Signal, dass ihr der Sinn nicht nach Gesellschaft stand. Annie, ebenfalls nicht in der Stimmung für belangloses Geplauder, war das nur recht gewesen.

»Kaffee?«, fragte Jo Marie, sowie ihr zweiter Gast den

Frühstücksraum betrat. Annie blieb einen Moment lang stehen und hielt ihr Gesicht der Sonne entgegen, die durchs Fenster schien und das Zimmer mit Licht und Wärme erfüllte. Ein solches Wetter Ende Mai war für die Gegend eher ungewöhnlich und stellte eine angenehme, überaus willkommene Überraschung dar. Für die Zeremonie des Treuegelöbnisses am Wasser war es das Tüpfelchen auf dem i.

Annie nahm von dem gedeckten Tisch eine Kaffeetasse und ließ sie sich füllen.

»Wie ich hörte, haben Sie beide sich gestern schon miteinander bekannt gemacht«, sagte Jo Marie und blickte von einer zur anderen.

»Ja«, antwortete Mary einsilbig.

»Annies Großeltern und ein Freund der Familie werden im Laufe des Tages hier eintreffen«, erklärte Jo Marie ihr.

»Gefolgt von einer Schar Verwandter, von denen einige hier übernachten werden«, fügte Annie hinzu. »Aber keine Sorge, die machen keinen Lärm.«

»Damit haben wir heute das Haus voll«, schloss Jo Marie.

Mary blickte mit reservierter Miene von ihrem Teller auf. »Findet ein Familientreffen statt?«

»Meine Großeltern feiern ihre Goldhochzeit«, sagte Annie: »Ich denke, Sie werden ihnen vermutlich irgendwann über den Weg laufen. Es sind reizende alte Leute, die Ihnen sicher gefallen.«

»Ganz bestimmt«, erwiderte Mary mit einem deutlichen Mangel an Begeisterung.

»Was mich erstaunt, ist die Tatsache, dass meine Großeltern nach all diesen Jahren noch verliebt ineinander sind.«

Annie blickte versonnen vor sich hin. Sie fand es immer rührend, wie die beiden sich halfen. Ihre Großmutter legte dem Großvater jeden Morgen seine Tabletten zurecht, und er half ihr, die Betten zu machen und das Frühstücksgeschirr abzuwaschen. Abends saßen sie nebeneinander in ihren Sesseln, und während die Großmutter strickte, löste der Großvater Kreuzworträtsel. Sie unterstützten, halfen und ermutigten sich gegenseitig. Kein anderes Paar, das sie kannte, ging so liebevoll miteinander um. Deshalb hatte Annie auch alles darangesetzt, ihr Fest zu etwas Besonderem zu machen. Zu einem Erlebnis, von dem die Großeltern für den Rest ihres Lebens zehren würden.

»Fünfzig Jahre, sagen Sie?«, fragte Mary jetzt mit mehr Interesse. »Dann haben sie in den Sechzigern geheiratet, oder?«

»Ja. Sie waren schon auf dem College zusammen – leider musste Grandpa es wegen Geldmangel verlassen.«

»Stammen sie aus Cedar Cove?«

»Nein, aus Oregon«, erklärte Annie. »Allerdings haben sie hier geheiratet. Als feststand, dass mein Großvater eingezogen und nach Vietnam geschickt würde, hat er sich zur Marine gemeldet, was weniger gefährlich war als die Infanterie. Seine Ausbildung erhielt er dann auf dem Marinestützpunkt in Bremerton.«

»Und bevor er nach Vietnam musste, haben sie geheiratet«, wollte Jo Marie wissen.

»Ja, schließlich wussten sie nicht, wann und ob sie sich wiedersahen. Sie beschlossen sogar, auf eine Hochzeit in der Kirche mit allem Drum und Dran zu verzichten. Trotzdem irgendwie romantisch, nicht wahr? Die beiden ganz allein ... Deshalb veranstalten wir jetzt eine Riesenfeier. Um das Versäumte nachzuholen.«

»In dieser Zeit der schnellen, problemlosen Scheidungen ist es etwas Wunderbares, Menschen zu treffen, deren Ehe gehalten hat«, meinte Mary.

»Es war nicht immer alles eitel Sonnenschein. Großvater arbeitete im Baugewerbe und hatte in Zeiten, als die Wirtschaft am Boden lag, monatelang keinen Job. Doch solche Schwierigkeiten scheinen sie eher zusammengeschweißt als auseinandergebracht zu haben.«

»Wirklich ungewöhnlich«, sagte Jo Marie. »Finanzielle Probleme belasten Beziehungen und Ehen nicht selten so stark, dass sie zerbrechen.«

»Das stimmt«, bestätigte Mary seufzend. »Ich habe es selbst mehr als einmal in meinem Bekanntenkreis miterlebt.«

»Sind Sie verheiratet?«, fragte Annie, die ihre Neugier nicht unterdrücken konnte.

»Nein«, erwiderte Mary, ohne einen Kommentar dazu abzugeben.

»Es tut mir leid, wenn ich taktlos war, Mary«, entschuldigte Annie sich – sie hatte das Gefühl, einen wunden Punkt berührt zu haben.

Die andere hob abwehrend eine Hand. »Das waren Sie nicht. Nein, ich habe nie geheiratet. Einmal geriet ich allerdings fast in Versuchung, aber das ist Jahre her.«

In ihren Augen flammte ein so sehnsüchtiges Verlangen auf, dass Annie sich zurückhalten musste, um ihr nicht tröstend eine Hand auf die Schulter zu legen.

»Trotzdem finde ich es schön, Paaren zu begegnen, die es schaffen, eine glückliche Ehe zu führen. Wie Ihre Großeltern«, fügte Mary hinzu.

Annie nickte. »Ja, das ist auch für mich bewundernswert. Bislang hatte ich selbst in dieser Hinsicht leider kein allzu glückliches Händchen.«

»Ich freue mich jedenfalls darauf, das Goldhochzeitspaar kennenzulernen«, sagte Jo Marie und ging in die Küche, um gleich darauf ein Tablett mit Muffins, aufgeschnittenem Bananenbrot und dicken Scheiben Bauernbrot hereinzubringen.

Annie setzte sich zu Mary an den Tisch und nahm sich einen Muffin. Es gab in diesem Haus offenbar außer ihr noch andere, die von ihren Großeltern in puncto Liebe und Ehe etwas lernen konnten.

7

Im Moment waren Mary und Annie meine einzigen Gäste, doch bald würde ich das Haus voll haben.

Während ich das Frühstücksgeschirr abräumte, beobachtete ich die beiden Frauen, die die Treppe hochgingen. Annie, die schnell ihre Tasche holen wollte, um im Ort letzte Absprachen mit dem Floristen zu treffen, lief leichtfüßig nach oben. Mary folgte ihr entschieden langsamer, blieb alle vier oder fünf Stufen stehen, um ein paarmal durchzuatmen.

Sie schien meine Gegenwart zu spüren, denn sie drehte sich um. »Mir geht es gut«, sagte sie, obwohl sie etwas atemlos klang. »Ich brauche nur eine Weile.«

»Benötigen Sie Hilfe? Ich kann Sie gerne stützen.«

Sie schüttelte den Kopf. »Nein, danke. Ich lege mich ein bisschen hin, danach bin ich so gut wie neu. Noch habe ich nicht allzu viel Kraft, fühle mich jedoch bereits wesentlich besser als vor ein paar Wochen.«

Trotz Marys zuversichtlicher Worte machte ich mir nach wie vor Sorgen wegen der Treppe und bedauerte, dass ich ihr das Erdgeschosszimmer nicht hatte geben können. Vermutlich war Kent Shivers besser zu Fuß als sie.

Als das Telefon klingelte, winkte ich ihr zu und eilte in mein Büro. »Rose Harbor Inn.«

»Ich wollte dir schnell sagen, dass ich heute nicht an deinem Garten weiterarbeite.«

»Oh.« Ich schluckte meine Enttäuschung hinunter. »Ich habe gerade an dich gedacht und mich gefragt, ob du wohl kommst.«

»Entschuldige, aber ich habe noch andere Verpflichtungen, wie du weißt.«

»Ja, ist schon okay.«

»Ich verspreche, dass der Rasen bis übermorgen wieder einigermaßen ordentlich aussieht.«

»Danke, das ist nett«, erwiderte ich. »Könntest du mir außerdem grob geschätzt sagen, wann du in etwa mit dem Garten fertig wirst?«

»Nein, kann ich nicht«, sagte er und schien über mein Ansinnen alles andere als erfreut. »Ich habe dir immer erklärt, dass dieses Projekt für mich nicht oberste Priorität hat.«

Als ob er mich daran erinnern müsste.

»Wenn du jemanden findest, der nach Zeitvorgaben zu arbeiten bereit ist, steht es dir frei, ihn damit zu beauftragen.«

»Du bist heute Morgen mal wieder ein richtiger Sonnenschein«, erwiderte ich leicht gereizt. »Wirklich, Mark, du hast keinen Grund, so miesepetrig zu sein.«

Er überging die Bemerkung. »Ich bringe dir deinen Teller später vorbei.«

»Wann immer du willst.«

»Bis dann.«

Er legte auf, und ich fragte mich kopfschüttelnd, welche Laus ihm über die Leber gelaufen war. Der Mann hatte eindeutig ein Problem – und es zudem geschafft, mich mit seiner schlechten Laune anzustecken. Ich ließ sie an meiner Küche aus, indem ich die Arbeitsplatte mit einer solchen Heftigkeit scheuerte, wie ich es sonst nur bei verkrusteten Töpfen und Pfannen tat. Offenbar war die Missstimmung zwischen Mark und mir entgegen meiner Erwartung doch noch nicht behoben.

In diesem Moment kündigte Rovers Bellen an, dass sich jemand dem Haus näherte. Mark, wie mir ein kurzes, gebieterisches Anklopfen verriet. Wie immer wartete er nicht darauf, dass ich zur Tür kam, sondern trat unaufgefordert ein.

»Ich bringe dir deinen Teller zurück.«

»Haben dir die Plätzchen geschmeckt?«

»Bist du auf Komplimente aus? Du warst ja gestern dabei, als ich sie probiert habe.«

»Trotzdem würde mich ein Dankeschön oder Ähnliches freuen.«

Ich merkte selbst, wie albern meine Reaktion war, und im Grunde genommen war ich nicht wegen der Plätzchen verärgert, sondern wegen seiner laschen Arbeit an meinem Rosengarten. Aber darüber konnte und wollte ich mit ihm nicht streiten, und insofern kam mir die Sache mit den Plätzchen gerade recht, um Dampf abzulassen.

»Schön, okay. Danke. Jetzt muss ich los. Bin schon spät dran«, sagte er und wandte sich zur Tür.

Rover blickte erwartungsvoll zu ihm auf. Gespannt beobachtete ich, ob er den Hund wohl streicheln würde oder ob Rover seine Verärgerung ebenfalls zu spüren bekam. Mark zögerte ein paar Sekunden, dann bückte er sich und kraulte ihn zwischen den Ohren. Rover hob den Kopf und genoss die Aufmerksamkeit.

»Du bist ein nichtsnutziger Hund und ein elender Bettler dazu«, sagte Mark.

Augenblicklich fühlte ich mich beleidigt. »Er ist ein guter, lieber Junge«, widersprach ich.

»Nutzlos und lästig«, beharrte er, doch mir entging nicht, dass er fortfuhr, liebevoll Rovers Ohren zu kraulen.

»Kannst du mir denn verraten, wann du ungefähr mit der Arbeit im Garten weitermachen wirst?«, versuchte ich erneut mein Glück, obwohl ich mir langsam blöd vorkam.

»Bald.«

»Morgen?«

»Kann ich nicht sagen, aber ich sehe, was sich machen lässt.«

»Das wäre nett.«

Mark richtete sich auf. »Gib die Hoffnung nicht auf. Ich tue, was ich kann, um ihn halbwegs herzurichten – perfekt wird es allerdings nicht werden.«

»Schon verstanden.«

Er nickte mir zu und war weg. Ich hörte, wie die Tür hinter ihm mit einem leisen Klicken ins Schloss fiel.

Es würde nichts bringen, Mark Vorhaltungen zu machen oder ihn daran zu erinnern, dass sich seine ursprüngliche Schätzung auf einige Wochen Arbeit belaufen hatte. Das war Monate her. Dennoch war es schwer, nicht den Mut zu verlieren.

Bevor ich mich weiter über Dinge aufregte, die nicht zu ändern waren, beschloss ich, ein Strickstündchen einzulegen. Ich ging in mein Zimmer, griff nach meinem Strickzeug und setzte mich in den Sessel vor dem Kamin.

Vielleicht half es mir ja heute, ruhiger und gelassener zu werden.

Leider gelang es auch diesmal nicht. Mark und sein schroffes Verhalten, das mich immer wieder aufs Neue aufbrachte, wollten mir nicht aus dem Kopf. Irgendwie meinte ich sogar ein bestimmtes Verhaltensmuster bei ihm festzustellen. Immer wenn wir gerade einen Zwist beigelegt hatten, tat oder sagte Mark garantiert etwas, das mich erneut verärgerte. Und zwar mit voller Absicht. Ein Schritt nach vorne und zwei, manchmal drei zurück.

Warum feuerte ich ihn eigentlich nicht, obwohl er mich beständig provozierte und mir die Stimmung verdarb? Zumal ich dabei, wie ich zu meinem Bedauern feststellte, selbst nicht gerade liebenswerter, sondern zänkisch, reizbar und ungerecht wurde. Trotz all seiner Verdienste war Mark nicht unersetzlich. Bestimmt fand sich jemand für Reparaturen im Haus, für die Pflege des Gartens, für den Bau des Pavillons … Doch es wäre eben nicht Mark.

Irgendwie hatte ich mich an ihn gewöhnt und vermisste ihn, wenn er einmal nicht kam. Wie vorgestern nach unserem Streit. Schließlich hatte er ja auch seine netten Seiten, die er leider allzu oft nach Kräften zu verbergen suchte. So war er eben. Voller Widersprüche.

Er schloss mit mir Frieden und verhielt sich gleich am nächsten Tag besonders unfreundlich. Er freute sich über meine Plätzchen, um sie später keiner Erwähnung wert zu finden. Er machte meinen Hund schlecht und kraulte ihm gleichzeitig ausdauernd die Ohren.

Wer sollte so etwas verstehen?

Und woher diese beiden Gesichter, die so gar nicht

zueinander passten? Offen gestanden, war Mark mir ein Rätsel. Ein Buch mit sieben Siegeln. Manchmal fragte ich mich, ob es mit mir zu tun hatte. Irgendetwas an mir schien ständig seinen Widerspruch herauszufordern. Ich zog so heftig an der Wolle, dass das Knäuel aus dem Korb rutschte und über den Läufer rollte. Rover, der glaubte, ich würde mit ihm spielen, brachte es mir zurück.

»Guter Junge.« Ich streichelte seinen Kopf.

Es waren Zeiten wie diese, in denen ich Paul wirklich vermisste. Und beständig daran dachte, was wäre, wenn er noch lebte und bei mir sein könnte. Oft handelte es sich um Kleinigkeiten, die mir meinen Verlust wieder verstärkt ins Bewusstsein riefen und meine Trauer erneut auflodern ließen wie ein verzehrendes Feuer. Und das Gefühl, beraubt worden zu sein von einem unbarmherzigen Schicksal, legte sich schwer auf meine Seele.

Von Paul kehrten meine Gedanken zu Mark zurück, der schließlich ein Teil meines Alltags war. Es sah fast so aus, als ob er generell keine zu große Nähe wollte. Wann immer ich ihn irgendwo erwähnte, wurde er als Handwerker in den höchsten Tönen gelobt, aber kaum jemand vermochte etwas über ihn zu sagen. Er hielt andere Menschen auf Abstand und hatte anscheinend keine Freunde. Lediglich flüchtige Bekannte. Er sprach selten über sich, und manchmal ging meine Fantasie schon mit mir durch, indem ich ihn etwa in einem Zeugenschutzprogramm vermutete. Irgendeinen Grund musste es doch geben, dass niemand etwas von ihm wusste und er wie ein Mann ohne Vergangenheit daherkam.

Ich strickte die Reihe zu Ende, räumte das Strickzeug beiseite und kehrte in die Küche zurück. Nachdem das

Stricken mir nicht die erhoffte Ruhe verschafft hatte, beschloss ich, es mit einem Spaziergang zu versuchen. Bei der Gelegenheit konnte ich ein Buch, das ich kürzlich ausgelesen hatte, in die Bücherei zurückbringen. Mit etwas Glück traf ich vielleicht Grace dort an.

Sowie Rover sah, dass ich den Pullover überstreifte, lief er zur Waschküche, wo seine Leine hing. Er brannte darauf, sich ein bisschen zu bewegen. Da man in der Bücherei ausgesprochen tierlieb war und Hunde mit hereindurften, tat ich ihm den Gefallen.

Auf dem Weg den Hügel hinunter, fiel mir wieder der Anruf von Pauls ehemaligem Kommandeur ein. Heute liefen meine Gedanken wirklich im Zickzack. Jetzt beschäftigte mich die Frage, wie es den anderen Hinterbliebenen erging. Oder Witwen überhaupt. Dachten sie noch Jahre nach dem Tod ihrer Männer tagtäglich an sie? Grace müsste das eigentlich wissen. Sie konnte ich fragen, ob sie dieses Gefühl kannte, nur ein halbes Leben zu leben? Gott sei Dank war es nicht immer da, stellte sich aber mit Macht ein, wenn man sich einsam und verlassen vorkam.

Zu meinem großen Bedauern traf ich Grace nicht an. Sie habe, erfuhr ich, erst ab Mittag Dienst. Also gab ich das Buch ab, nahm ein anderes mit, das für mich bereits reserviert war, und machte mich auf den Rückweg. Die steile Straße, die ich jetzt bergauf gehen musste, erinnerte mich wieder einmal daran, dass ich regelmäßig Sport treiben sollte. Und wie immer fasste ich den Vorsatz, mich im hiesigen Fitnessstudio oder zur Wassergymnastik anzumelden.

Als ich mich meiner Pension näherte, sah ich ein Auto auf den Gästeparkplatz fahren. Ein ziemlich großer, sportlich aussehender Mann stieg aus, den ich auf Mitte bis Ende zwanzig schätzte. Er strich sich sein dunkles Haar zurück, bevor er eine der hinteren Türen öffnete und einer älteren Frau beim Aussteigen behilflich war. Mir fiel sofort auf, wie zuvorkommend er mit ihr umging.

Gleichzeitig sah ich, wie sich ein älterer Mann mühsam vom Beifahrersitz hievte, sich mit in die Hüften gestemmten Händen reckte und streckte, sich nach rechts und links beugte, als müsse er seine Knochen sortieren. Zweifellos handelte es sich um Kent und Julie, die Goldhochzeiter.

Mit Rover an der Leine beschleunigte ich meine Schritte.

»Hallo«, rief ich. »Sie müssen die Shivers sein.«

»Die sind wir«, sagte Kent.

»Jo Marie Rose.« Ich streckte erst Kent, dann Julie die Hand hin. »Und Sie sind Oliver?«

»Oliver Sutton«, bestätigte er.

»Herzlich willkommen.«

»Danke.« Julies Blick wanderte zu meinem B&B. »Ein wirklich schönes Haus haben Sie.«

»Ja, mir gefällt es ebenfalls, und ich hoffe, Sie werden sich hier wohlfühlen.«

»Sind die Zimmer fertig?«, fragte Kent. »Ich könnte ein Schläfchen brauchen.«

»Du hast doch während der Fahrt geschlafen«, beschwerte sich Julie und sah den Mann, mit dem sie seit fünfzig Jahren verheiratet war, unwillig an.

»Sicher nicht.«

»Du hast die ganze Zeit geschnarcht«, gab sie zurück.

»Wie oft soll ich dir noch sagen, dass ich nicht schnarche.«

Oliver ging grinsend um das Heck des Wagens und öffnete den Kofferraum.

»Wenn man das ganze Gepäck sieht, mit dem Julie reist, könnte man meinen, wir seien sechs Wochen unterwegs«, sagte Kent zu mir und verdrehte die Augen.

»Ich habe nur das Nötigste eingepackt«, verteidigte sich Julie.

»Waren zehn Bücher wirklich nötig?«, spottete Kent.

»Dafür haben wir schließlich ein Auto dabei. Und du solltest es dir abgewöhnen, ständig an allem und jedem herumzunörgeln, und deine Kommentare freundlicherweise für dich behalten.«

Kent schnaubte verächtlich und stakste steifbeinig Richtung Haus. Julie folgte ihm etwas langsamer. Ich bot Oliver an, ihm mit dem Gepäck zu helfen.

»Ich mache das schon, kein Problem.« Er schloss den Kofferraum und blickte zum Haus hinüber. »Was glauben Sie, wann Annie ankommt?«

»Oh, sie ist bereits da.«

»Tatsächlich?« Seine Augen weiteten sich vor Überraschung.

»Seit gestern Abend, sie hat hier übernachtet«, erwiderte ich. Allerdings wollte sie etwas mit dem Floristen besprechen und ist in die Stadt gegangen.«

Oliver wirkte hocherfreut. »Haben Sie eine Ahnung, wann sie zurückkommt?«

Ich sah auf die Uhr: kurz nach elf. »Das hat sie nicht

gesagt, aber ich denke nicht, dass sie lange wegbleibt. Sie sind ein bisschen früh dran, oder?«

»Ein bisschen, könnte man so sagen«, stimmte er lächelnd zu. »Kent und Julie sind Frühaufsteher.«

Julie, die dicht vor uns ging, drehte sich um. »Das kommt daher, dass Kent neuerdings nicht mal bis neun Uhr wach bleibt. Wegen ihm verpasse ich alle meine Lieblingsshows im Fernsehen«, stichelte sie.

»Wer sagt denn, dass du zur selben Zeit wie ich ins Bett gehen musst«, brummte Kent, der gerade die Stufen der Verandatreppe in Angriff nahm. »Glaubst du, ich mache das, um vor dir zu flüchten?«

»Schön, dann schlaf eben für den Rest deines Lebens allein, wenn dir das lieber ist.«

Ich eilte nach vorne, um Kent behilflich zu sein. Als ich eine Hand unter seinen Ellbogen schob, lächelte er und flüsterte mir zu: »Ich schaffe die Treppe ganz gut – wenn Sie allerdings meine Hand halten wollen, habe ich nichts dagegen.«

»Hören Sie nicht auf ihn. Kent braucht ein neues Knie, doch der Mann weigert sich strikt, sich operieren zu lassen«, rief Julie von hinten.

»Ich lasse mich von keinem Arzt aufschneiden«, knurrte Kent.

»Dummer alter Sturkopf.«

»Das habe ich gehört«, knurrte Kent, spähte über seine Schulter und fügte mit gedämpfter Stimme hinzu: »Besserwisserisches altes Weib.«

»Er hört auch noch schlecht«, erklärte Julie verächtlich.

Ich schielte zu Kent hinüber, der die letzte Bemerkung

nicht mitbekommen zu haben schien. Oliver, der die ersten Gepäckstücke soeben auf der Veranda abgestellt hatte, warf mir einen belustigten Blick zu, während er zum Wagen zurücklief, um den Rest zu holen: einen großen Koffer, eine Kosmetiktasche und zwei kleinere Reisetaschen.

Ich schüttelte den Kopf und führte die beiden Streithähne ins Haus. Machte schnell Rovers Leine los und überreichte Kent ein paar Unterlagen. Wer welches Zimmer bekam und so.

»Muss ich etwas unterschreiben?«, fragte Kent und tastete nach seiner Brieftasche.

»Nein, nein, alles erledigt. Annie hat sich darum gekümmert.«

»Ich hoffe, sie kommt bald zurück«, sagte Julie.

»Das tut sie bestimmt«, versprach ich. »Kann ich Ihnen Kaffee anbieten?«

Da alle drei ablehnten, händigte ich ihnen ihre Schlüssel aus und zeigte ihnen ihre Zimmer. Kent und Julie zogen sich sogleich zurück, Oliver trug ihnen das Gepäck hinterher. Vom Flur aus konnte ich hören, wie das Goldhochzeitspaar sich ankeifte.

Das also war das liebende Paar, von dem Annie so geschwärmt hatte. Meine Güte.

Oliver kam aus ihrem Zimmer und schloss die Tür.

»Alles in Ordnung?«, fragte ich.

»Ich denke schon. Allerdings kann man nur hoffen, dass sie sich nicht bereits vor dem Fest umbringen.«

8

Nachdem sich Mary nach dem Frühstück eine halbe Stunde aufs Bett gelegt hatte, um sich auszuruhen, fühlte sie sich frisch genug für einen kleinen Spaziergang. Der Onkologe hatte sie gedrängt, sich nicht zu verkriechen, sondern am Leben teilzunehmen. Und viel an die frische Luft zu gehen.

Zwar bewegte sie sich nach wie vor langsam, aber sie spürte, wie ihre Energie zurückkehrte, und das machte ihr Mut. Es war nicht wichtig, im Eiltempo die Treppen mehrstöckiger Gebäude hinaufstürmen zu können – Hauptsache, sie machte Fortschritte und hing nicht dauernd über einer Toilette, um ihren Mageninhalt von sich zu geben. Bei ihr hatte leider kein einziges Medikament gegen Übelkeit gewirkt.

Während sie die Treppe hinunterging, rechnete sie halb damit, dass Jo Marie aus der Küche stürzte und sie nach ihrem Befinden fragte. Doch alles blieb ruhig. Überhaupt war niemand zu sehen. Nicht einmal der Hund ließ sich blicken. Offensichtlich waren alle ausgeflogen – es sollte ihr nur recht sein.

Mit vorsichtigen Schritten verließ Mary das Haus und ging den steilen Hügel zum Wasser hinunter. Es zog sie zu der Rasenfläche bei dem Pavillon. Die Sonne schien, und der Tag war noch jung. Ein großes Schild kündigte das Unterhaltungsprogramm für den nächsten Monat an: *Konzerte in der Bucht*.

Ein Sänger wurde besonders angepriesen und mit Tony Bennett verglichen. Als ob das möglich wäre. George hatte damals in Seattle Karten für ein Konzert besorgt. Heimlich, um sie zu überraschen. Eigentlich war die Veranstaltung bereits ausverkauft, doch er ließ irgendwelche Beziehungen spielen. Weil er wusste, dass sie ein begeisterter Fan von Tony war. Und die ganze Zeit hatte er ihre Hand gehalten. Wie romantisch er gewesen war. So aufmerksam und rücksichtsvoll.

Mit den anderen Männern in ihrem Leben war es eher wild zugegangen. Hektisch und hemmungslos. Ohne Zärtlichkeit und Zartgefühl. Nur der Sex, der Rausch des Augenblicks zählte. Sonst nichts. Nicht so mit George. Mit ihm war das Liebesspiel langsam, sanft und so ungeheuer liebevoll gewesen.

Schon wieder George.

Seit das Flugzeug auf der Landebahn aufgesetzt hatte, kreisten ihre Gedanken um ihn. Zu verführerisch war das Wissen, dass er sich in ihrer Nähe befand. Mary setzte sich an einen der Picknicktische beim Pavillon und schaute über das Wasser der Bucht. Genau hinter der Landspitze lag Seattle.

Und dort lebte George.

Männer waren in ihr Leben getreten und wieder daraus verschwunden, aber es gab nur einen George. Sie hatte ihn damals geliebt, und sie liebte ihn heute noch. Die Erinnerungen drohten sie zu überwältigen, und sie biss sich auf die Unterlippe, um sie niederzukämpfen. Es gelang ihr nicht.

Wieso brachte sie es nicht fertig, sich besser unter Kontrolle zu haben? Wieder gab sie dem Krebs die Schuld. Diese vermaledeite Krankheit hatte nicht nur ihren Alltag, sondern ebenso ihr Gefühlsleben völlig durcheinandergebracht. Eine grenzenlose Wut erfüllte sie, wenn sie nur daran dachte. Es war nicht fair. Sie hatte Sport getrieben, sich ausgewogen ernährt, die Vorsorgeuntersuchungen wahrgenommen. Warum bekam sie Krebs? Sie verdiente es einfach nicht, das durchmachen zu müssen.

Als der Arzt ihr die Diagnose mitteilte, hielt sie es für ein Todesurteil und wollte schon aufgeben. Doch dann erwachte ihr Überlebenswillen. Sie beschloss, den Kampf mit dem Krebs aufzunehmen und ihn nach Möglichkeit zu besiegen. Zumindest würde sie nicht sang- und klanglos untergehen. Und daran klammerte sie sich nach wie vor, stemmte sich dem Krebs mit aller Kraft, die sie besaß, und all ihrer Willensstärke entgegen. Sie weigerte sich, einfach dazuliegen und auf den Tod zu warten. Das entsprach nicht ihrem Charakter, und so nahm sie die Krankheit in Angriff wie jedes andere Hindernis in ihrem Leben.

Mary erhob sich wieder, ging zum Ufer und lehnte sich gegen das Geländer. Ein weißer Seestern, der größte, den sie je gesehen hatte, klebte an einem Felsen im Wasser unter ihr. Er kam ihr vor wie ein Sinnbild ihrer eigenen Situation. Auch sie klammerte sich schließlich an etwas und kämpfte verzweifelt um ihr Leben. Und um alles, was die Krankheit ihr an Freiheiten und Chancen geraubt hatte.

Mary brauchte feste Strukturen. Sehnte sich danach. Sie war ein Gewohnheitsmensch, dessen Tag, ja, dessen gesamtes Leben absolut geordnet verlaufen musste. Nur dann funktionierte sie wirklich gut. Um acht Uhr eine Tasse Kaffee an ihrem Schreibtisch. Um zehn, um zwölf, um drei, um fünf – sie wusste immer, wann sie was tun und wohin sie gehen würde. Alles war sorgfältig organisiert.

Bis der Krebs alles auf den Kopf stellte.

Sie zog ihr Smartphone hervor und ging online. Es konnte nicht schaden, die Liste der in Seattle niedergelassenen Anwälte zu überprüfen. Ein Drang, dem sie bislang erfolgreich widerstanden hatte. Jetzt redete sie sich ein, dass es schließlich nicht schaden konnte nachzuschauen, ob er noch in Seattle wohnte. Das hieß ja noch lange nicht, dass sie Kontakt zu ihm aufnahm.

Sie brauchte nicht lange zu suchen, dann fand sie seinen Namen, zusammen mit seiner Telefonnummer.

George Hudson, Esquire. Der nachgestellte Titel verriet ihr, dass er nach wie vor als Rechtsanwalt tätig war.

Mary verließ den Bereich am Wasser und betrat einen Coffeeshop, dessen Spezialitätenkarte beeindruckend war. Sie hatte vergessen, dass die Menschen hier oben im Nordwesten Kaffee in allen nur denkbaren Variationen liebten und Unmengen davon konsumierten.

Insofern war es nicht verwunderlich, dass eine Kleinstadt wie Cedar Cove so viele Coffeeshops aufwies. Auf der Fahrt vom Highway zum Rose Harbor hatte sie allein sechs gezählt, und bestimmt gab es noch mehr. Und das in einem Ort mit weniger als siebentausend Einwohnern.

Der junge Mann hinter der Bar trug eine weiße Schürze, und sein Namensschild wies ihn als Conner aus. Er sah aus wie fünfzehn, war jedoch bestimmt älter.

»Was hätten Sie denn gerne?«, fragte er.

»Nur Kaffee.«

»Sind Sie sicher, dass Sie nicht unser Getränk des Tages probieren wollen?«

»Ist das Kaffee?«

»Natürlich, allerdings aromatisierter. Heute bieten wir Zuckerwatte-Latte an.«

»Zuckerwatte?«, fragte Mary fassungslos.

»Hey, das ist einer unserer Renner.«

»Zusammen mit Erdnuss und Popcorn?«

»Witzig.« Conner grinste. »Das haben wir bislang nicht getestet.«

»Einen ganz normalen Kaffee bitte.«

»Kommt sofort.« Er goss einen Becher voll und reichte ihn ihr.

Als sie bezahlte, bemerkte sie seinen Absolventenring.

»Haben Sie Sonntag auch Ihre Abschlussfeier?« Weil sie meinte, eine Erklärung für ihre Neugier abgeben zu müssen, fügte sie hinzu: »Ich habe ein junges Mädchen kennengelernt, das im Rose Harbor Inn arbeitet und mir davon erzählt hat.«

»Sie meinen das B&B?«

»Ja, genau das.«

» Hailey jobbt dort«, sagte er. »Jo Marie, der die Pension gehört, ist ein Schatz. Sie arbeitet Hailey ein bisschen ein. Ihr Laden ist zwar nicht groß, aber es ist ein Anfang.«

»Sie kennen Hailey?«

Mary hatte nicht mehr daran gedacht, dass in einer Kleinstadt jeder jeden kennt und es zumeist auch nur eine einzige Highschool gibt.

Sie selbst war in Boston geboren worden und dort aufgewachsen und musste früh auf eigenen Füßen stehen. Ihr Vater, der ein Alkoholproblem hatte, verlor ständig seinen Job, während ihre Mutter versuchte, mit zwei Arbeitsstellen die Familie durchzubringen. Mary war also nichts in den Schoß gefallen, hatte sich alles erarbeiten müssen und zusätzlich ihren jüngeren Bruder am Hals, der leider dem schlechten Beispiel seines Vaters folgte.

Die ganze Misere führte bei ihr zu der Erkenntnis, dass sie an einer eigenen Familie nicht interessiert war. Damit sie nicht eines Tages so endete wie ihre Eltern. Mary war ehrgeizig, wollte hoch hinaus und legte tatsächlich eine beeindruckende Karriere hin. Allerdings um den Preis ihres privaten Glücks.

»Jeder kennt Hailey«, riss Conner sie aus ihren Gedanken. »Sie kommt fast jeden Tag nach der Arbeit vorbei, und wir hängen ab.«

»Sie hängen ab?«

»Yeah, wir reden so, wissen Sie.«

»Aha.« Mary war in puncto Jugendsprache eindeutig nicht auf dem Laufenden.

»Ich bin Hailey um ein Jahr voraus. War im letzten Jahr schon mit der Schule fertig und verdiene mir jetzt Geld fürs College.«

»Wie schön.«

Mary hatte ebenfalls arbeiten müssen, um das College zu finanzieren, und kannte die Probleme. Zum Glück erhielt sie später aufgrund ihrer Leistungen Stipendien.

»Ja, ich bin froh über diese Möglichkeit. Heutzutage wachsen Jobs nicht gerade auf den Bäumen.«

»Ich weiß, was Sie meinen«, sagte sie und gab ihm ein großzügiges Trinkgeld.

Seine Augen weiteten sich, als er den Fünfdollarschein sah. »Wenn ich Ihnen nachschenken soll, sagen Sie es.«

»Danke.«

Mary suchte sich einen Fenstertisch aus, der auf die Harbor Street hinausging. Eine Frau kam vorbei und goss die Pflanzen, die leuchtend rot und gelb in den Blumenkästen neben den Straßenlaternen blühten.

»Sind Sie wegen des Möwenlockrufwettbewerbs hier?«, fragte Conner.

»Wie bitte?«

»Der Wettbewerb findet jedes Jahr statt. Eine große Sache. Einmal ist der Sieger sogar bei Jay Leno aufgetreten.«

Mary lächelte. »Tut mir leid, davon habe ich bislang nie etwas gehört. Muss mir wohl entgangen sein.«

»Nächsten Samstag ist es wieder so weit, unten am Wasser. Wer mit seinen Rufen die meisten Möwen anlockt, gewinnt. Falls Sie dann noch in der Stadt sind, sollten Sie mal vorbeikommen. Da ist echt immer viel los, und außerdem gibt es einen Bauernmarkt.«

»Das werde ich tun.«

»Hailey ist an den meisten Samstagen mit ihrer Mom auf dem Markt. Sie verkaufen selbst gemachtes Gelee. Meine Lieblingssorte ist Schokolade-Kirsch.«

»Gelee?« Anscheinend gab es eine ganze Geschmackswelt, die ihr bis heute entgangen war.

»Klingt komisch, ich weiß. Aber es ist das Beste überhaupt, glauben Sie mir.«

Seine Begeisterung amüsierte Mary. Genauso wie Conner selbst, der jetzt mit einer frischen Kanne Kaffee kam, um ihr nachzuschenken. Währenddessen betrat ein neuer Kunde, ein Mann in einem speckigen Overall, den Coffeeshop und bestellte etwas zum Mitnehmen. Als er zufällig in ihre Richtung blickte, wandte er sich rasch ab. Mary war daran gewöhnt. Wenn jemand feststellte, dass unter ihrem Tuch nirgendwo Haare hervorlugten, wusste er Bescheid und schaute weg. So war das nun einmal, und inzwischen nahm sie es gelassen hin. Am Anfang allerdings hatten ihr solche Blicke wehgetan.

Mary ließ sich Zeit und trank ihren Kaffee in kleinen Schlucken. Nichts drängte sie, und niemand wartete auf sie. Sie musste nirgendwo hin, und es gab auch keinen Ort, wo sie gerne hingehen würde. Das störte sie mehr als alles andere.

Vielleicht war es doch keine so gute Idee gewesen, ausgerechnet in die Umgebung von Seattle zu kommen. Was hatte sie sich nur dabei gedacht? Sie musste verrückt gewesen sein. Nicht mehr ganz sie selbst. Was war aus der vernunftorientierten, nüchtern planenden Managerin geworden, die sich nie von einer spontanen Stimmung dermaßen hätte beeinflussen lassen? Sie wusste es nicht, und deshalb saß sie jetzt vermutlich hier.

Und auf der anderen Seite der Bucht war George.

So langsam sollte sie sich auf den Weg machen, beschloss sie und dachte voller Schrecken an die steile Straße. Unmöglich, das würde sie nicht schaffen. Sie hätte früher daran denken müssen, schalt sie sich. Zwar hatte sie in Cedar Cove keinen Taxistand entdeckt, aber bestimmt konnte man einen Wagen rufen.

Ihr Smartphone summte und kündigte den Eingang einer Nachricht an. Jemand hatte sich mit ihr in Verbindung gesetzt. Eine Freundin? Ein Kollege? Hastig kramte sie in ihrer Tasche und ließ das Gerät beinahe fallen. Zu ihrer Enttäuschung handelte es sich bei der E-Mail bloß um eine Werbung ihres Lieblingssteakhauses in New York.

Ihre Hand schloss sich fester um das Telefon. Nach einem Klick erschien die Nummer von Georges Kanzlei auf dem Bildschirm. Würde er es eigentlich wissen wollen, dass sie in der Gegend oder gar in der Nähe war, überlegte sie. Oder zog er es vor, nie mehr von ihr zu hören?

»Er ist verheiratet«, murmelte sie.

»Haben Sie etwas gesagt?«, fragte Conner.

Sie fuhr hoch, erschreckt und überrumpelt von seiner Frage. »Ich habe wohl mit mir selbst gesprochen«, erwiderte sie, den Blick weiter auf Georges Kanzleinummer geheftet.

»Meine Großmutter tut das auch des Öfteren.«

Sah sie etwa so alt aus wie seine Großmutter? Dieser junge Mann begann sie zu deprimieren.

»Alles in Ordnung?«, erkundigte Conner sich.

Mary blickte auf. »Warum fragen Sie?«

»Weil Sie Ihr Smartphone angeschaut haben, als solle es Ihnen etwas verraten oder so …«

»Ich habe in der Tat überlegt, ob ich einen alten Freund anrufe oder nicht.«

Mary konnte es nicht glauben, was sie diesem Teenager da gerade anvertraute.

»Was hält Sie davon ab?« Conner stützte die Ellbogen auf die Theke und beugte sich vor. »Möchten Sie nicht wieder von einem alten Freund hören?«

»Kommt ganz darauf an.«

Er hob fragend die Brauen. »Worauf?«

»Dieser Freund und ich sind nicht gerade im Guten auseinandergegangen.«

»Dann bringen Sie es in Ordnung.«

Der Junge schien auf alles eine Antwort zu haben, dachte sie. Bei ihm klang es so einfach.

Mary starrte weiter auf das Telefon in ihrer Hand.

»Tun Sie es«, drängte er. »Sie werden es nicht bereuen.«

»Willst du darauf wetten?« Sie hängte ihre Tasche über die Schulter und wandte sich zur Tür. »Danke für den Kaffee und das Gespräch.«

»Rufen Sie ihn an«, rief Conner ihr nach.

Mary trat ins Freie und ging erneut zum Ufer. Vielleicht sollte sie George wirklich anrufen. Sie hatte nichts zu verlieren und ganz sicher nichts zu gewinnen. Schließlich, da machte sie sich nichts mehr vor, war sie seinetwegen hergekommen.

Allerdings war er nicht der einzige Grund.

Bevor sie ihre Meinung ändern konnte, wählte sie die Nummer von Georges Kanzlei an.

Nach dem zweiten Klingeln meldete sich eine Frau. »Kanzlei George Hudson. Mit wem darf ich Sie verbinden?«

»Hallo.« Mary atmete tief durch und räusperte sich, bevor sie mit ruhiger, fester Stimme weitersprach. »Ich bin Mary Smith, eine alte Freundin von Mr. Hudson. Ist er zu sprechen?«

»Es tut mir leid, Miss Smith, aber Mr. Hudson ist heute den ganzen Tag bei Gericht. Kann ich ihm etwas ausrichten?«

»Nein, nein, schon gut.«

»Soll ich ihm ausrichten, dass Sie angerufen haben?«

»Danke nein, machen Sie sich keine Umstände. Ich versuche es später noch einmal.«

Ohne sich zu verabschieden, brach sie das Gespräch ab. Ihre Hand zitterte, als sie das Telefon in die Tasche zurückschob. Dass George nicht zu sprechen war, nahm sie als Omen. Sie würde es nicht ein zweites Mal versuchen. Das Schicksal hatte entschieden. Es war ihnen nicht bestimmt, wieder Kontakt miteinander aufzunehmen.

Erneut fiel ihr das Problem mit dem Rückweg ein. Sie kehrte in den Coffeeshop zurück und bat Conner, ihr ein Taxi zu rufen. Innerhalb von fünf Minuten fuhr ein Wagen vor. Bevor sie einstieg, beugte Mary sich in das Wageninnere und nannte dem Fahrer die Adresse.

»Lady, das ist ja gleich um die Ecke«, protestierte der Mann.

»Ich zahle Ihnen das Dreifache des normalen Fahrpreises«, versicherte sie ihm, da sie mit so etwas gerechnet hatte.

»Wie Sie wollen, nur ist die Pension bestimmt nicht mehr als vier Straßen entfernt.«

Sie ließ ihn reden, nahm auf der Rückbank Platz und schloss die Tür. Dann holte sie aus ihrer Börse einen Zwanzigdollarschein und winkte ihm zu, endlich loszufahren. Sie war froh, als sie das Rose Harbor erreichten. Der Ausflug hatte sie erschöpft, und sie sehnte sich nur noch danach, sich wie am Tag zuvor auf die Veranda zu setzen, den Sonnenschein zu genießen und sich zu entspannen.

Als sie auf das Haus zuging, klingelte ihr Smartphone. Automatisch griff sie danach, ohne aufs Display zu sehen.

»Hallo.«

»Mary? Bist du das wirklich?«

Es war George.

9

Als Annie von ihrem Gespräch mit dem Floristen zurückkam, begrüßte Rover sie schwanzwedelnd bereits an der Tür, noch bevor Jo Marie aus der Küche trat.

»Ihre Großeltern sind mit einem jungen Mann eingetroffen«, berichtete sie. »Sie haben sich in ihr Zimmer zurückgezogen. Auf Bitten von Oliver habe ich ihnen das im Erdgeschoss gegeben.«

Oliver, der angebliche Freund der Familie, dachte Annie. Er war ein Nachbar der Großeltern, sonst nichts.

»Aha, wunderbar.«

Warum hatte sie nicht selbst daran gedacht? Jedenfalls war es sehr aufmerksam von Oliver, dafür zu sorgen, dass die beiden keine Treppen steigen mussten. Trotzdem änderte das nichts an ihrer Abneigung.

»Sind meine Großeltern nicht einmalig?«, fragte sie Jo Marie, ohne etwas anderes zu erwarten als begeisterte Zustimmung. Schließlich würde jeder diese rührenden, netten alten Leutchen mögen, sobald er sie kennengelernt hatte.

Doch Jo Marie rang sich nur ein schwaches Lächeln ab und drückte sich um eine Antwort. »Oh, die Zeitschaltuhr klingelt. Ich muss rasch die Plätzchen aus dem Ofen holen«, entschuldigte sie sich und verschwand, gefolgt von Rover, in der Küche.

Annie, die es kaum erwarten konnte, ihre Großeltern wiederzusehen, ging den langen Flur zu ihrem Zimmer hinunter. Es mochte ja nett sein, dass Oliver sie von Portland hergefahren hatte, damit ihr Großvater sich nicht selbst ans Steuer setzen musste – nur beabsichtigte er hoffentlich nicht, die ganze Zeit über hierzubleiben, dachte sie seufzend und schickte ein stummes Gebet gen Himmel, dass ihr das erspart bleiben möge und Oliver sich schleunigst auf den Heimweg machte.

Aber jetzt wollte sie erst einmal ihre Großeltern begrüßen.

Als sie an die Tür klopfte, hörte sie Julies Stimme. »Machst du auf, Kent?«

»Was soll ich machen?«

»Es ist jemand an der Tür«, sagte Julie diesmal lauter. »Siehst du nicht, dass ich beschäftigt bin?«

»Immer mit der Ruhe«, brummte Kent unwirsch.

Ein paar Minuten später wurde die Tür aufgerissen, und Kent blinzelte sie irritiert an. »Annie?«

»Setz um Himmels willen deine Brille auf.« Julie kam aus dem Bad. »Ach, Annie, du bist das.« Sie eilte auf ihre Enkelin zu und drückte sie an sich.

»Grandma«, flüsterte Annie und schlang ihre Arme erst um die Großmutter, dann um den Großvater.

»Bin ich jetzt an der Reihe?«

Annie fuhr herum. Ihre schlimmsten Befürchtungen schienen wahr zu werden. Oliver Sutton. Er war der letzte Mensch, den sie an diesem Wochenende sehen wollte. Sie beide verband eine lange, problembehaftete Geschichte. Im gleichen Alter wie ihr älterer Bruder kannte sie ihn von Kindheit an und war zeitweilig bis über beide Ohren in ihn verliebt gewesen. Er aber hatte sie nur gehänselt und sie damit zutiefst gekränkt, was sie ihm nie verzieh. Bis heute nicht. Sie waren einander regelmäßig während der Ferien bei den Großeltern begegnet, in deren Haus der Nachbarsjunge ein und aus ging.

Annie konnte sich an kein Weihnachts- oder Osterfest zwischen ihrem fünften und ihrem dreizehnten Lebensjahr erinnern, bei dem Oliver sie nicht wegen ihrer rötlichen Haare aufgezogen hatte. Was nur der geringste Teil ihrer unerfreulichen Beziehung gewesen war, denn Oliver kannte in keiner Hinsicht Erbarmen. Wenn sie je jemanden gehasst hatte, dann ihn.

»Du verdienst keine herzliche Begrüßung«, beschied sie ihn kurz angebunden. Er sollte gleich merken, dass sie lieber ein Stachelschwein umarmen würde als ihn.

»Oliver war so nett, uns herzubringen«, erklärte ihre Großmutter.

»Ich hätte ohne Probleme selbst fahren können«, warf Kent ein. »Da Oliver uns jedoch ohnehin begleiten wollte, hatte ich nichts dagegen.«

»Wenn du deine Brille tragen würdest, wie der Arzt es dir empfiehlt …«

»Ich habe sie verlegt«, verteidigte sich Kent mit einem genervten Blick zu Annie. »Was deine Großmutter nur allzu gerne vergisst. Leider bin ich ohne Brille blind wie ein Maulwurf.«

»Grandma, warum packst du keine Ersatzbrille für ihn ein?«

»Ich denke nicht daran, deinen Großvater zu bemuttern«, erwiderte sie ärgerlich. »Er ist ein erwachsener

Mann und sollte in der Lage sein, selbst an seine Brille zu denken. Und sich merken, wohin er sie gelegt hat.«

»Ich hatte gerade Zeit, daher habe ich angeboten, deine Großeltern herzufahren«, versuchte Oliver von der Streiterei abzulenken.

Statt ihm zumindest höflich für seine Freundlichkeit zu danken, wandte Annie sich ab. Sie fühlte sich unbehaglich unter seinem forschenden Blick, den er nicht von ihr ließ. Und das brachte sie mehr aus der Ruhe, als es sollte. Dadurch kam sie sich wieder vor wie die Dreizehnjährige, die unter seinem Spott gelitten hatte.

»Oliver war wirklich wunderbar, das muss ich schon sagen«, lobte ihre Großmutter.

Offenbar ahnte sie von den Vorbehalten der Enkelin dem Nachbarn gegenüber nichts und hielt selbst große Stücke auf ihn. Was wiederum Annie nicht begriff. Sie verstand einfach nicht, warum ihre Großeltern so vernarrt in diesen Oliver waren. Schon immer, seit sie denken konnte. Wie hässlich er sie, Annie, behandelte, schien ihnen entgangen zu sein, oder sie wollten es nicht sehen. Neben ihrem Bruder und einem Cousin war er der Schlimmste gewesen, hatte sie zur Zielscheibe seiner ständigen Sticheleien gemacht. Oliver war der Anführer dieses Trios gewesen und schuld daran, dass sie die Ferien bei den Großeltern nicht wirklich genießen konnte.

»Du siehst gut aus«, stellte er jetzt fest.

Bei jedem anderen hätte sie lächelnd »Danke« gesagt, doch bei ihm brachte sie das nicht fertig. Es kostete sie schon genug Mühe, ihn nicht wütend anzufunkeln.

»Willst du dich bei Oliver nicht für das Kompliment bedanken?«, rügte sie prompt ihr Großvater.

Sie murmelte etwas Unverständliches. Auf Olivers sogenannte Komplimente würde sie nicht hereinfallen – das würde ihr nicht noch einmal passieren. Nie mehr.

»Ich wollte gerade vorschlagen, dass wir alle gemeinsam zum Lunch gehen«, sagte Oliver und enthob sie damit einer Antwort.

»Was für eine nette Idee.«

Annie dämmerte, dass Oliver bei ihrer Großmutter einen gewaltigen Stein im Brett hatte, denn was er auch von sich gab, war nett, reizend und wunderbar. Sie ließ sich regelrecht von dem Typen einwickeln.

»Was ist?«, fragte ihr Großvater.

»Kent, setz bitte deine Hörgeräte ein.«

»Ich hasse diese Dinger. Davon fangen meine Ohren an zu jucken.«

»Du weißt, wie sehr es mich ärgert, alles zweimal sagen zu müssen.«

»Wie bitte?«

Julie stieß vernehmlich den Atem aus. »Schon gut.«

»Hat schon jemand Hunger?«, erkundigte sich Kent. »Es muss ungefähr Lunchzeit sein.«

Ihr Großvater benötigte sein Hörgerät offenbar wirklich dringend, merkte Annie und gab insgeheim ihrer Großmutter recht.

»Gebt mir zehn Minuten«, bat Julie. »Ich muss noch ein paar Sachen auspacken und möchte mich zudem ein bisschen frisch machen.«

»Natürlich«, stimmte Annie zu.

Gemeinsam mit Oliver verließ sie das Zimmer der Großeltern, vermied es aber, ihn anzusehen, während sie den Flur entlanggingen. Sie wollte ihm unbedingt entkommen, notfalls unter irgendeinem Vorwand. Es irritierte sie nämlich, wie seine Augen sie durchbohrten. Er schien ihre Befangenheit zu bemerken.

»Wann haben wir uns zuletzt gesehen, Annie?«, fragte er in dem Bemühen, sich zwanglos mit ihr zu unterhalten.

»Wann immer es war, es ist nicht annähernd lange genug her.«

Annie wusste es noch genau, würde es ihm aber nicht verraten. Tatsächlich erinnerte sie sich an alles, was Oliver Sutton betraf. Sehr zu ihrem Leidwesen, denn lieber hätte sie alles vergessen. Dass er blendend aussah, machte das Ganze nicht besser. Er hatte klassische Züge, war hochgewachsen, dunkelhaarig und unverschämt attraktiv. Was er offenbar genau wusste.

Falls sie ihrem Großvater Glauben schenken durfte, war er ein ziemlicher Frauenschwarm und sonnte sich weidlich in der allgemeinen Bewunderung. Nun, was sie betraf, so gönnte sie ihn den anderen Frauen. Und wenn er, wo immer er ging und stand, eine Reihe gebrochener Herzen zurückließ – schön für ihn, solange sie nicht dazugehörte. Sie hatte ihre Lektion gelernt und wollte diese Erfahrung unter keinen Umständen wiederholen.

Er lachte, als hätte sie einen Witz gemacht. »Ach, komm schon, du nimmst es mir nicht etwa nach wie vor übel, dass ich dich an den Zöpfen gezogen habe. Ich bitte dich … Da warst du acht Jahre alt!«

»Wenn das alles wäre, was du getan hast …«

Sie brach mitten im Satz ab und sah ihn finster an. Es brachte nichts, alte Kränkungen aufzuwärmen. Oliver würde sich nur amüsieren, wenn sie ihm das alles vorhielt. Diese Blöße würde sie sich nicht geben.

»Ich finde es toll, was du für deine Großeltern alles auf die Beine gestellt hast«, wechselte er das Thema. »Julie redet seit Wochen von nichts anderem als von diesem Fest.«

»Es ist mein Beruf, Partys zu organisieren. Insofern war es das Mindeste, was ich tun konnte.«

Sie verschwieg, wie sehr ihr die Planung dieser Familienfeier geholfen hatte, die trostlose Phase nach der Trennung von Lenny zu überstehen.

»Du siehst gut aus, Annie, das ist mein Ernst. Hübscher als je zuvor.«

Noch ein Kompliment von Oliver. Annie schlang die Arme um ihren Oberkörper und beschloss, ihn zur Rede zu stellen.

»Warum bist du hier?«

Er blinzelte überrascht. »Deine Großmutter …«

»Du weißt doch, was ich von dir halte«, unterbrach sie ihn.

»Ja, leider. Aber das eine hat mit dem anderen nichts zu tun. Julie hat mich gebeten, sie und Kent zu fahren, und da ich Zeit hatte, konnte ich schlecht Nein sagen. So einfach war das.« Er grinste und verschränkte die Arme vor der Brust. »Wie ich sehe, hast du immer noch das typische Temperament der Rothaarigen.«

»Meine Haarfarbe hat nichts mit meiner Stimmung zu tun. Und im Übrigen sind meine Haare nicht rot, waren es nie.« Sie ließ die Arme sinken und ballte die Fäuste.

Oliver riss die Hände hoch, als müsse er sich verteidigen. »Sag nicht, dass du mich schon wieder schlagen willst.«

Er spielte auf ein Ereignis an, als sie dreizehn war. »Führe mich nicht in Versuchung«, warnte sie.

»Nein, das tust *du* mit mir«, flüsterte er. »Das hast du schon immer getan.«

Eine Weile schaute sie ihn verwirrt an und wusste nicht, was sie davon halten sollte. Entschied sich dann, ihren Konfrontationskurs fortzusetzen.

»Komm mir nicht in die Quere, verstanden? Ich habe derzeit den Kopf voll mit wichtigen Dingen und für irgendwelche blöden Spielchen keine Zeit. Und selbst wenn ich welche hätte, wäre sie mir zu schade dafür.«

»Wirklich bedauerlich«, sagte er und schob die Unterlippe vor, als fühle er sich gekränkt.

Annie blickte auf die Uhr. Herrgott, wann kamen ihre Großeltern endlich? Die brauchten ja eine Ewigkeit und ließen sie allein mit ihrem schlimmsten Albtraum. Sie überlegte bereits, ob sie sich nicht vor dem Lunch drücken und einen Termin wegen der Party vorschieben sollte. Niemand würde das verdächtig finden. Ja, das wäre eine Möglichkeit, sie wollte bloß noch warten, bis …

»Wie geht es Lenny?«, erkundigte sich Oliver plötzlich und riss sie aus ihren Gedanken.

Die Frage traf sie wie der Blitz aus heiterem Himmel.

»Wer hat dir von Lenny erzählt?«

»Deine Großmutter natürlich. Sie hat sich sehr über deine Verlobung gefreut.«

»Dass sie gelöst wurde, weißt du aber nicht, oder?«

Er hob die Brauen. »Seit wann?«

»Ist schon eine Weile her, doch das Ganze geht dich nichts an«, beschied sie ihn brüsk, um weiteren Fragen vorzubeugen.

Je weniger Oliver über ihr Privatleben wusste, desto besser.

»Ist das der Grund für deine Reizbarkeit?«

»Du bist der Grund, falls ich überhaupt gereizt bin«, fuhr sie ihn an. »Tu mir einfach den Gefallen, und hau wieder ab. Fahr heim nach Oregon.«

Er lachte. »Kommt nicht infrage. Vor allem jetzt nicht, wo es hier von Minute zu Minute interessanter wird. Was ist denn zwischen dir und der Liebe deines Lebens vorgefallen? So hat deine Großmutter ihn bezeichnet.«

Annie hätte ihre gesamten Ersparnisse darauf verwettet, dass dies nicht dem Wortschatz ihrer Großmutter entsprach. So eine schwärmerische Ausdrucksweise passte nicht zu ihrer resoluten Art.

»Lenny trinkt zu viel?«, bohrte er nach, als ihre Antwort ausblieb.

Sie überhörte die Frage.

»Er geht leichtsinnig mit Geld um?«

Offenbar machte Oliver sich einen Spaß daraus, sie in Verlegenheit zu bringen.

»Oder riskiert er gerne mal ein Auge?«

»Würdest du bitte aufhören?«, verlangte sie mit bebender Stimme.

»Aha, das ist es also.«

Sie schaute ihn nur böse an. Eine Bestätigung, dass er ins Schwarze getroffen hatte, würde er von ihr nicht erhalten.

Als würde Lenny ahnen, dass gerade über ihn geredet wurde, klingelte in diesem Moment ihr Handy. Das Timing war wirklich perfekt.

»Ruf mich nicht noch mal an«, schrie sie und beendete augenblicklich das Gespräch.

Die Zimmertür ihrer Großeltern ging auf, und Julie kam heraus. »Wer war das, Liebes?«

»Niemand von Bedeutung.« Annie rang sich ein Lächeln ab.

»Habe ich erwähnt, dass Betty und Vern bereits in der Stadt sind?«, rief Kent ihnen aus dem Zimmer zu.

Bei den beiden handelte es sich um die ältesten und engsten Freunde ihrer Großeltern. Vern war zur selben Zeit wie Kent bei der Marine gewesen, und er und Betty hatten bei der schlichten Hochzeit als Trauzeuge und Brautjungfer fungiert und dadurch der Zeremonie wenigstens einen etwas festlichen Anstrich verliehen.

»Leider wohnen sie nicht hier bei uns. Bettys Schwester lebt in Cedar Cove, und sie haben beschlossen, bei ihr zu übernachten«, erklärte Julie. »Schade, ich hätte schrecklich gerne mehr Zeit mit ihnen verbracht. Kent und ich gehen heute Abend mit ihnen zum Dinner. Ihr zwei habt nichts dagegen, oder?«

Oliver kam Annie zuvor. »Überhaupt nicht. Vielleicht macht Ihre Enkelin mir ja die Freude, sich von mir ausführen zu lassen..«

»Äh, das ist schlecht … Ich habe noch hundert Dinge zu erledigen.«

»Dann helfe ich dir«, erbot sich Oliver, und Annie konnte dem Drang, ihm kräftig auf den Fuß zu treten, nur schwer widerstehen.

»Danke, aber das sind lauter Dinge, die ich alleine erledigen muss«, gab sie genervt zurück.

»Lehne nie eine helfende Hand ab, meine Süße«, widersprach ihre Großmutter und drückte sacht Annies Taille. »Wo bleibt denn dein Großvater? Der Mann trödelt ewig herum.«

»Ich komme schon, ich komme ja schon.« Kent trat in

den Flur, schloss die Zimmertür und versperrte sie durch mehrmaliges Drehen des Knaufes. »So, was möchtet ihr essen? Ich wäre für mexikanisch.«

»Kent«, stöhnte Julie. »Du weißt doch, dass ich von mexikanischem Essen Sodbrennen bekomme. Außerdem ist der viele Käse nicht gut für dein Herz.«

Das Gesicht ihres Mannes verfinsterte sich. »Ich habe wochenlang keinen Käse mehr gegessen. Wenn ich mir jetzt welchen gönnen möchte, dann tue ich das. Du bist nicht für meine Ernährung zuständig, und ich will heute mexikanisch essen.«

»Wir könnten für dich einen Geflügelsalat bestellen, Grandma«, schlug Annie vor.

»Schön, von mir aus. Ich begreife nur nicht, warum alle meinen, deinem Großvater immer nachgeben zu müssen.«

Während sie gemeinsam das Haus verließen und zu Olivers Auto gingen, hörte Annie, wie ihre Großeltern sich munter weiterstritten.

»Waren sie auf der Fahrt von Portland her auch so?«, fragte sie leicht erschüttert über das ewige Gezänk.

»Ich fürchte, ja. Sie haben sich von dem Moment an angegiftet, als wir losgefahren sind. Mit Ausnahme der Zeit, die Kent geschlafen hat.«

»Lieber Himmel.«

»Wie wäre es mit einem Waffenstillstand, Annie?«, fragte Oliver. »Zwischen uns beiden. Wenn wir höflich zueinander sind, folgen sie vielleicht unserem Beispiel.«

Annie blieb misstrauisch trotz des treuherzigen Blickes seiner dunkelbraunen Augen.

»Wir werden sehen«, entgegnete sie vage.

Er zuckte die Achseln. »Okay, wie du willst.«

Während sie mit ihren Großeltern im Wagen wartete, lief Oliver schnell ins Haus zurück, um sich von Jo Marie ein mexikanisches Restaurant empfehlen zu lassen. Kurz darauf war er wieder da und setzte sich hinters Steuer.

»Jo Marie meint, ganz in der Nähe gibt es einen guten Mexikaner. Heißt Taco Shack«, sagte Oliver und startete den Motor.

Julie brummte unwillig etwas vor sich hin und verzog das Gesicht.

»Ich bin sicher, dass man dort gut isst«, munterte Annie sie auf und tätschelte ihre Hand.

»Trotzdem halte ich es für falsch, dass alle deinem Großvater immer seinen Willen lassen«, flüsterte sie der Enkelin zu.

»Das habe ich gehört«, grollte Kent. »Niemand gibt mir ständig nach und du schon gar nicht.«

»Erinnerst du dich nicht mehr daran, wie …«

»Julie hat ein Gedächtnis wie ein Elefant.« Kent lehnte sich zu Oliver herüber. »Sie kramt Sachen von vor vierzig Jahren aus, als sei es gestern passiert.«

»Ich denke, wir werden bei der Wiederholung des Jaworts wunderbares Wetter haben«, warf Annie ein, bevor die beiden einen heftigen Streit vom Zaun brachen.

»Wer sagt denn, dass wir uns noch einmal das Jawort geben?«, fragte ihr Großvater und drehte sich zu Annie um. »Wenn es so weitergeht, hält diese Ehe keinen Tag länger.«

»Du drohst mir seit fünfzig Jahren damit, mich zu verlassen. Man sollte eigentlich meinen, dass du es inzwischen getan hättest, wenn du es wirklich willst.«

»Wie die kleinen Kinder«, kommentierte Oliver mit leisem Lachen.

»Oh, seht euch dieses entzückende Restaurant an.« Julie deutete auf ein rosafarbenes Gebäude im viktorianischen Stil, an dem sie gerade vorbeifuhren.

»Das ist der Tearoom. Ich habe ihn erwähnt, als wir über geeignete Räumlichkeiten für den Empfang sprachen«, erwiderte Annie. »Leider ist man dort auf solche Feiern nicht eingerichtet.«

»Er sieht entzückend aus. Ich wette, sie servieren dort köstliche Gerichte zum Lunch«, meinte Julie und schaute die anderen auffordernd an.

»Keine zehn Pferde kriegen mich da hinein«, brummte Kent. »Nicht in einen Laden, wo man mit abgespreiztem kleinem Finger Tee schlürft.«

»Mit dir würde ich ohnehin nicht dorthin gehen wollen.«

»Ah, da sind wir ja«, unterbrach Oliver das Gezänk und bog auf den Parkplatz des Restaurants ein. »Das sieht genauso gut aus, wie Jo Marie versprochen hat.«

Während der Fahrt hatte sich ein bleischwerer Klumpen in Annies Magen gebildet. Was war bloß mit ihren Großeltern los? Sie kannte sie nur als ein Paar, das ausgesprochen liebevoll miteinander umging. Nie war ein böses Wort zwischen ihnen gefallen. Jetzt, wo sie fünfzig Jahre Ehe feiern sollten, kam es ihr so vor, als würden sie einander keinen Tag länger ertragen. Das konnte ja heiter werden, dachte Annie, wenn die beiden weiter in dieser Weise aufeinander herumhackten. Hoffentlich waren es nur die Nerven, sodass in Kürze alles wieder beim Alten sein würde.

Wie ein Gentleman öffnete Oliver die hintere Tür und half erst ihrer Großmutter beim Aussteigen, dann ihr. Während Julie vorauseilte, um Kent einzuholen, der den Parkplatz bereits zur Hälfte überquert hatte, folgte Annie in sicherem Abstand mit Oliver.

»Das wird sich wieder einrenken«, versicherte Oliver, der ihr Entsetzen bemerkte.

»Wie kannst du das sagen?«, flüsterte Annie den Tränen nahe. »Das ist eine Katastrophe.«

»So schlimm ist es nicht«, versuchte er sie zu beruhigen. »Sie sind wegen des ganzen Wirbels um ihre Goldhochzeit einfach ein bisschen von der Rolle.«

»Soll das heißen, dass ich mir die ganze Mühe mit dieser Feier nicht hätte machen sollen?« Annie sah ihn mit unverhohlenem Entsetzen an. »Willst du mir das etwa zu verstehen geben?«

»Um Himmels willen, nein«, beruhigte er sie. »Ich finde nur, du solltest dir keine Sorgen machen, weil sich alles regeln wird.«

Annie seufzte. Hoffentlich behielt er recht. Sie fuhr sich mit der Hand über das Gesicht.

»Sorry. Ich schätze, ich bin selbst mittlerweile leicht überdreht.«

»Soll ich dir helfen, dich zu entspannen?«, fragte Oliver leise und presste eine Hand gegen ihr Kreuz.

»Ja, alles klar.«

»Ich könnte dich küssen. Mal wieder …«

»Das lässt du lieber bleiben, Oliver Sutton«, murmelte Annie und stieß seine Hand weg.

»Schade, ich habe es damals so genossen.«

10

Beim Klang von Georges Stimme begannen Marys Knie so heftig zu zittern, dass sie sich hinsetzen musste. Zum Glück waren die Veranda und die Gartensessel nicht mehr weit. Sie ließ sich in einen sinken, presste dabei das Telefon fest an ihr Ohr.

»Wo bist du?«, fragte George so eindringlich, als würde sie Hilfe brauchen.

»Washington.«

»Du meinst hier im Staat?«

»Ja.« Sie klang so atemlos, als sei sie mehrere Treppen hochgerannt.

»Ist alles in Ordnung?«, fragte er. »Kann ich irgendetwas für dich tun?«

Ohne dass sie es zu verhindern vermochte, füllten sich ihre Augen mit Tränen, und sie konnte nicht weitersprechen.

»Mary? Rede mit mir.«

»Ich … Weißt du, ich habe … Krebs.« Sie brachte die Worte nur stockend heraus.

Es folgte eine lange Pause. Offensichtlich schockierte ihn die Mitteilung, doch er schien auf das Thema nicht am Telefon eingehen zu wollen.

»Wann können wir uns treffen?«, hörte sie ihn sagen.

Mary mobilisierte alle Willenskraft, die ihr noch zur

Verfügung stand, schloss die Augen und atmete tief durch, um ihre Stimme wieder unter Kontrolle zu bringen. George sollte nicht merken, wie schlecht es ihr ging. Seelisch wie körperlich.

»Mich sehen zu wollen ist keine so gute Idee.«

»Das finde ich ganz und gar nicht.«

Sie fragte sich, ob er diesen Vorschlag aus Mitleid machte oder weil er sich um der alten Zeiten willen dazu verpflichtet fühlte. Sie hätte ihm ihre Krankheit besser verschwiegen. Damit herauszuplatzen war ebenso ein Fehler gewesen wie der Anruf in seiner Kanzlei. Mary rang mit sich, was sie antworten sollte.

»Sag mir, wo du bist«, drängte er, »und ich komme sofort.«

Nein, das musste sie verhindern.

»Mach dir meinetwegen keine Umstände. Deine Sekretärin sagte, du hättest heute bei Gericht zu tun.«

»Vergiss es.«

»George, nein.«

»Dann schlag du mir vor, wann wir uns treffen.«

Mary kniff die Augen zusammen und kämpfte gegen den überwältigenden Wunsch an, seiner Bitte nachzugeben. Welcher Teufel hatte sie überhaupt geritten, sich mit ihm in Verbindung zu setzen? In ihrem alten Leben hätte sie das niemals getan, aber seit der Krebsdiagnose war nichts mehr wie früher.

Die Erkenntnis ihrer Sterblichkeit hatte sie besonders in Bereichen schwach gemacht, wo sie zuvor stark gewesen war. Wenn sie nur daran dachte, mit welch erbarmungsloser Konsequenz sie sich vor neunzehn Jahren von George getrennt hatte – es in Kauf nahm, ihn nie mehr wiederzusehen oder auch nur mit ihm zu sprechen. Wo war sie geblieben, diese Härte? Diese Unbedingtheit, den einmal eingeschlagenen Weg weiterzuverfolgen?

Die Krankheit hatte sie hinweggefegt. Jetzt sehnte sie sich nur noch nach Zärtlichkeit und Fürsorge. Weil sie jemanden brauchte, der sie stützte und aufrichtete. Und wer käme da infrage außer ihm? George. Ihn wiederzusehen, nur ein letztes Mal, würde ihr Trost und Halt geben. Und vielleicht konnte sie dann auch endlich Frieden finden.

»Mary, hast du mich gehört?«

»Ja«, flüsterte sie.

Er zögerte, fügte schließlich leise und weich hinzu: »Bitte.«

Ein Schluchzen stieg in ihrer Kehle auf wie der Klagelaut eines kleinen, verwundeten Tieres.

»Mary, weinst du?«

Selbst als sie damals ihre Beziehung beendete, hatte sie keine Träne vergossen. Solche Gefühlsausbrüche kannte George nicht von ihr. Er musste ja denken, dass sie inzwischen der reinste Jammerlappen geworden war und vor lauter Selbstmitleid zerfloss. Krampfhaft versuchte sie ihr Schluchzen zu unterdrücken.

»Ich kann alles ertragen, nur nicht, wenn du weinst.«

»Ich bin okay, mir fehlt nichts.«

Nach wie vor war sie nicht bereit einzugestehen, welch tiefe Verletzungen die Krankheit ihr zugefügt hatte, spielte nach wie vor die selbstbewusste, toughe Frau, die sie einmal gewesen war.

Sie richtete sich auf und straffte die Schultern. »Ich

bin ziemlich sicher, dass deine Frau etwas dagegenhätte, wenn wir uns treffen …«

»Wir sind geschieden«, unterbrach George sie.

»Geschieden? Seit wann?«

»Inzwischen seit Jahren. Was ist mit dir?«

Zum ersten Mal, seit sie seinen Anruf entgegengenommen hatte, entspannte Mary sich ein wenig, denn über dieses Thema konnte sie problemlos reden.

»Ich habe nie geheiratet.«

»Nie?«

»Nein.«

Am liebsten hätte sie hinzugefügt, dass, wenn überhaupt, nur er für sie infrage gekommen wäre, aber die Situation war ohnehin schwierig genug. Außerdem wäre es ihr irgendwie taktlos vorgekommen, denn schließlich hatte sie ihn damals mit ihrem Weggang zutiefst getroffen.

»Ich habe Kathleen nie wirklich geliebt, und sie wusste das«, erklärte er. »Mein Herz gehörte immer noch dir, als ich sie heiratete.«

Mary wollte das alles nicht hören und hungerte gleichzeitig nach jedem Wort.

»Eine Weile lief es trotzdem ganz gut«, fuhr George fort, »doch nach ein paar Jahren änderte sich das. Ich war nicht überrascht, als sie mich um die Scheidung bat.«

»Kinder?« Die Frage blieb ihr fast im Hals stecken.

»Nein.«

»Wenn jemand es verdient hätte, Vater zu werden, dann du.«

Ein beklemmendes Schweigen trat ein.

»Es tut mir so leid«, flüsterte sie, und ihr schlechtes Gewissen, das sie ohnehin in den letzten Tagen so sehr quälte, meldete sich mit Macht. Sie war schuld. Auch um eine Familie hatte sie ihn betrogen – genauso wie um vieles andere.

»Ich weiß«, erwiderte er leise.

Erneut schwiegen sie beide einige Minuten, die sich für Mary zu einer Ewigkeit dehnten. Ihre Gedanken wanderten zurück in die Vergangenheit. Sie dachte an die enge Verbindung, die von Anfang an zwischen ihnen bestanden hatte. Nicht nur in körperlicher, sondern ebenso in geistig-seelischer Hinsicht. Es gab da ein inneres Band – eine Harmonie, wie man sie selten fand und die bis heute nachwirkte. Allein beim Klang seiner Stimme schienen sich neunzehn Jahre der Trennung in Luft aufzulösen. Waren verschwunden, als hätten sie nie existiert.

»Wie lange bist du bereits krank?«, fragte er leise und behutsam, um jeden Anschein von Aufdringlichkeit zu vermeiden.

»Die Diagnose wurde vor mehr als einem Jahr gestellt.«

»Darf ich dich fragen, um welche Art von Krebs es sich handelt?«

Sie zögerte und entschied dann, ihm die volle Wahrheit zu sagen. »Brustkrebs. Ich hatte eine doppelte Mastektomie.«

Wenn es ihn schockierte, ließ er es sich nicht anmerken. Jedenfalls kommentierte er den Umstand, dass ihr beide Brüste amputiert worden waren, nicht.

Für Mary war es damals eine furchtbare Entscheidung gewesen, wenngleich die einzig richtige. Denn nur so bestand eine Chance, ihr Leben zu retten. Trotzdem fiel es ihr schwer, einer Totaloperation zuzustimmen, weil sie sich dadurch ihrer Weiblichkeit beraubt fühlte.

»Und wie sieht es jetzt aus?«, fragte er beklommen, als habe er Angst vor der Antwort.

»Die Prognose ist ungewiss, da der Krebs sich bereits in einem fortgeschrittenen Stadium befand.«

»Also bist du gekommen, um deinen Frieden mit mir zu machen.«

War sie das? Vor Kurzem erst, unten am Ufer der Bucht, hatte Mary sich eingestanden, wegen George diese Reise unternommen zu haben. Wenn sie vor ihren Schöpfer treten musste, dann wollte sie zumindest ihr Gewissen erleichtern und sich für das, was sie George angetan hatte, entschuldigen. Für ihre Herzlosigkeit, für den Verrat an ihrer Liebe, für all die Lügen und den Kummer, den sie ihm zugefügt hatte. Wiedergutmachen allerdings ließ sich das alles nicht. Dafür war es zu spät. Und die verlorenen Jahre konnte sie ihm auch nicht zurückgeben.

»Ja, vermutlich bin ich deswegen hier«, bekannte sie leise.

»Dann sollten wir uns treffen und miteinander reden.«

An seinem Tonfall erkannte sie, dass er das Thema nicht auf sich beruhen lassen würde.

»O George, muss das wirklich sein?«

Mary fühlte sich hin- und hergerissen. Einerseits wünschte sie sich sehnlichst, ihn wiederzusehen und sich mit ihm auszusprechen, andererseits wollte sie nicht, dass er sie so sah.

Ihre Hand wanderte automatisch zu ihrem Kopf. Von ihrem einst dichten, dunklen Haar waren nur Stoppeln geblieben. Sie tat, was sie konnte, um sie mit einem Seidenschal zu verdecken, doch damit täuschte sie niemanden. Perücken mochte sie nicht – sie hatte sie gleich nach einer Woche weggelegt.

George ließ sich nicht abwimmeln, zumal ihr Zögern deutlich zu spüren war. »Ich möchte dich sehen. Das bist du mir schuldig, finde ich.«

Mary gab sich einen Ruck und schob ihre Bedenken beiseite. »Okay, ich werde mich mit dir treffen … Aber vorher solltest du ein paar Dinge wissen.«

»Und das wäre?«

»Erstens sehe ich ganz anders aus als damals.«

Er lachte. »Glaubst du, ich nicht nach all der Zeit?«

Einen Moment lang stutzte sie. Im Geiste sah sie George noch genauso vor sich wie bei ihrer ersten Begegnung. Jung, attraktiv und charmant. Dass die Jahre nicht nur von ihr, sondern ebenfalls von ihm ihren Tribut gefordert hatten, wäre ihr im Traum nie eingefallen.

»Du wirst mich wahrscheinlich nicht wiedererkennen.«

Er lachte leise. »Doch, das werde ich, Mary.«

»Wenn du meinst …«, sagte sie unsicher und fragte sich, ob sie diesen Entschluss nicht gleich wieder bereuen würde.

»Schluss jetzt, ich komme heute Nachmittag zu dir. Sag mir nur schnell, wo ich dich erreiche.«

»Wir können uns auch bei dir treffen«, bot sie ihm an.

»Nein. Du solltest dir keine Umstände machen. Also: In welchem Hotel finde ich dich?«

»Ich bin nicht in Seattle.«

Als sie nichts weiter hinzufügte, hakte er nach: »Wo bist du dann abgestiegen?«

»Ist dir Cedar Cove ein Begriff? Auf der anderen Seite des Sunds?«

»Natürlich kenne ich Cedar Cove. Du lieber Himmel, was hat dich bloß bewogen, dich dort einzuquartieren?«

»Ich weiß nicht, ob du es mir glauben wirst.«

»Lass es darauf ankommen.«

»Ach, George, ich hatte Angst«, sagte sie ausweichend. »Die ganze Reise war eine verrückte Idee.«

»Na ja, immerhin hast du sie unternommen, um mich zu sehen.« Aus seiner Stimme hörte sie Freude und ein wenig Genugtuung heraus.

»Ja, ich gebe zu, dass es deinetwegen war«, gestand sie, verschwieg jedoch, dass sie noch einen anderen Grund hatte, von dem er nichts ahnte. Noch nicht.

»Aber du hattest Angst vor zu großer Nähe. Deshalb Cedar Cove und nicht Seattle.«

»Ja, vermutlich schon. Ich bin immerhin davon ausgegangen, dass du verheiratet bist – da wollte ich nicht als Störenfried in dein Leben eindringen.«

»Wir reden heute Nachmittag weiter. Ich bin um halb drei, spätestens um drei bei Gericht fertig.«

Mary sah auf ihre Uhr. Es war kurz nach Mittag. Seine Sekretärin hatte offenbar ihre Nummer notiert und ihm während seiner Mittagspause vom Anruf einer unbekannten Dame berichtet.

»Entweder nehme ich die Fähre oder fahre, falls das zeitlich nicht passt, außen herum über Tacoma.«

»Gut.«

Jetzt, wo das Treffen konkrete Formen anzunehmen begann, wurde ihr ganz schön mulmig. Was, wenn sie sich nicht mehr verstanden und hinterher völlig enttäuscht waren?

»Ich komme dann direkt zu deinem Hotel, dessen Namen du mir noch verraten musst.«

»Nein«, wehrte sie entschieden ab. Zu groß war ihre Furcht, sich anschließend einer Flut von neugierigen Fragen ausgesetzt zu sehen.

»Dann sag mir, wo wir uns treffen sollen.«

Mary überlegte krampfhaft. Außer dem Coffeeshop kannte sie nichts in Cedar Cove, und den fand sie nicht ideal. Es musste etwas sein, wo man in Ruhe reden konnte. Plötzlich fiel ihr das hübsche viktorianische Gebäude wieder ein, das sie auf ihrer Fahrt in die Stadt gesehen hatte. Es wirkte mit seinem rosa Anstrich, den zarten Spitzenvorhängen und den blühenden Blumen neben dem Eingang sehr feminin und sah fast wie eine Postkartenidylle aus.

Sie hatte sich magnetisch davon angezogen gefühlt. Noch vor zwei Jahren hätte nichts sie an diesem Tearoom gereizt. Doch vor zwei Jahren war sie eine unverwundbare Businesslady gewesen und eine attraktive Frau, die enge Röcke und High Heels trug. Jetzt war sie eine verletzliche, ihrer Weiblichkeit beraubte Krebspatientin, die mit Lymphödemen und anderen unangenehmen Nebenwirkungen mehrerer Chemotherapien kämpfte.

»In der Stadt gibt es einen Tearoom.«

»Einen Tearoom?«

Angesichts seiner unüberhörbaren Überraschung musste sie lächeln. »Klingt nicht nach mir, oder?«

»Ganz und gar nicht.«

»Damit du gleich Bescheid weißt: Er ist rosa.«

»Ein rosafarbener Tearoom«, echote er, und es klang, als würde er ein Lachen unterdrücken.

Die Mary, die er vor zwanzig Jahren kannte, hätte einen solchen Ort schon allein deshalb gemieden, um nicht in eine bestimmte Schablone gepresst zu werden.

»Ich bin nicht mehr die Frau, an die du dich erinnerst, George. Vergiss das nicht, sonst wirst du bitter enttäuscht sein.«

»Dann freue ich mich darauf, die Frau zu treffen, die du geworden bist.«

Dass George ihre Situation zu überspielen versuchte, machte für sie alles nur noch schwieriger.

»Wenn ich es schaffe, werde ich kurz vor vier bei dem rosafarbenen Tearoom sein«, fügte er hinzu. »Bis dann also.«

»Bis dann«, wiederholte sie, presste aber weiterhin das Handy ans Ohr. Sie merkte, dass auch am anderen Ende die Verbindung gehalten wurde.

Nach ein paar Sekunden hörte sie seine Stimme: »Ich habe nie aufgehört, dich zu lieben«, flüsterte er.

Eine einzelne Träne rollte ihr über die Wange. »Lass das lieber, George.«

»Jetzt ist es zu spät, damit aufzuhören. Glaubst du, die Zeit hätte irgendetwas an meinen Gefühlen für dich geändert?«

Sie wusste keine Antwort darauf.

»Leg auf«, sagte sie vor innerer Erregung zitternd. »Du kommst sonst zu spät zum Gericht.«

»Nein, du zuerst«, erwiderte er.

»Ich werde nicht bei Gericht erwartet.«

»Drück endlich die Austaste, Mary.«

Widerwillig tat sie, was er verlangte – umklammerte jedoch nach wie vor das Telefon in ihrer Hand, als könne sie auf diese Weise die Verbindung aufrechterhalten.

Trotzdem kehrten ihre Bedenken zurück. Was hatte sie nur getan? Wie konnte sie so töricht sein, in einer Anwandlung von Schwäche Kontakt zu George aufzunehmen? Und vor allem: Was versprach sie sich davon?

Nichts.

Nichts würde dabei herauskommen und ihr Leben irgendwie ändern. Es war zu spät für sie, und entschieden zu spät für sie beide.

11

Während Mary draußen auf der Veranda telefonierte und die anderen zum Lunch ins Taco Shack gefahren waren, nutzte ich die Zeit, um frische Blumen aus dem Garten zu holen und sie überall im Haus zu verteilen.

Ich entschied mich für Rhododendron, der als offizielle Staatsblume von Washington gilt und in vielen verschiedenen Farben vorkommt. Auch auf meinem Grundstück standen einige Büsche, und ich wählte die großen pinkfarbenen Blüten von einem Strauch seitlich des Hauses, von dem man getrost eine Menge abschneiden konnte, ohne dass es seine Schönheit beeinträchtigte.

Drinnen suchte ich passende Vasen heraus, arrangierte die Sträuße und verteilte sie auf die verschiedenen Räume: Ein paar kamen in das Frühstückszimmer, ein besonders großer in den Aufenthaltsraum, und zwei etwas kleinere trug ich in die beiden oberen Stockwerke, wo sie zwei antike Tischchen schmückten.

Zufrieden betrachtete ich mein Werk. Die Blüten bildeten einen hübschen Farbtupfer und verströmten einen süßen Duft. Jetzt konnte ich nur hoffen, dass keiner meiner Gäste dagegen allergisch war. Peggy Beldon hatte mir als erfahrene Pensionswirtin geraten, darauf zu achten.

Ich ging gerade wieder nach unten, als Mary das Haus betrat. Sie wirkte ein bisschen angegriffen und müde, aber ich tat so, als würde ich es nicht bemerken. Man sollte sie nicht grundlos immer wieder auf ihre Krankheit hinweisen. Das wäre taktlos, zumal sie selbst ihre Schwäche und geringe Belastbarkeit herunterzuspielen suchte. Ich bemühte mich lediglich, es ihr so schön und angenehm wie möglich zu machen, ohne dabei überfürsorglich oder aufdringlich zu wirken.

»Wenn Sie mögen, stelle ich Ihnen frische Blumen ins Zimmer«, bot ich ihr an. »Ich habe gerade Rhododendron abgeschnitten.«

Mary blickte mich an, als stünde sie vor einer schwierigen Entscheidung. »Ja, das wäre sehr nett, danke.«

»Ich kümmere mich gleich darum. Kann ich sonst noch etwas für Sie tun?«

»Ich denke nein.« Sie legte eine Hand auf das Geländer und begann die Treppe hochzusteigen.

»Wenn Sie möchten, bringe ich Ihnen eine Kanne Tee.«

»Nein, aber trotzdem danke.«

Sie ging auf der Treppe an mir vorbei, und obwohl sie den Kopf gesenkt hielt, bemerkte ich ihre leicht geröteten Augen. Es sah aus, als habe sie geweint, und ich fragte mich unwillkürlich, was wohl der Grund sein mochte. Mary war eigentlich nicht der Typ Frau, bei dem die Tränen locker saßen.

Nachdem ich noch Blumenvasen in ihr Zimmer sowie in die der anderen Gäste gebracht hatte, aß ich ein Sandwich mit Erdnussbutter und Gelee und beobachtete Rover, der unruhig herumstreifte. Er schien sich nicht entscheiden zu können, was er wollte; lief ein paarmal in die Waschküche, kam wieder heraus und sah mich eindringlich an. Dann umkreiste er zwei- oder dreimal sein Körbchen, ohne sich hineinzulegen. Stattdessen rannte er zur Hintertür und schaute mich erwartungsvoll an. Weil ich dachte, er müsste mal, öffnete ich die Tür, doch er rührte sich nicht von der Stelle, sondern blickte bloß zu mir auf. Glaubte er etwa, ich könnte Gedanken lesen?

»Was hast du denn?«, fragte ich meinen vierbeinigen Hausgenossen.

Nach ein paar Minuten kehrte er in die Waschküche zurück und blieb unter dem Haken stehen, an dem seine Leine hing.

»Du willst spazieren gehen?«

Er stellte sich auf die Hinterbeine und drückte mit flehendem Blick die Pfoten gegen meine Oberschenkel. Als ich nach seiner Leine griff, führte er einen kleinen Freudentanz auf. Endlich, schien er zu sagen. Endlich hatte ich kapiert, wonach ihm der Sinn stand.

Allerdings kam seine Forderung – denn nichts anderes bedeutete sein Verhalten – für mich überraschend. Es gehörte nämlich zu unserer täglichen Gewohnheit, nach dem Frühstück einen Spaziergang zu machen. Und den hatten wir bereits hinter uns. Dass Rover schon wieder nach draußen wollte, war ungewöhnlich.

»Okay, okay, lass mich bloß zu Ende essen.«

Sowie ich ihn angeleint hatte, stürmte er die Stufen der hinteren Veranda hinunter und zerrte mich halb mit sich. Auch das war nicht normal. Trotzdem blieb mir nichts anderes übrig, als ihm zu folgen. Sonst würde ich nie erfahren, was er wollte. Nicht lange und ich wusste es. Rover steuerte auf Marks Haus zu. So zielstrebig, dass er kein einziges Mal stehen blieb, um sein Territorium zu markieren.

»Rover, Mark ist nicht zu Hause, weißt du.« Er spitzte die Ohren, als würde er den Sinn meiner Worte verstehen, und ich tat so, als könnte er das wirklich. »Er muss heute woanders arbeiten und kümmert sich deshalb nicht um unseren Rosengarten. Wie findest du das?«

Seinem Benehmen nach zu urteilen, schien es ihm egal zu sein, denn nach wie vor zog er zu Marks Haus.

»Rover«, schalt ich ihn. »Mark ist nicht da.«

Inzwischen waren wir fast bei seiner Werkstatt angelangt.

»Wer ist da?«, hörte ich seine Stimme von drinnen. Nur dass sie gar nicht nach Mark klang, sondern schwach und atemlos.

»Mark?« Ich stürzte los, um die Tür zu öffnen, aber sie war verschlossen. Ich hämmerte mit den Fäusten dagegen. »Ist da jemand? Mark? Mark, bist du in Ordnung?«

»Ja.« Mark sprach wieder mit dieser leisen, schwachen Stimme. »Komm rein.«

»Kann ich nicht. Die Tür ist abgeschlossen.«

»Schlüssel«, sagte er. Es hörte sich an, als habe er große Schmerzen. »Küchenschublade neben der Spüle.«

»Du kannst nicht aufmachen?«, fragte ich alarmiert.

»Nein.«

»Okay. Ich hole ihn gleich.«

Schnell eilte ich durch den Hintereingang ins Haus, während Rover jaulend vor der Werkstatttür sitzen blieb.

Obwohl es schrecklich nebensächlich war in diesem Moment, fiel mir auf, dass Mark zwar seine Werkstatt abschloss, jedoch nicht sein Haus. Offenbar befand sich alles, was für ihn von Wert war, an seinem Arbeitsplatz. Obwohl ich neugierig war, wie sein Haus wohl aussah, nahm ich mir nicht die Zeit, mich ausgiebig umzusehen.

Meine Nervosität stieg, als ich den Schlüssel nicht dort fand, wo er angeblich sein sollte. Ich riss eine Schublade nach der anderen auf, bis ich auf eine Kette mit mehreren eigenartig geformten Schlüsseln stieß. Zum Glück war der passende dabei. Noch bevor ich die Tür zur Werkstatt ganz geöffnet hatte, fegte Rover bereits wild bellend an mir vorbei.

Mark war nirgendwo zu sehen.

»Hier unten.«

Er saß auf dem Boden, das Gesicht aschfahl, die Beine eingeklemmt unter einem schweren Tisch, der zusammengebrochen war und bei dem es sich vermutlich um das ungemein wichtige Projekt dieses Tages handelte.

Ich kniete mich neben ihn und erkannte sofort, dass er große Schmerzen hatte.

»Ich rufe die Rettungsleitstelle an«, sagte ich.

»Nein«, widersprach er trotz seines desolaten Zustands energisch.

»Mark …«

»Ich bin okay, zieh nur diesen verdammten Tisch von meinen Beinen.«

Hielt er mich für Superwoman? »Ich kann das Ding nicht anheben.«

Da ich keine Lust verspürte, groß mit ihm zu diskutieren, ob er nun Hilfe brauchte oder nicht, angelte ich mein Handy aus der Jackentasche und tippte die Notrufnummer ein.

»Jo Marie.« Er verzog beim Sprechen vor Schmerz das

Gesicht. »Musst du immer das genaue Gegenteil von dem tun, was ich sage?«

Ich achtete nicht auf ihn, gab die notwendigen Informationen durch und wandte mich erst dann wieder Mark zu.

»Ist etwas gebrochen?«

»Woher soll ich das wissen?«, knurrte er. »Sehe ich aus wie ein Arzt?«

»Kein Grund, mich anzugiften«, schoss ich zurück und bereute meinen Ausbruch sofort.

»Ich hasse die Vorstellung, den Notarzt womöglich wegen einer Lappalie zu rufen.« Er schloss die Augen und drehte das Gesicht von mir weg.

»Bei solchen Schmerzen dürfte es sich um eine größere Verletzung handeln«, sagte ich. »Ach ja, kannst du mir eigentlich erklären, warum die Tür zur Werkstatt abgeschlossen war?«

»Ich wollte nicht gestört werden.«

Was um alles in der Welt konnte so wichtig sein, dass er sich hinter geschlossenen Türen verschanzte, fragte ich mich. Doch es war schwer, einen so verschrobenen Mann wie Mark zu verstehen.

Ich sah, wie er seinen Oberschenkel mit beiden Händen umfasste, als ließen sich so die Schmerzen lindern.

»Ist es dein Bein?«, drang ich überflüssigerweise auch noch in ihn und erhielt prompt die Quittung.

»Ja«, stieß er mit zusammengebissenen Zähnen hervor, und sein Grollen verriet mir, dass meine blöde Frage ihn mindestens ebenso störte wie die Schmerzen.

»Gibt es irgendetwas, das ich für dich tun kann?«, fragte ich verzweifelt über meine Hilflosigkeit.

»Gehen«, knurrte er.

»Das werde ich nicht tun.«

»Dachte ich mir schon.«

Wir schwiegen beide eine Weile, bevor er das Wort ergriff: »Warum bist du eigentlich hier?«

»Wegen Rover. Er gab keine Ruhe, bis ich seine Leine geholt habe, und kaum waren wir draußen, hat er mich förmlich hierhergeschleift.«

Mark runzelte die Stirn. »Wie kann er das gewusst haben?«

Diese Frage hatte ich mir bereits selbst gestellt. Es wurde zwar immer wieder mal davon berichtet, dass Hunde mit einer Art siebtem Sinn Menschenleben gerettet hatten, aber dass mein kleiner Streuner zu diesen außergewöhnlichen Exemplaren gehörte, verwunderte mich nun doch.

»Weißt du nun eine Antwort darauf, oder nicht?«

»Nein.«

»Dann geh. Hilfe ist unterwegs, und du hast lange genug den barmherzigen Samariter gespielt.«

»Ich lasse dich nicht allein«, beharrte ich.

»Geh«, befahl er in einem Tonfall, der die geringsten Gebote der Höflichkeit missachtete.

Sein Benehmen war schlichtweg skandalös. Trotz des Bonus, den ich ihm wegen seiner Schmerzen einräumte. Mark Taylor war wirklich der unfreundlichste, undankbarste Mensch, dem ich je begegnet war. Oder konnte es zumindest sein. Wenn er mich unbedingt loswerden wollte, nun gut. Dann würde ich eben vorne warten, bis der Rettungswagen eintraf.

Als ich mich erhob, blickte er mich beinahe entsetzt

an. Offenbar hatte er nicht im Entferntesten damit gerechnet, dass ich Ernst machen würde.

»Vielleicht ist es besser, den Sanitätern zu zeigen, wo sie dich finden«, sagte ich schnell, um ihn nicht unnötig aufzuregen.

Er stützte sich rücklings auf die Hände, schloss die Augen und nickte.

Ich drückte leicht seine Schulter. »Es kann nicht mehr lange dauern.«

In diesem Moment wurde eine Autotür zugeschlagen, und Stimmen waren zu hören. Ich rannte aus der Werkstatt und winkte die Helfer nach hinten.

»Hier entlang!«

Sobald die Männer den schweren Tisch von Marks Beinen gehievt hatten, sah man sofort, dass eines unnatürlich verdreht war. Ein eindeutiges Indiz für eine Fraktur. Dennoch versuchte Mark, ohne Hilfe aufzustehen. Zum Glück hinderten ihn die Sanitäter, die der hiesigen Feuerwehr angehörten, daran und packten ihn unter lautstarken Protesten auf die fahrbare Trage, die sie mitgebracht hatten.

»Nachdem der verdammte Tisch weg ist, fehlt mir nichts mehr«, murrte er.

»Dein Bein ist gebrochen«, hielt ich ihm vor. »Jeder, der Augen im Kopf hat, kann das sehen. Außer dir offensichtlich.«

»Sind Sie seine Frau?«, fragte mich einer der Männer, den sein Namensschild als Mack McAfee auswies.

Mark schien die Frage gehört zu haben, denn er brach in schallendes Gelächter aus. Als hielte er allein den Gedanken für einen schlechten Witz!

»Nur eine Freundin«, erwiderte ich. Wobei ich mich allerdings fragte, ob Mark mich künftig weiterhin als eine solche betrachten würde.

»Wir bringen ihn ins Hospital nach Bremerton. Können Sie dorthin kommen?«

»Ich will sie nicht einmal in der Nähe dieses Krankenhauses sehen«, rief Mark, während zwei andere Sanitäter ihn bereits zur Tür hinausschoben.

Eigentlich sollte ich gehen und ihn schmoren lassen, doch ich ging auf seine Bemerkung nicht ein und tat, als sei er Luft für mich.

»Kann ich machen«, sagte ich zu dem jungen McAfee. »Ich bringe meinen Hund nach Hause, hole mein Auto und fahre dann gleich zum Krankenhaus hinüber.«

»Ein Glück, dass Sie zufällig vorbeigekommen sind.«

Es lag mir auf der Zunge, ihm von Rover zu erzählen, aber das glaubte mir wahrscheinlich niemand. Wie auch? So etwas war der Stoff, aus dem Filme gemacht wurden, Geschichten wie Lassie und Rin Tin Tin.

Rover und ich hasteten zum Rose Harbor. Viel Zeit blieb mir nicht, um ins Krankenhaus zu fahren und Mark nach Hause zu bringen. In ein paar Stunden würden weitere Gäste eintreffen, da musste ich wieder hier sein.

Rover schien derartige Probleme nicht zu haben. Jetzt wo er seine Pflicht erfüllt hatte, rollte er sich in seinem Körbchen zusammen und schlief prompt ein, als habe ihn der kurze Spaziergang völlig erschöpft. Ich ließ eine Notiz für Annie und ihre Großeltern zurück und eilte zur Tür hinaus.

Während der Fahrt nach Bremerton schlug mein Herz schnell und unregelmäßig – ich merkte, wie sehr mich das alles mitgenommen hatte. Im Krankenhaus angekommen, erfuhr ich, dass Mark noch beim Röntgen war. Also ging ich in den Wartebereich der Notaufnahme und setzte mich dort hin.

Ich hatte gerade eine Zeitschrift ausgelesen und mit einer zweiten begonnen, als ich irgendwo Marks Stimme hörte. Offensichtlich beschwerte er sich mal wieder über irgendetwas. Man brauchte keine Kristallkugel, um vorherzusehen, dass er kein einfacher Patient sein würde. Sondern einer, der jeden Tag aufs Neue mit dem Schicksal haderte, das ihn von seiner Arbeit abhielt. Leider auch von meinem Rosengarten, dachte ich und schämte mich sogleich für meinen Egoismus.

Eine Krankenschwester schob Mark in einem Rollstuhl heran. Sein linkes Bein war bis zum Knie eingegipst, sein Gesicht mürrisch bis zum Gehtnichtmehr. Er sah zu mir auf und wandte den Blick gleich wieder ab. Na, das konnte ja heiter werden.

»Ich hole das Auto und fahre es vor den Eingang«, sagte ich zu der Schwester, ohne Mark zu beachten, und gab ihm damit zu verstehen, dass ich mir nicht alles von ihm gefallen ließ.

Als ich unter dem Vordach hielt, warteten die beiden bereits auf mich. Ich stieg aus, eilte um den Wagen herum und hielt die Tür auf. Die Schwester half ihm auf den Beifahrersitz.

»Danke«, sagte ich zu der jungen Frau, während Mark steif und stumm neben mir hockte.

»Es würde dir nicht schaden, ein bisschen Dankbarkeit und Höflichkeit zu zeigen«, murmelte ich, erwartete jedoch keine Antwort.

Zu meiner Überraschung bekam ich eine. »Die Schwester hat meine guten Jeans ruiniert«, beschwerte er sich.

»Wäre es dir lieber gewesen, sie hätte aufs Aufschneiden verzichtet und dir die Hose über dein gebrochenes Bein gezogen? Da hättest du Höllenqualen gelitten.«

Er brummte Unverständliches vor sich hin, bevor er erneut in Schweigen versank.

»Soll ich bei der Apotheke halten?«, fragte ich.

Er schüttelte den Kopf. »Sie liefern.«

»Was ist mit Krücken?«

»Ich habe welche zu Hause.«

»Hast du dir denn schon mal ein Bein gebrochen?«

»Nein.«

Da er zu weiteren Erklärungen nicht bereit zu sein schien, bezähmte ich meine Neugier und fragte nicht nach. Trotzdem interessierte es mich brennend, wofür er sonst Krücken gebraucht haben mochte.

Die Fahrt nach Cedar Cove verlief nicht gerade gesprächig, und es kam mir vor, als seien wir Stunden unterwegs gewesen. Ich hasste diese unbehagliche Stille und war froh, als ich vor Marks Haus anhielt. Er offenbar auch, denn er stieß sogleich die Tür auf und schickte sich an auszusteigen.

»Stopp. Nicht ohne die Krücken«, hielt ich ihn zurück.

Er stieß vernehmlich den Atem aus. »Im Schrank im hinteren Schlafzimmer.«

Während ich die Treppe hinaufstieg, konnte ich mir ein Grinsen nicht verkneifen. Manchmal bekam man ein Haus erst auf Umwegen zu sehen.

12

Annie wusste nicht, wie sie den Lunch mit Oliver und ihren Großeltern überstehen sollte, und vermochte überdies nicht zu sagen, was sie mehr belastete: Olivers Anwesenheit oder das Gezänk der Großeltern.

Letzteres vermutlich, weil es ihre Illusionen zerstörte. Denn jetzt stellten die beiden keine rühmliche Ausnahme mehr dar, sondern waren ein weiterer Beweis, dass es auf Dauer kein harmonisches Miteinander gab. Nur hatte Annie nicht mitgekriegt, wann die Ehe der Großeltern gekippt war. Lag es daran, dass ihre Besuche bei ihnen seit ihrer Collegezeit zunehmend seltener geworden waren, oder hatte sie es bloß nicht sehen wollen?

»Ich verstehe nicht, warum du ausgerechnet mexikanisch essen musst«, hackte Julie erneut auf Kent ein, sowie sie am Tisch saßen und die Speisekarten samt Schalen mit Salsa und Chips gebracht wurden.

»Weil ich zufällig gerne Enchiladas esse«, antwortete Kent gereizt und tauchte einen Chip in die Salsa. »Du behauptest, Käse sei nicht gut für mich. Nun, mir schmeckt er, und wenn ich ihn essen will, solltest du mich nicht davon abhalten.«

»Wenn nicht ich, wer dann?«, rief Julie schrill.

Annie versteckte sich hinter der Speisekarte. Die Aufmerksamkeit, die ihre zankenden Großeltern erregten, war ihr peinlich. Kent sprach so laut, dass niemand im Restaurant sein Schimpfen überhören konnte.

»Wenn die Enchiladas mich umbringen, dann sterbe ich wenigstens als glücklicher Mann«, hielt er seiner Frau vor und schaute sie triumphierend an.

»Dann nur zu. Wenn du dir deine Herzklappen unbedingt ruinieren willst, werde ich dich nicht daran hindern.« Julie funkelte ihn böse an. »Für mich bricht sowieso die beste Zeit meines Lebens an, wenn ich das Geld aus der Lebensversicherung verprassen kann.«

»Viel Spaß dabei. Hauptsache, ich sterbe glücklich«, erklärte Kent und bestellte drei Enchiladas mit Reis und Bohnen.

Julie nahm Geflügelsalat mit einer Extraportion Avocado. Oliver entschied sich für Fajitas mit Huhn, und Annie wählte eine Tapasplatte, die sie später kaum anrührte. Ihr war der Appetit gründlich vergangen.

Allerdings nicht nur wegen der Streiterei ihrer Großeltern.

Wenn die nämlich gerade mal eine Pause einlegten und sie nicht zu schlichten brauchte, fühlte sie sich Olivers Blicken ausgesetzt. Am liebsten hätte sie ihm unter dem Tisch einen Tritt versetzt, damit er endlich aufhörte, sie wie ein besonders zartes Stück Fleisch zu mustern. Natürlich machte er das mit Fleiß; wollte sie nervös machen, ärgern. Davon war Annie felsenfest überzeugt. Genau wie früher in ihrer Kindheit. Er fand dieses Geglotze dem Anschein nach ungemein erheiternd, sonst hätte er wohl inzwischen damit aufgehört.

Nachdem sie bezahlt und das Restaurant verlassen hatten, flüsterte Annie: »Würdest du bitte damit aufhören?«

»Womit?«, fragte er mit Unschuldsmiene.

»Du weißt ganz genau, was ich meine. Ich kenne deine Spielchen. Bei anderen mögen sie wirken, bei mir nicht.«

Oliver wirkte ehrlich verwirrt. »Was meinst du damit?«

Annie kniff die Augen zusammen. »Hör auf, mich so anzustarren, wie du das tust«, zischte sie und wandte sich ab.

Ihre Großeltern schauten sie verwundert an. Anscheinend hatte sie zu laut geredet, wenn es selbst der schwerhörige Kent verstand.

»Was ist denn los, meine Süße?«, wollte Julie wissen.

»Nichts Besonderes, Grandma. Oliver hat mich bloß die ganze Zeit so blöd angeglotzt«, sagte sie und kam sich vor wie ein Schulmädchen.

»Was ist daran blöd?« Julie hakte sich bei ihrer Enkelin ein. »Du bist hübsch, Annie, und Oliver ist ein junger Mann, der eine schöne Frau zu schätzen weiß.«

Sie wollte ihrer Großmutter widersprechen, sah jedoch rechtzeitig ein, dass sie dadurch lediglich weitere Diskussionen heraufbeschwor, und hielt den Mund.

Die Rückfahrt verlief in angespanntem Schweigen. Keiner schien dem anderen grün zu sein. Annie konnte es nicht erwarten, Oliver loszuwerden, und ihre Großeltern waren, wie es aussah, wild entschlossen, nicht mehr miteinander zu sprechen. Im Rose Harbor angekommen, strebten sie sogleich ihrem Zimmer zu.

»Dein Großvater hält mittlerweile jeden Nachmittag ein Nickerchen«, sagte Julie spöttisch zu Annie. »Sonst bekommt er schlechte Laune.«

»Das habe ich gehört«, nörgelte Kent. »Du hörst dich an, als würdest du von einem Zweijährigen sprechen.«

»Tja, mein Lieber, es ist leider die Wahrheit. Du bist unausstehlich, wenn du dich nicht hinlegst.«

»Kein Wort davon ist wahr.« Kent schüttelte den Kopf und verschwand, gefolgt von Julie, in ihrem Zimmer.

Ohne zu schauen, wo Oliver abgeblieben war, ging Annie nach oben. Je weniger sie sich mit ihm abgab, desto besser. In ihrem Zimmer setzte sie sich auf die Bettkante, griff nach ihrem Handy und stellte fest, dass sechs Nachrichten von Lenny eingegangen waren. Sie löschte sie ungelesen mit der gleichen Entschiedenheit, mit der sie ihn aus ihrem Leben zu streichen gedachte.

Gerade als sie fertig war, klingelte das Telefon in ihrer Hand. Vor Schreck hätte sie es beinahe fallen gelassen. Zum Glück war es ihre Mutter und nicht Lenny.

»Mom, ich bin so froh, dass du anrufst, denn wir müssen unbedingt reden.«

Die Worte sprudelten nur so aus Annies Mund. Wenn sie dieses Fest überleben wollte, brauchte sie Hilfe.

»Sind Grandma und Grandpa gut angekommen?«, fragte ihre Mutter.

»O ja, das sind sie, aber du ahnst nicht, mit wem«, sagte sie mit zitternder Stimme.

»Oliver hat sie gefahren.« Ihre Mutter klang, als sei das für sie die natürlichste Sache der Welt.

Annie schnappte nach Luft. »Du wusstest das?«

»Ja. Grandma hat ihn darum gebeten. Weil Grandpa sich hartnäckig weigert, seine Brille aufzusetzen, und das fand sie beim Autofahren einfach zu gefährlich.«

»Und du hast mir nichts gesagt?« Annie bekam langsam den Eindruck, dass sich die ganze Familie gegen sie verschworen hatte.

»Ich habe das nicht für wichtig gehalten.«

»Mom, du weißt doch, wie ich zu Oliver stehe. Er war früher so ekelhaft zu mir.«

»Ach Schatz, das ist Jahre her. Ihr seid inzwischen erwachsen und habt euch vor gar nicht allzu langer Zeit sogar gesehen. Letzten Sommer, nicht wahr? Wie geht es Oliver übrigens? Er ist ein gut aussehender junger Mann geworden, wenn ich mich nicht täusche.«

Gut aussehend war er, das stand außer Frage. Aber das allein zählte schließlich nicht. Jedenfalls vermochte sie die Begeisterung von Eltern und Großeltern für Oliver nicht zu teilen.

»Sag ihm, ich freue mich darauf, ihn wiederzusehen«, bat ihre Mutter, und Annie versprach es zähneknirschend.

Als Nächstes kam das Thema Großeltern aufs Tapet, vor dem Annie nicht weniger graute.

»Unser Goldpaar hat also die Fahrt gut überstanden?«

»Ja, das schon, nur ...«

Ihre Mutter wurde sogleich hellhörig. »Es ist doch nichts mit Großvaters Herz, oder?«

»Nein, keine Sorge. Gesundheitlich geht es ihm gut.«

»Und was stimmt dann bitte nicht bei den beiden?«

Annie atmete langsam aus. »Sie streiten dauernd.«

»Worüber?«

»Über alles.«

»Du liebe Güte. Hat Grandpa schlechte Laune?«

»Ich weiß nicht ... Es lässt sich schwer beschreiben, was die beiden da abziehen.«

»Das sind nur die Nerven, meine Süße. Mach dir deswegen keine Sorgen.«

Aber die machte sie sich nun einmal. Und zwar wegen des Festes, auf dessen Planung und Organisation sie so viel Zeit und Liebe verwendet hatte. Außerdem bedrückte es sie ernstlich zu sehen, dass die Großeltern sich nicht einmal mehr zu mögen und zu respektieren schienen. Dabei hatte sie sie bis gestern idealisiert und in den Himmel gehoben.

»Was viel wichtiger ist, Annie – wie geht es dir?«, riss ihre Mutter sie aus ihrem Grübeln.

»Gut, Mom.«

»Lenny hat angerufen, er sucht dich. Ich habe ihm nicht verraten, wo du bist. Gut, dass du ihn los bist.« Sie zögerte. »Mir ist vor ein paar Tagen eingefallen, dass deine Großeltern noch nichts von der Trennung wussten. Ich habe es ihnen bei unserem letzten Telefongespräch erzählt. Ich hoffe, du hast nichts dagegen.«

»Nein, das geht in Ordnung … Ich habe es mir bereits gedacht, denn Oliver überhäuft mich mit Fragen. Vermutlich hat Grandma ihm etwas gesteckt.«

»Ach je. Ärgert es dich, dass er Bescheid weiß?«

»Eigentlich nicht.« Oder doch, überlegte sie, andernfalls würde er ihr vermutlich weniger nachstellen.

Sie seufzte. »Können wir später darüber reden, Mom? An Lenny zu denken oder über ihn zu sprechen deprimiert mich. Ich bin nur froh, dass die ganze Familie hinter meiner Entscheidung steht.«

»Natürlich tun wir das, Schätzchen.«

»Offen gestanden, fühle ich mich erheblich besser, seit die Verlobung vom Tisch ist und alle es wissen«, fuhr Annie fort. »Jetzt muss mich bloß noch Lenny in Ruhe lassen, dann ist alles perfekt.«

»Wir unterhalten uns nach diesem Wochenende ausführlich darüber«, erwiderte ihre Mutter sanft. »Bring erst mal diese Party hinter dich, und dann siehst du weiter.«

Ihre Mutter hatte recht. Sobald sie wieder in Seattle war und sich ein wenig ausgeruht hatte, würde sie sich auf dem Singlemarkt zurückmelden, statt sich erneut in ihrer Arbeit zu vergraben. Vor allem dürfte es Lenny endgültig davon überzeugen, dass seine Zeit abgelaufen war. Zu dumm, dass sie sich nicht früher ins gesellige Leben gestürzt hatte, um sein penetrantes Selbstbewusstsein ein für alle Mal zu erschüttern. Aber was nicht war, konnte ja noch werden.

»Wann kommt ihr hier an, Dad und du?«, fragte sie, um das Thema zu wechseln.

»Irgendwann morgen im Laufe des Nachmittags. Eher später als früher. Soll ich noch irgendwas für dich erledigen?«

»Nein danke, Mom. Ich habe alles im Griff.«

Annie konnte die Erleichterung ihrer Mutter durchs Telefon spüren.

»Wir bewundern dich alle so – es ist ganz großartig, was du da auf die Beine gestellt hast.« Ihre Mutter machte eine kleine Pause, bevor sie weiterredete. »Und wir sind dir schrecklich dankbar für die viele Arbeit, die du investierst hast. Das wissen wir wirklich sehr zu schätzen.«

»Es hat mir Spaß gemacht.«

Jetzt musste sie nur dafür sorgen, dass sich ihre Großeltern erst nach dem Fest gegenseitig umbrachten. Mit ihrer Mutter über ihre Sorgen zu sprechen und sie um Hilfe zu bitten – den Gedanken hatte sie aufgegeben. Offensichtlich nahm sie das Ganze nicht sonderlich ernst und sah keinen Handlungsbedarf.

»Ruf an, wenn du etwas brauchst.«

»Mach ich«, versprach Annie.

Sie unterhielten sich noch eine Weile, bevor sie das Gespräch beendeten. Nachdem niemand ihre Abneigung gegen Olivers Anwesenheit zu teilen schien, begann Annie sich langsam zu fragen, ob sie nicht übertrieb. Zweifellos war etwas dran an dem Einwand ihrer Mutter, dass es albern sei für eine erwachsene Frau, beharrlich auf Ereignissen aus der Kindheit herumzureiten. Vielleicht sollte sie klare Verhältnisse schaffen und gleichzeitig ein paar Grenzen abstecken, um dieses Wochenende einigermaßen elegant zu überstehen.

Da sie nicht wusste, wo Oliver untergebracht war, beschloss sie, Jo Marie zu fragen. Doch als sie die Tür öffnete, trat er gerade aus dem Zimmer gegenüber. Annie zog geräuschvoll den Atem ein. Welch merkwürdiger Zufall, schoss es ihr durch den Kopf.

»Hallo, Annie«, sagte er und lächelte sie an.

Bevor sie etwas erwidern konnte, starrte sie verwundert auf die Gitarre, die er sich unter den Arm geklemmt hatte. Was sollte denn das schon wieder? Eingedenk ihrer guten Vorsätze bemühte sie sich trotzdem, eine freundliche Miene aufzusetzen.

»Ich dachte, wir sollten einmal unter vier Augen miteinander reden«, sagte sie leicht gezwungen.

»Klar. Wann?«

»Wie wäre es jetzt gleich, bevor die anderen Gäste eintreffen?«

»In Ordnung. Möchtest du in mein Zimmer kommen?«

»Wohl kaum.«

Er grinste. »Das ist wahrscheinlich eine weise Entscheidung von dir.«

»Was soll denn das heißen?«, fuhr sie ihn an.

»Nichts.«

Sie ließ es dabei bewenden. »Was hältst du von der Veranda? Ich habe dort ein paar Stühle gesehen.«

»Klingt gut.«

Während sie ihm die Treppen hinunterfolgte, überschlugen sich ihre Gedanken. Was sollte sie ihm sagen, wie am besten beginnen? Am liebsten hätte sie ihn mit all den Sünden der Vergangenheit konfrontiert, doch damit machte sie sich nur lächerlich. Außerdem war es besser, dem Gespräch von vornherein einen positiven Anstrich zu geben.

Oliver hielt ihr höflich die Tür auf und ließ ihr den Vortritt. Sie setzten sich auf die hölzernen Stühle und schwiegen beide eine Weile.

»Worüber möchtest du mit mir reden?«, ergriff Oliver schließlich das Wort.

Annie ließ sich nicht täuschen. Er wusste Bescheid, hundertprozentig. Sie faltete die Hände im Schoß und beugte sich leicht vor.

»Es ist schön, dich nach längerer Zeit wiederzusehen.«

Oliver grinste. »Du bist keine sehr gute Lügnerin, Annie.«

Jetzt hatte er sie. Warum nur musste sie so einen unglaubwürdigen Unsinn von sich geben?

»Okay, ich war überrascht, dich hier anzutreffen. Musst du nicht arbeiten?«

Sie hatte gehört, dass er einen Traumjob bei einem Hightechkonzern außerhalb von Portland hatte, der Computersoftware entwickelte.

»Ich habe gekündigt.«

Typisch Oliver. Während andere derzeit angesichts einer schwächelnden Wirtschaft händeringend Arbeit suchten, schmiss er einen gut bezahlten Job so mir nichts, dir nichts hin. Der Mann war und blieb ihr ein einziges Rätsel.

»Warum denn das?«

Er zuckte die Achseln. »Ich wollte schon immer reisen. Es ist mein Traum etwas zu sehen von der Welt, solange ich noch jung und ungebunden bin. Jetzt schien mir die richtige Zeit dafür.«

»Mit dem Rucksack quer durch Europa?«, scherzte sie. »Was für eine originelle Idee.«

»Australien.«

»Oh.« Annie versetzte es einen Stich, denn Australien war das Land ihrer Sehnsucht.

»Außerdem will ich noch Neuseeland und die Cook-Inseln bereisen.«

»Das wird bestimmt interessant«, meinte sie, und es klang ein wenig neidisch.

»Tut mir leid, wenn ich dich beim Lunch durch mein Starren belästigt habe. Das lag nicht in meiner Absicht.«

Seine Entschuldigung traf sie unvorbereitet – das war das Letzte, was sie von ihm erwartet hatte.

Er zupfte an den Saiten seiner Gitarre. »Du bist eine schöne Frau geworden, Annie.«

Sie wollte ihm schon über den Mund fahren, ihm sagen, dass Komplimente und Schmeicheleien bei ihr nicht fruchteten, aber sie verkniff es sich.

»Es ist mir einfach auf die Nerven gegangen«, sagte sie lahm.

Er nickte, schlug ein paar Akkorde an und begann eine Melodie zu summen.

»Kannst du das mit deiner Gitarre bitte lassen?«

Überrascht blickte er auf. »Warum?«

»Ich bitte dich, wir sind zwei erwachsene Menschen und keine Pfadfinder.«

»Mit der Gitarre in den Händen kann ich besser denken.«

Sie erinnerte sich, dass er früher Liedertexte umgedichtet hatte. Leider auf ihre Kosten, denn zumeist drehten sie sich um Zahnspangen und Sommersprossen. Ihr fiel wieder ein, von ihrem Bruder gehört zu haben, dass Oliver noch immer Songs verfasste und die Damenwelt ihm deshalb zu Füßen lag. Hatte er etwa ihretwegen die Gitarre mitgebracht?

Jetzt legte er sie weg und schaute sie an. Annie erkannte, dass sie einen Fehler gemacht hatte: Solange er auf seiner Gitarre herumklimperte, hatte er wenigstens nicht sie angesehen.

»Diese Feier ist mir sehr wichtig.«

»Den Berichten deiner Großmutter nach zu urteilen, hast du dich ja auch schwer ins Zeug gelegt.«

»Das habe ich«, bestätigte sie, »und deshalb kannst du dir sicher denken, wie viel mir daran liegt, dass alles glattgeht.«

»Natürlich. Wenn ich etwas tun kann …«

»Das kannst du«, ging sie sofort auf sein Angebot ein. »Ich tue alles, was du möchtest.«

»Gut.« Sie atmete tief durch und straffte die Schultern. »Bitte nutz diese Gelegenheit nicht aus, um mich zur Zielscheibe deiner Witze und Spötteleien zu machen oder …«

»Dich zu küssen«, ergänzte er leise.

Die Erinnerung an seinen Kuss trieb ihr augenblicklich das Blut in die Wangen. Oliver hatte ihr den ersten Kuss ihres Lebens gegeben. Damals, als sie sich einbildete, in ihn verliebt zu sein. Schlimmer noch war, dass sie damals auf die törichte Idee verfiel, er könnte ebenfalls Gefallen an ihr gefunden haben.

Es geschah spät an einem Sommerabend während des Besuchs bei den Großeltern in Portland. Sie erinnerte sich an funkelnde Sterne an einem mondhellen Himmel und daran, dass sie auf einer Decke lag und verträumt zu dem leuchtenden Firmament hochblickte. Ihr Bruder schlief bereits, Eltern und Großeltern spielten Karten und bemerkten nicht, wie Annie sich nach draußen schlich.

Dort fand Oliver sie. Er legte sich neben sie, und sie unterhielten sich lange. Ganz ernsthaft und sehr nett. Er erklärte ihr einige Sternbilder, und sie war beeindruckt, weil er so viel über den Nachthimmel wusste.

Er freue sich immer auf ihre Besuche, sagte er dann. Sie war dreizehn, er ein Jahr älter und hielt in dieser Nacht ihre Hand, verflocht seine Finger mit den ihren. Selbst jetzt noch wusste sie, dass ihr Herz bei seiner Berührung einen Satz gemacht hatte. Alles war ihr so romantisch vorgekommen. Dummes kleines Ding, das sie gewesen war.

»Du hast mir nach wie vor nicht verziehen, stimmt's?«, riss Oliver sie aus ihren Gedanken.

»Mach dich nicht lächerlich.«

»Ich sollte dich jetzt küssen.«

»Denk nicht einmal drüber nach, Oliver Sutton. Ich bin kein dummes junges Mädchen mehr, das in höheren Sphären schwebt.«

»Nein, du warst ein bezauberndes junges Mädchen mit Sternen in den Augen.«

»Du hast mich zu etwas verleitet, was ich gar nicht wollte«, warf sie ihm vor.

»Ich bin bereit, es gutzumachen, damit du mir endlich vergibst und nichts mehr bereust.«

»Danke, lieber nicht.«

Seufzend stand Annie auf, um ins Haus zu gehen. Diese Unterhaltung würde ohnehin zu nichts führen. Oliver erhob sich ebenfalls, und ehe sie sich versah, legte er ihr die Hände auf die Schultern und drehte sie zu sich herum.

Sie hätte protestieren, sich von ihm losmachen und zurückweichen können. Bestimmt würde er sie bei dem geringsten Widerstand freigegeben haben. Sie tat es nicht. Warum, das vermochte sie selbst nicht zu begreifen.

Und so geschah es, dass Oliver sie mitten auf der in die Nachmittagssonne getauchten Veranda zum zweiten Mal küsste.

Sein Mund legte sich warm und feucht auf ihren, und automatisch gab sie nach und öffnete die Lippen, um ihn zu spüren und zu schmecken. Und als er sie an sich zog, schlang sie die Arme bereitwillig um seinen Hals und presste sich an ihn. Bis sie erschrocken zurückwich.

Das hier war ja schlimmer als das erste Mal. Und besser.

»War doch gar nicht so schlecht, oder?«, flüsterte er.

Annie erwiderte nichts darauf. Floh stattdessen ins Haus und schlug die Tür hinter sich zu.

13

Mary kam fast eine Viertelstunde zu früh im Victorian Tearoom an. Eine freundliche Kellnerin mit Namen Dianna wies ihr einen Fenstertisch zu. Mary war dankbar, dass die Sonne, die hereinschien, das Frösteln vertrieb, denn draußen hatte ein kühler Wind geweht.

Sie war nervös, sehr sogar. Um sich abzulenken, nahm sie die Karte zur Hand, die auf dem Tisch lag, und studierte sie angelegentlich, ohne jedoch wirklich etwas wahrzunehmen. Ihre Gedanken kreisten allein um das bevorstehende Wiedersehen mit George. Obwohl sie ihn vorgewarnt hatte, dass sie nicht mehr die Frau von einst war, fürchtete sie sich vor dem Moment, wenn er sie sah. Schmerzlich wurden ihr die Veränderungen des Alters bewusst, aber vor allem die Spuren, welche die Krankheit hinterlassen hatte. Den Verlust der Haare, den selbst der schönste Seidenschal nicht wettmachte, und die Gewichtsabnahme, die sie dünn und hinfällig aussehen ließ. Was, wenn er völlig schockiert reagierte?

Fast bereute Mary es schon, sich auf dieses Treffen eingelassen zu haben. Es würde nichts Gutes dabei herauskommen. Besser wäre es gewesen, George hätte sie so in Erinnerung behalten, wie sie damals war. Jung und attraktiv, gesund und lebensfroh – keine vom Krebs gezeichnete, gefühlsduselige Frau mittleren Alters. Sie hasste den Gedanken, dass er vor ihr zurückschrecken könnte.

Aber mehr noch belastete es sie, dass er über die Vergangenheit würde sprechen wollen, insbesondere über die Schwangerschaft. Auf sie kam eine Diskussion zu, der sie sich eigentlich nicht gewachsen fühlte. Nur wenn nicht jetzt, wann dann? Sie schwankte noch, war halb versucht, aufzustehen und zu gehen, als sie einer Entscheidung enthoben wurde.

Die Tür ging auf, und George betrat den Tearoom.

Mary erstarrte, vermochte kaum mehr zu atmen. Sie erkannte ihn auf Anhieb, fand ihn ziemlich unverändert. Sein einst dunkles Haar schimmerte jetzt silbern, was ihm eine distinguierte und zugleich Respekt einflößende Aura verlieh. Für einen Anwalt bei Gericht sicher ein immenser Vorteil. Und aus seinen dunklen Augen sprachen wie früher schon Charakterstärke und Entschlusskraft.

Er blieb stehen und blickte sich um. Es herrschte wenig Betrieb, und nur vier oder fünf Tische waren besetzt. Ein Gruppe von sechs Frauen mit großen Hüten und Federboas unterhielt sich angeregt und ziemlich laut. Sie schienen viel Spaß zu haben, ihr Lachen hallte durch den Raum. An einem Tisch in der Nähe saß ein Paar und steckte die Köpfe zusammen.

Mary straffte die Schultern und drehte die Leinenserviette nervös zwischen den Händen. Bislang hatte George sie nicht entdeckt, glaubte offenbar, dass sie noch nicht da sei, denn auch er war zu früh dran.

»Ich bin mit einer Freundin verabredet«, hörte Mary ihn zu der herbeigeeilten Kellnerin sagen. »Ist es möglich, einen Tisch in der Sonne zu bekommen?«

»Natürlich.«

Er blickte sich erneut suchend um, während er der Bedienung folgte. Mary, hinter einer großen Pflanze verborgen, beobachtete ihn heimlich. Der Zufall wollte es, dass George genau an den Tisch neben ihrem geführt wurde. Als er mit dem Rücken zu ihr Platz nahm, bemerkte sie, dass er ebenso nervös war wie sie. Sie gab ihm ein paar Minuten, fasste sich ein Herz und trat an seinen Tisch.

Er hob den Kopf und blinzelte, bevor sich seine Augen vor Überraschung weiteten. Oder vor Schreck, dachte Mary mit einem Anflug von Zynismus.

»Mary.« Langsam erhob er sich von seinem Stuhl. »Mary«, wiederholte er, griff nach ihren Händen und umschloss sie mit seinen. »Ach, meine Mary.«

Er zog ihre Finger an die Lippen und küsste sie.

»George.« Ihre Stimme zitterte vor unterdrückten Gefühlen. »Ich sehe furchtbar aus, tut mir leid. Nie hätte ich zulassen dürfen, dass du mich so siehst.«

»Nein«, schnitt er ihr das Wort ab. »Nein, sag das nicht. Ich …« Er schien zu bewegt zu sein, um weiterzusprechen, rückte ihr erst einmal einen Stuhl zurecht. Dann beugte er sich vor und flüsterte: »Du bist sogar noch schöner, als ich es in Erinnerung hatte.«

Zwar konnte das nur jemand sagen, der sie durch eine rosarote Brille betrachtete, doch egal. Mary liebte ihn dafür, dass zumindest er sie mit den gleichen Augen sah wie vor zwanzig Jahren.

Sobald sie beide saßen, erschien Dianna und fragte nach ihren Wünschen.

»Tee«, schlug George vor, und Mary nickte, woraufhin

die Kellnerin eine Anzahl von Sorten aufzählte. George überließ Mary die Wahl.

»Earl Grey«, sagte sie.

»Möchten Sie etwas essen?«, fragte Dianna daraufhin. »Unser Gericht des Tages ist ein Cobb-Salat.«

»Nein, danke, für mich nicht«, lehnte Mary ab.

Bestimmt würde sie vor Aufregung nichts herunterbringen, wie sie wusste, und seit Beginn der Krebstherapien hatte sie ohnehin wenig Appetit. Selbst die schönsten Sachen vermochten sie kaum zu locken.

»Wir haben auch ausgezeichneten Kuchen, wenn Sie das mehr reizt«, fügte die Kellnerin hinzu und machte gleich einige Vorschläge.

»Waldfrucht«, erwiderte George und deutete auf Mary.

»Für mich nichts, danke.«

»Sie nimmt ein Stück Schokoladencremetorte«, erklärte George Dianna, die sich daraufhin zurückzog.

»George, wirklich.«

»Du liebst doch Schokoladencremetorte.«

Dass er sich daran noch erinnerte. Gerührt gab Mary ihren Widerstand auf und lächelte ihn an. Sie würde ein paar Bissen probieren, um ihm einen Gefallen zu tun.

Über den Tisch hinweg griff er nach ihrer Hand. Ihre Blicke trafen sich, und in seinen Augen las sie eine unendliche Zärtlichkeit und Sorge, die ihr die Kehle zuschnürte. Aus Furcht, erneut in Tränen auszubrechen und ihn damit in Verlegenheit zu bringen, starrte sie auf den Tisch hinunter.

»Sag mir bitte noch einmal genau, wie deine Chancen stehen?«

Seine Worte versetzten Mary einen Stich. Im Klartext

gesprochen, erkundigte George sich danach, wie lange sie noch zu leben hatte.

»Das lässt sich schwer sagen. Einige Befunde stehen aus, und es hängt viel davon ab, wie die Behandlung bei mir anschlägt.« Sie hielt inne, mochte eigentlich nicht über ihre Krankheit reden. »Mein Leben besteht im Moment aus einer Abfolge von Untersuchungen und Kontrollen. Garantien gibt es keine, weißt du. Aber ich kann auch morgen von einem Bus überfahren werden und sterben«, fügte sie mit einem gezwungenen Lächeln hinzu.

Seine Hand schloss sich fester um die ihre. »Was sagen die Ärzte denn?«

»George, bitte. Ich möchte nicht, dass sich unser Gespräch nur um meinen Krebs dreht. Lass uns über etwas anderes reden, okay?«

Er seufzte, seine Schultern sackten leicht nach vorne. »Ich würde lieber über dich sprechen.«

»Später«, erwiderte sie leise. »Erzähl mir erst einmal von dir, und bring mich auf den neuesten Stand.«

Er schien nicht recht zu wissen, wo er anfangen sollte. »Ich habe es zugegebermaßen nicht gut verkraftet, dass du dich von mir getrennt hast.«

»Es war wohl wirklich nicht unbedingt die feine Art«, räumte sie ein.

»Wenn es der Krebs ist, der dich zu mir zurückgebracht hat, bin ich dankbar dafür.«

Mary musste sich wohl oder übel damit abfinden, dass George nicht lockerließ und sie weiter Rede und Antwort stehen musste. Zumindest eine kleine Pause wurde ihr vergönnt, weil Dianna soeben mit einem Tablett zurückkam und Tee und Kuchen auf den Tisch stellte. Mary musste zugeben, dass die Schokoladentorte mit dem Berg Schlagsahne und dem Schokosirup äußerst verlockend aussah.

George schenkte Tee ein, nahm seine Gabel und probierte von seinem Kuchen mit Waldfrüchten.

Mary folgte seinem Beispiel und stellte überrascht fest, wie gut ihr die Schokoladencremetorte schmeckte – sie zerging förmlich auf der Zunge. Sie kostete den Geschmack einen Moment lang aus und griff dann nach ihrer Teetasse.

George legte seine Gabel beiseite. »Ich habe ein bisschen recherchiert und bin vielleicht in der Lage, dir zu helfen.«

»Mir zu helfen?« Mary runzelte die Stirn. »Wobei?«

»Bei der Behandlung deiner Krankheit.«

»George, bitte nicht.«

Sie konnte sich nicht vorstellen, dass er Möglichkeiten entdeckt hatte, die ihre Ärzte nicht kannten und die noch nicht von ihnen angewandt oder in Betracht gezogen worden waren. Schließlich lebte sie in New York.

»Hör mir einfach mal zu«, beharrte er. »In Europa gibt es eine Klinik, von der es heißt, dass sie dort Wunder vollbringen. Ich verfüge über Beziehungen und könnte einen Termin vereinbaren.«

Mary verspürte wenig Lust, vielleicht für nichts und wieder nichts eine so anstrengende Reise zu unternehmen.

»Ich bin dir dankbar für deine Bemühungen, aber …«

»Du darfst nicht einfach aufgeben, Mary.«

»Das tue ich auch nicht, George. Ich bin eine Kämpfernatur, das war ich schon immer. Du kennst mich wahrscheinlich besser als jeder andere und weißt das. Ich gebe nicht auf.«

»Ich begleite dich und …«

Sie hob eine Hand, um ihn am Weitersprechen zu hindern. »Hör auf. Bitte.«

Ein niedergeschlagener Ausdruck trat auf sein Gesicht. Mary hätte am liebsten ihre Hand ausgestreckt, sie um sein Kinn gelegt und ihn getröstet. »Es wird schon wieder. Noch bin ich nicht tot. Ich bekomme die Krankheit in den Griff, warte nur ab.«

»Hast du vergessen, dass ich kein sehr geduldiger Mensch bin?«

»Da bin ich anderer Meinung. Ich kenne kaum jemanden, der so langmütig ist wie du.«

»Ich hatte die Hoffnung bereits aufgegeben, dich je wiederzusehen«, sagte er und legte dabei so viel Gefühl in seine Worte, dass ihr schon wieder Tränen in die Augen zu steigen drohten. »Ich habe neunzehn Jahre auf deinen Anruf gewartet.«

Um den Aufruhr in ihrem Inneren zu verbergen, aß Mary einen zweiten Bissen von ihrem Kuchen. Erst als sie sich einigermaßen gefasst hatte, sah sie ihn an.

»Ich weiß.«

Schweigen machte sich zwischen ihnen breit. George nippte an seinem Tee, sie an ihrem. Eindeutig zögerten sie beide, jenes Thema anzuschneiden, über das sie am dringendsten sprechen mussten. Die Abtreibung. Er fragte nicht danach, und sie erzählte nichts davon. Mary, die Aufsichtsratsmitglieder mit einem Blick aus der Fassung zu bringen vermochte, war nicht in der Lage, dem Mann, den sie liebte, das zu gestehen, was er wissen musste. Worauf er einen Anspruch hatte.

»Wie ist dein Kuchen?«, fragte sie stattdessen.

»Köstlich. Und deiner?«

»Ausgezeichnet.«

Wie lächerlich es doch war, in diesem Moment über Kuchen zu sprechen.

Mary räusperte sich und unternahm einen neuen Anlauf. »Es tut mir leid, dass deine Ehe gescheitert ist.«

George nickte. »Keiner von uns trägt daran die alleinige Schuld. Kathleen und ich passten einfach nicht zusammen.«

»Schade, dass du keine Kinder hast.«

»Ja, das ist es in der Tat.« Er umfasste seine Teetasse mit beiden Händen, und ein harter Ausdruck trat in seine Augen. »Ich bilde mir ein, dass ich einen guten Vater abgegeben hätte.«

»Den besten der Welt«, flüsterte sie und biss sich auf die Unterlippe, bevor ihre Stimme ganz brach. Es war ihr unmöglich weiterzusprechen.

»Ich weiß, dass du dich in Cedar Cove einquartiert hast, um eine emotionale Distanz zu mir zu wahren, aber …«

»Aber?«, drängte sie, als er den Satz nicht beendete.

»Es funktioniert nicht, oder?«

»Nein«, gab sie gezwungenermaßen zu und lächelte. »Dich so nah zu wissen, hat es unmöglich gemacht. Vielleicht wäre es besser gewesen, keinen Kontakt zu dir aufzunehmen, und doch bin ich froh darüber.«

»Ich auch.«

Seine Enttäuschung war verflogen, und jetzt schien

sein Blick sie zu streicheln. Er gab ihr das Gefühl, wie ein Kunstwerk in einem Museum betrachtet zu werden: ein Van Gogh etwa oder ein Rembrandt. Für ihn war sie trotz ihrer eingefallenen Züge, ihrer Blässe und ihrer ausgefallenen Haare reizvoll. Für George würde sie immer schön sein.

»Wann fliegst du zurück?«

»Montag, kurz nach Mittag.«

»So bald schon?«, fragte er entsetzt.

Sie nickte.

»Kannst du nicht ein bisschen länger bleiben?«

Er wirkte wie am Boden zerstört. Schien es unfair zu finden, sie gleich aufs Neue zu verlieren, nachdem er sie gerade erst wiedergefunden hatte.

Sie lächelte ihn an. »Leider nein. Meine Ärzte warten schon sehsüchtig auf mich, weißt du.«

»Dann bleiben uns nur ein paar Tage.«

»George, ich bin nicht gekommen, um dein Leben durcheinanderzubringen.«

»Ich habe bereits alle Termine für nächste Woche abgesagt.«

»Das hättest du nicht tun sollen«, sagte sie mit einem Anflug von Traurigkeit.

»Gehst du dann wenigstens heute Abend mit mir essen?«, bat er und schaute sie beinahe flehend an.

Es war Mary unmöglich, ihm seinen Wunsch abzuschlagen. Zwar war sie davon ausgegangen, ihn nur ein einziges Mal zu treffen, aber nun ergab es sich anders. Worüber sie keineswegs enttäuscht war. Ganz im Gegenteil. Der Gedanke, mehr Zeit mit George verbringen zu können, machte sie glücklich und erwartungsvoll wie ein junges Mädchen.

»Okay«, sagte sie nach kurzem Überlegen und drückte seine Hand.

»Gut. Wir fahren nach Seattle. Ich habe das Auto hier.«

Marys Hochstimmung verflog. Angst überfiel sie, dass ihre Kraft dafür nicht reichte.

»Hättest du etwas dagegen, wenn wir hier im Ort essen würden? Ich ermüde leider sehr schnell.«

»Natürlich nicht. Allerdings kenne ich mich mit der Gastronomie in der Gegend nicht aus. Du?«

»Nicht wirklich.«

George winkte die Kellnerin an ihren Tisch. »Können Sie uns für abends ein gutes Restaurant empfehlen?«, fragte er.

Dianna nickte. »Ja, es gibt zwei sehr gute. DD's an der Bucht unten in der Harbor Street und das Lighthouse. Beide sind ausgezeichnet. Im DD's sind die Meeresfrüchte am besten und im Lighthouse die Steaks.«

George blickte auf seine Uhr. »Brauchen wir eine Reservierung?«

Dianna lachte. »In Cedar Cove? Bestimmt nicht.«

»Danke«, sagte er, und die junge Frau zog sich zurück.

»Es wäre gut, wenn ich mich vor dem Dinner etwas ausruhen würde«, meinte Mary. Sie hasste es, solche Rücksichtnahmen erbitten zu müssen, doch es blieb ihr keine Wahl.

»Unbedingt. Ich muss sowieso noch ein paar E-Mails beantworten. Ich fahre dich zu deiner Unterkunft, suche mir ein Internetcafé, trinke einen Kaffee und arbeite ein bisschen. Wann soll ich dich abholen?«

Mary zögerte, weil sie eigentlich nicht von George zum Rose Harbor Inn gebracht werden wollte.

»Bist du dir sicher, dass du dir so viel Umstände machen willst?«

»Ganz sicher.«

»Vielleicht wäre es besser, wir würden morgen essen gehen. Dann müsstest du jetzt nicht die ganze Zeit auf mich warten.«

»Nein«, widersprach George. »Auf keinen Fall. Unsere gemeinsame Zeit ist begrenzt. Ich will nicht eine einzige Minute davon verschwenden.«

Begrenzte Zeit. Wie wahr. »Dann um sechs?«

»Abgemacht.« Ein Lächeln überzog sein Gesicht, als sei ihm gerade das wundervollste Geschenk seit Langem gemacht worden. Bisweilen kam er ihr vor wie ein kleiner Junge, der sich selbst über die einfachsten Dinge freuen konnte.

Als Dianna mit der Rechnung kam, bedachte George sie mit einem mehr als großzügigen Trinkgeld, für das sie sich überschwänglich bedankte.

»Ich fahre dich jetzt zu deinem Hotel«, sagte er, ihr Einverständnis voraussetzend, half ihr beim Aufstehen und führte sie nach draußen.

Auf dem Parkplatz standen nur wenige Autos, und Mary erkannte seines sofort: ein Luxusmodell mit einem Wunschkennzeichen: GGH. Sie musste nicht daran erinnert werden, dass sein zweiter Vorname Gair lautete, der Mädchenname seiner Mutter. George Gair Hudson.

Er öffnete die Beifahrertür und half ihr hinein, bevor er zur Fahrerseite ging.

Mary sah lächelnd zu ihm hinüber. »Ich bin nicht invalide, weißt du.«

Trotz ihrer körperlichen Schwäche steckte noch viel Leben in ihr. Und Kampfgeist.

»Trotzdem möchte ich mich um dich kümmern, Mary. Erlaube mir wenigstens das, okay?«

Seine Worte rührten sie tief, und sie nickte stumm. Vielleicht tat George ihr ja wirklich gut und half ihr beim Kampf gegen den Krebs.

»Heute Abend dann …«, sagte er, nachdem sie bei der Pension angekommen waren.

Mary spürte sein Zögern. »Ja?«

»Können wir beim Dinner über das sprechen, was damals passiert ist?«

Ihr Herz wurde bleischwer. Sie war ihm das schuldig, doch irgendwie fehlte ihr der Mut, sich diesem Teil ihrer Vergangenheit zu stellen.

»Noch nicht«, murmelte sie. »Lass mir ein wenig Zeit.«

»Aber wir sprechen darüber.«

»Ja«, versprach sie und meinte es ernst.

14

Als ich von meinem Krankentransport mit Mark endlich zurückkehrte, fand ich das Haus leer vor. Alle Gäste schienen ausgeflogen zu sein. Wo sie waren, wusste ich nicht. Allerdings meinte ich irgendwann am Rande gehört zu haben, dass die Shivers sich mit Freunden zum Dinner verabredet hatten. Vermutlich waren Annie und Oliver daraufhin alleine losgezogen.

Nur Mary hatte ich kurz auf dem Weg vom Parkplatz in Begleitung eines eleganten und seinem Auto nach zu urteilen nicht unvermögenden Mannes gesehen.

Da ich fürs Abendessen nichts vorbereitet hatte, inspizierte ich den Kühlschrank. Vom Frühstück waren Krabben und ein paar hart gekochte Eier übrig geblieben, Blauschimmelkäse und gekochter Schinken. Kopfsalat war ebenfalls da. Ich beschloss, mir einen Salat mit Meeresfrüchten zu machen, und mischte alle Zutaten mit einer Marinade.

Als ich mich zum Essen hinsetzen wollte, kam Rover in die Küche und sah mich mit seinen ausdrucksvollen dunklen Augen an. Sein Blick gab mir zu verstehen, dass er es empörend fände, wenn ich mir eine so köstliche Mahlzeit ohne ihn schmecken ließe.

»Du hast Futter in deinem Napf«, sagte ich.

Meine Worte beeindruckten ihn nicht.

»Du magst keinen grünen Salat.«

Er trottete in die Waschküche. Wenn ich annahm, dass er zu seinem Fressen gehen würde, irrte ich mich. Stattdessen setzte er sich hin und blickte zu seiner Leine hoch. O nein, er wollte schon wieder einen Spaziergang machen.

»Rover, nein«, wehrte ich ab. »Wir waren heute bereits zweimal draußen, das reicht.«

Ich tat mein Bestes, ihn nicht zu beachten. Setzte mich gemächlich mit meinem Salat an den Tisch, legte mir eine leuchtend gelbe Leinenserviette auf den Schoß und wollte gerade zu essen beginnen, als ich sah, dass Rover unverwandt in Richtung von Marks Haus blickte.

»Du weißt doch, dass er heute nicht gerade bester Laune war«, sagte ich zu Rover.

Was untertrieben war. Der Mann hatte mich praktisch aus dem Haus geworfen. Kaum war er mittels seiner Krücken und dank meiner Hilfe die Stufen hochgekommen, bestand er darauf, dass nun alles in Ordnung und meine weitere Anwesenheit absolut überflüssig sei. Mit anderen Worten: Er forderte mich auf zu gehen und das ziemlich unverblümt.

Ich spießte den ersten Bissen auf: eine der kleinen Oregon-Krabben, die ich besonders liebte. Rover sah mich so bekümmert an, als würde ich Mark das Essen vom Teller stehlen.

»Ich habe nicht mehr genug Krabben für eine zweite Portion Salat«, sagte ich, als müsse ich mich verteidigen.

Rover legte sich auf den Küchenfußboden, die Schnauze auf den Pfoten, und hielt den Blick unverwandt auf mich gerichtet. Die nächsten Bissen blieben mir fast im

Halse stecken, denn ich konnte den Vorwurf in seinen Augen nicht länger ertragen.

»Na schön, von mir aus«, kapitulierte ich und stand widerwillig auf.

Ich holte alles aus dem Kühlschrank, was ich gerade erst wieder hineingestellt hatte, und bereitete rasch einen zweiten Salat zu. Um auf der sicheren Seite zu sein, nahm ich noch eine Gefrierdose mit Suppe aus dem Tiefkühlschrank. Eines meiner absoluten Lieblingsgerichte, Kürbissuppe mit einer Spur Ingwer gewürzt.

Nachdem ich alles in einer Tasche verstaut hatte, machten Rover und ich uns auf den Weg zu Mark. Ich für mein Teil mit erheblichem Widerwillen. Allerdings hoffte ich, dass das mitgebrachte Essen Mark gnädig stimmte und er mich nicht wie einen Eindringling behandelte. Himmel, aus dem Mann sollte einer schlau werden.

Rover zerrte an der Leine, je näher wir Marks Haus kamen, und zog mich mit sich, wenngleich nicht so drängend wie heute Morgen. Ich stieg die Stufen zur Vordertür hoch und drückte auf den Klingelknopf.

Nichts tat sich.

»Sieht aus, als sei er nicht da«, sagte ich mehr zu mir als zu Rover. Der hingegen bezog es auf sich, bellte ein paarmal und stemmte eine Pfote gegen die Tür. Seine Methode, mir zu signalisieren, dass ich mir gefälligst mehr Mühe geben sollte. Also klingelte ich nach einer Weile erneut.

»Immer mit der Ruhe«, hörte ich Mark von drinnen brummen.

Einen Moment später wurde die Tür geöffnet. Mark

stützte sich schwer auf seine Krücken und sah mich finster an. Offenbar hielt er mich für die reinste Landplage.

Wieder regte mich sein Mangel an Dankbarkeit auf. Doch vor allem ärgerte ich mich über mich selbst: Weil ich Rovers vorwurfsvollen Hundeaugen nachgegeben hatte und hier meine Zeit verschwendete.

»Ich habe dir etwas fürs Abendessen gebracht«, sagte ich und hielt ihm die Tasche vor die Nase. Nicht dass er noch glaubte, ich würde sein Einsiedlerdasein grundlos stören.

Mark runzelte die Stirn. »Warum?«

»Keine Ahnung. Vermutlich kam mir der dumme Gedanke, du könntest Hunger haben. Selbst zu kochen dürfte sich derzeit ja als schwierig erweisen.«

Ich konnte ihm ja schwerlich erzählen, dass Rover mich mehr oder weniger dazu gezwungen hatte, machte mir allerdings nicht die Mühe, meinen Sarkasmus zu verbergen. Wäre ich bloß zu Hause geblieben, dachte ich und schaute Rover böse an.

Mark starrte mich verständnislos an, und die Furchen auf seiner Stirn vertieften sich. Grundgütiger, was war denn jetzt schon wieder los? Mein Frust wuchs von Minute zu Minute.

»Soll ich die Tasche auf der Veranda stehen lassen?«, fragte ich mühsam beherrscht.

Er zögerte und schüttelte den Kopf. »Du kannst hereinkommen.«

Sieh mal einer an, welch eine Überraschung! Mark Taylor bat mich in sein Allerheiligstes. Ich war mir nicht sicher, ob das ein Grund zur Freude war.

Sobald die Tür ganz geöffnet wurde, schoss Rover an

mir vorbei ins Haus, als sei Gott weiß wer hinter ihm her, während Mark mich in sein Wohnzimmer führte. Im Fernsehen war ein Nachrichtensender eingeschaltet. Mark hatte offensichtlich in einem Sessel gesessen und sein verletztes Bein auf einen Polsterhocker gelegt.

»Soll ich alles in die Küche bringen?«, fragte ich.

»Bitte«, antwortete er erstaunlich freundlich und folgte mir geschickt auf seinen Krücken.

Ich bemühte mich zwar, nicht allzu auffällig herumzuschauen, konnte mir aber dennoch ein paar Eindrücke verschaffen. Als Erstes fiel mir das Fehlen jeglicher persönlicher Dinge auf: keine Fotos, keine dekorativen Sachen, keine Bilder an den Wänden, keine Vorhänge an den Fenstern. Das Haus wirkte beinahe wie ein Hotelzimmer – nein, eher karger, denn in Hotels fanden sich durchaus Accessoires, die einen Raum wohnlicher machten. Hübsche Lampen, hübsche Textilien, hübsche Drucke. Mark besaß nichts dergleichen.

»Wie geht es dir?«, erkundigte ich mich.

»Was glaubst du wohl?«

»Okay, das war eine dumme Frage. Entschuldige.«

Ich hätte eigentlich wissen müssen, dass Mark ebenso wenig nach Konversation wie nach Gesellschaft zumute war.

Nachdem ich die Tasche auf der Küchentheke abgestellt hatte, drehte ich mich zu ihm um und verschränkte die Hände hinter dem Rücken. Mein Hund hatte sich auf dem Boden ausgestreckt, als würde er hier länger bleiben wollen.

»Hast du deine Schmerzmittel genommen?«

»Nein, die machen einen so benommen …«

Jetzt war es an mir, die Stirn zu runzeln. Auf eine solche Idee käme ich nicht. Mir wäre es lieber, mich komisch zu fühlen, als Schmerzen aushalten zu müssen. Doch das musste jeder für sich selbst entscheiden. Und wie so oft waren Mark und ich in diesem Punkt unterschiedlicher Ansicht.

Als ich mich zum Gehen wandte, hielt Mark mich zurück. »Ich sollte mich vielleicht bei dir entschuldigen«, sagte er, wobei sein Gesichtsausdruck verriet, wie schwer ihm diese Worte fielen.

Vielleicht?

Der Mann hatte Nerven. Genau genommen wären eine Reihe von Entschuldigungen fällig, und zwar bestimmt nicht nur vielleicht. Wenn ich Buch geführt hätte über all seine Beleidigungen, seine Schroffheit, seine Undankbarkeit, dann käme sicherlich eine stattliche Liste zusammen. Aber man durfte Mark nicht überfordern – dass er überhaupt mal einen Fehler eingestand und Abbitte leistete, ging bereits weit über seine Verhältnisse.

»Ich bin froh, dass du mich in der Werkstatt gefunden hast«, murmelte er stockend. Es hörte sich an, als würden die Worte an seiner Zunge kleben und nicht über die Lippen wollen. »Ich weiß nicht, was ich getan hätte, wenn du nicht vorbeigekommen wärst.«

»Dafür musst du dich bei meinem Hund bedanken.«

Rover hob den Kopf, sah zu Mark auf und schien auf eine Dankbarkeitsbekundung, Kopfkraulen etwa, zu warten. Als keine kam, nahm er es trotzdem nicht übel. Rover war eindeutig weniger nachtragend als ich.

Heute Abend allerdings war ich recht milde gestimmt.

»Ich habe dir Salat und etwas Kürbissuppe mitgebracht«, sagte ich, um sein Unbehagen zu überspielen.

Mark hob die Brauen. »Woher wusstest du, dass das meine Lieblingssuppe ist?«

»Das wusste ich nicht – ist nämlich zufällig auch meine. Deshalb koche ich sie öfter und friere einige Portionen ein. Soll ich sie dir warm machen, oder möchtest du lieber den Salat?«

»Die Suppe.«

»Okay.« Ich suchte im Schrank nach einer geeigneten Schale, füllte die Suppe um und stellte sie in die Mikrowelle.

»Du brauchst das nicht zu tun, weißt du.«

Weil selbst dieses Eingeständnis ihn Überwindung zu kosten schien, ging ich nicht auf die Bemerkung ein.

»Ich stelle den Salat für später in den Kühlschrank«, sagte ich stattdessen.

»Lass ihn draußen, ja?«, bat er.

»Okay, dann mache ich mich jetzt auf den Weg, damit du in Ruhe essen kannst«, antwortete ich, um seine Geduld nicht übermäßig zu strapazieren, und griff nach Rovers Leine.

Er schob sich einen Küchenstuhl zurecht und setzte sich schwerfällig. »Weißt du, wegen dieses gebrochenen Beins dauert es eine Weile, bis ich an deinem Rosengarten weiterarbeiten kann.«

»Ist doch klar, lässt sich aber nicht ändern.«

»Es tut mir leid.«

»Mir auch.«

Rover und ich gingen zum zweiten Mal zur Tür.

»Danke, Jo Marie«, rief Mark mir nach. »Für alles.«

Dankbarkeit? Von Mark?

Ich konnte es nicht fassen, wenngleich es ein gutes Gefühl war, solche Worte von ihm zu hören. Außerdem war es beruhigend, zur Abwechslung mal wieder Marks nettere Seite zu erleben.

»Möchtest du, dass ich morgen früh nach dir sehe? Nachdem ich meine Gäste versorgt habe?«

»Nein«, erwiderte er kategorisch.

Ich konnte mir ein Lächeln nicht verkneifen. Eindeutig war dieser Vorschlag des Guten zu viel gewesen, und der alte Mark hatte sich zurückgemeldet.

Zurück in meiner Pension lief ich Kent und Julie Shivers in die Arme.

»Wir warten darauf, dass unsere Freunde uns abholen«, erklärte Julie.

»Oh, ich dachte, Sie seien schon zum Dinner gegangen.«

»Nein, Oliver und Annie sind mit uns um die Bucht gefahren, und ich habe ihnen gezeigt, wo Kent mich damals gebeten hat, seine Frau zu werden.« Ihre Stimme wurde ganz weich, und ein verklärter Ausdruck trat in ihre Augen.

»Wie oft muss ich noch wiederholen, dass ich dir meinen Antrag nicht unten am Wasser gemacht habe«, widersprach Kent. »Wir waren im Kino …«

»Aber ganz gewiss nicht«, schnitt Julie ihm das Wort ab. »Eine Frau vergisst solche Dinge nicht. Wir haben an der Stelle gestanden, wo sie diesen Pavillon errichtet haben. Warum sonst will Annie wohl, dass die Wiederholung des Jaworts genau dort stattfindet?«

Kent verschränkte die Arme vor der Brust. »Ich erinnere mich vage daran, dass ich den Entschluss zu dem Antrag in einem Film mit Steve McQueen fasste.«

Julie verdrehte die Augen. »Wir sind in Cedar Cove nie ins Kino gegangen.«

»Schön. Wenn du da so sicher bist, dann muss das im Kino ein anderes Mädchen gewesen sein.«

Julies Augen wurden schmal. »Ich habe immer vermutet, dass du dich mit einer andern triffst.«

»Herrgott noch mal!« Kent stieß vernehmlich den Atem aus. »Mit dir ist einfach nicht zu reden.«

Mit diesen Worten verließ er die Küche, marschierte den Flur zu ihrem Zimmer hinunter und knallte die Tür hinter sich zu.

Julie zuckte zusammen. »Ich muss mich für meinen Mann entschuldigen«, sagte sie sichtlich verstimmt.

Nach dem ersten Schock fand ich es inzwischen hochinteressant, die beiden alten Leutchen zu beobachten. Wie konnte man fünfzig Jahre miteinander aushalten, obwohl man fast ständig entgegengesetzter Ansicht war? Und was Annie betraf, so hatte die mit der Beschreibung ihrer Großeltern ja völlig danebengelegen. Schlimmer ging es gar nicht. Bei dem Gedanken an Annies leuchtende Augen, als sie von der Ehe der Großeltern schwärmte, konnte ich mir ein Grinsen nicht verkneifen.

»Ich werde hier vorne auf unsere Freunde warten«, erklärte Julie, als sei nichts geschehen.

»Möchten Sie einen Tee?«

Wenngleich sich Julie alle Mühe gab, es zu verbergen, spürte ich, dass der Zwischenfall sie aus der Fassung gebracht hatte.

»Ja, das wäre sehr nett«, sagte sie, bevor sie würdevoll in den Aufenthaltsraum stolzierte.

»Wo sind denn Annie und Oliver?«, fragte ich, als ich ihr den Tee brachte.

»Auf ihren Zimmern vermutlich, um sich umzuziehen. Sie gehen später gemeinsam aus. Oliver ist ja ein so netter Junge. Ich habe mir immer gewünscht …« Sie ließ den Rest des Satzes unausgesprochen.

»Was wünschten Sie sich?«, bohrte ich nach, um herauszufinden, ob meine Vermutung stimmte.

»Nun, dass Annie ein romantisches Interesse an Oliver entwickeln würde«, gab Julie zögernd zu. »Wenn ich allerdings sehe, wie wenig sie ihn mag, wird daraus wohl nichts. Leider. Ich habe keine Ahnung, warum das so ist. Und ich fürchte langsam, daran ändert auch die Trennung von diesem Autoverkäufer nichts. Was ich eigentlich gehofft habe.«

Wenn ich an Annies Reaktion auf Olivers Anwesenheit dachte, neigte ich eher dazu, eine Romanze zwischen den beiden für ausgeschlossen zu halten, wollte jedoch der Großmutter das letzte Fünkchen Hoffnung nicht nehmen.

»Ich habe ihn einmal kennengelernt, diesen Verlobten«, fuhr Julie fort. »Sein Name ist mir momentan entfallen. Er sah wirklich gut aus, hatte aber etwas an sich, was mir nicht gefiel. Es lag an seinen Augen.«

Annies Erzählungen nach zu urteilen, hatte Julie den Nagel auf den Kopf getroffen. Zumindest wenn man ihren letzten Satz dahingehend interpretierte, dass Lenny allzu gerne ein Auge auf fremde Frauen warf.

»Er war so von sich überzeugt, so nassforsch. Kent

meinte, ich würde mir das einbilden, während ich immer geahnt habe, dass dieser Autoverkäufer meine Enkelin nicht glücklich machen würde.«

»Haben Sie je mit Annie darüber gesprochen?«

»Nein. Kent hielt das für keine gute Idee. Weil ich dann wie eine neugierige Alte wirken würde, die sich in alles einmischt. Vermutlich hatte er damit sogar recht.«

Nett von ihr, Kent zur Abwechslung mal zuzustimmen, dachte ich und unterdrückte ein Lächeln.

»Falls Sie anderes zu tun haben oder essen wollen«, wechselte Julie das Thema, »dann fühlen Sie sich bitte nicht verpflichtet, mir Gesellschaft zu leisten. Unsere Freunde werden jeden Moment hier sein.« Sie deutete in Richtung Küche. »Gehen Sie nur, und lassen Sie es sich schmecken.«

Obwohl ich meinen Salat inzwischen vollkommen vergessen hatte, kehrte ich in die Küche zurück, wo Rover bereits zusammengerollt in seinem Körbchen lag und schlief. Ich setzte mich an den Tisch, doch mittlerweile hatte ich keinen Hunger mehr, und so stellte ich die Salatschüssel, mit Plastikfolie abgedeckt, in den Kühlschrank. Auch gut, dann hatte ich gleich für morgen Mittag etwas zu essen.

Nachdem die Freunde der Shivers mit Kent und Julie zum Dinner gegangen waren, wurde es wieder ruhig im Haus, und ich machte es mir in meinem Zimmer mit dem Strickzeug vor dem Fernseher bequem und ließ nebenbei meine Gedanken schweifen und beschwor vor allem Erinnerungen an Paul herauf.

Gerade in stillen Momenten wie diesen vermisste ich ihn sehr. Seit einigen Wochen hatte ich seine Gegenwart nicht mehr gespürt und sehnte deshalb diesen besonderen Augenblick herbei, wenn ich die Augen schloss und es mir vorkam, als säße er dicht bei mir. Ein Gefühl, das sich schwer in Worte fassen lässt. Es war so real, dass ich einmal sogar die Hand ausgestreckt hatte und ihn berühren wollte. Als ich die Pension übernahm, war Paul gekommen, um mir zu sagen, dass ich hier Heilung finden würde. Sein Trost und seine Liebe hatten mich ermuntert, weiterzumachen und nach vorne zu schauen. Allerdings traute ich mich nicht, jemandem von diesen Besuchen zu erzählen, wenn es denn welche waren. Alle würden mich nur für verrückt halten. Mich hingegen störte es wenig, falls dieses Gefühl der Nähe bloß meiner Fantasie entsprang. Hauptsache es tröstete mich. Und das tat es, war Balsam für meine verwundete Seele. Mochte Paul für die Welt tot sein – für mich blieb er lebendig.

15

Annie gefiel die Situation überhaupt nicht. Sie war quasi dazu gezwungen worden, mit Oliver zum Dinner zu gehen, weil ihre Großeltern mit Freunden verabredet waren. Trotz ihrer energischen Versuche, sich aus der Sache herauszuwinden, hatten die anderen sämtliche Einwände abgeschmettert.

Drei gegen einen war alles andere als fair, fand sie.

Ihre Großmutter war es vor allem, die diese unsägliche Verabredung eingefädelt hatte.

»Ach Annie, du hast so hart gearbeitet. Lass dich doch von Oliver zum Dinner ausführen.«

»Ja, tu das«, hatte Oliver sogleich eingeworfen und sie mit einem breiten Grinsen bedacht.

»Ich …, ich …«

Annie war absolut keine Ausrede mehr eingefallen, und deshalb saß sie jetzt in der Falle.

Oliver hatte im DD's, das Jo Marie ihm empfohlen hatte, reserviert, und eine freundliche Bedienung führte sie zu einem Tisch auf der Terrasse, von der aus sie die Bucht überblicken konnten. Trotz ihres ursprünglichen Widerstands gegen ein gemeinsames Dinner musste Annie zugeben, dass der Anblick der sich auf dem Wasser spiegelnden untergehenden Sonne umwerfend war. Und beruhigend. So schöne Abende erlebte man um diese Jahreszeit nur selten in der Gegend um Seattle.

Im Jachthafen dümpelten vertäute Segelboote sacht auf dem Wasser, und an den Straßenlaternen, die das Ufer säumten, hingen bunte Blumenkörbe. Die Szene glich einem Postkartenfoto.

»Worauf hättest du Appetit?«, fragte Oliver, während er die Speisekarte überflog.

Annie, in die Betrachtung der Umgebung versunken, hatte bislang keinen Blick in die Karte geworfen und war außerdem zu angespannt, um Hunger zu verspüren.

»Ich weiß nicht … Vielleicht nehme ich nur eine Vorspeise.«

Kaum waren die Worte heraus, starrte sie Oliver an wie das Kaninchen die Schlange. Rechnete damit, dass er eine abfällige Bemerkung über ihr Gewicht vom Stapel ließ oder sie auf andere Weise in Verlegenheit brachte. Aber nichts dergleichen geschah.

»Was ist denn?«, fragte er.

»Ich habe mit einer sarkastischen Bemerkung deinerseits gerechnet«, gab sie zurück.

»Warum sollte ich das tun?«

Er wirkte völlig entspannt, lehnte sich in seinem Sessel zurück, schlug die Beine übereinander und trank von seinem Sauvignon blanc.

»Weil du immer auf eine Gelegenheit lauerst, mich zu ärgern.«

»Tue ich das?«

»Ja, selbst in diesem Moment. Weil du alles, was ich sage, in eine Frage umwandelst.«

»Wirklich?«

»Du hast es gerade schon wieder getan.«

Sie bedachte ihn mit einem finsteren Blick und hätte ihm gerne sein amüsiertes Grinsen aus dem Gesicht gewischt. Für ihn schien das alles nur ein vergnügliches Spiel zu sein.

Die Kellnerin unterbrach ihren Disput und fragte nach den Essenswünschen. Oliver entschied sich für die Spezialität des Hauses, Copper-River-Lachs, der nur ein paar Wochen im Jahr erhältlich war und als Delikatesse galt. Annie bestellte eine Venusmuschelsuppe und einen kleinen Salat.

Nachdem die Bedienung sich zurückgezogen hatte, umklammerte Annie ihr Wasserglas, senkte den Blick und wappnete sich für Olivers Retourkutsche. Hoffentlich ging er nicht so weit, den Kuss vom Nachmittag anzusprechen. Nach wie vor begriff sie nicht, wie sie das zulassen konnte. Wobei ihre Empfindungen durchaus zwiespältiger Natur waren. Einerseits war es ihr peinlich, daran nur zu denken, andererseits hatte es ihr gefallen. Sehr sogar. Das allerdings zuzugeben, würde sie als demütigend empfinden. Sie atmete erleichtert auf, als Oliver sich einem unverfänglichen Thema zuwandte.

»Deine Großeltern sind der Hit«, sagte er und nippte an seinem Wein.

Annie hob den Kopf. »Ein Hit? Sie benehmen sich wie Hund und Katze.«

»Natürlich.«

Annie traute ihren Ohren nicht. Sie fand es schockierend, wie sie sich wegen jeder Kleinigkeit zankten, und konnte dieses Verhalten nicht als normal oder selbstverständlich betrachten. Es grenzte in ihren Augen an ein

Wunder, dass sie es trotzdem geschafft hatten, fünfzig Jahre verheiratet zu bleiben.

»Was meinst du mit ›natürlich‹?«, hakte sie nach.

»Siehst du das denn nicht?«, gab Oliver lächelnd zurück.

»Was soll ich sehen?«

»Deine Großeltern sind so vertraut miteinander, dass sie keine Rücksichten mehr nehmen müssen. Sie sagen immer das, was sie gerade denken und empfinden. Ist das nicht irgendwie beneidenswert?«

»Beneidenswert?«, echote Annie. »Beunruhigend wäre meines Erachtens zutreffender.«

Erneut kamen ihr Kindheitserinnerungen in den Sinn. Wie sich die beiden liebevoll umeinander gekümmert hatten und wie sie händchenhaltend in der Kirche saßen und sich ein Gesangbuch teilten. Oder wie Grandma über jeden Scherz von Grandpa lachte, um ihm eine Freude zu bereiten. Jetzt schienen sie jede sich bietende Gelegenheit wahrzunehmen, um sich nach Herzenslust zu streiten.

»Annie, meine liebe, liebe Annie«, sagte er so sanft, als spräche er mit einem Kind. »Deine Großeltern lieben sich sehr.«

»Wie kannst du so etwas behaupten? Nach allem, was sie sich gerade wieder geleistet haben?«

»Was meinst du genau?«

»Das elende Gezänk, von dem Jo Marie erzählt hat. Ob er ihr den Antrag unten am Wasser oder im Kino gemacht hat.«

»Ist das denn so wichtig?«

»Für sie schon. Du hast es ja selbst gehört, dass sie am

Ende beide geschmollt haben. Der eine im Zimmer und die andere im Aufenthaltsraum. Ganz ehrlich, Oliver, ich weiß nicht, ob wir die Zeremonie mit der Wiederholung des Jaworts nicht lieber abblasen. Ich fürchte ehrlich, einer von beiden könnte Nein sagen statt Ja.«

Oliver, der ihre Bedenken nicht zu teilen schien, lachte leise.

»Das ist nicht lustig«, hielt sie ihm empört vor. »Du findest das scheinbar witzig – ich hingegen bin ernstlich besorgt.«

»Alles wird sich regeln, Annie, also hör auf, dir deswegen den Kopf zu zerbrechen.«

»Hast du etwas dagegen, wenn wir das Thema wechseln? Ich mag es langsam nicht mehr hören.«

Oliver stellte das Weinglas auf den Tisch. »Nein, kein Problem. Magst du mir von dir und Lenny erzählen?«

Das hätte sie sich denken können. »Da rede ich ja lieber weiter über meine Großeltern. Lenny ist erst recht ein Tabuthema.«

»Oookay«, erwiderte er gedehnt. »Dann eben nur von dir.«

»Mir wäre es eigentlich lieber, wenn wir über dich sprechen würden.«

Oliver setzte sich aufrechter hin. »Ich dachte schon, du fragst nie.«

Ja, warum hatte sie nicht früher daran gedacht, dass Oliver bestimmt mit Begeisterung über sich selbst sprach. Was ihr sehr gelegen kam. Je weniger Aufmerksamkeit er ihr und ihrem Leben schenkte, desto besser.

»Was möchtest du denn wissen?«, erkundigte er sich.

Annie kramte fieberhaft in ihrem Gedächtnis. »Ich

wüsste zum Beispiel gerne mehr über deine Reisepläne in den Südpazifik. Wie lange planst du wegzubleiben?«

»Ein Jahr.«

Schön für ihn. Annie wusste nicht, wie sie das finden sollte. Aufregend und abenteuerlich oder leichtsinnig und verantwortungslos. Schließlich gab er dafür einen sicheren Job auf.

»Und was willst du ein ganzes Jahr lang tun?« Sie merkte, dass ihre Frage ohne Absicht sarkastisch klang.

»Reisen«, entgegnete er, und es klang, als sei das für ihn die selbstverständlichste Sache der Welt. »Wie ich dir schon auf der Veranda gesagt habe, will ich die Chance wahrnehmen, solange ich jung und ungebunden bin.«

»Hast du die Absicht zu trampen?«

»Nein, ich werde ein Wohnmobil mieten.«

Australien und Neuseeland. Schon als Kind hatten diese beiden Länder sie fasziniert. So sehr, dass sie Lenny Flitterwochen in Neuseeland vorgeschlagen hatte, doch wäre ihm eine Karibikkreuzfahrt lieber gewesen. Beides war inzwischen gegenstandslos, zumindest mit Lenny.

»Du lächelst«, unterbrach Oliver ihre Gedanken.

»Australien und Neuseeland haben schon immer meine Neugier geweckt. Wieso hast du dich ausgerechnet für diese Länder einschließlich der Südsee entschieden?«

»Aus demselben Grund vermutlich, warum die Region auch dich reizt. Seit meiner Collegezeit zieht mich dieser Teil der Welt magisch an.«

»Reist du alleine?«

»Zwei Freunde kommen mit. Alex kann sich allerdings nur ein Vierteljahr freinehmen, und Steve muss nach sechs Monaten zurück. Wir fliegen zuerst nach Neuseeland und dann rüber zu den Cook-Inseln.«

Annie erinnerte sich, etwas über diese Inselgruppe gelesen zu haben. Richtig, Eingeborene hatten von dort aus Neuseeland besiedelt. In der achten Klasse musste sie einen Aufsatz darüber schreiben. Komisch, dass ihr das jetzt wieder einfiel. Und eines der vielen kleinen Inselchen sei berühmt für seine schwarzen Perlen, lernte sie damals.

Annie seufzte. »Es muss traumhaft auf den Cook-Inseln sein. Ein richtiges Südseeparadies.«

»Komm einfach mit.«

Gegen ihren Willen musste Annie lachen. »Ich und drei Männer. Das käme mir irgendwie komisch vor.«

»Muss es aber nicht. Du würdest ja in erster Linie mit mir fahren – und hättest die schönste Zeit deines Lebens.«

Sie lachte erneut. Liebend gerne würde sie eine Reise nach Down Under unternehmen, jedoch nicht mit Oliver. Die Kellnerin, die das Essen brachte, ersparte ihr zum Glück eine Antwort.

Eine Weile aßen sie schweigend, bis Oliver wieder von seinem großen Trip zu erzählen begann. Er beschrieb ihr, wie er jahrelang gespart hatte, um seinen Traum Wirklichkeit werden zu lassen. Wie er Pläne ausgearbeitet und ihre Machbarkeit überprüft hatte. Annie konnte nicht umhin zuzugeben, dass er das ganze Unternehmen mit großer Umsicht und Sorgfalt in Angriff nahm. Wenn sie davon ausgegangen war, er würde aus einem spontanen Entschluss handeln, aus einer Laune heraus, so sah sie sich getäuscht. Vielleicht war Oliver ja gar nicht der Windhund, für den sie ihn hielt.

Auf dem Umweg über die Länder, die er besuchen wollte, gelangten sie auf das Gebiet der Politik. Erwartungsgemäß vertraten sie ziemlich konträre Ansichten, was Oliver zum Anlass nahm, sie mit steilen Thesen zu provozieren.

»Du machst das absichtlich, stimmt's?«, fragte Annie nach wenigen Minuten angriffslustig.

Statt einer Antwort lächelte er nur.

»Du bringst mich auf die Palme, und zwar mit Absicht. Gib's endlich zu.«

Annie kannte keinen anderen Mann, mit dem sie so wenig übereinstimmte, war aber dennoch nicht bereit, das Thema fallen zu lassen. Schon aus Prinzip nicht. Und weil es ihr irgendwie ebenfalls Spaß machte.

»Okay, du hast recht. Schuldig im Sinne der Anklage.«

»Und warum?«, insistierte sie und erkannte sogleich, dass es ein Fehler gewesen war, ihm diese Frage zu stellen.

»Die Antwort wird dir nicht gefallen.«

»Steht zu befürchten«, murmelte sie.

»Die Wahrheit lautet, dass ich es liebe, wenn deine Augen aufleuchten und zu funkeln beginnen. Selbst wenn es aus Ärger geschieht«, sagte er. »Du kannst nicht verbergen, was in dir vorgeht, und wenn du es noch so sehr versuchst.«

Annie wusste nicht, was sie davon halten sollte. Irgendwie war es ein Kompliment und irgendwie auch nicht.

»Außerdem mag ich solche kleinen Dispute mit dir«, gestand Oliver. »Das hält meinen Verstand auf Trab.«

»Es freut mich, dass du mich unterhaltsam findest.«

»Ich finde dich weit mehr als unterhaltsam, Annie«,

erwiderte er leise, und seine Stimme klang mit einem Mal ganz weich.

Aus Angst vor der Antwort, die sie zu kennen glaubte, verzichtete sie auf die Frage, was er damit meinte. Gleichzeitig dämmerte ihr mit gelindem Erschrecken, dass sie auf dem besten Weg war, Oliver Sutton zu mögen. Und dass sie ihn nett fand und gerne mit ihm zusammen war. Immerhin zog sich das Dinner, von dem sie gehofft hatte, es möge so schnell wie möglich vorübergehen, inzwischen bereits über zwei Stunden hin.

Oliver wechselte zu ihrer Erleichterung das Thema, und nachdem sie noch eine Weile über das bevorstehende Fest geredet hatte, brachen sie auf. Bevor sie endgültig den Rückweg zum Rose Harbor antraten, machten sie einen Abstecher zum Wasser.

Mittlerweile war es kühl geworden, und Annie wickelte sich enger in ihre Jacke ein. Als Oliver ihr Frösteln bemerkte, legte er einen Arm um sie und zog sie an sich. Aus alter Gewohnheit wollte sie sich schon losmachen, tat es jedoch nicht. Er fühlte sich so angenehm warm an, und seine Nähe, die sie bislang gemieden hatte wie der Teufel das Weihwasser, vermittelte ihr plötzlich ein unerklärliches Gefühl von Geborgenheit. Obwohl in ihrem Kopf Alarmglocken schrillten, ignorierte sie diese ebenso wie die Stimmen in ihrem Innern, die zur Vorsicht mahnten.

»Weißt du eigentlich, woran ich heute Abend denken musste?«, fragte er sie unvermittelt.

»An wen?«

»An deine Großeltern.«

»Wieso das?«

»Sie streiten sich ebenfalls, oder?«

»Gut, das gebe ich zu.«

»Sie sind so verschieden, wie zwei Menschen nur sein können.«

»Auch wahr.«

»Aber sie ergänzen einander zugleich.«

»Okay, okay, wir sind in gewisser Hinsicht wie meine Großeltern. Allerdings, und das ist der entscheidende Unterschied«, sie hob den Zeigefinger, um ihren Standpunkt zu unterstreichen, »bin ich weit davon entfernt, mich in dich zu verlieben. Und die Gefühle, die du mir entgegenbringst, dürften damit genauso wenig zu tun haben.«

»Sei dir da mal nicht so sicher.«

Seine leise ausgesprochenen Worte machten Annie verlegen, und sie stieß ein gekünsteltes Lachen aus, das niemanden zu täuschen vermochte. Sie war froh, als ihr Handy klingelte. Rasch zog sie es aus ihrer Handtasche. Natürlich Lenny. Schon wieder. Sie drückte den Anruf weg und ließ das Telefon zurück in die Tasche gleiten.

Wie in einem stillen Einverständnis setzten sie sich schweigend in Bewegung, um sich auf den Rückweg zu machen.

»Lenny?«, fragte Oliver nach einer Weile.

»Ja.«

»Du liebst ihn immer noch, nicht wahr?«

Annie musste über ihre Antwort nicht lange nachdenken. »Nein«, sagte sie nachdrücklich, und zum ersten Mal glaubte sie es selbst.

»Und warum blockierst du seine Nummer nicht?«

Ja, warum eigentlich nicht? Ein wenig ratlos zuckte sie die Schultern, weil sie es wirklich nicht wusste.

»Möchtest du im Grunde deines Herzens von ihm überredet werden, deine Meinung zu ändern, und ihn doch heiraten?«

»Auf keinen Fall.«

Ihre Antwort kam ohne Zögern und mit aller Entschiedenheit. Für sie war Lenny gestorben. Sie war fertig mit ihm. Für alle Zeiten. Da war sie sich sicher.

»Dann blockier endlich seine Nummer.«

Oliver hatte recht. Sie hätte das schon längst tun sollen. Erneut griff sie nach ihrem Handy, drückte nacheinander eine Reihe von Tasten und war damit für Lenny unerreichbar.

»Ich liebe ihn definitiv nicht mehr«, sagte sie anschließend. »Es lag, glaube ich, an meinem Ego, dass ich so lange damit gezögert habe. Irgendwie schmeichelte es mir wohl, dass er um mich kämpfte. Und wahrscheinlich gefiel es mir zu hören, wie elend er sich fühlte. Er hatte mich verletzt, und ich wollte ihn nun meinerseits verletzen. Eine billige Rache, ich weiß, und es ist mir auch im Nachhinein peinlich. Aber es entspricht der Wahrheit.«

Mein Gott, was für eine Beichte war denn das gewesen, schoss es Annie durch den Kopf. Und ausgerechnet Oliver gegenüber, dem sie bislang alles Schlechte der Welt und jede erdenkliche Gemeinheit zugetraut hatte. Ihr Sinneswandel war Annie ein einziges Rätsel.

»Wir sind alle nur Menschen – du solltest dir keine Vorwürfe machen«, sagte Oliver ohne jede Spur von Ironie oder Sarkasmus.

Sie blickte zu ihm auf. Ihre Beziehung war eindeutig eine andere geworden. Zudem begann Annie zu ahnen, dass sie ihm mit ihren ewigen Verdächtigungen unrecht getan hatte.

»Was ist denn?«, fragte er.

»Wie kommst du darauf, dass etwas ist?«, gab sie zurück und grinste ihn an. Jetzt war sie es, die eine Frage mit einer Gegenfrage beantwortete.

»Deine Schultern haben sich verspannt.«

»Tatsächlich?« Herausfordernd sah sie ihn an in der Hoffnung, ihn wenigstens ein bisschen ärgern zu können.

»Ja«, erwiderte er, packte sie an den Oberarmen und drehte sie zu sich herum. »Was geht dir gerade durch den Kopf?«

»Was sollte mir denn durch den Kopf gehen?«

Er ignorierte ihr Frage-und-Gegenfrage-Spiel, runzelte allerdings missmutig die Stirn. »Es ist schon wieder dieser dämliche Kuss, oder?«

Sie versuchte sich loszumachen, doch er verstärkte seinen Griff und hielt sie fest.

»Dir mag es ja dämlich vorgekommen sein«, brauste sie auf, »für mich hingegen war es mein erster Kuss. Damals dachte ich, bis über beide Ohren in dich verliebt zu sein. Um dann festzustellen, dass es für dich nichts als ein großer Spaß war.«

»Das war es durchaus nicht«, entgegnete er ruhig.

»Sagst du jetzt – seinerzeit hat das ganz anders geklungen. Außerdem: Wenn es kein Spiel für dich war, warum hast du mich dann dem allgemeinen Gespött preisgegeben? Ich durfte mich noch wochenlang von meinem Bruder mit diesem Kuss aufziehen lassen. Mit meinen dreizehn Jahren empfand ich das als schrecklich demütigend.«

Irgendein Cousin hatte sie beobachtet und es ihrem Bruder erzählt. Anstatt die anderen zum Schweigen zu bringen, zeigte Oliver am nächsten Tag mit dem Finger auf sie und lachte sie aus. Sie lief daraufhin ins Haus und weinte bitterlich.

»Es tut mir leid, Annie«, sagte er sanft. »Ich wusste einfach nicht, wie ich mich in dieser Situation verhalten sollte. Wir waren ja im Grunde noch Kinder. Und es war für mich ebenfalls der erste Kuss.«

»Nein, das war er nicht. Du hast gesagt …«

»Ich habe gelogen.«

»Warum?«

»Weil ich vierzehn war. Ein dummer Junge, der vor seinen Freunden großartig tat und nicht ausgelacht werden wollte. Trotzdem war ich verrückt nach dir.«

»Also hast du mich den Wölfen zum Fraß vorgeworfen.«

»Ja, und das habe ich später bitter bereut. Bis heute. Auch wenn bei diesem Wochenende sonst nichts herauskommt – ich hoffe, dass du mir wenigstens mein unreifes, gemeines Verhalten verzeihst. Vielleicht schreibst du es einfach dem Umstand zu, dass ich ein kompletter Idiot war.«

Annie versank in seinen Augen, erkannte seine Aufrichtigkeit und nickte langsam.

»Danke«, sagte er, und dann küsste er sie mitten auf der Harbor Street unter einer Straßenlaterne zum zweiten Mal an diesem Tag.

Sie spürte Olivers Kuss wie einen elektrischen Schlag. Er durchlief ihren Körper, erfasste jede Faser, jeden Nerv. Alles in ihr schien vor Erwartung zu vibrieren, verlangte nach mehr. Als sie sich voneinander lösten, bemerkte Annie, dass Oliver genauso schwer atmete wie sie. Er hielt sie noch einen Moment lang fest und küsste sie auf den Scheitel.

Schweigend kehrten sie in die Pension zurück, stiegen gemeinsam die Treppe hoch und verabschiedeten sich mit einem gemurmelten »Gute Nacht« vor ihren Zimmertüren.

Erst als sie sich einige Zeit später fertig machte, um zu Bett zu gehen, fiel ihr wieder eine Bemerkung von Oliver ein: *Auch wenn bei diesem Wochenende sonst nichts herauskommt …*

Was sollte, wenn es nach ihm ging, denn an diesem Wochenende passieren?

16

Ich wusste, dass der Samstag ein anstrengender Tag für Kent und Julie Shivers würde. Über hundert Gäste, Familie und Freunde, waren oder würden im Laufe des Tages nach Cedar Cove kommen, um mit ihnen ihre goldene Hochzeit zu feiern. Allerdings fragte ich mich angesichts der ständigen Streitereien bange, ob das Fest auch harmonisch verlaufen würde.

Um acht Uhr hatte ich das Frühstück fertig, und der durch das Haus ziehende Duft nach frisch gebackenen Scones schien meine Gäste pünktlich aus den Federn getrieben zu haben. Annie tauchte als Erste auf, wirkte jedoch nicht sonderlich frisch, als sie langsam die Treppe hinunterkam.

Sie sah aus, als habe sie schlecht geschlafen. Vermutlich weil sie die ganze Nacht im Geist noch einmal alle Einzelheiten durchgegangen war. Außerdem machte sie sich bestimmt große Sorgen, die Großeltern könnten alles verderben und einfach nicht mitspielen, indem sie etwa die Wiederholung des Jaworts verweigerten. Ich bedauerte Annie zutiefst – sie hatte sich solche Mühe mit der Organisation dieses Festes gegeben.

»Guten Morgen«, begrüßte ich sie betont munter, als sie den Frühstücksraum betrat, und hob automatisch die Kaffeekanne. Dem erschöpften Ausdruck in ihren Augen nach zu urteilen, brauchte sie dringend einen Koffeinschub. Sie griff, ebenfalls einen Gruß murmelnd, nach einer Tasse und hielt sie mir hin.

Wie auf Kommando schauten wir beide zur Treppe, als dort Gepolter ertönte. Das musste Oliver sein, denn die älteren Ehepaare, die bereits eingetroffen waren, sprangen bestimmt nicht so gelenkig die Treppen hinunter. Im Gegensatz zu Annie wirkte er frisch und ausgeruht und lächelte, als gäbe es keine Sorgen auf der Welt. Als ich ihm seine Kaffeetasse füllte, bemerkte ich, dass Annie den Blickkontakt mit ihm mied. Sie schien sich sogar größte Mühe zu geben, überhaupt nicht in seine Richtung zu schauen.

»Guten Morgen, Sonnenschein«, sagte er zu ihr und küsste sie auf die Wange.

Prompt lief Annies Gesicht rot an, und sie bedachte ihn mit einem tadelnden Blick. Doch Oliver, dem nicht entgangen war, wie sehr sein Kuss sie verwirrt hatte, lachte bloß.

»Heute ist ein schöner Tag«, sagte er, stellte seine Tasse auf dem Tisch ab und streckte mit sichtbarem Behagen die Arme über dem Kopf aus. »Ein ganz besonderer Tag.«

Bald darauf gesellten sich Kent und Julie zu den beiden, und bestimmt dauerte es nicht lange, bis auch die anderen eintrudelten. Als einziger Gast gehörte Mary Smith nicht zu der Hochzeitstagsgruppe. Ich hatte sie am gestrigen Abend nur kurz gesehen und meinte mich dunkel zu erinnern, dass sie etwas von Seattle gemurmelt hatte und von einem Freund, den sie dort besuchen wollte und mit dem sie den Tag zu verbringen gedachte. Zweifellos tat es ihr gut, sich nicht immer in ihrem Zimmer zu verkriechen – andererseits war ein solcher Tagesausflug anstrengend. Ich hoffte bloß, dass sie sich damit nicht übernahm.

»Ich habe Scones gebacken, sie kommen ganz frisch aus dem Ofen.«

»Scones«, echote Kent und rieb sich die Hände. »Ich liebe warme Scones.«

»Seit wann?«, erkundigte sich Julie.

Kent sah sie böse an. »Schon immer.«

»Das hättest du mir sagen sollen.«

»Warum? Damit du dich noch öfter über meine gefährlich hohen Cholesterinwerte auslässt?«

»Jemand muss aufpassen, was du isst – du selbst bist dazu ja anscheinend nicht in der Lage. Wenn ich nicht auf dein Essen geachtet hätte, müsstest du jeden Tag zwanzig Tabletten schlucken.«

Kent sah zu Annie hinüber und schüttelte den Kopf. »Deine Großmutter ist unmöglich.«

»So? Du aber nicht minder«, fuhr Julie ihn an und nieste dreimal hintereinander. Sie griff nach einem Papiertaschentuch und hielt es sich unter die Nase. »Dein Großvater bestand darauf, bei offenem Fenster zu schlafen, obwohl er genau weiß, dass ich keine Zugluft vertrage. Ich hätte mir eine Lungenentzündung holen können – anscheinend legt er es darauf an.«

»Ach, Unsinn.«

»Ich wäre fast erfroren.«

»Wie denn, du hast das Fenster ja bei jeder sich bietenden Gelegenheit geschlossen.«

»Weil du es dauernd wieder aufgemacht hast«, beschwerte sich Julie.

Kent schenkte ihr keine Beachtung mehr und griff demonstrativ nach einem warmen Scone, bestrich es dick mit Butter und Erdbeermarmelade und biss kräftig hinein.

»Du benimmst dich, als wärst du zwei Jahre alt«, rügte Julie und fügte an Annie und Oliver gewandt hinzu: »Ich hoffe, ihr seht über den kleinen Ausbruch deines Großvaters hinweg.«

Um zu verhindern, dass der Wortwechsel wie am Tag zuvor in einen handfesten Streit ausartete, fragte ich hastig: »Möchte jemand Orangensaft?«

Annie warf mir einen dankbaren Blick zu. Sie hatte offenbar die Gründe für meine Intervention erraten. Vermutlich dachte sie das Gleiche wie ich: Eine Auseinandersetzung wie die gestrige wäre ein denkbar unschöner Auftakt für eine Goldhochzeitsfeier.

Julie sah ihre Enkelin an. »Brauchst du in irgendeiner Weise meine Hilfe?«

Ehe Annie antworten konnte, ergriff Oliver das Wort. »Dafür hat sie ja mich. Genießt ihr lieber den Morgen mit den Gästen, die bereits vor Ort sind und bestimmt etwas mit euch unternehmen wollen.«

Zuerst wirkte Annie etwas verdutzt, stimmte jedoch nach kurzem Zögern zu.

»Oliver hat recht. Lasst euch mal richtig verwöhnen«, versicherte sie ihren Großeltern. »Alles ist vorbereitet, und ich weiß, wie sehr die Familie und eure Freunde darauf brennen, euch zu sehen.«

»Deine Großmutter hat sich für diesen Tag extra ein neues Kostüm gekauft.« Kent musterte seine Frau missbilligend. »Hat mehr gekostet als ihr Hochzeitskleid.«

»Mein Kleid habe ich, falls du dich erinnerst, erst kurz vor der Trauung bei J.C. Penney in Bremerton gekauft. Es war nicht mal ein richtiges Brautkleid«, erwiderte sie vorwurfsvoll. »Weil du es so eilig hattest mit dem Heiraten.«

»Darf ich dich daran erinnern, dass es für die Eile einen Grund gab? Oder vielmehr zwei? Mein Schiff stach in See, und du hattest Angst, schwanger zu sein.«

Peinlich berührt rang Julie nach Atem.

»Grandpa«, mahnte Annie, »das wirst du vor den Gästen bitte nicht erwähnen.«

»Er wird es tun, nur um mich vor der versammelten Familie zu blamieren.«

Kent kniff die Augen zusammen. »Was hast du gesagt?«

»Ich spreche später mit ihm, Grandma«, versprach Annie. »Aber er wird auch so bestimmt nichts sagen, was dich in Verlegenheit bringen könnte.«

»Wenn er das tut, sterbe ich, das schwöre ich.«

»Keine Sorge«, sagte Annie und tätschelte die Hand ihrer Großmutter.

»Würdet ihr zwei aufhören, miteinander zu tuscheln?«, brummte Kent.

Kopfschüttelnd kehrte ich in die Küche zurück, um die Wurstpastetchen, den Speck und die Eierspeise mit Käse zu holen, die alle meine Gäste zu loben pflegten. Diese hier allerdings schienen nicht einmal zu bemerken, dass ich die Platte in die Mitte des Tisches stellte. Keiner zeigte Interesse an meinem Frühstück, das ich so liebevoll zubereitet hatte. Hoffentlich wuchs sich dieser Tag nicht für Annie und ihre Familie zu einer Katastrophe aus.

Annie und Oliver standen als Erste vom Tisch auf.

»Du kannst mir helfen, den Raum im Jachtclub zu dekorieren, Tische und Stühle so zu stellen, wie wir es wollen und dergleichen mehr«, hörte ich Annie sagen, als sie die Treppe hinaufgingen.

»Mit Vergnügen.«

Julies Blick folgte ihnen. Sie schaute mich an und seufzte. »Ich würde mir so sehr wünschen, dass aus den beiden ein Paar wird.«

»Julie, halt dich da raus«, mahnte Kent. »Was sich zwischen Annie und Oliver abspielt, geht dich nichts an.«

»Ich werde tun, was mir passt«, gab sie spitz zurück und bedachte ihren Mann mit einem herablassenden Blick.

Kent schnaubte und schüttelte den Kopf. »Das tust du leider immer, du eigensinniges, störrisches Frauenzimmer.«

»Eigensinnig und störrisch? Da schimpft ein Esel den anderen Langohr.«

Es klang, als ob sich Kinder auf einem Spielplatz stritten und einander beschimpften.

»Vergiss es. Mit dir kann man ja nicht einmal mehr reden«, murmelte Julie. »Ich weiß gar nicht, warum ich es überhaupt versuche.«

»Was hast du gesagt?«, fragte Kent argwöhnisch.

Mit einem frustrierten Seufzen verließ Julie den Frühstücksraum, kurze Zeit darauf gefolgt von Kent.

Um neun, als die anderen weg waren, kam Mary die Treppe hinunter. Sie hatte eine relativ frische Farbe und lächelte, als ich ihr einen guten Morgen wünschte.

»Danke. Ihnen auch.«

Sie ging zu einem der Tische, und sobald sie Platz genommen hatte, brachte ich ihr einen Tee, den sie lieber trank als Kaffee.

»Danke.«

»Kann ich Sie mit einem frischen Scone locken? Sie sind noch warm.«

»Ja, gerne.«

»Eier, Speck, Würstchen?«

Mary schüttelte den Kopf. »So viel Appetit habe ich nicht. Ein Scone und Orangensaft reichen mir völlig.«

Da sie es vorzog, für sich zu bleiben, wie ich inzwischen gemerkt hatte, ging ich in die Küche zurück, nahm das Geschirr in Angriff und räumte die Reste vom Frühstück weg. Rover blieb in seinem Körbchen liegen, verfolgte jedoch jede meiner Bewegungen. Da so viel übrig geblieben war, geriet ich fast in Versuchung, Mark rasch etwas vorbeizubringen, unterließ es aber angesichts der restlichen Gäste, die jede Minute eintreffen konnten.

Das Telefon klingelte. Ich griff nach einem Geschirrtuch und trocknete mir auf dem Weg ins Büro die Hände ab.

»Rose Harbor Inn.«

»Jo Marie, hier ist Dennis Milford.«

Meine Knie drohten nachzugeben. Seit unserem letzten Gespräch hatte ich die ganze Zeit auf einen weiteren Anruf gewartet. Jetzt, wo es so weit war, bildete sich augenblicklich ein dicker Kloß in meiner Kehle.

»Ich hatte versprochen, mich bei Ihnen zu melden, sobald ich neue Informationen habe.«

»Ja«, brachte ich mühsam heraus.

»Die sterblichen Überreste der Männer sind an der Absturzstelle gefunden worden.«

Meine Hände umklammerten das Telefon so fest, dass die Finger taub wurden, und ein Dutzend Fragen schoss mir durch den Kopf. Doch so sehr ich mich auch bemühte, gelang es mir nicht, nur eine einzige durch meine zugeschnürte Kehle zu pressen. Ich schloss die Augen. Alles in mir spannte sich an. Jegliche Hoffnung, dass Paul den Absturz wie durch ein Wunder überlebt hatte, würde gleich an der unbarmherzigen Realität zerschellen. Ich wappnete mich für das, was kommen würde. Kommen musste.

»Und?«, fragte ich gepresst.

Milford zögerte. »Ich möchte Ihnen versichern, dass die Absturzstelle nicht von feindlichen Milizen verwüstet wurde.«

»Und was heißt das«, fragte ich mit schwacher Stimme und ließ mich auf meinen Schreibtischstuhl sinken, da meine Beine mich nicht länger trugen.

»Alle Leichen können geborgen werden.«

Erleichtert atmete ich auf. Dann würde ich wenigstens die Gelegenheit bekommen, Paul zu begraben. Kein Mann würde zurückgelassen werden. So lautete das Prinzip der Army bei Sondereinsätzen der Elitetruppen. Das hatte man Paul erklärt, als er sich den Rangers anschloss, und Milford hatte dieses Versprechen mir gegenüber nach dem Absturz wiederholt.

»Danke«, flüsterte ich.

Er antwortete nicht, schien mit sich zu ringen. Ich hatte das Gefühl, dass er mir etwas verschwieg. Mit jeder Faser meines Körpers spürte ich es.

»Was noch?«

Ich wagte die Frage kaum zu stellen, weil ich mich vor der Antwort fürchtete.

»Ich habe Bedenken, es Ihnen zu erzählen, Jo Marie.«

»Bitte! Was immer es ist, ich muss es wissen.«

Mein Ohr schmerzte, so fest drückte ich das Telefon dagegen.

»Sechs Männer sind mit dem Hubschrauber abgestürzt.«

»Ja«, murmelte ich.

»Es wurden nur die Überreste von fünfen gefunden.«

Meine Augen weiteten sich. »Sie meinen …«

»Das hat vermutlich nichts zu bedeuten. Ein Opfer könnte aus dem Hubschrauber geschleudert oder von Tieren weggeschleppt worden sein. Sie sollten sich auf keinen Fall an die Hoffnung klammern, dass Paul vielleicht noch lebt. Er ist tot. Akzeptieren Sie das.«

»Wissen Sie, welcher Leichnam fehlt?«

»Bislang nicht. Tut mir leid, ich hätte Ihnen das zu diesem Zeitpunkt gar nicht erzählen sollen.«

»Nein, nein, ich bin froh, dass Sie es getan haben.«

Mein Puls raste. Seit ich von dem Hubschrauberabsturz erfahren hatte, war da immer so ein merkwürdiges Gefühl gewesen, eine Art Intuition, die mich nicht losließ. Ich meinte seitdem zu spüren, dass Paul irgendwie überlebt und einen Weg gefunden hatte, sich in Sicherheit zu bringen. Und dass er mir auf geistiger Ebene Botschaften sandte und mich bat, mein Leben weiterzuleben, bis er zurückkehrte.

Vielleicht war diese spirituelle Verbindung bei uns möglich geworden, weil unsere Liebe so frisch gewesen war und wir uns gefunden hatten, als wir am wenigsten mit so etwas rechneten. Jedenfalls hielt ich trotz mancher Vernunfteinwände unerschütterlich an dem Glauben fest, dass Paul noch lebte oder noch leben könnte. Weil ich überzeugt war, dass ich im Augenblick seines Todes ein wie immer geartetes Signal empfangen hätte. Hinzu kam der Eindruck, dass er sich manchmal in immaterieller Form in meiner Nähe befand und mich mit seiner Liebe umhüllte. Alles war so verwirrend, führte aber letztlich zu meiner strikten Weigerung, seinen Tod zu akzeptieren.

In den Wochen nach der schockierenden Nachricht vom Absturz des Hubschraubers war ich von einem so furchtbaren Kummer überwältigt worden, dass ich weder schlafen noch essen konnte. Nachts lag ich wach und wartete darauf, dass Paul zu mir kam, dass er mir im Traum erschien. Doch er tat es nicht, jedenfalls nicht gleich.

Erst in Cedar Cove spürte ich seine Gegenwart, in der ersten Nacht nach meinem Umzug. Nie werde ich dieses Ereignis vergessen, denn es veränderte mein Leben. Es war eine sternenhelle Nacht Anfang Januar, und ich saß halb schlafend in der Fensternische meines vom Kaminfeuer gewärmten Zimmers. Plötzlich war Paul da, war so real wie alles andere um mich herum. Ich empfand seine Gegenwart mit einer Deutlichkeit, als hätte er auf dem Stuhl neben mir Platz genommen.

Ich erinnerte mich noch gut an meine Angst, er könnte verschwinden, sobald ich die Augen öffnete. Deshalb hielt ich sie geschlossen. Ich wollte diesen Moment so lange ausdehnen wie eben möglich. An diesem Abend sagte er mir, Rose Harbor werde meine Wunden heilen – und die von allen meinen Gästen.

»Jo Marie.« Milfords Soldatenstimme holte mich in die Gegenwart zurück.

»Ja«, flüsterte ich.

»Paul ist tot.«

»Ja«, wiederholte ich, aber mein Herz protestierte, wehrte sich dagegen. Weder wollte ich es glauben, noch wollte ich es als Wahrheit akzeptieren.

17

Nach dem Frühstück kehrte Mary in ihr Zimmer zurück, um sich für ihr Treffen mit George in Seattle fertig zu machen. Er wollte den Tag mit ihr verbringen, und sie hatte eingewilligt, war sich allerdings nach wie vor nicht sicher, ob sie das Richtige tat. Aber jetzt war es für einen Rückzieher zu spät.

Sie würde mit dem Taxi zum Fährterminal in Bremerton fahren und mit der Washington-State-Fähre nach Seattle übersetzen. Das erste Mal, denn während der Zeit, als sie in Seattle gelebt hatte, war sie nicht ein einziges Mal über den Sund geschippert. Eine Schande. Deshalb hatte sie auch Georges Angebot, sie mit dem Auto abzuholen, abgelehnt.

Bis zu der Krebsdiagnose war Mary zu sehr beschäftigt, zu sehr auf ihre Karriere bedacht gewesen, um sich so unsinnige Aktivitäten wie die Fahrt mit einer Fähre zu gestatten. Zumal wenn sie dadurch Zeit verlor. Zudem wäre es ihr ein Graus gewesen, sich in eine Schlange einzureihen und darauf zu hoffen, wirklich mitzukommen. Dazu war sie viel zu ungeduldig. Wie für andere Dinge auch, Kinder eingeschlossen. Jetzt hingegen war sie entschlossen, die Fahrt über den Pudget Sound zu genießen, hatte sich nicht einmal von George davon abhalten lassen, der in seiner Fürsorglichkeit fürchtete, sie könnte sich in der kühlen Brise auf dem Wasser eine Erkältung holen.

Das Taxi war für Viertel nach zehn bestellt, was ihr reichlich Zeit ließ, die Fähre um zehn nach elf zu erreichen. Die Überfahrt von Bremerton nach Seattle sollte sechzig Minuten dauern. Bislang zeigte sich der Himmel zwar wolkenverhangen, aber den Versprechungen des Wetterberichts zufolge würde später die Sonne durchkommen. Mary hoffte darauf, weil sie dann vom Wasser aus die Olympic Mountains sehen konnte.

Der Taxifahrer entpuppte sich als freundlicher Bursche, der während der halbstündigen Fahrt von Cedar Cove zum Fährterminal ungezwungen mit ihr plauderte. Noch vor achtzehn Monaten wäre er ihr auf die Nerven gegangen, jetzt amüsierte es sie, ihn zu beobachten und sich seine banalen Geschichten anzuhören. Vieles war in der Zwischenzeit anders geworden.

In Bremerton angekommen, gab sie ihm ein großzügiges Trinkgeld und ging auf die Fähre. Obwohl die steile Treppe zum Deck hinauf sie anstrengte, nahm sie es gelassen hin. Sie musste ja nicht immer die Erste sein – diesen Drang verspürte sie bereits lange nicht mehr. Eine weitere Sache, die sich verändert hatte. Dinge, die früher so wichtig gewesen waren, verloren mehr und mehr an Bedeutung. Ihr ganzes Wertesystem verschob sich durch die Krankheit. Und manches sogar zum Besseren.

Auf dem Deck angekommen, suchte Mary sich einen Platz im Windschatten und ließ sich dankbar auf den Sitz sinken. Sie blickte über das dunkelgrüne Wasser hinweg und bewunderte das Bild, das sich ihr bot. Als sie die Möwen beobachtete, die laut kreischend am Himmel ihre

Kreise zogen, musste sie unwillkürlich lächeln. Denn bei diesem Anblick fiel ihr der merkwürdige Möwenlockrufwettbewerb in Cedar Cove ein, von dem der junge Mann im Coffeeshop gesprochen hatte.

Gerade als sie aufstehen und sich an der kleinen Bar einen Tee holen wollte, glitt George auf den Sitz ihr gegenüber.

»George.« Sie vermochte ihre Überraschung nicht zu verbergen. »Was machst du denn hier?«

»Ich lasse dich doch nicht ohne mich nach Seattle fahren«, erwiderte er so gelassen, als sei eine Fahrt mit der Fähre ein alltäglicher Bestandteil seines Wochenendes. »Schließlich möchte ich so viel Zeit wie möglich mit dir verbringen.«

Der gute George war schon immer hoffnungslos romantisch gewesen, dachte sie. Aber genau deshalb hatte sie sich so heftig in ihn verliebt.

»Wie bist du nach Bremerton gekommen?«

»Wie wohl?«, gab er zurück. »Ich habe die Fähre von Seattle genommen, bin von Bord gegangen und dann wieder hinauf.«

Mary unterdrückte ein Lachen. »Bist du verrückt?«

»Für dich mache ich mich mit Freuden zum Narren.« Er erhob sich, setzte sich neben sie auf die Bank, legte ihr einen Arm um die Schultern und drückte sie sacht.

Mary, die sich sonst gegen so gut wie alles wehrte, ließ es geschehen und strahlte ihn an. Diese Fahrt gemeinsam mit George zu unternehmen, machte das Erlebnis für sie noch bedeutungsvoller.

»Kann ich dir etwas holen?«, fragte er.

Sie nickte. »Ich hätte gerne einen Tee.«

»Bin gleich wieder da.«

Er stand auf, machte einen Schritt und drehte sich sogleich wieder um. Als Mary ihn fragend ansah, beugte er sich lächelnd zu ihr herab und presste flüchtig seine Lippen auf die ihren.

Sie erstarrte für einen flüchtigen Moment, bis sie spürte, wie ihr ganz warm ums Herz wurde und eine tiefe Rührung sie überkam. Sie fürchtete bereits, in Tränen auszubrechen. Wirklich, dachte sie über sich selbst erbost, diese peinliche Neigung musste sie unbedingt überwinden.

Einige Minuten später kam George mit zwei dampfenden Teebechern zurück. Er hatte seinen gezuckert und ihren so gelassen, wie sie ihn am liebsten mochte: stark und heiß. Dass er sich daran erinnerte, war inzwischen keine Überraschung mehr für sie, denn er schien nichts vergessen zu haben. Absolut nichts.

»Wie sehen unsere Pläne für diesen Tag aus?«, fragte sie. »Ich füge mich gerne – nur besteh bitte nicht darauf, dass ich wieder so viel esse wie gestern Abend. Vermutlich werde ich einen Monat lang keinen Bissen mehr herunterbringen.«

George fand offenbar, dass sie ein bisschen Fleisch auf den Rippen gut vertragen könnte, und hatte darauf bestanden, dass sie vor dem Hauptgericht die Muschelsuppe probierte und sich zum Dessert einen köstlichen Brotpudding mit ihm teilte.

Er griff nach ihrer Hand. »Zuerst möchte ich dir meine Kanzlei zeigen.«

»Gute Idee.«

Unwillkürlich fiel ihr das Eckbüro mit dem atemberaubenden Blick über die Skyline von New York ein, das einmal ihres gewesen war. Ihr Königreich, von dem aus sie über die Firma regiert hatte. Bis der Krebs ihrer Herrschaft ein Ende setzte.

»Und dann dachte ich, dass wir in meine Wohnung fahren.«

»Perfekt.«

Dankbar drückte Mary seine Finger. Ohne es eigens zum Thema zu machen, trug er stillschweigend dafür Sorge, dass der Tag nicht zu anstrengend für sie wurde. Kanzlei und Wohnung statt Sightseeing. George war wirklich unglaublich feinfühlig.

»Ich habe veranlasst, dass dort ein Lunch auf uns wartet.«

»Wunderbar.«

»Und beim Essen kannst du die schöne Aussicht bewundern. Mal was anderes als Seattle downtown, wo du sowieso alles kennst.«

»Das stimmt.«

»Außer du möchtest unbedingt …«

»Nein, nein«, versicherte sie ihm. »Ich finde deine Pläne großartig, und sie kommen ehrlich gesagt meinen aktuellen Einschränkungen sehr entgegen.«

Warum sollte sie ihm etwas vormachen? Er merkte ja selbst, wie wenig belastbar sie war und wie schnell sie ermüdete. Obwohl es sie deprimierte, an ihre Grenzen erinnert zu werden, wollte sie sich diesen Tag nicht durch den Krebs verderben lassen. Sie würde das Wiedersehen mit George genießen und ihrer Krankheit die Stirn bieten.

»Ich möchte gerne vor zum Bug gehen«, bat sie, als die Fähre sich langsam dem anderen Ufer der Bucht näherte. »Ich habe noch nie die Skyline von Seattle vom Wasser aus gesehen, und diese Gelegenheit will ich mir nicht entgehen lassen.«

Erwartungsgemäß reagierte George besorgt. »Aber der Wind …«, fing er an.

»Der kann mir nicht schaden«, unterbrach sie ihn rasch. »Ich bin warm genug eingepackt«, fügte sie hinzu und deutete auf ihre dicke Jacke und den warmen Schal, den sie um Kopf und Hals geschlungen hatte.

Seufzend gab George nach und begleitete sie nach vorne. Die Aussicht war tatsächlich spektakulär. Die Space Needle, Seattles berühmter Turm, ragte gen Himmel und erinnerte sie daran, dass sie sich dort zum ersten Mal begegnet waren. Obwohl der Wind sie beinahe von den Füßen wehte und sie frösteln ließ, kehrte Mary nicht um, sondern genoss diesen Moment. Nicht zuletzt, weil sie ihn teilen durfte mit der großen Liebe ihres Lebens.

Mit George, der jetzt hinter sie trat und die Arme um ihren Oberkörper schlang, sie wärmte und schützte. Mary schloss die Augen, legte die Hände auf seine Arme, um seine Nähe und Liebe noch deutlicher zu spüren.

Wie im Flug verging die Überfahrt. Sie konnte es nicht fassen, dass es eine Stunde gewesen sein sollte. Ihr kam es vor wie Minuten. Als sie in Seattle anlegten, rollten die Autos unter lautem Rattern, das ihre Räder auf den Metallböden erzeugten, von der Fähre. George und Mary verließen das Schiff mit anderen Fußgängern über die Passagierrampe.

Sie gingen durch das Terminal und spazierten sodann gemächlich zum Hafen hinunter. George hatte darauf bestanden, dass sie sich bei ihm einhakte, damit er sie ein wenig stützen konnte. Mary schaute sich neugierig um, bemerkte sofort, wie viel sich in den Jahren ihrer Abwesenheit geändert hatte. Und trotzdem war auch eine Menge beim Alten geblieben. Das Starbucks etwa befand sich noch am gleichen Platz, ebenso das Aquarium.

Den Pike Market konnte sie nur von unten sehen, denn den Hügel hochzusteigen, wäre wahrscheinlich über ihre Kräfte gegangen. Schade, dachte sie mit Bedauern, denn dieser Markt nahm einen ganz besonderen Platz in ihrem Herzen ein. Von dort hatte ihr George jede Woche einen frischen Blumenstrauß mitgebracht, der bei guter Pflege oft sieben Tage lang hielt. Meist handelte es sich um kunstvoll arrangierte, exotische Blüten, deren Namen sie kaum kannte. Sie standen auf ihrem Schreibtisch und erinnerten sie jedes Mal, wenn sie sie anblickte, an seine Liebe.

»Denkst du gerade an das, woran ich denke?«, fragte er und drückte ihre Hand, die in seiner Ellbogenbeuge lag.

»Und woran denke ich?«

»An Pike Market.«

»An die Blumen.«

George lachte. »Erinnerst du dich noch daran, wie der Fischhändler einen Lachs genau über deinen Kopf hinweggeworfen hat?«

Dieses bizarre Erlebnis würde sie nie vergessen. Es war ein magischer Tag für sie beide gewesen, voller Spaß und Romantik, voller Liebe und Zärtlichkeit. Wenn sie Spekulationen anstellen sollte, würde sie sagen, dass sie in dieser Nacht schwanger geworden war.

Ein tiefer Kummer, gepaart mit reumütigem Bedauern überfiel sie. Sie schluckte, als müsse sie einen Kloß im

Hals loswerden. George, der ein Gespür für Stimmungen hatte, bemerkte es sofort.

»Alles in Ordnung?«, fragte er.

»Mir fehlt nichts. Hattest du nicht gesagt, du wolltest mir deine Kanzlei zeigen?«, lenkte sie ab, denn über das Thema Schwangerschaft musste sie noch früh genug reden.

George führte sie zu einem Taxistand und hielt ihr die Tür eines Wagens auf. Sowie sie beide Platz genommen hatten, nannte er seine Geschäftsadresse, und der Mann am Steuer, offenbar ein verhinderter Rennfahrer, gab so gewaltig Gas, dass das Auto einen Satz machte und unter Missachtung des Tempolimits auf die Fourth Avenue zuraste.

Der Rundgang durch seine Kanzlei verriet Mary, dass George es zu etwas gebracht hatte. Vor allem sein Büro mit den Fensterfronten auf zwei Seiten, dem Kirschholzschreibtisch und diversen Antiquitäten, den Gemälden und Skulpturen beeindruckte sie, zeugte es doch ebenso von Geschmack wie von Geld. Stolz auf den Mann, den sie geliebt hatte wie sonst keinen, stieg in ihr auf.

»Der Raum ist so bezeichnend für dich«, bemerkte sie lächelnd.

»Inwiefern?«

»Schau dir deine Schreibtischplatte an.«

»Was ist mit ihr?«

»Sie ist sauber aufgeräumt und frisch poliert …«

»Um diese Dinge kümmert sich ein Hausmeisterservice.«

»Weil du es ihm so angeschafft hast«, sagte sie. »Aber dieses Zimmer verrät mir noch etwas anderes.«

»Und das wäre?«, fragte er und sah sie gespannt an.

»Dass du brillant in deinem Beruf bist und jeder Mandant sich glücklich schätzen sollte, dich als Rechtsbeistand zu haben.«

Ihre Worte erfreuten ihn sichtlich, doch er spielte sie bescheiden herunter. »Bevor du mich weiter mit unverdientem Lob verlegen machst, lass uns lieber aufbrechen«, sagte er mit einem schiefen Grinsen und legte ihr einen Arm um die Taille.

Obwohl er nur ein paar Straßen entfernt wohnte und der Weg dorthin selbst für Mary kein Problem dargestellt hätte, bestand George darauf, ein Taxi zu nehmen. Seine Wohnung lag im vierundzwanzigsten Stock eines Hochhauses und bot einen überwältigenden Blick auf den Pudget Sound und die Olympic Mountains. Von dem Moment an, wo sie hereingekommen war, fühlte sich Mary magnetisch von den Fenstern angezogen.

»George, das ist ja atemberaubend.«

»Gefällt es dir?«

»Gefallen ist gar kein Ausdruck. Die Aussicht ist überirdisch schön.«

Er half ihr aus der Jacke und hängte sie in einen Dielenschrank. Mary sah, dass der große Esstisch im Wohnbereich gedeckt war und ein Lunch auf einer Anrichte bereitstand.

»Sollen wir vorher ein Glas Wein trinken?«, fragte George.

Mary verzog bedauernd das Gesicht. »Ich darf nicht wegen der Medikamente.«

»Tee?«

»Gerne.«

»Kommt sofort.«

Er ging in die Küche, die nur durch eine lange Theke vom Wohnraum getrennt war.

»Ich helfe dir.«

Erwartungsgemäß lehnte George ab. »Bleib, wo du bist, und entspann dich. Du bist schließlich nicht zum Arbeiten hergekommen.«

Also setzte sie sich und beobachtete George, der sich in der Küche zu schaffen machte und verschiedene Schubladen öffnete und wieder schloss. Mit einem Mal hielt er inne und blieb reglos stehen.

Niemand brauchte Mary zu erzählen, was jetzt kommen würde. George hatte sie schließlich mit in seine Wohnung genommen, um in aller Ruhe mit ihr über die Ereignisse von vor neunzehn Jahren reden zu können. Über die Entscheidungen, die zum Scheitern ihrer Beziehung geführt hatten.

Über Schwangerschaft und Abtreibung.

Genau davor hatte sie sich gefürchtet und das Gespräch gestern immer wieder hinausgeschoben. Zu sehr lastete die Schuld auf ihrer Seele. Und dennoch hatte er ein Recht darauf, die Wahrheit zu erfahren. Schonungslos und ungeschminkt. So schmerzhaft es für sie auch sein mochte, den Verrat an ihm und seinem Kind einzugestehen.

»George«, sagte sie weich. »Komm, setz dich zu mir.«

»Dein Tee …«

»Ich trinke ihn später.«

Er ging zu ihr herüber, nahm aber nicht Platz, sondern lief ruhelos auf und ab.

»Sag mir eins, Mary: Warum wolltest du mich nicht

heiraten? Wir hätten daran arbeiten können, damit es funktioniert. Ich habe mir nichts sehnlicher gewünscht, als unser Kind großzuziehen und mit dir zusammenzuleben.«

Mary schlug die Augen nieder und suchte nach Worten. »Ich hätte gerne daran geglaubt, dass es funktioniert. Nur war ich im Gegensatz zu dir der Überzeugung, dass es schiefgehen würde.«

Er ignorierte ihre Erklärung.

»Wie konntest du dich für den Posten an der Ostküste bewerben, ohne deine Pläne vorher mit mir zu besprechen?«, fragte er stattdessen.

»Du kennst die Antwort genauso gut wie ich, George. Mir ging es um meine Karriere, ich wollte weiterkommen in meinem Beruf. Was ja nichts Neues für dich ist, denn das wusstest du damals schon.« Sie machte eine kurze Pause und seufzte. »Okay, am Ende habe ich eine einsame Entscheidung getroffen, das war falsch. Etwas anderes war allerdings erheblich schwerwiegender in meinen Augen. Dass ich nie die Frau hätte sein können, die du verdient und die du dir im Grunde gewünscht hast. Ich wäre kein Familientyp geworden, keine gute Mutter – dafür taugte ich nicht. Meine eigenen Ziele waren mir immer wichtiger als Kinder, und daraus habe ich nie einen Hehl gemacht. Erst recht konnte ich mir nicht vorstellen, auch noch mit einem Kind von einer Seite des Landes zur anderen zu ziehen und zwischen zwei Wohnsitzen zu pendeln. Das ist kein Leben, für niemanden. Deshalb habe ich getan, was ich tun musste. Ich weiß, dass du mich heiraten wolltest, vor allem nachdem du von der Schwangerschaft erfahren hast. Bloß kam ein Kind in meiner Lebensplanung damals nicht vor.«

Ihre Worte hingen lastend zwischen ihnen in der Luft. George entfernte sich ein Stück von ihr, als würde er es nicht ertragen, sie anzusehen, und grübelte offenbar über ihre Worte nach.

»Verrate mir eines: Hast du in diesen Jahren dein Glück gefunden?«, fragte er und musterte sie eindringlich.

War sie glücklich gewesen?

»Ich weiß es nicht«, erwiderte sie so aufrichtig. »Was ist Glück? Lass es mich so sagen: Ich hatte immer das befriedigende Gefühl, etwas geleistet zu haben.«

»Du hast es in deinem Beruf bis ganz nach oben geschafft. War es das, was dich glücklich machte? Oder das, was du brauchtest?«

»Ja, in gewisser Weise vermutlich schon.«

George schüttelte den Kopf. »Ich glaube es nicht, kann es einfach nicht glauben.« Er ballte die Fäuste. »War es das wert, Mary? Hat es sich gelohnt, dafür unser Baby zu töten?«

Sein Schmerz traf sie mitten ins Herz wie der Stich eines Messers.

»Ich wollte dieses Kind.« Seine Stimme zitterte vor kaum unterdrücktem Zorn und herzzerreißendem Kummer.

Marys Augen füllten sich mit Tränen. Sie wusste sehr wohl, wie sehr sie ihn verletzt hatte.

»Es tut mir leid«, flüsterte sie.

»Das sollte es auch.«

Sie suchte in ihrer Tasche nach einem Taschentuch

und zerknüllte es in den Händen, starrte zu Boden, als sie wieder zu sprechen begann.

»Ich bin in die Abtreibungsklinik gegangen …«

»Ich will das nicht hören.«

Er trat erneut ein paar Schritte zurück, kehrte ihr den Rücken zu und blickte aus dem Panoramafenster.

Mary presste die Hände an ihre Schläfen. Sie musste es ihm sagen, jetzt oder nie.

»George, hör mir zu … Ich hätte dir schon längst eine Sache gestehen sollen und müssen. Nachdem ich also in der Klinik den Arzttermin wahrgenommen hatte …«

»Schweig, ich will es nicht hören«, unterbrach er sie erneut, diesmal jedoch erheblich lauter.

»Ich konnte es nicht tun, George, habe es einfach nicht fertiggebracht.«

Ganz langsam drehte er sich zu ihr um. Sein Gesicht verriet, dass er nichts begriff.

»Was hast du da eben gesagt?«

»Ich bin doch damals schwanger geworden trotz regelmäßiger Einnahme der Antibabypille – die Wahrscheinlichkeit, dass so etwas passierte, lag bei hunderttausend zu eins. Eigentlich war es so gut wie ausgeschlossen, und trotzdem war ich eine dieser seltenen Ausnahmen. Als ich in der Klinik saß und wartete, habe ich darüber nachgedacht, und mir kam der Gedanke, dass es sich nicht um einen Unfall handelte. Dass dieses Kind vielmehr vom Schicksal ausersehen und bestimmt war, geboren zu werden.«

George brachte kein Wort heraus, schaute sie nur fassungslos und ungläubig an.

»Wir bekamen eine Tochter«, flüsterte sie.

Eine Weile stand George schweigend vor ihr, bevor sich seine Erstarrung löste.

»Warum hast du mir nichts davon gesagt?«

»Ich konnte es nicht, nachdem ich die Verbindung abgebrochen hatte. Außerdem wollte ich dich nicht noch mehr verletzen.«

»Mich verletzen? Du wolltest mich nicht verletzen?«, wiederholte er, blickte sie dabei anklagend an. »Soll das ein Scherz sein? Du bringst meine Tochter zur Welt und sagst mir nichts davon. Enthältst mir die ganzen Jahre mein eigenes Fleisch und Blut vor … Mehr konntest du mich gar nicht verletzen.«

»George, bitte.«

Mit erhobener Hand schnitt er ihr das Wort ab. »Ich habe versucht, mir meine Liebe zu dir aus dem Herzen zu reißen. Vergeblich. Der Himmel ist mein Zeuge. Sogar eine Ehe mit einer anderen bin ich eingegangen, um dich zu vergessen. Ich habe gehofft und gebetet, dass ich darüber hinwegkommen möge. Es klappte nicht. Kathleen wusste immer, dass ich trotz aller gegenteiligen Beteuerungen nie aufgehört habe, dich zu lieben.«

Mary schlug eine Hand vor den Mund und begann zu schluchzen. »Ach, George …«

Er sank in einen Sessel und bedeckte das Gesicht mit beiden Händen.

»Und jetzt muss ich erfahren, dass du mein Kind geboren und es all die Jahre von mir ferngehalten hast.«

»Nein, so war es nicht.« Mary erhob sich, ging zu ihm und legte ihm eine Hand auf die Schulter. »Da ist noch etwas anderes …«

Er machte sich so heftig los, als würde ihre Berührung

ihn versengen, und in seinem Gesicht las sie Unverständnis, Kummer und Verachtung.

Obwohl tief in ihrem Herzen überzeugt, das einzig Richtige getan zu haben, fiel es ihr unendlich schwer, dem sichtlich gebrochenen Mann vor ihr auch noch den Rest beichten zu müssen.

»Ich habe unser kleines Mädchen zur Adoption freigegeben«, flüsterte sie mit zitternder Stimme.

Erneut schlug George die Hände vors Gesicht, und sein Schluchzen zerriss ihr das Herz. Als sie seinen Schmerz nicht länger ertragen konnte, beugte sich Mary über ihn und legte ihm die Hände auf die Schultern.

»Es tut mir ja so leid, so furchtbar leid«, murmelte sie weinend, und die Tränen rannen in Strömen über ihre Wangen.

Da kniete George sich vor ihr hin, legte die Arme um ihre Taille und vergrub das Gesicht an ihrem Bauch.

18

Annie inspizierte mit kritischem Blick den großen Saal, wo sich später Familienangehörige und Freunde treffen würden. Zunächst gab es am Nachmittag einen Empfang, bevor gegen Abend die Party mit Musik und Tanz begann.

Die Festlichkeiten fanden im Jachtclub statt, der für solche Anlässe Räumlichkeiten vermietete und auf Wunsch auch Personal für Auf- und Abbau zur Verfügung stellte. Alles war wunderschön dekoriert – schließlich war Annie vom Fach. Auf den Tischen lagen schimmernde Decken, die mit Bändern, Kerzen und kunstvollen kleinen Gestecken dekoriert waren. Große Blumenarrangements standen zudem auf Beistelltischen und Anrichten, und Blütengirlanden hingen von der Decke herab, ergänzt durch eine Vielzahl farblich abgestimmter Lampions. Annie war zufrieden. Wenn ihr jetzt die Großeltern mit ihren Streitereien keinen Strich durch die Rechnung machten, würde es bestimmt ein wunderschönes Fest.

»Wo sollen die Stühle hin?«, rief Oliver vom anderen Ende. Mitarbeiter des Jachtclubs hatten gerade noch zusätzliche Sitzmöglichkeiten herbeigeschafft, damit alle Gäste Platz fanden.

Als sie nicht antwortete, rief er erneut nach ihr. »Annie?«

Sie ließ sich auf einen Stuhl sinken und wirkte mit einem Mal schrecklich deprimiert. Ihre Euphorie war verflogen.

»Das geht nicht gut«, flüsterte sie. »Ich habe das im Gefühl.«

Oliver kam zu ihr herüber und ließ den Blick durch den Saal schweifen.

»Ich finde, die Kulisse ist perfekt.«

»Das mag ja sein, aber das alles nützt nichts, wenn meine Großeltern nicht mitspielen.«

Seit sie Kent und Julie hier in Cedar Cove erlebt hatte, war eine Welt für sie zusammengebrochen. Sie konnte kaum noch glauben, dass sie erst vor zwei Tagen zu Jo Marie gesagt hatte, sie wünsche sich genau so eine Ehe. Illusionen, nichts als Illusionen. Die Wirklichkeit sah anders aus und war für Annie der reinste Albtraum.

»Annie?« Erneut riss Oliver sie aus ihren Gedanken. »Wo liegt das Problem?«

»Das fragst du ganz im Ernst?«, rief sie.

Das Fest drohte zu einer einzigen Katastrophe zu werden, und Oliver ließ sich davon nicht im Geringsten beeindrucken. Kein Grund zur Sorge, fand er, während sie das Gefühl hatte, ihr Magen habe sich in einen einzigen schmerzenden Knoten verwandelt. Und dann heute Morgen noch die Bemerkung ihres Großvaters über die Gründe für die überstürzte Heirat! Wenn er das vor den Gästen auch nur ansatzweise wiederholte, würde das Ganze auf der Stelle den Bach runtergehen. Sie konnte nur hoffen, dass er seiner Frau diese Peinlichkeit ersparte.

»Sind sie eigentlich auch zu Hause in Portland so?«, fragte sie Oliver.

Annie sah ihn verzweifelt an, hoffte darauf, dass er sie beruhigen würde. Schließlich erlebte Oliver die beiden häufiger als sie.

»Nein«, versicherte er ihr. »Zu Hause halten sich ihre Auseinandersetzungen in Grenzen.«

Obwohl es das war, was sie hören wollte, war sie nicht wirklich überzeugt.

»Warum benehmen sie sich dann hier so? Egal, worum es geht, sie streiten. Weil Grandpa sein Hörgerät nicht trägt, schreit Grandma ihn an. Daraufhin ärgert er sich, weil sie so zetert.«

»Ich weiß.«

Oliver lachte glucksend, doch was er daran so lustig fand, verstand Annie beim besten Willen nicht.

»Sie wollen ausgehen, und kurz vorher schimpft Julie, seine Kleidung sei dem Anlass nicht angemessen, und besteht darauf, dass er sich umzieht«, ergänzte er ihre Liste.

»Genau.« Annie nickte, fühlte sich elend und hilflos. »Und ich dachte immer, ich würde mir eine Ehe wie ihre wünschen.«

»Annie«, sagte Oliver sanft und tröstend. »Menschen zeigen ihre Liebe auf verschiedene Arten.«

»Aber wohl kaum, indem sie streiten? Das glaube ich ganz sicher nicht.«

»Deine Großeltern sind wegen dieser aufwändigen Feierlichkeiten nervös. Und deinem Großvater geht das ganze Brimborium, wie er es nennt, schwer gegen den Strich. Er wäre viel lieber in Portland geblieben, mit Julie vielleicht zum Dinner gegangen, mehr nicht. Dann hätte er auch nicht seine Pokerrunde absagen müssen – Samstagnachmittag spielt er nämlich immer mit Freunden Karten. Zwar hat er zu allem Ja und Amen gesagt, allerdings nur weil er glaubt, dass deine Großmutter es so möchte. Sein Ding ist es nicht.«

Frustriert und ein wenig gekränkt hob Annie den Kopf. »Warum hat er mir das nicht gesagt? Ich hätte genauso gut eine Feier in kleinem Rahmen arrangieren können. Bloß mit der Familie und den engsten Freunden.«

»Er wollte deine Großmutter nicht enttäuschen.«

Annie zuckte mit den Schultern. Jetzt war die Sache ohnehin gelaufen. Undenkbar, das Fest im letzten Moment abzublasen. Über hundert Gäste waren angereist oder unterwegs. In ein paar Stunden trafen die Musiker ein, der Cateringservice war sicher bereits dabei, das Buffet vorzubereiten, und die engsten Freunde und die Familie würden sich vorher zur Wiederholung des Jaworts beim Pavillon unten am Wasser einfinden.

Oliver rieb mit dem Daumen über Annies Hände. Gefangen genommen von ihren Befürchtungen und Ängsten, schien sie gar nicht zu bemerken, dass er ihre Hände hielt.

»Erinnerst du dich an den Sommer, als du vierzehn warst?«, fragte er.

»Natürlich«, antwortete sie, verspürte jedoch wenig Lust, sich gerade jetzt mit Dingen aus der Vergangenheit zu beschäftigen. Schließlich plagten sie andere Sorgen. Unwirsch entzog sie ihm ihre Hände.

»Du bist mit deiner Mutter für ein paar Wochen nach Portland gekommen. Weißt du noch, warum?«

»Woran ich mich erinnere, ist Folgendes: Dass ich in diesem Sommer alles darangesetzt habe, dir aus dem Weg zu gehen, und dass du wie immer scheußlich zu mir warst.«

Oliver stieß seufzend den Atem aus. »Tut mir leid. Ich wollte dich eigentlich noch einmal küssen.«

»Dann hast du allerdings einen merkwürdigen Weg gewählt, um dein Ziel zu erreichen.«

»Stimmt, sehr raffiniert bin ich nicht vorgegangen, und du hast mich das büßen lassen.«

Sie wusste zwar nicht, worauf er anspielte, fragte aber nicht nach. Es war lange her und absolut uninteressant.

»Was hat das alles mit meinen Großeltern zu tun?«

»Du erinnerst dich also nicht, warum ihr in diesem Sommer nach Portland gekommen seid?«

»Wir waren jeden Sommer dort.«

»Sicher, doch nicht so lange wie in diesem Sommer.«

»Wirklich?«

»Wirklich«, bestätigte Oliver. »Ich weiß es so genau, weil es eine Tortur für mich war, dich nebenan zu wissen.«

Gegen ihren Willen musste Annie lächeln. »Wenn ich dir in diesem Sommer Qualen bereitet habe, umso besser. Betrachte es nachträglich als gerechte Strafe.«

»Dein Großvater wurde damals operiert«, sagte er, ohne auf Annies Bemerkung einzugehen. »Und deine Großmutter hat sich geweigert, ihm von der Seite zu weichen.«

Annie blinzelte. Sie erinnerte sich nur verschwommen daran, dass ihr Großvater krank gewesen war. Ihr Ärger und ihre Verbitterung über Oliver hatten offenbar so viel Raum in ihrem Kopf eingenommen, dass für anderes kein Platz blieb. Und mochten auch viele Jahre seitdem vergangen sein, empfand sie nach wie vor Genugtuung darüber, dass Oliver in diesem Sommer ebenfalls gelitten hatte. Und zwar ihretwegen.

»Deine Großmutter besaß damals doch diesen kleinen Geschenkartikelladen.«

Ja, den sah Annie sogar noch lebhaft vor sich, denn dort wurden Puppen verkauft. Keine Spielzeugpuppen, sondern die kostbaren Sammlerstücke aus Porzellan, die mehrere tausend Dollar kosteten. Der Laden lief ein paar Jahre lang gut, bevor der Markt einbrach, weil zu wenig Leute so viel Geld für Puppen ausgeben wollten.

»Deine Mutter hat dort gearbeitet, während dein Großvater im Krankenhaus lag. Deshalb seid ihr länger in Portland geblieben als sonst.«

Annie runzelte nachdenklich die Stirn und suchte in ihrem Kopf nach Erinnerungen an jenen Sommer, die nichts mit Oliver zu tun hatten.

»Jetzt fällt es mir wieder ein: Grandpa lag wegen eines Blinddarmdurchbruchs im Krankenhaus. Es ging ihm sehr schlecht, und Mom hatte schreckliche Angst, dass er sterben könnte.«

»Deine Großmutter auch und alle anderen ebenfalls. Ich habe nie vergessen, wie später, als die Gefahr vorüber war, irgendjemand sagte, es sei nur der aufopfernden Liebe deiner Großmutter zu verdanken, dass er am Leben geblieben sei. Sie war sieben Tage die Woche fast vierundzwanzig Stunden bei ihm. Also rund um die Uhr.«

Richtig. Sie hatte ihre Großmutter während des gesamten Aufenthalts in Portland kein einziges Mal zu Gesicht bekommen.

»Eine so tiefe Liebe löst sich nicht plötzlich in Nichts auf, Annie. Sie ist noch da, selbst wenn sie sich gelegentlich streiten.«

Sie wünschte so sehr, dass er recht haben möge, doch ihre Skepsis ließ sich nicht ausräumen.

»Es fällt mir schwer, das zu glauben, wenn ich sehe, wie sie sich angiften.«

»Dein Großvater ist komplett überfordert, und das bleibt nicht ohne Auswirkungen auf deine Großmutter. Mit der Konsequenz, dass sie beide nervös sind und ein Ventil brauchen, um Dampf abzulassen. Und das tun sie, weil sie niemanden sonst haben, beim jeweils anderen. Kent bei Julie und Julie bei Kent.«

»Wenn ich das nur geahnt hätte … Ach, Oliver, ich fürchte, ich habe den beiden mit meinem Ehrgeiz einen schlechten Dienst erwiesen.«

Annie fühlte sich plötzlich grässlich, weil sie ihren Großeltern diese bombastische Feier mehr oder weniger aufgezwungen hatte. Und einmal mehr fragte sie sich, ob es nicht im Grunde genommen für sie selbst geschah. Um sich von ihren privaten Problemen abzulenken, kam ihr die Planung eines Familienfests gerade recht. Der Knoten in ihrem Magen zog sich fester zusammen. Ihre Idee war es gewesen, eine Feier im großen Stil zu veranstalten. Sie hatte eigenmächtig sämtliche Details festgelegt und es geflissentlich überhört, wenn ihre Großeltern einwandten, sie müsse sich nicht so viel Arbeit machen. Was sie ihr wirklich zu sagen versuchten, war etwas ganz anderes gewesen: dass sie persönlich ein Fest in kleinerem Rahmen vorgezogen hätten.

»Oliver, ich habe es vermasselt.«

»Nein, das stimmt nicht. Alles, was du getan hast, geschah aus Liebe zu ihnen.«

Annie sprang auf. »Ich muss die Sache in Ordnung

bringen. Zur Not sage ich das Ganze ab, wenn ich ihnen damit einen Gefallen tue.«

Sie griff nach ihrer Jacke und ihrer Tasche und eilte zur Tür. Wenngleich es schwierig war, würde sie einen Weg finden, ihren Großeltern dieses Fest zu ersparen. Irgendeine Lösung ließ sich sicherlich finden.

»Was willst du ihnen denn sagen?«, rief Oliver ihr nach.

Sie drehte sich um. »Das weiß ich noch nicht. Ich hoffe, dass mir rechtzeitig eine zündende Idee kommt.«

»Soll ich dich begleiten?«, fragte Oliver und schickte sich an, ihr zu folgen.

Sie schüttelte den Kopf. »Bleib du hier, und mach weiter. Geh einfach davon aus, dass alles wie geplant weiterläuft – man weiß ja schließlich nie.«

»Soll ich dich küssen, um dir viel Glück zu wünschen?«

»Nein«, sagte sie ohne weitere Begründung kategorisch.

»Eigentlich möchtest du schon, das sehe ich dir an. Aber aufgeschoben ist nicht aufgehoben.«

Annie winkte ab. Das fehlte ihr noch, dass Oliver mit seinen Küssen sie vollends durcheinanderbrachte. Leider war ihm seine Wirkung auf sie nicht entgangen, und das versuchte er nach Kräften auszunutzen. In mancher Hinsicht änderte er sich offenbar nie – in anderer allerdings sehr wohl, wie seine einfühlsamen Versuche zeigten, ihr das Verhalten ihrer Großeltern zu erklären.

Beim Rose Harbor angekommen, stürmte Annie die Verandastufen empor und ins Haus. Rover bellte wie wild.

»Ich bin es, Rover«, rief sie.

Sowie der Hund sie erkannte, kehrte er nach einem letzten Bellen zu seinem Platz in der Küche zurück. Jo Marie kam gerade aus ihrem Büro. Sie wirkte irgendwie bedrückt.

»Wissen Sie, wo meine Großeltern sind?«, fragte Annie.

Jo Marie schüttelte den Kopf. »Ich habe sie seit dem Frühstück nicht mehr gesehen.«

Einen Moment lang befürchtete Annie in ihrer überreizten Fantasie, sie könnten davongelaufen sein. Unsinn, rief sie sich zur Ordnung und begab sich zum Zimmer ihrer Großeltern, hämmerte so fest an die Tür, bis ihre Hand schmerzte.

Kent öffnete und sah seine Enkelin verwundert an. »Annie, lieber Himmel, was ist denn los?«

»Ich muss mit euch sprechen.« Sie war außer Atem und in Panik.

»Na, dann komm mal.« Er trat zur Seite und ließ sie herein.

Annie schaute sich suchend um. »Wo ist Grandma?«

»Sie schmollt.«

In diesem Moment schwang die Badezimmertür auf, und ihre Großmutter erschien im Morgenmantel und mit riesigen Lockenwicklern im Haar.

»Annie, meine Güte, was tust du denn hier?«

»Das habe ich sie eben auch gefragt«, sagte Kent.

Julie setzte sich aufs Bett. »Jetzt erzähl erst mal, warum du so aufgeregt bist.« Ihre Stimme klang ruhig und gelassen und verriet keinerlei Nervosität.

Wieder einmal gerieten Annies Überzeugungen ins Wanken. Die Großeltern machten gar keinen schlechten Eindruck, einen besseren jedenfalls als sie selbst. Außerdem hatte sie keine Ahnung, was genau sie mit ihnen bereden sollte. Vielleicht bildete sie sich ihre ganzen Sorgen ja bloß ein. Doch nun war sie da und konnte nicht ohne Erklärung einfach wieder verschwinden.

»Ich bin zu der Erkenntnis gelangt, dass ich euch eine Riesenfeier aufgezwungen habe, die keiner von euch beiden ernstlich will. Und das bedauere ich zutiefst.«

Sowohl ihre Großmutter als auch ihr Großvater sahen sie stumm an, als wüssten sie nichts dazu zu sagen.

»Wisst ihr, ich habe mich immer mehr in die Sache hineingesteigert und irgendwann nicht mehr nach rechts und links geschaut. Es ist mir leider nie in den Sinn gekommen, ihr könntet das alles gar nicht wollen.«

Wozu allerdings ihre Mutter und ihre Tante Patty nicht unwesentlich beigetragen hatten. Denn die beiden bestärkten sie ständig darin, welch wundervolle Idee diese pompöse Feier sei und dass es bestimmt ein unvergessliches Erlebnis für die Großeltern werde.

»Wer hat dir das verraten?«, wollte Julie wissen und fuhr, als Annie schwieg, mit blitzenden Augen ihren Mann an. »Was hast du jetzt schon wieder angerichtet?«

»Es war nicht Grandpa«, kam Annie ihrem Großvater zu Hilfe. »Sondern Oliver.«

Ihre Großmutter atmete geräuschvoll ein. »Er hatte kein Recht, einfach etwas weiterzugeben, was er möglicherweise einmal aufgeschnappt hat.«

»Ich bin froh, dass er es getan hat«, rief Annie. »Hört zu, wir können das Ganze noch abblasen. Ich mache alles wieder rückgängig. Ihr müsst euch keine Gedanken machen und könnt, wenn ihr wollt, auf der Stelle nach Portland zurückfahren. Ich erzähle allen, ihr wärt durchgebrannt, weil ihr diesen Tag ungestört verbringen wollt.«

Julie sah ihren Mann fragend an. »Was meinst du, Kent?«

»Tja.« Ihr Großvater richtete seinen Blick nachdenklich auf seine Frau. »Ich habe mich irgendwie an die Vorstellung gewöhnt, ein rauschendes Fest zu feiern – aber wir werden das tun, was du für das Beste hältst.«

»Viele Leute sind extra wegen uns hierhergekommen«, murmelte Julie. »Betty und Vern haben den ganzen Weg von South Dakota auf sich genommen. Es wäre furchtbar unhöflich von uns, unsere Gäste zu versetzen.«

»Ganz meine Meinung«, bestätigte Kent. »Ich finde, wir sollten alles so durchziehen wie geplant: den Empfang, die Wiederholung des Jaworts, die Party und was weiß ich sonst.«

Zutiefst erleichtert seufzte Annie auf. »Gibt es denn irgendetwas, was ich für euch tun kann?«

»Ach, Süße, wir schaffen das schon.« Julie streckte eine Hand nach Kent aus. »Nicht wahr, Schatz?«

»Natürlich tun wir das«, stimmte Kent zu und schlang einen Arm um ihre Taille.

»Wir haben uns unmöglich benommen«, sagte Julie zerknirscht. »Annie, ich muss mich bei dir entschuldigen.«

»Hey, bei mir könntest du dich ebenfalls entschuldigen«, forderte Kent seine Frau auf.

Sie legte eine Hand gegen seine Wange. »Wir sind zwei alte Trottel, Kent Shivers.«

»Damit hast du den Nagel auf den Kopf getroffen«, bestätigte er brummend und drückte sie an sich.

Julie wandte sich lächelnd an Annie. »Und du gehst jetzt und machst mit den Vorbereitungen weiter.«

»Bist du sicher?«

»Ganz sicher«, versicherte ihr Großvater.

»Geh du nur, ich ziehe mich fertig an«, bekräftigte die Großmutter.

Als Annie sich daraufhin zur Tür wandte, hielt Kent sie zurück.

»Annie, was hältst du von dem neuen Push-up deiner Grandma?«

»Kent!«

Ihr Großvater lachte glucksend. »Mir gefällt er. Die Mädels haben wieder Oberwasser.«

»Du meinst wohl, die Zwillinge haben wieder Oberwasser«, verbesserte Julie ihn. Dann begann sie zu kichern, als wäre sie wieder zwanzig Jahre alt.

Merklich zuversichtlicher machte Annie sich auf den Weg zurück zum Jachtclub.

»Wie ist es gelaufen?«, fragte Oliver, der inzwischen alle Stühle aufgestellt und die Beleuchtung überprüft hatte.

»Gut, denke ich«, erwiderte sie, während sie ihre Jacke auszog und ihre Tasche abstellte. »Ich habe ihnen angeboten, einfach durchzubrennen – sie haben sich für die Party entschieden.«

»Das habe ich mir fast gedacht.«

»Danke«, flüsterte sie. »Ich glaube, dieser Tag hätte sich zu einer Katastrophe ausgewachsen, wenn du nichts gesagt hättest.«

Oliver tat ihren Dank mit einem Achselzucken ab.

»Nein, wirklich.«

Die Luft zwischen ihnen schien elektrisch aufgeladen zu sein. Annie bemühte sich, die Spannung abzuschütteln, fühlte sich jedoch vom Zauber des Augenblicks gefangen. Es war Dankbarkeit, was sie empfand, redete sie sich ein. Anerkennung und Bewunderung vielleicht. Aber körperliche Anziehung? Auf keinen Fall. Oder täuschte sie sich? Wünschte sie sich nicht sogar, dass er sie erneut küsste?

Noch während ihr diese Gedanken durch den Kopf gingen, beugte sie sich unwillkürlich zu ihm hinüber. Mehr Ermutigung brauchte Oliver nicht. Er zog ihren Kopf zu sich heran, näherte seinen Mund dem ihren – und dann fuhren sie auseinander. Die Eingangstür wurde geöffnet, und herein trat eine ihnen wohlbekannte Dame.

»Annie, wobei kann ich dir helfen?«

»Hallo, Tante Patty! Danke, dass du vorbeigekommen bist …«

19

Wenn ich aufgewühlt oder bedrückt bin, ist körperliche Betätigung neben Stricken für mich das beste Gegenmittel.

Dennis Milford hatte recht. Paul war nicht mehr am Leben, würde nicht wieder nach Hause zurückkehren. Ich musste endlich akzeptieren, dass mein Mann bei einem Hubschrauberabsturz in Afghanistan gestorben war. Sechs Männer befanden sich an Bord, alle sechs Männer kamen um. Ich durfte nicht nur deshalb Pauls Tod leugnen, weil man lediglich fünf Tote gefunden hatte. Denn das hieß noch lange nicht, dass einer lebte. Und selbst wenn, musste dieser eine nicht mein Mann sein.

Ich begrüßte zwei Paare, weitere Gäste der Shivers, und zeigte ihnen ihre Zimmer, doch alles zog wie im Traum an mir vorbei. Deshalb beschloss ich, mich nach draußen zu begeben und mit Umgraben meine Schwermut hoffentlich zu vertreiben. Zumal ich sowieso vorhatte, den Garten bis morgen auch ohne Mark zumindest in einen einigermaßen passablen Zustand zu versetzen.

Ich zog Gummistiefel an sowie eine alte Jacke, holte mir aus dem Schuppen einen Spaten und stapfte zu jenem ausgehobenen Bereich im Rasen, der wie eine offene Wunde aussah. Für eine provisorische Lösung gab es nur eines: Ich musste die ausgestochenen Grassoden wieder einfügen. Irgendwie, denn im Gegensatz zu Mark hatte ich keine Ahnung, welches Rasenstück an welche Stelle gehörte. Seufzend machte ich mich an die Arbeit.

Rover, der mein Elend zu spüren schien, jaulte eine Weile, bis ich innehielt und ihn streichelte. Tränen verschleierten meinen Blick. Ich tat mein Bestes, sie zu unterdrücken, doch es gelang mir nicht. Schniefend zog ich ein Taschentuch hervor, wischte mir die Augen, putzte mir die Nase und machte mich unter Schluchzen wieder an die Arbeit. Diesmal funktionierte mein Allheilmittel gegen seelischen Kummer nicht, denn die körperliche Betätigung brachte mir keine Erleichterung.

Nicht einmal der Anblick des Gartens hatte sich gebessert. Der gestückelte Rasen sah am Ende schrecklich aus – da hatte auch nachträgliches Festklopfen nicht geholfen. Mark, der Perfektionist, würde ganz schön schimpfen, wenn er die Bescherung zu Gesicht bekam. Und es unerhört finden, dass ich in seine Arbeit hineingepfuscht hatte.

Als ich den Spaten in den Schuppen zurückbrachte, schmerzten mein Rücken und meine Arme. Das war alles, was mir meine gärtnerischen Aktivitäten eingebracht hatten. Sogar meine Beine zitterten. Eine heiße Dusche würde bei meinen strapazierten Muskeln sicher Wunder bewirken. Und vielleicht half sie ja auch, meine aus den Fugen geratene Gefühlswelt wieder in Ordnung zu bringen.

Auf der Veranda stieß ich beinahe mit den Shivers zusammen, die gerade aus der Tür traten. Der Morgen hatte für das Jubelpaar eindeutig nicht gut begonnen, und ich wünschte aufrichtig, dass der Rest des Tages besser verlief. Harmonisch und friedlich ohne jeden Streit. Damit es ein unvergessliches Fest wurde. Genau wie von Annie geplant.

Julie sah mich nur kurz an und erkannte sogleich, dass ich völlig durcheinander war. Kein Wunder bei meiner roten Nase, den verweinten Augen und der gequälten Miene, die ich nicht zu verbergen mochte.

»Jo Marie, meine Liebe, was ist denn passiert?«, fragte sie voller Anteilnahme.

»Entschuldigen Sie bitte, wenn ich mich Ihnen in einem so desolaten Zustand präsentiere«, sagte ich und gab mir Mühe, mit einigermaßen fester Stimme zu sprechen. »Ich habe heute Morgen Nachrichten erhalten, die mich ziemlich aufgewühlt haben.«

»Können wir etwas für Sie tun?«

Ich schüttelte den Kopf, rang mir ein Lächeln ab und wechselte das Thema. »Sie sehen beide fantastisch aus.«

Was der Wahrheit entsprach. Julie trug ein pinkfarbenes zweireihiges Kostüm, dessen schmaler Rock in einem plissierten Saum endete, und Kent einen eleganten dunkelbraunen Anzug. Trotz ihres Alters waren sie immer noch ein attraktives Paar.

»Sie meinen wohl, dass wir uns ordentlich herausgeputzt haben«, scherzte Kent.

»Allerdings«, bestätigte ich und registrierte erleichtert, dass ich wieder ziemlich normal klang.

»Finden Sie wirklich?« Julie strich mit ihrer behandschuhten Hand über das Vorderteil ihres Kostüms. »Wir haben beide mit dem Umziehen bis zum letzten Moment gewartet, um unsere Sachen zu schonen. Oliver holt uns in ein paar Minuten ab. Weil Kent so unruhig im Zimmer auf und ab gelaufen ist, warten wir hier auf ihn.«

»Ich fühle mich unwohl in diesem Aufzug«, erklärte Kent, steckte einen Zeigefinger in seinen Hemdkragen und zerrte daran. »Ich habe noch nie gerne Anzug und Krawatte getragen. Länger als ein paar Stunden halte ich das nicht aus.«

»Ehe wir uns versehen, wird alles vorbei sein«, versicherte Julie ihrem Mann und tätschelte begütigend seinen Unterarm.

»Damit tröste ich mich schon die ganze Zeit«, grummelte Kent.

»Warum setzen Sie sich nicht ein bisschen zu uns?« Julie deutete auf die Schaukel, auf der sie Platz genommen hatte.

»Ich bin völlig verschwitzt und außerdem schmutzig«, protestierte ich und zeigte auf meine schlammverschmierten Gummistiefel. »Da komme ich Ihnen lieber nicht allzu nahe.«

»Setzen Sie sich«, befahl Kent. »Und lenken Sie uns von dem ganzen Hochzeitstagstrubel ein wenig ab.«

Da es mehr um sie als um mich ging, folgte ich als gute Pensionswirtin ihrer Aufforderung, begnügte mich aber mit der obersten Treppenstufe. Rover legte sich neben mich und ließ sich von mir den Rücken kraulen.

»Was ist denn nun passiert?«, fragte Kent ganz sachlich und ohne neugierig zu wirken.

Die Shivers waren dankbar für eine Ablenkung, ich war froh, mir meinen Kummer von der Seele reden zu können, und so erzählte ich ihnen von meinem verstörenden Telefongespräch.

»Heute Morgen habe ich einen Anruf vom Kommandeur meines Mannes erhalten, der soeben aus Afghanistan zurückgekehrt ist. Als der Hubschrauber, in dem Paul saß, vor anderthalb Jahren abstürzte, war die Unfallstelle nicht zugänglich, und die Leichen konnten nicht geborgen werden«, fing ich an und berichtete anschließend von der veränderten Situation und von dem merkwürdigen Umstand, dass die sterblichen Überreste eines Mannes offenbar fehlten.

»Glauben Sie, dass es sich dabei um Ihren Mann handeln könnte?«, fragte Julie, die atemlos zugehört hatte.

»Ich weiß es nicht. Vermutlich wäre es besser, endlich seinen Tod zu akzeptieren, anstatt mir Hoffnungen zu machen, die sich wahrscheinlich nicht erfüllen.«

»Aber insgeheim klammern Sie sich an den Gedanken, dass er vielleicht überlebt hat«, sagte Kent und meinte es nicht als Frage, sondern als Feststellung.

Ich nickte. »Jede Frau, jede Mutter würde so denken wie ich, selbst wenn es gegen alle Vernunft, gegen alle Logik ist. Und mit jeder Faser ihres Herzens hoffen, dass es sich bei dem fehlenden Leichnam um ihren Mann oder Sohn handelt. Dass er wie durch ein Wunder überlebt hat und sich irgendwann in die Zivilisation zurückkämpfen wird.«

»Es ist ganz natürlich, daran festzuhalten«, meinte Julie.

Kent stimmte ihr zu. »Offen gestanden würde ich Sie nicht für ein fühlendes Wesen halten, wenn Sie das nicht täten. Es ist nie leicht, einen geliebten Menschen loszulassen.«

Das Mitgefühl des alten Ehepaars tat mir gut. »Paul und mir war nur eine so kurze Zeit vergönnt. Ich stelle mir häufig vor, wie unser gemeinsames Leben verlaufen wäre und dass wir eines Tages auch Ehejubiläen hätten feiern können.«

Julie sah mich verständnisvoll an. »Ich war krank vor Sorge, als Kent in Vietnam war, und hatte schreckliche Angst, meinen Mann zu verlieren. Vor allem wenn ich abends in den Nachrichten hörte, wie viele junge Männer wieder gefallen waren. Bei jedem Klingeln fürchtete ich, jemand von der Army stünde draußen und würde mir die Todesnachricht überbringen. Ich konnte den Gedanken nicht ertragen.«

Kent griff nach der Hand seiner Frau, und die beiden wechselten einen langen Blick.

»Und wenn ich länger nichts von ihm hörte, sind mir alle möglichen Szenarien im Kopf umhergegangen«, fügte Julie hinzu. »Oft vergingen Wochen ohne einen Brief, und dann war ich sicher, dass er nicht mehr lebte.«

»Das hat sich heute gebessert. Paul und ich standen immer per E-Mail in Verbindung«, erwiderte ich. »Ich hatte meinen Computer ins Schlafzimmer gestellt, um nur ja nicht den Eingang einer Mail zu verpassen. Es gab Nächte, da haben wir eine Stunde lang oder länger Botschaften ausgetauscht.«

Versonnen dachte ich zurück an diese Zeit, als mich die Liebe meines Mannes umgab, obwohl er sich auf der anderen Seite der Welt befand. Ich würde für diese Stunden ewig dankbar sein und für seine Mails, die ich seitdem wieder und wieder gelesen habe, vor allem in den ersten Monaten nach dem Hubschrauberabsturz. Einige druckte ich damals sogar aus und heftete sie ab.

Inzwischen holte ich sie nur noch hervor, wenn ich mich extrem einsam fühlte. Vielleicht war heute wieder so eine Gelegenheit. Allerdings trösteten mich die Mails nicht immer. Manchmal lösten sie den gegenteiligen Effekt aus und brachten mir Schmerz, Kummer und Verzweiflung über den erlittenen Verlust übermächtig ins Bewusstsein zurück.

»Ich glaube, Oliver ist gekommen.« Kent deutete auf die Straße, und die beiden erhoben sich.

»Er hat Annie beim Dekorieren geholfen«, erklärte Julie. »Sicher war er ihr eine große Hilfe.«

»Du könntest übrigens doch recht haben.« Kent blickte auf Julie hinunter.

»Womit?«

»Dass Oliver der Richtige für Annie ist.«

Julie hätte nicht erfreuter aussehen können. »Das sage ich seit Jahren. Ich würde Oliver zu gerne als Mitglied unserer Familie sehen.«

»Er gehört ja quasi dazu«, brummte Kent. » Bestimmt hat er genauso viel Zeit mit uns verbracht wie mit seinen eigenen Eltern.«

»Kent, nun übertreib nicht. Oliver ist bloß aufgetaucht, wenn die Kinder da waren«, mahnte Julie.

»Und ansonsten hat er einen Vorwand gesucht, um vorbeizukommen.«

»Oliver hat uns im Laufe der Jahre bei vielem geholfen, also hör auf, dich zu beschweren.«

»Ich beschwere mich ja gar nicht«, widersprach Kent. »Ich stelle etwas fest, das ist alles.«

»Wir werden ihn jedenfalls vermissen, wenn er auf seine große Reise geht«, seufzte Julie.

»Allerdings«, pflichtete Kent ihr bei.

»Ich wünschte nur …«

»Was wünschst du dir, Liebes?«

»Du weißt schon, dass Oliver und Annie ...«

»Es wäre schön, zugegeben, aber das müssen sie ganz alleine entscheiden. Und wenn du sie noch so gerne verkuppeln würdest – es ist dennoch falsch, sich in das Leben junger Leute einzumischen.«

»Ich weiß, ich weiß«, gab Julie resigniert zu.

Oliver kam die Treppe zur Veranda hoch. »Euer Triumphwagen wartet auf euch«, verkündete er mit einem breiten Lächeln.

»Bist du bereit?«, fragte Kent seine Frau.

»Ich denke schon. Was ist mit dir?«

Er nickte feierlich, griff nach ihrer Hand und stieg an ihrer Seite die Stufen hinunter.

Gerührt blickte ich ihnen nach. Meine Bedenken wegen des Festes waren verflogen. Kent und Julie würden von Familienangehörigen und Freunden liebevoll umgeben sein und diesen Tag, an dem sie ihre Hochzeit und ihr gemeinsames Leben feierten, nicht vergessen.

Ich blieb noch eine Weile auf der Veranda sitzen und malte mir wieder einmal aus, wie mein Leben mit Paul verlaufen wäre. Nur dass meine Träume nie Wirklichkeit würden.

Weil man uns die Zukunft gestohlen hatte.

Trotzdem war ich dankbar, Paul Rose überhaupt kennengelernt und geliebt zu haben. Mochte die Zeit mit ihm noch so kurz gewesen sein – ich würde sie nicht gegen irgendetwas auf der Welt eintauschen wollen. Niemals. Da konnte mir das Leben bieten, was es wollte. Wenngleich ich den Schmerz über seinen Verlust bis zum

Ende meiner Tage mit mir herumtragen würde, bereute ich nichts.

Paul war und blieb immer ein Teil von mir.

Als ich ins Haus zurückgehen wollte, hörte ich ein Auto in den Hof fahren. Ich blickte über meine Schulter und sah, dass es Peggy Beldon und Corrie McAfee waren. Peggy und ihr Mann besaßen ebenfalls ein Bed&Breakfast in der Stadt, und Corrie war mit einem ehemaligen Beamten der Polizei von Seattle verheiratet, der sich seit seiner Pensionierung als Privatermittler betätigte. Mir fiel wieder der junge Rettungssanitäter ein, der Mark versorgt hatte und ebenfalls McAfee hieß. Ich musste Corrie gelegentlich nach ihm fragen.

Die beiden Frauen waren eng befreundet und legten Wert darauf, wenigstens einmal im Monat gemeinsam zum Lunch zu gehen. Ich war mehrmals eingeladen worden, ihnen Gesellschaft zu leisten, hatte es aber nur ein einziges Mal geschafft.

Peggy und ihr Mann waren mir bei vielen praktischen Fragen eine große Hilfe gewesen und hatten mich den anderen Pensionsinhabern in der Gegend vorgestellt. Ganz selbstverständlich und ohne Konkurrenzdenken. Wie Freunde eigentlich. Peggy pflegte zu sagen, dass alle Betreiber eines B&B zusammenhalten mussten. Beide hielten wir uns daran und vermittelten uns gegenseitig Gäste, wenn die eigenen Zimmer belegt waren. So übernachteten derzeit einige Angehörige und Freunde der Shivers bei Peggy im Thyme and Tide auf dem Cranberry Point und würden sich dort bestimmt wohlfühlen.

»Hallo«, begrüßte ich Peggy und Corrie erfreut und

war dankbar für die Ablenkung. »Was haben Sie beide denn vor?«

»Wir sind auf dem Weg zum Lunch und wollten nur kurz hereinschauen. Und unser Hilfsangebot für den Tag der offenen Tür erneuern«, sagte Peggy.

»Das nenne ich mal eine Freundin.«

»Eine gute Freundin«, warf Corrie ein.

»Da hast du recht. Wir bieten das schließlich nicht jedem an.« Peggy blickte sich um und runzelte die Stirn, als sie den Garten sah. »Wollte Mark nicht schon längst damit fertig sein?«

»Angeblich, aber manchmal sind Worte Schall und Rauch, und dann kam noch der Unfall hinzu.«

»Wie lange fällt er aus?«

»Kann ich nicht sagen. Und er lässt sich nicht darüber aus. Sie wissen ja, wie er ist.«

»Hoffentlich sind Sie mir nicht böse, weil ich ihn empfohlen habe«, sagte Peggy.

»Ganz und gar nicht«, versicherte ich. »Er macht einen tollen Job, und seine Preise sind mehr als fair.«

Ich sagte das aus voller Überzeugung, denn im Grunde war Mark trotz seiner Unzugänglichkeit und teilweisen Unzuverlässigkeit durch niemanden zu ersetzen. Und mit den Arbeiten, die er bislang für mich ausgeführt hatte, war ich mehr als zufrieden.

»Freut mich zu hören.« Peggy klang erleichtert. »Ich habe Sie ja gewarnt, dass er ein komischer Kauz ist.«

»Wissen Sie Näheres über ihn?«

»Nein«, erwiderte Peggy. »Sie?«

Ich schüttelte den Kopf. Eigentlich wusste ich nicht viel mehr über ihn als bei unserer ersten Begegnung und konnte nicht behaupten, ihn zu kennen. Man kam praktisch nicht an ihn heran. Trotzdem war er für mich so etwas wie ein Freund geworden, und wir pflegten inzwischen einen recht vertrauten Umgang. Was nichts daran änderte, dass er rätselhaft blieb und einen ständig mit seinem Verhalten überraschte.

»Möchten Sie auf einen Kaffee hereinkommen?«, fragte ich, weil ich es nett gefunden hätte, länger mit den beiden zu plaudern.

»Danke, heute nicht. Wir sind, wie gesagt, auf dem Weg zum Lunch«, sagte Peggy. »Und denken Sie daran, dass mein Angebot steht: Plätzchen, Canapés, was immer Sie möchten, ich helfe gerne. Immerhin habe ich Ihnen den Floh mit einem Tag der offenen Tür ins Ohr gesetzt.«

Ich dankte nochmals für das Angebot, würde jedoch keinen Gebrauch davon machen. Plätzchen hatte ich selbst genug gebacken, das musste reichen. Ich wollte es nicht übertreiben. Die Leute sollten sich ja nicht satt essen, sondern sich meine Pension anschauen.

Als die beiden sich verabschiedeten, war meine Stimmung merklich besser geworden. Ihr Besuch hatte mich daran erinnert, dass ich nach Cedar Cove gekommen war, um mir mit dem Rose Harbor Inn ein neues Leben aufzubauen.

Ein Leben ohne Paul.

20

Marys Beichte, dass sie ihre Tochter zur Adoption freigegeben hatte, war ein Schock für George. Mit so etwas hätte er nie im Leben gerechnet, und so starrte er sie lange Zeit fassungslos an, saß da wie betäubt. Ihr kam es vor wie eine Ewigkeit. Zwischendurch barg er immer wieder das Gesicht in den Händen und schüttelte den Kopf. Er sah aus wie ein Mann, dem das Schicksal mehr aufgebürdet hatte, als ein Mensch ertragen konnte.

Wenn er doch etwas sagen würde.

Mary konnte mit vielem fertig werden, aber nicht mit diesem vernichtenden Schweigen. Ihr wäre es lieber, wenn er sie beschimpfen, ihr Vorwürfe machen, sie anbrüllen oder hinauswerfen würde. Was sie nicht ertrug, war Zeugin dieses Kummers, dieses Schmerzes, dieses Leides zu sein.

Endlich blickte er auf, schien etwas sagen zu wollen, doch noch immer kam kein Ton über seine Lippen.

»Anfangs hatte ich nicht damit gerechnet, etwas für sie zu empfinden«, sagte Mary leise. »Da versuchte ich, das heranwachsende Kind als einen Zellhaufen zu betrachten. Nicht mehr. Als sie sich dann zu bewegen begann, als sie sich in mir streckte und wuchs, veränderte sich alles. Plötzlich vermochte ich nicht länger zu ignorieren, was mit meinem Körper und meinem Herzen geschah. So sehr ich mich auch darum bemühte.«

George richtete sich aus seiner gebeugten Haltung auf, und in seinem Blick las Mary, dass er mehr zu hören wünschte, dass er darauf brannte, weitere Einzelheiten zu erfahren.

»Ich erinnere mich genau daran, wie ich dieses Lebewesen, das unsere Tochter war, zum ersten Mal spürte«, fuhr sie fort. »Dieses Gefühl war so zart, so schwach, dass ich zuerst dachte, ich müsste es mir eingebildet haben. Im Laufe der nächsten Wochen gewöhnte ich mich daran, dass sie ein Teil von mir war. Ständig legte ich eine Hand auf meinen Bauch, als müsste ich sie beschützen. Dabei bildete ich mir unwillkürlich ein, ich würde die Hand nach ihr ausstrecken. Und nach dir.«

Sie meinte, den Anflug eines Lächelns um seine Lippen spielen zu sehen.

»Die ersten Male, als sie mich trat, wusste ich kaum, was es war. Aber mit der Zeit bewegte sie sich häufiger und kräftiger, und ich begann auf ihre Tritte zu warten. Wusste irgendwann sogar, wann sie in etwa damit anfangen würde. Niemand ahnte, dass ich schwanger war. Allerdings meinten einige Leute, ich würde von innen heraus strahlen. Ob ich mich verliebt hätte, fragten meine Kollegen und waren felsenfest von der Richtigkeit ihrer Vermutung überzeugt.«

»War das so?«

»Ja«, bekannte Mary.

Seine Züge verhärteten sich.

»In unser Baby«, fügte sie hinzu.

George schüttelte den Kopf. »Du empfindest etwas

für sie und gibst sie trotzdem weg? Das verstehe ich nicht.«

Nervös rang sie die Hände. »Wie hätte ich sie nicht lieben können? Nur änderte das nichts an der Tatsache, dass ich kein Talent hatte, eine gute Mutter zu sein. Trotzdem war sie ein Teil von dir und mir, der beste Teil. Und weil ich sie liebte, beschloss ich, dass sie eine Familie bekommen sollte, eine richtige Familie.«

»Wann hast du erfahren, dass es ein Mädchen ist?«, wollte George wissen, dem es nach wie vor unmöglich war, Marys Entscheidung zu verstehen.

»Ich habe es gesehen, als der Arzt den ersten Ultraschall machte. Er wollte sichergehen, dass sich das Baby normal entwickelte. Dabei stellte er fest, dass es sich um ein Mädchen handelte. Aller Voraussicht nach, wie er einschränkend sagte, denn Garantien gebe es zu diesem Zeitpunkt noch keine, meinte er.«

George nickte. »Erzähl weiter.«

Mary überlegte. »Ich habe ihr nachts etwas vorgesungen, bevor wir schlafen gegangen sind. Na ja«, verbesserte sie sich mit einem Lächeln, »bevor ich schlafen gegangen bin. Ich dachte damals, dass sie das Zeug hätte für eine Fußballspielerin. Meine Güte, konnte das Mädchen treten.«

Er lächelte. »Ich wünschte …« Er führte den Satz nicht zu Ende, doch Mary verstand auch so, was er sagen wollte.

»Ich weiß. Du wünschst dir, dass du ebenfalls die Gelegenheit bekommen hättest zu spüren, wie sie sich in mir bewegt, wie sie gegen meine Bauchdecke tritt.«

Sie hatte oft überlegt, ob es nicht ihre Pflicht wäre,

George mitzuteilen, dass sie das Kind austragen würde. Unzählige Male war sie drauf und dran gewesen, sich mit ihm in Verbindung zu setzen. Sie hatte es nicht getan, weil er ihrem Entschluss, das Baby zur Adoption freizugeben, niemals zugestimmt hätte.

Vor allem in den letzten drei Monaten hatte sie verstärkt daran gedacht, George anzurufen. Seit sich ihre Schwangerschaft nicht mehr verheimlichen ließ, hatte sie unbefristeten Urlaub genommen und die Firma in dem Glauben gelassen, sie müsse sich zu Hause um ihre schwerkranken Eltern kümmern. Die letzten paar Wochen vor der Geburt waren belastend gewesen. Und einsam.

»Warst du alleine, als sie zur Welt kam?«

Mary nickte. Der Arzt hatte aus Furcht vor Komplikationen einen Kaiserschnitt vorgeschlagen, aber sie entschied sich nach längerem Überlegen trotzdem für eine natürliche Geburt. Für sie würde es kein weiteres Kind geben, und sie wollte bewusst erleben, wie ihre Tochter zur Welt kam. In vollem Ausmaß.

»Ich hätte alles dafür gegeben, bei dir sein zu können«, sagte er.

»Nein, George, sei froh, dass du nicht dabei warst. Ich war eine schreckliche Gebärende.«

»War es schlimm?«

Mary zuckte die Achseln. »Aus naheliegenden Gründen habe ich nicht an irgendwelchen Vorbereitungskursen teilgenommen, sondern bloß ein paar Filme angeschaut sowie ein paar Bücher gelesen und war dann der Meinung, ich sei gut vorbereitet.«

»Und das warst du nicht?«

»Nichts kann eine Frau auf die Wehen vorbereiten. Nach vier Stunden verlangte ich von dem Arzt, er solle etwas tun, um den Prozess zu beschleunigen. Die Hebamme versuchte mir vergeblich klarzumachen, dass es beim ersten Kind meist so lange dauerte. Ich wollte es nicht wahrhaben.«

»Wie lange ging das so?«

Mary lächelte bei der Erinnerung. Da sie um Georges Empfindsamkeit in dieser Hinsicht wusste, hielt sie es für besser, ihm die blutigen Details zu verschweigen. Kurz vor der Entbindung hatte sie eine Sprache benutzt, die jeden Seemann hätte erröten lassen. Geburten waren nichts für Schwächlinge. Trotzdem bereute sie es nicht, sich für den natürlichen Weg entschieden zu haben. Im Nachhinein war es eine unglaubliche Erfahrung gewesen.

»Wehen dauern so lange, wie sie dauern«, erwiderte sie ausweichend. »Allerdings schien unsere Tochter sich entschlossen zu haben, überhaupt nicht rauszukommen. Anscheinend fand sie es warm und gemütlich dort, wo sie war, und konnte in aller Ruhe am Daumen nuckeln.«

»Sie hat am Daumen gelutscht?«

»Ständig.«

»In dir drin?«

»O ja«, entgegnete Mary. »Es war sogar auf einem der Ultraschallbilder zu sehen. Der Arzt erklärte mir, es sei ein Saugreflex, mit dem die ungeborenen Babys für die Nahrungsaufnahme üben. Nach der Geburt hat sie manchmal versucht, die ganze Faust in den Mund zu stecken.«

Ein breites Lächeln überzog Georges Gesicht. »Ich habe am Daumen gelutscht, bis ich fünf war«, gestand er. »Und ohne meine Lieblingsdecke bin ich nirgendwo hingegangen. Mein Vater ist deshalb fast wahnsinnig geworden. Aber meine Mutter war clever. Sie hat sie mir jede Woche zum Waschen weggenommen und immer ein Stück abgeschnitten, bis von der Decke nur noch ein kleines Quadrat übrig war.«

»Hast du nie Verdacht geschöpft?«

»Doch, schon. Meine Mutter behauptete einfach, die Decke sei eingelaufen. Und nach ein paar Monaten erklärte sie mir dann, die Waschmaschine habe sie gefressen.«

»Kluge Frau.«

»Seitdem hasste ich die Waschmaschine und versetzte ihr noch Jahre später jedes Mal einen Tritt, wenn ich in ihre Nähe kam. Erst als ich begriff, dass ich bloß mir selbst wehtat, ließ ich es.«

Mary schwieg. Einmal mehr schnürte die schwere Schuld, die sie seit so vielen Jahren mit sich herumtrug, ihr die Kehle zu und hinderte sie am Sprechen. Mein Gott, das alles würde er seiner Tochter erzählt haben, wenn sie ihn nicht dieser Möglichkeit beraubt hätte. Ihr Herz schmerzte bei dem Gedanken an das Kind, das sie weggegeben hatte und an das sie dennoch immer voller Liebe und Sehnsucht denken musste.

»Wie hat sie ausgesehen?«

»In der Regel sind Neugeborene eher hässlich. Vor allem wenn die Geburt so lange dauert wie bei mir …«

»Unsere Tochter war hässlich?«, unterbrach George sie beinahe empört.

»Eben nicht, das ist es ja gerade. Sie war eine Schönheit, George, eine richtige Schönheit. Ich habe stundenlang vor dem Fenster der Säuglingsstation gestanden und sie angeschaut.«

»Ging es dir schlecht anschließend«, fragte er zögernd. »Ich meine, hattest du Schmerzen? Man hört so viel von Schnitten, Rissen und so …«

»Nein. Ich habe mich großartig gefühlt. Hätte mir am liebsten wie Tarzan auf die Brust getrommelt und in die Welt hinausgebrüllt: Seht her, was ich geleistet habe! So energiegeladen wie nach der Geburt war ich niemals wieder.«

George stieß ein kurzes Lachen aus, bevor er erneut ernst wurde. »Durftest du sie im Arm halten, oder musstest du sie gleich weggeben?«

»Ich habe jede Gelegenheit genutzt, sie bei mir zu haben. Um meine Entscheidung zu überprüfen. Um sicherzugehen, dass es das Richtige war, was ich vorhatte. Und das Beste für unsere Tochter. Dazu fühlte ich mich verpflichtet. Schließlich hatte ich ein kostbares Leben in die Welt gesetzt, einen Teil von dir und einen von mir. Es lag in meiner Verantwortung, ihr die bestmögliche Zukunft zu bieten – selbst wenn darin für mich kein Platz war.«

George rückte näher an sie heran und griff nach ihrer Hand. »Weißt du, wer sie adoptiert hat?«

»Ja. Ich habe die Familie persönlich ausgesucht.«

Seine Augen weiteten sich vor Überraschung. »Du hast sie ausgesucht?«

Mary nickte. Sie hatte wochenlang Bewerbungen gelesen und die Familien auf Herz und Nieren durchleuchtet, bevor sie ihre Wahl traf.

»Ja, die Adoption lief über eine private Agentur, die

hinsichtlich des künftigen Aufenthaltsorts nicht so streng verfuhr wie staatliche Stellen. So hatte ich zumindest das Gefühl, sie nicht ganz aus der Hand zu geben.«

»Hast du die Leute kennengelernt, zu denen sie kam?«

»Nein, nicht persönlich. Zwar wurde es mir freigestellt, aber ich habe mich gegen eine offene Adoption entschieden. Auch im Nachhinein bin ich davon überzeugt, dass es besser war.«

»Wieso?«

Mary senkte den Kopf, schloss die Augen und holte zitternd Luft. »Wenn ich in persönlichem Kontakt mit der Familie gestanden und das Kind regelmäßig gesehen hätte, wäre ich vielleicht in Versuchung geraten, meine Meinung zu ändern und die Adoption rückgängig zu machen.«

»Du hast sie vermisst.«

»Ich habe wochenlang keine Nacht durchgeschlafen, weil ich mit mir selbst wegen dieser Entscheidung haderte. Dann änderte sich alles.«

»Wodurch?«

Es fiel Mary schwer weiterzureden. Ihre Lebensbeichte hatte sie aufgewühlt und erschöpft. Alles, was sie George anvertraut hatte, war beinahe zwei Jahrzehnte tief in ihrem Innern vergraben gewesen: die Erinnerungen an die Schwangerschaft, an die Geburt, an die Adoption. Erst die Krebsdiagnose hatte sie wieder an die Oberfläche ihres Bewusstseins gewirbelt. Bilder, die bereits verblasst waren, standen ihr plötzlich erneut mit einer Deutlichkeit vor Augen, als sei das alles erst gestern geschehen. Als sei sie von einer Zeitmaschine in die Vergangenheit geschleudert worden.

»Unser Baby zur Adoption freizugeben war schwerer, als du erwartet hattest, nicht wahr?«

Sie nickte bloß, weil sie fürchtete, ihre Stimme könnte versagen, und sie würde in Tränen ausbrechen. Sobald sie die Fassung einigermaßen zurückgewonnen hatte, fuhr sie mit ihrer Erzählung fort.

»Alles änderte sich, als die Agentur mir einen Brief der Adoptivmutter nachschickte. Unter anderem erfuhr ich, dass sie Amanda genannt worden war.«

Eigentlich hatte sie Einzelheiten vermeiden wollen, doch immer mehr Details flossen einfach so aus ihr heraus, brachen sich Bahn wie eine Flutwelle.

»Amanda«, wiederholte George langsam und nachdenklich. »Der Name gefällt mir.«

»Wenn ich sie behalten hätte, hieße sie jetzt Elizabeth.«

»Elizabeth. Nach deiner Mutter?«

Mary lächelte schwach. »Ja, sie war damals schon tot. Ich musste oft an sie denken in dieser Zeit, denn sie wäre von meiner Entscheidung, das Baby wegzugeben, tief enttäuscht gewesen. Hätte es niemals gebilligt.«

»Immerhin hast du unsere Tochter ausgetragen und ihr das Leben geschenkt.«

Dankbar für seine tröstenden Worte drückte Mary seine Hand.

»Nachdem ich zuvor unentwegt mit mir gerungen hatte, ob die Adoption das Richtige gewesen war, schien mir dieser Brief die Bestätigung zu enthalten, die ich brauchte. Ihr voller Name lautet Amanda Elizabeth.«

»Eine schicksalhafte Fügung, oder?«

»Ja, so sehe ich das auch. Der ganze Brief überzeugte

mich, dass ich die perfekten Eltern ausgewählt hatte. Sie versicherten mir, dass Amanda heiß geliebt werde und dass sie alles Erdenkliche für ihr körperliches und geistiges Wohlergehen tun würden. Es sind gute Menschen, George, und es war eine gute Wahl.«

»Hast du später noch einmal von der Familie gehört?«

Mary entging der hoffnungsvolle Unterton in seiner Stimme nicht. »Nein. Ich wollte es so, um ihrer und meiner selbst willen.«

»Und danach verlief dein Leben glatt?«

»So ziemlich.«

»Bis zu dem Krebs«, fügte er hinzu.

»Bis zu dem Krebs«, bestätigte sie.

George ging zu ihr, zog sie in seine Arme und hielt sie lange fest. Als er sie schließlich wieder freigab, legte er eine Hand an ihre Wange, und seine Augen waren warm, sanft und von Liebe erfüllt. »Danke«, flüsterte er.

Mary hatte mit Enttäuschung oder gar Zorn gerechnet. »Wofür bedankst du dich?«, fragte sie überrascht.

»Dafür, dass du meinem Kind das Leben geschenkt hast.«

»Ach, George.«

Sie schlang die Arme um seinen Hals und klammerte sich an ihn. War versucht, ihm auch den Rest zu erzählen. Aber sie konnte es nicht. Noch nicht.

21

Nachdem Peggy und Corrie weg waren, setzte ich mich erneut auf die Treppe, um die Sonne zu genießen.

Rover legte sich ein paar Minuten ins Gras, bevor er einem Schmetterling hinterherjagte. Ich behielt ihn scharf im Auge, aber er machte zum Glück keinerlei Anstalten wegzulaufen. Er hatte Rose Harbor genauso wie ich als sein Zuhause akzeptiert. Wann immer ich ihn hinausließ, lief er nie weit weg und folgte aufs Wort. Manchmal fragte ich mich, ob er nicht irgendwann einen Besitzer gehabt hatte, der ihn vielleicht vermisste. Hoffentlich nicht, dachte ich dann, weil ich ihn nicht mehr hergeben mochte.

Als ich sah, dass die Post gebracht wurde, ging ich zum Briefkasten hinunter und schaute schnell durch, was so alles dabei war. Wie üblich handelte es sich um Werbesendungen, Rechnungen und eine Zeitschrift. Ein Umschlag jedoch war von Hand adressiert und folglich persönlicher Natur. Neugierig riss ich den Brief gleich an Ort und Stelle auf. Es war eine Einladung zu einer Hochzeit. Als ich die Namen las, musste ich lächeln.

Der Brief kam von Abby Kincaid.

Sie gehörte zu meinen allerersten Gästen, kurz nachdem ich die Pension im Januar übernommen hatte. Sie war damals zur Hochzeit ihres Bruders gekommen, wirkte in sich gekehrt und zurückhaltend und fühlte sich eindeutig nicht wohl in ihrer Haut. Ich erfuhr, dass der Besuch sie nach langen Jahren der Abwesenheit wieder mit ihrer Vergangenheit konfrontierte und mit einem Ereignis, das seitdem ihr Leben bestimmte. Abby, in Cedar Cove aufgewachsen, hatte am Steuer des Autos gesessen, in dem ihre beste Freundin Angela starb. Der Wagen geriet auf vereister Fahrbahn ein paar Tage vor Weihnachten ins Schleudern, und obwohl die polizeilichen Ermittlungen eindeutig bestätigten, dass Abby keine Schuld traf, war ihr Leben durch diesen Unfall zum Stillstand gekommen. Danach bewegte sie sich sozusagen in einem leeren Raum, verließ ihren Heimatort und brach sämtliche Kontakte zu Freunden und Klassenkameraden ab.

Und jetzt lud sie mich zu ihrer Hochzeit ein.

Ich freute mich unglaublich für Abby. Und auch darüber, dass sich Pauls Prophezeiung, Rose Harbor sei ein Ort der Heilung für alle, die sich in seinen Mauern aufhielten, in ihrem Fall bewahrheitet hatte.

Für Abby hatte die Wende zum Besseren mit ihrer Rückkehr nach Cedar Cove eingesetzt, obwohl es zu diesem Zeitpunkt der letzte Ort war, den sie je wiederzusehen wünschte. Sie wollte weder an die schreckliche Winternacht erinnert werden, in der Angela starb, noch Menschen begegnen, die sie von früher kannte. Und doch traf sie ausgerechnet hier, auf der Hochzeit ihres Bruders, den Mann wieder, in den sie einmal verliebt gewesen war und den sie jetzt heiraten würde. Dazwischen lagen viele Jahre, in denen sie es ablehnte, ihn zu sehen, ihn zu sprechen, seine Briefe zu beantworten.

»Rover«, rief ich voller Begeisterung aus. »Sieh nur. Abby und Steve Hooks heiraten.«

Mein getreuer Vierbeiner, der neben mir auf der obersten Stufe saß, legte den Kopf schief und sah mich verwirrt an.

»Das sind wunderbare Neuigkeiten. Erinnerst du dich nicht an sie?«

Ganz klar eine dumme Frage, aber die Nachricht war zu erfreulich, um sie für mich zu behalten. Ich sprang auf, lief ins Haus, legte die Post auf meinen Schreibtisch und griff nach dem Telefon. Mir fiel nur eine Person ein, der ich es erzählen konnte. Mark meldete sich fast augenblicklich.

»Wie geht es dir?«, fragte ich.

»Mir ging es gut, bevor ich aus dem Schlaf gerissen wurde. Ich hasse diese verdammten Schmerztabletten, denn sie machen mich nur müde.«

»Tut mir leid, wenn ich dich geweckt habe«, sagte ich schuldbewusst.

»Du nicht, sondern das Telefon. Was gibt es?«, erkundigte er sich.

»Ich habe einen Brief von Abby Kincaid erhalten.«

»Von wem?«

»Abby. Sie war einer der ersten beiden Gäste, die im Januar bei mir wohnten.«

»Ach ja, ich erinnere mich. Sie war sehr still – kam zur Hochzeit ihres Bruders her, oder?«

»Richtig. Und heute flatterte eine Einladung zu ihrer Hochzeit ins Haus.«

»Schön«, sagte er zu meiner Überraschung. »Heiratet sie etwa den Burschen, den sie auf der Hochzeit ihres

Bruders wiedergesehen hat? War ein Studienfreund des Bruders, oder?«

»Stimmt. Woher weißt denn du das?«

»Woher wohl? Du hast es mir sicherlich erzählt.«

»Wann soll das gewesen sein?«

Ich konnte mich beim besten Willen nicht daran erinnern, mit ihm über Abby und Steve gesprochen zu haben.

»Keine Ahnung, nur woher sollte ich es sonst wissen wenn nicht von dir?«

Gute Frage. Wahrscheinlich hatte er recht, und es war mir bloß komplett entfallen.

»Was ist mit Josh und Michelle? Hast du von denen ebenfalls was gehört?«

Josh hatte zur selben Zeit wie Abby im Rose Harbor gewohnt.

»Nein, von ihnen weiß ich nichts Näheres. Vor Kurzem habe ich Michelle im Supermarkt gesehen, aber nicht mit ihr geredet. Sonst hätte ich sie nach Josh gefragt.«

»Sie werden auch heiraten«, stellte Mark sachlich fest.

»Aha. Und was macht dich zu einem Experten auf dem Gebiet von Herzensangelegenheiten?«

Er lachte glucksend. Die Frage schien ihn echt zu amüsieren, und ich konnte mich nur wundern. Mark und Belustigung? Was für ein Wandel. Beinahe hätte ich selbst gelacht.

»Man hat es ihnen angemerkt«, fügte er erklärend hinzu.

»Wie das?«

»Hat Josh nicht seinen Aufenthalt um ein paar Tage verlängert?«

»Ja.«

Erneut überraschte Mark mich. Seit wann wusste er so genau über andere Leute Bescheid?

»Dachte ich's mir doch.«

»Es war in erster Linie wegen seines Stiefvaters«, erinnerte ich ihn. »Richard ist doch gestorben, und Josh musste seine Angelegenheiten regeln.«

»Das war ein Vorwand. Er ist wegen Michelle geblieben.«

»Hast du freundschaftlich mit ihm geplaudert, und er hat dir sein Herz ausgeschüttet?«

Meine Verwirrung wuchs. Woher bezog Mark all sein Wissen über Josh? Außer dass er hier im Haus oder auf dem Grundstück mit ihm gesprochen hatte, fiel mir keine Erklärung ein. Aber wer weiß. Mark war immer für Überraschungen gut.

»In gewisser Weise könnte man das so sagen.«

»Das glaube ich einfach nicht.«

»Glaub, was du willst«, erwiderte er. »Kann ich jetzt weiterdösen?«

»Aber sicher.«

Ich wollte gerade einhängen, als er mich zurückhielt.

»Jo Marie?«

»Ja?«

»Ich hoffe, du nimmst es mir nicht übel, dass ich ein bisschen gereizt bin und dich ziemlich angegiftet habe.«

»Schon gut«, sagte ich und wusste nicht, wie mir geschah. Mark Taylor entschuldigte sich bei mir – diesen Tag musste ich wirklich rot im Kalender anstreichen.

»Es liegt an diesen verflixten Pillen.«

»Selbstverständlich«, scherzte ich. »Ohne die Medikamente wärst du ein wahrer Strahlemann.«

»Ich werte das als Sarkasmus«, sagte er spöttisch und ließ erneut sein komisches glucksendes Lachen hören.

»Nur ein bisschen.«

»Hör zu, ich tue mein Bestes, um an deinem Rosengarten weiterzuarbeiten, sobald ich diesen Gips los bin.«

»Ich weiß. Und zum Dank komme ich später noch mal vorbei und bringe dir etwas fürs Abendessen.«

»Nicht nötig. Ich habe Erdnussbutter und Gelee da.«

»Keine Widerrede. Du bekommst etwas Ordentliches«, beharrte ich. »Irgendwann nach sechs bin ich da.«

Er seufzte, als sei er zu erschöpft, um sich noch länger zu wehren. »Okay, ich gebe auf. Mach, was du willst.«

Kopfschüttelnd steckte ich das Telefon zurück in die Ladestation, griff nach Abbys Einladung und betrachtete sie genauer. Die Hochzeit würde im August in Florida stattfinden. Ich machte mir einen Kaffee, setzte mich an den kleinen Küchentisch und dachte zurück an den Tag, als Abby und ich miteinander gesprochen hatten.

Sie erzählte mir damals nicht nur von Angela und von ihren Schuldgefühlen, sondern auch von Steve. Knall auf Fall machte sie nach dem Unfall Schluss mit ihm, weil sie glaubte, kein Recht auf Glück zu haben. Sie fand, dass sie diese Beziehung nicht verdiente und es einfach nicht richtig war, wenn sie sich verliebte und weiterlebte, als sei nichts geschehen – während ihre beste Freundin tot war und all diese Erfahrungen nie mehr würde machen können.

Die Klingel riss mich aus meinen Gedanken. Es war meine Nachbarin, Mrs. Coryelle, eine liebenswerte Frau in den Achtzigern. Ich hatte mich ein paarmal mit ihrer

Tochter unterhalten und mir angewöhnt, ab und an nach der alten Dame zu sehen. Allerdings war es eher ungewöhnlich, dass sie mich aufsuchte.

»Mrs. Coryelle, kommen Sie doch herein.«

»Nein, nein, ich muss wieder zurück. Auf einem Kanal läuft heute den ganzen Tag über meine Lieblingsserie, und ich will nichts davon verpassen.« Sie lächelte verlegen. »Ich weiß, ich habe sie alle schon mal gesehen, kann mich aber beim besten Willen nicht mehr daran erinnern, wie sie ausgehen. Das einzig Gute an meinem nachlassenden Gedächtnis ist der Umstand, dass ich immer neugierig bin wie beim ersten Mal.«

»Was kann ich für Sie tun?«, fragte ich, denn sie war bestimmt nicht gekommen, um über Wiederholungen im Fernsehen zu reden.

»Ach ja, fast hätte ich es vergessen.« Sie lachte leise. »Der Postbote hat einen Brief in meinen Kasten geworfen, der an Sie adressiert ist.«

Sie nahm ihn aus der Tasche und gab ihn mir.

»Ich begleite Sie nach Hause«, bot ich an.

»Nicht nötig.«

»Ich bestehe darauf und mein Hund ebenfalls.«

Ich trat auf die Veranda hinaus, gefolgt von Rover, und ging mit Mrs. Coryelle die kurze Strecke zu ihrem Haus hinüber. Von Natur aus gesprächig, berichtete mir meine Nachbarin Details des TV-Marathons und sprach von ihren Lieblingscharakteren wie von persönlichen Freunden. Ganz besonders hatte es ihr Mark Harmon angetan, der die Hauptrolle spielte. Endlos ließ sie sich über ihn aus und betonte immer wieder, was für ein gut aussehender Mann er sei.

»Ich mag ja dreiundachtzig sein, doch ich erkenne einen attraktiven Mann, wenn ich ihn sehe.«

»Ich auch«, gab ich zurück und dachte daran, wie stark ich mich vom Moment unseres Kennenlernens an zu Paul hingezogen fühlte.

Nachdem ich sie sicher zu Hause abgeliefert hatte, machten Rover und ich uns auf den Rückweg. Erst als ich auf dem Dielentisch die andere Post liegen sah, fiel mir der Brief wieder ein. Ich schlug mir mit der flachen Hand gegen die Stirn. Wenn ich so weitermachte mit meinem Gedächtnis, würde es mir bald so ergehen wie Mrs. Coryelle.

Kopfschüttelnd holte ich den Umschlag aus meiner Tasche und öffnete ihn, nahm ihn mit in die Küche und legte ihn auf den Tisch. Es waren zwei Briefbögen. Auf dem ersten stand nur eine kurze Notiz.

Liebe Jo Marie,
verzeihen Sie mir bitte. Paul bat mich, Ihnen diesen Brief zu geben, falls ihm in Afghanistan etwas zustoßen sollte. Ich hatte ihn die ganze Zeit über bei mir und habe ihn schlicht und einfach vergessen. Ich weiß, dass das für Sie völlig unerwartet kommt, und dafür entschuldige ich mich.

Darunter war ein Name gekritzelt, den ich nicht entziffern konnte.

Als ich den zweiten Bogen hervorzog, entdeckte ich die Handschrift meines Mannes.

Der Brief stammte von Paul.

22

Sonnenlicht fiel in den Pavillon am Wasser, als sich Annies Großeltern Hand in Hand gegenüberstanden und sich darauf vorbereiteten, ihr Ehegelübde zu wiederholen. Pater Donovans Blick schweifte über die kleine Schar der Hochzeitsgäste, bevor er sein Gebetbuch aufschlug.

Annie hatte diesen Ort gewählt, weil Kent hier seinerzeit Julie den Heiratsantrag machte. Zumindest laut ihrer Großmutter, denn der Großvater beharrte eigensinnig darauf, es sei im Kino gewesen. Wie auch immer: Der Pavillon am Wasser war als Kulisse eindeutig malerischer für die Wiederholung des Jaworts als der Parkplatz eines Kinos.

Kent und Julie wurden von ihren engsten Freunden und nächsten Verwandten umringt. Annies Mutter und Vater sowie ihre Tante Patty und ihr Onkel Norman mit ihren Familien bildeten einen Halbkreis um das Jubelpaar, während die Freunde dahinter Aufstellung genommen hatten.

Der bereits betagte Geistliche blickte von seinem Gebetbuch auf, lächelte den Anwesenden zu und wandte sich dann an Annies Großeltern. »Kent und Julie, ihr seid ein Musterbeispiel dafür, was es heißt, sich zu lieben und füreinander da zu sein.«

Julie sah ihrem Mann tief in die Augen. Kent gab den Blick zurück, und Annie hielt die Luft an. Noch war ihre Angst, es könnte zu einem Eklat kommen, nicht völlig besänftigt. Doch ihre Sorgen erwiesen sich als gegenstandslos, denn aus den Augen ihres Großvaters sprach nichts als Liebe zu der Frau, mit der er seit fünfzig Jahren verheiratet war. Und alle, die Zeugen dieses besonderen Moments sein durften, waren sichtlich bewegt beim Anblick des alten Paares.

Insbesondere Annie verfolgte gebannt, mit welcher Innigkeit ihre Großmutter das Gelöbnis wiederholte. Und als sie sogar Tränen der Rührung bei der sonst so resoluten Julie entdeckte, wurden ihre Augen ebenfalls feucht.

Oliver, dem das nicht entging, griff nach ihrer Hand und verflocht seine Finger mit ihren. Im ersten Moment wollte sie sich von ihm lösen, aber zu sehr genoss sie seine Nähe. Der Duft seines Aftershaves erinnerte sie an Orangen und Zitronen und an die laue Sommernacht, in der sie mit ihm Seite an Seite auf einer Decke gelegen und zum Nachthimmel hinaufgeblickt hatte.

Auch damals hatte er ihre Hand gehalten. Und selbst nach all den Jahren betrachtete sie diese Nacht – wenngleich sie sich das lange nicht eingestehen mochte – als eine der bemerkenswertesten und romantischsten Erfahrungen ihres Lebens. Sie hatte Oliver in jenem Sommer für den tollsten Jungen der Welt gehalten und hoffnungslos für ihn geschwärmt.

Jetzt stand er neben ihr, hielt wieder ihre Hand und suchte ihren Blick. Annie spürte einmal mehr, dass er nichts von seiner Anziehungskraft verloren hatte. Sie war immer da gewesen, stark und faszinierend. Die ganze Zeit über. Trotzdem redete sie sich ein, ihn zu hassen, und machte ihn schlecht. Aus gekränkter Eitelkeit und weil sie sich damals zurückgewiesen fühlte.

Erst hier in Cedar Cove kamen sie sich wieder näher. Sehr nah. Als Oliver sie geküsst hatte, sehnte Annie sich nach mehr. Zwölf Jahre waren vergangen, und nichts hatte sich geändert. Während die Zeremonie ihren Fortgang nahm, hatten sie bloß Augen füreinander. Nicht nur das: Es fehlte nicht viel, und sie hätten sich geküsst. Kents Stimme trieb sie im letzten Moment auseinander.

»Und ob ich will«, hörten sie ihn laut und energisch sagen.

Das allgemeine Gelächter zerriss endgültig den Kokon aus romantischen Träumen, der sie umhüllt hatte. Widerstrebend kehrten sie in die Wirklichkeit zurück und applaudierten mit den anderen dem Goldhochzeitspaar, das soeben seinen Bund fürs Leben neu besiegelt hatte.

Doch der Zauber war gebrochen.

Als Oliver erneut einen Arm um ihre Taille schlang und sie enger an sich ziehen wollte, reagierte sie zu seiner Verwunderung abweisend. Hatten sie ihr Verhältnis zueinander nicht bereinigt? Und dass sie sich zu ihm hingezogen fühlte, war schließlich nicht zu übersehen.

Annie hingegen zögerte unter dem Eindruck der Fehler, die sie in der Beziehung mit Lenny gemacht hatte. Das durfte ihr nicht noch einmal passieren, war ihr in diesem Augenblick durch den Kopf geschossen. Sie dachte an den Ausspruch ihrer Mutter, dass sie in die Vorstellung verliebt sei, verliebt zu sein, und bezog das jetzt nicht mehr auf Lenny, sondern auf Oliver. Was, wenn sie sich einfach begehrt fühlen wollte und sich an ihn klammerte, weil er gerade zur Stelle war? Ein Teil von ihr weigerte sich, das zu glauben, aber der andere, der vorsichtige, flüsterte ihr ein, dass es nur so und nicht anders sein könne.

Oliver trat zu ihr. »Ich fahre jetzt deine Großeltern zum Jachtclub«, sagte er, griff nach ihrer Hand und zog sie an die Lippen. »Wir reden später.«

»Nein, das tun wir nicht«, gab sie zurück.

Sie wusste nicht, ob er ihre Worte noch gehört hatte, denn er hatte sich bereits abgewandt und sich ein paar Meter von ihr entfernt. Egal, Annie verspürte keine Lust, lang und breit zu analysieren, was zwischen ihr und Oliver ablief. Es war alles so kompliziert, und überdies musste sie sich beeilen, da in Kürze der Empfang beginnen würde.

Der Weg war nicht weit, und sie beschloss, ihr Auto beim Pavillon stehen zu lassen. Es war einfacher, das kleine Stück zu laufen, statt erneut nach einem Parkplatz zu suchen. Sie war erst ein paar Schritte gegangen, als sie hinter sich die Stimme ihres Bruders hörte.

»Na, Schwesterchen, was läuft da eigentlich zwischen dir und Oliver?«, fiel Peter gleich mit der Tür ins Haus.

»Nichts«, erwiderte sie eine Spur zu fröhlich.

»Okay, wenn du das sagst … Andererseits bin ich nicht blind und habe gesehen, wie ihr beide euch angestarrt habt, während Grandpa und Grandma sich das Jawort gaben. Einen Moment lang dachte ich, ihr würdet euch vor aller Augen küssen.«

»Das hast du dir eingebildet«, wehrte sie ab und beschleunigte ihre Schritte.

Es war ihr zutiefst peinlich, dass andere sie beobachtet hatten, wie sie Oliver mit Blicken verschlungen hatte. Und dann dieser Beinahekuss! Da konnte sie nur hoffen, dass es nicht allzu vielen der Anwesenden aufgefallen war.

»Oliver ist in Ordnung«, versicherte Peter ihr, um sie zu beruhigen. »Falls du beschließen solltest, ihn zu heiraten, hätte ich nichts dagegen.«

»Vielen Dank für deine großherzige Erlaubnis, aber ich habe nicht die Absicht, Oliver zu heiraten.«

Peter blieb abrupt stehen. »Mal ganz im Vertrauen, Schwesterherz. Er würde einen erheblich besseren Mann für dich abgeben als dieser Lenny«, sagte er im Brustton der Überzeugung, und in seinem Tonfall klang Zuversicht an, dass es genauso kommen würde.

»Hör auf, Peter«, stöhnte Annie.

»Wieso, stimmt doch. Lenny ist ein Loser.«

»Das habe ich inzwischen selbst herausgefunden«, antwortete sie gereizt. »Jetzt macht ihr ihn schlecht, während ihr ihn vorher in den Himmel gehoben habt.«

»Hauptsache, dir ist rechtzeitig ein Licht aufgegangen. Und es freut mich zu sehen, dass du nicht sonderlich unter der Trennung zu leiden scheinst.«

»Das ist sechs Monate her«, erinnerte sie ihn.

»Dann könntest du wirklich über eine neue Beziehung nachdenken. Zum Beispiel über Oliver.« Ihr Bruder war offenbar nicht davon abzubringen, dass er der ideale Partner für sie wäre. »Ich meine, er ist hinter dir her, seit wir Kinder waren«, fügte er hinzu.

»Oliver? Das meinst du nicht im Ernst, oder?«

»Soll das heißen, dass du das nicht gewusst hast?«

»Nein, zumindest damals nicht«, sagte sie ausweichend.

Inzwischen hatte Oliver es ihr ja gestanden, doch das mochte sie ihrem neugierigen Bruder nicht unbedingt auf die Nase binden. Außerdem war sie nicht ganz sicher, ob Oliver ihr nicht ein hübsches Märchen erzählt hatte, um sich in ein besseres Licht zu rücken. Wenn Peter es allerdings ebenfalls so darstellte, dann musste sie es wohl oder übel glauben.

»Menschenskind, bist du blind? Er hat dich fast jeden Sommer angeschmachtet wie ein liebeskranker Hund, und du hast ihn immer abblitzen lassen. Ich dachte, du hättest endlich Vernunft angenommen. So schöne Augen, wie ihr euch gemacht habt.«

Annie musste lachen. »Schöne Augen machen? Was ist denn das für eine Ausdrucksweise? Sagt man das nicht von einem Gigolo, der ein Mädchen verführen will?«

»Egal, dann habt ihr euch eben angestarrt. Und zwar so sehr, dass euch das Gelöbnis mehr oder weniger entgangen ist. Wie auch immer.«

»Wie auch immer«, echote sie.

»Ich möchte nur, dass du ihm eine Chance gibst.«

»Vergiss es, Peter.«

»Okay, wahrscheinlich hast du recht. Oliver hat die Hoffnung ohnehin so ziemlich aufgegeben. Deshalb plant er jetzt eine Reise nach Australien und in die Südsee. Wer weiß, vielleicht lernt er dort ein Mädchen kennen, heiratet sie und kommt nie zurück.«

»Prima«, antwortete sie, aber noch während sie es betont lässig aussprach, schien sich ein eiserner Ring um ihre Brust zu legen.

Sie hatten den Jachtclub erreicht und begaben sich zu dem für die Feier reservierten Saal. Das Erste, was Annie sah, als sie eintraten, war Oliver, der sich um ihre Großeltern kümmerte. Er wirkte dabei so geduldig und fürsorglich, dass es sie rührte. Beim Näherkommen merkte sie, dass ihr Großvater wieder mal eines seiner Lieblingsabenteuer erzählte. Es drehte sich um ein Ereignis, das sich an Bord seines Schiffes während des Vietnamkriegs ereignet hatte. Annie und Oliver kannten die Geschichte mittlerweile auswendig, so oft hatten sie sie in ihrer Kindheit anhören müssen. Doch während Oliver jedes Mal aufmerksam Kents Worten lauschte, als sei es etwas völlig Neues für ihn, pflegte Annie genervt die Augen zu verdrehen oder wegzugehen.

Als würde er spüren, dass ihr Blick auf ihm ruhte, drehte Oliver sich um und sah in ihre Richtung. Bei ihrem Anblick lächelte er zärtlich. Annie dachte an die Worte ihres Bruders. Stimmte es wirklich, dass Oliver all die Jahre in sie verliebt gewesen war? Sie musste zumindest zugeben, dass er jeden Sommer aufs Neue ihre Gesellschaft gesucht hatte, von ihr aber zurückgewiesen worden war aus Furcht, am Ende wieder bloßgestellt zu werden.

Annie ging in die Küche zu den Leuten vom Cateringservice, um sich zu vergewissern, dass alles nach Plan lief. Das war weiß Gott momentan wichtiger, als über ihr kompliziertes Liebesleben zu grübeln. Schließlich dauerte es nicht mehr lange, und die ersten Gäste würden erscheinen. Viele kamen lediglich zu dem nachmittäglichen Empfang, dessen Krönung die dreistöckige Torte war. Auch die anderen Kuchen hatte Annie dem Anlass entsprechend verzieren lassen. So prangte auf einem ein

Foto von Kent und Julie an ihrem Hochzeitstag, auf dem sie jung, glücklich und sehr verliebt aussahen, und auf einem anderen ein kurz vor der Goldhochzeit aufgenommener Schnappschuss.

Das Abendbuffet würde erst am späten Nachmittag aufgebaut werden. Annie hatte sich bei der Auswahl der Speisen überwiegend für frische Produkte aus dem Nordwesten entschieden. Lachs und diverse Meeresfrüchte sowie Huhn für diejenigen, die keinen Fisch mochten. Dazu gab es grünen Salat mit in Scheiben geschnittenen Erdbeeren, Mandeln und Ziegenkäse sowie Kartoffeln, die Lieblingsbeilage ihres Großvaters, in drei verschiedenen Variationen. Außerdem weitere Salate, frische grüne Bohnen und Brötchen, die frisch aus dem Ofen kamen.

Als sie zufrieden die Küche verließ, wäre sie um ein Haar mit Oliver zusammengeprallt.

»Sorry«, sagte er.

Annies Mund wurde trocken. Ihr Herz klopfte unvernünftig wild. Hart, laut und kräftig. Es wunderte sie, dass niemand sonst es hörte.

»Ich glaube es einfach nicht«, sagte sie zusammenhanglos, weil ihr bei seinem Anblick wieder das Gespräch mit ihrem Bruder in den Sinn kam.

Oliver runzelte die Stirn. »Was glaubst du nicht?«

Annie sah ihn verständnislos an. Sie hatte offenbar laut gesprochen, ohne es zu bemerken. Kopfschüttelnd wandte sie sich ab.

»Vergiss es.«

»Nein«, beharrte er. »Erzähl es mir.«

Sie straffte die Schultern und funkelte ihn an. »Ich habe im Augenblick Wichtigeres zu tun, als mit dir über alte Geschichten zu reden«, entgegnete sie heftig und wollte sich davonmachen.

Oliver packte sie am Arm. »Nun sag schon, was dir auf der Seele liegt.«

»Du«, flüsterte sie, wohl wissend, dass es unvernünftig und unfair war, und so traf sein Lächeln sie völlig unvorbereitet.

»Also gehe ich dir unter die Haut?«

»Nein, so habe ich es nicht gemeint. Ist dir eigentlich nicht klar, dass wir keinerlei Gemeinsamkeiten haben?«

»Was meinst du damit konkret?«

»Okay, dann werde ich eben deutlicher. Beispielsweise bist du voreingenommen und stur und nichts, aber auch gar nichts scheint dich zu kratzen …«

»Das bringt dich also durcheinander«, stellte er süffisant fest. »Und trotzdem möchtest du von mir geküsst werden?«

»Ja«, erwiderte sie, ohne nachzudenken. Bis ihr siedend heiß einfiel, dass es keine gute Idee war, ihn wissen zu lassen, wie stark sie sich von ihm angezogen fühlte. »Ich meine nein, eindeutig nein.«

Er schüttelte grinsend den Kopf, sichtlich amüsiert über ihre Antwort. »Wenn du davon überzeugt bist, dann nur zu.«

»Ich traue dir nicht«, erklärte sie, und genau das war der springende Punkt.

Er fasste sie erneut bei den Schultern und drehte sie zu sich herum, sah ihr in die Augen.

»Okay, glaub mir wenigstens eines, Annie, zumindest das: Ich bin nicht Lenny. Verstanden?«

Sie nickte, schaute ihn unbehaglich an und war dankbar, als eine Frau vom Cateringservice nach ihr rief. Die Ablenkung kam ihr mehr als gelegen, doch Olivers Worte hatten sie nachdenklich gestimmt. Und waren ihr nähergegangen, als sie sich eingestehen mochte.

Zum Glück brachte die Ankunft der ersten Gäste sie auf andere Gedanken. Bald war sie vollauf damit beschäftigt, Familienmitglieder und Freunde zu begrüßen, ihnen mit der Garderobe zu helfen und ihnen den Tisch zu zeigen, wo sie ihre Präsente ablegen konnten. Außerdem musste sie darauf achten, dass alle Päckchen, sofern keine Karte beilag, mit einem Namen versehen wurden. Zwar hatten die Großeltern ausdrücklich darauf bestanden, dass sie keine Geschenke wünschten, und als Alternative einen Obdachenlosenverein genannt, der sich bestimmt über Spenden freute, aber erfahrungsgemäß hielten sich viele nicht daran.

Bald waren alle Tische besetzt mit fröhlich plaudernden Menschen, die sich über die Gelegenheit freuten, einander nach vielen Jahren einmal wiederzusehen. Kent und Julie machten zusammen mit Töchtern und Schwiegersöhnen die Runde, um sich mit allen kurz zu unterhalten und sich zu überzeugen, dass es den Gästen an nichts fehlte. Zwei Enkelinnen sprangen kurzfristig ein, um die Leute vom Catering beim Servieren von Kuchen und Getränken zu unterstützen. Auch Oliver stand zur ständigen Verfügung, packte zu, wo Not am Mann war. Annie fragte sich, ob er schon immer so hilfsbereit gewesen war.

Die beiden Töchter der Shivers hatten aus einer Vielzahl von Alben die schönsten Fotos herausgesucht und rahmen lassen. Jetzt hingen sie an einer Wand des Saales und dokumentierten die fünfzigjährige Ehe ihrer Eltern.

Etwas ganz Besonderes war Annie eingefallen. Die Idee kam ihr vor einiger Zeit im Haus der Großeltern, als sie zufällig einige alte Gebrauchsgegenstände entdeckte, bei denen es sich um Hochzeitsgeschenke handelte. Jetzt standen sie, präsentiert wie Museumsstücke, auf einem Tisch mit einer altmodischen Spitzendecke, und jedem war ein hübsch gestaltetes Schild mit dem Namen der Person beigefügt, von der das Geschenk stammte. Zu ihrer nicht geringen Verblüffung wusste ihre Großmutter noch genau, was sie von wem bekommen hatte. Annies Lieblingsstück war eine Keksdose in Form eines Apfels, deren Deckel einen kleinen Sprung hatte. Er war Peter vor langer Zeit heruntergefallen, als Julie ihn beim Stiebitzen des süßen Inhalts erwischte.

Der Nachmittag verging wie im Flug. Als Annie sah, dass die Serviceleute sich ans Aufbauen des Buffets machten, steuerte sie erneut auf die Küche zu. Oliver vertrat ihr den Weg.

»Ich habe zu tun«, sagte sie abwehrend und versuchte sich an ihm vorbeizudrängen.

»Okay, ich wollte auch bloß klarstellen, dass wir beide miteinander reden, bevor dieser Tag zu Ende geht.«

Als sie ihn sprachlos ansah, wiederholte er seine Worte. »Bevor der Tag zu Ende geht, Annie.«

Sie wollte widersprechen, erhielt jedoch keine Gelegenheit dazu. So plötzlich, wie er aufgetaucht war, schien Oliver wieder verschwunden zu sein.

23

Mary war erschöpft. Obwohl sie zu verbergen suchte, wie ausgelaugt sie sich emotional und körperlich fühlte, merkte George es.

Der Lunch war ziemlich schweigend verlaufen, und sie hatten beide von dem hübsch angerichteten Essen kaum etwas angerührt. Mary, weil sie keinen Appetit verspürte, und George, weil ihm die Neuigkeiten auf den Magen geschlagen waren. Er musste erst einmal verarbeiten, dass er eine Tochter hatte, die er aller Voraussicht nach nie kennenlernen würde.

»Es wird Zeit, dass ich mich auf den Rückweg mache.« Mary fielen fast die Augen zu. »Ich denke, ich nehme die nächste Fähre.«

»Nein«, erwiderte er prompt.

»George, es tut mir leid. Du weißt schon, meine Kräfte …«

»Du nimmst keinesfalls die Fähre.«

»Aber …«

»Ich fahre dich mit meinem Wagen zurück.«

»Bis nach Cedar Cove brauchst du eine gute Stunde, wahrscheinlich länger. Das sind insgesamt zwei bis drei Stunden für dich, das wäre doch unsinnig«, widersprach Mary. Allerdings ahnte sie, dass sie sich nicht durchsetzen würde. George war immer fürsorglich und bestimmend zugleich gewesen – daran hatten die Jahre offenbar nichts zu ändern vermocht.

»Es ist mir egal, wie lange die Fahrt dauert, du nimmst jedenfalls nicht die Fähre.«

»George, bitte.«

Warum machte er es ihr so schwer? Schließlich half es alles nichts – nichts und niemand konnte ihnen die verlorenen Jahre zurückbringen. Sie würden mit dieser unerfüllten Liebe weiterleben müssen.

»Ich kann dich nicht gehen lassen«, sagte er. »Noch nicht. Nicht, solange ich nicht genug über meine Tochter weiß.«

Genau davor hatte Mary sich gefürchtet. Dass sie noch mehr Fragen würde beantworten müssen, obwohl sie sich bereits völlig ausgelaugt fühlte. Außerdem war sie nicht sicher, ob sie den letzten Teil von Amandas Geschichte nicht besser für sich behielt. Um ihres und auch Georges Seelenfrieden willen.

Sie brauchte zumindest eine Pause, um nachzudenken.

Allerdings war George Hudson der einzige Mann, dem sie ihre Schwäche gestehen, ihre Ängste offenbaren, ihre Verletzlichkeit zeigen konnte und auch die Wunden, die sie bereits davongetragen hatte. Vielleicht war das nur möglich, weil seine Liebe ihr zugleich Stärke und Zuversicht verlieh. Weil sie bei ihm sie selbst sein durfte und durch ihn Zufriedenheit und Freude kennenlernte. Wie schaffte er es immer wieder, ihre verborgenen Emotionen an die Oberfläche zu bringen? Es war Mary ein Rätsel.

Erwartungsgemäß musste Mary sich wegen der Rückfahrt fügen. Er geleitete sie zu seinem Auto, half ihr hinein, als sei sie völlig gebrechlich, und fuhr aus der Tiefgarage heraus in den dichten Großstadtverkehr.

Die ersten zehn Minuten sprach keiner von ihnen.

Dann fragte George unvermittelt: »Haben die Adoptiveltern dir je ein Bild von ihr geschickt?«

»Nein.«

»Warum nicht?«

Jetzt kamen also die Fragen, vor denen sie sich am meisten fürchtete. Mary wartete mit ihrer Antwort, bis er in ihre Richtung blickte.

Dann schluckte sie schwer und flüsterte so leise, dass es kaum zu verstehen war: »Ich habe sie gebeten, es nicht zu tun.«

Sie sah, wie sich Georges Hände fester um das Lenkrad schlossen.

»Warst du denn nicht neugierig?«

Eine einzelne Träne rollte über ihre Wange, hinterließ eine feuchte Spur. »Doch, ich war neugierig.«

»Warum hast du dann …«

»Weil ich es besser fand, sie komplett loszulassen.«

Erneut trat eine längere Pause ein.

»Hast du sie etwa vergessen?«

»Großer Gott, nein.«

Mary blickte aus dem Seitenfenster, um die aufsteigenden Tränen zu verbergen. Es war so unendlich schmerzlich, an ihre Tochter zu denken. Ihrer beider Tochter.

George griff nach ihrer Hand und drückte sie sacht. »Mary, meine schöne, kluge Mary. Das muss alles schrecklich für dich gewesen sein. Es ist nur so, dass …«

»Schon gut, ich verstehe dich«, unterbrach sie ihn. »Natürlich sollst du alles wissen, nachdem ich dich mit dieser Tatsache regelrecht überfallen habe. Während ich die letzten achtzehn Jahre mit meinem Geheimnis lebte, traf es dich völlig unvorbereitet. Und da ist es klar, dass du eine Menge Fragen hast.«

George schwieg. Vermutlich scheute er sich, weiter in sie zu dringen und sie noch mehr aufzuwühlen, aber Mary hatte ihm so viel vorenthalten, dass sie sich verpflichtet fühlte, zumindest ihre Erinnerungen mit ihm zu teilen.

»Bei ihrer Geburt hatte sie dunkle, lockige Haare.«

Er tippte lächelnd gegen die langsam kahl werdende Stelle auf seinem Hinterkopf. »Von meiner Seite der Familie hat sie das vermutlich nicht.«

»Ihre Augen waren damals blau wie bei allen Neugeborenen. Welche Farbe sie endgültig bekommen, entscheidet sich erst später.«

»Vielleicht sind sie ja blau geblieben. Wie deine Augen.«

»Wie meine«, sagte sie leise, und für ein paar Minuten herrschte Schweigen.

»Kannst du mir sonst noch etwas über unser kleines Mädchen erzählen?«, fragte George schließlich.

Mary erinnerte sich an alles, an jede noch so unbedeutende Einzelheit, obwohl das Baby nur ein paar kurze Tage bei ihr geblieben war. »Ihre beiden kleinen Finger waren leicht gekrümmt.«

»Zweifellos ein Zeichen für Genialität«, spottete George.

»Zweifellos.« Mary lächelte schwach. »Und sie hatte die niedlichsten, winzigsten Zehen der Welt, George.«

»Wenn ich mich recht erinnere, hast du schöne Füße.«

Sie musste lachen. »George, wirklich.«

»Doch, das hast du«, beteuerte er. »Ich habe das ernst gemeint.«

Mary erinnerte sich mit einem Mal, dass er nach einem langen Tag im Büro ihre Füße in seinen Schoß zu legen und ihre Zehen zu massieren pflegte. Ein ebenso sinnliches wie romantisches Erlebnis.

Er sah sie an, und dem Lächeln, das um seine Lippen spielte, entnahm sie, dass er sich ebenfalls erinnerte.

»Ich bin dankbar, dass sie deine Füße geerbt hat und nicht meine«, murmelte er.

»Warum denn das?«

Mary wusste beim besten Willen nicht mehr zu sagen, wie Georges Füße aussahen.

»Ich habe Stummelzehen.«

»Das ist mir nie aufgefallen.«

»Gut. Vermutlich warst du von meinem überwältigend attraktiven Gesicht zu sehr geblendet, um auf meine Füße zu achten.«

»Daran muss es gelegen haben«, bestätigte sie und wunderte sich, dass George ihr selbst in dieser Situation ein Lächeln zu entlocken vermochte.

»Du findest das lustig?«

»Aber ja.«

»Was kann ich sonst noch tun, um dich zum Lächeln zu bringen?«, fragte er. »Das hast du heute Nachmittag nämlich äußerst selten getan.«

Wieder stahl sich ein Lächeln auf ihr Gesicht, und sie fühlte sich einigermaßen entspannt. Sie war George unendlich dankbar, dass er ihre Schuldgefühle nicht verstärkte, sondern sie aufzumuntern versuchte. Trotz seines eigenen Kummers und seiner Enttäuschung.

»Denkst du immer noch an sie?«, fragte er, und seine Stimme klang jetzt ganz ernst.

»Natürlich. Ich mag unsere Tochter zwar nicht großgezogen haben – dennoch wird sie immer ein Teil von mir sein.«

»Und von mir«, fügte er hinzu.

»Der beste Teil von uns beiden.« Davon war Mary überzeugt. »An ihrem Geburtstag …« Sie hielt inne, denn ein Kloß in ihrer Kehle hinderte sie am Weitersprechen.

»Ja?«

Mary schluckte. »Ich habe ihren Geburtstag jedes Jahr gefeiert. Egal, wo ich war oder was sonst gerade anlag, veranstaltete ich eine kleine Zeremonie für uns zwei … Für uns drei«, berichtigte sie sich nach kurzem Zögern.

»Du hast auch an mich gedacht?«

»O George, hast du wirklich geglaubt, ich könnte dich vergessen?«

»Ja, das habe ich.« Seine Stimme klang gepresst. »Schließlich war es dein Wunsch, jeglichen Kontakt mit mir abzubrechen, erinnerst du dich?«

Natürlich tat sie das. Und bedauerte es zutiefst. Nicht nur das. Wenn sie die Vergangenheit durchforsten und die Entscheidungen, die sie getroffen hatte, auf den Prüfstand stellen würde, dann gäbe es eine Menge zu bereuen. Allerdings gehörte der Entschluss, ihre Tochter an Adoptiveltern zu geben, nicht dazu. Sie war nach wie vor überzeugt, das Richtige für Amanda Elizabeth getan zu haben.

»Wie hast du denn ihren Geburtstag gefeiert?«, wollte er wissen.

»Du wirst es langweilig und vorhersehbar finden.«

»Mary Smith tut etwas Vorhersehbares? Das kann ich mir nicht vorstellen.«

Nur um ihm zu beweisen, dass er sich irrte, streckte sie ihm die Zunge heraus.

George lachte. »Sagst du es mir jetzt oder nicht?«

»Ja, von mir aus. Ich habe Kuchen gegessen.«

»Was für Kuchen?«

»German's Chocolate Cake.«

Er grinste verlegen. »Meine Lieblingssorte. Du hast einmal versucht, mir einen Schokoladenkuchen zu backen, weißt du noch?«

Auch daran musste sie nicht erinnert werden. Es war ein Desaster gewesen. Wenn es eines Beweises bedurft hätte, welch untalentierte Hausfrau sie war, dann war es dieser völlig misslungene Versuch gewesen. Dabei hatte sie extra in einem Deli die beste Schokolade gekauft und sich penibel an das Rezept gehalten. Trotzdem war der Kuchen in sich zusammengefallen und zu allem Überfluss, nachdem sie vier Lagen Teigboden und Füllung schief übereinandergeschichtet und mit Glasur überzogen hatte, von der Platte auf den Boden gerutscht. Obwohl George behauptete, sie allein wegen ihres guten Willens nur noch mehr zu lieben, beschloss Mary, in Zukunft solche Versuche zu unterlassen. Sämtliche Utensilien, die sie eigens angeschafft hatte, trug sie zur Sammelstelle einer Wohltätigkeitseinrichtung.

Im Auto war es warm, und nach einer Weile spürte sie, dass sie einzudösen begann.

»Ruh dich aus«, flüsterte er und tätschelte sanft ihren Oberschenkel.

Aber Mary kämpfte gegen den Schlaf an. Sie wollte

keine Minute dieses Wochenendes verschwenden. Nicht eine einzige. Die Erinnerung daran würde sie für Stunden der Einsamkeit entschädigen müssen, die ihr in New York zweifellos bevorstanden. Dann konnte sie sich zumindest an diesen Tag klammern, ihn wieder und wieder im Geiste Revue passieren lassen. Das Schöne ebenso wie das Schmerzliche.

Georges Gesichtsausdruck etwa, als er zum ersten Mal von seiner Tochter hörte. Die gegensätzlichsten Gefühle hatten sich darin gespiegelt. Freude und Erleichterung, dass sie keine Abtreibung vorgenommen hatte, lagen im Widerstreit mit Zorn und Enttäuschung über ihren Entschluss, das Baby zur Adoption freizugeben. Und vor allem war da eine tiefe Trauer über die verlorenen Jahre.

In diesem Moment traf Mary eine Entscheidung.

»George?«

»Ja?«

»Kommt bald eine Ausfahrt?«

»Was ist? Geht es dir nicht gut? Brauchst du einen Arzt?«

»Nein.«

»Was ist es dann?«

»Ich bin okay. Kein Grund zur Panik. Ich will nur mit dir reden.«

»Ich dachte, das tun wir die ganze Zeit.« Seine Worte überschlugen sich fast.

Mary atmete tief durch, bemühte sich, in Anbetracht von Georges Nervosität ruhig und gelassen zu bleiben.

»Schon, doch da gibt es noch mehr.«

»Mehr über …«

»Amanda Elizabeth.«

Mit überhöhter Geschwindigkeit scherte George in die Ausfahrt ein, die gerade angezeigt wurde, und brachte das Auto an der roten Ampel so abrupt zum Stehen, dass allein die Sicherheitsgurte sie davor bewahrten, nach vorne zu fliegen. Sobald es grün wurde, bog er auf die Landstraße ein, hielt bei der nächsten Parkmöglichkeit und stellte den Motor ab.

»Gut, sag es mir«, forderte er sie auf. »Was immer es ist, ich habe ein Recht, es zu erfahren.«

»Ich ...« Ihre Kehle war wie zugeschnürt, und starr aus dem Seitenfenster blickend, rang sie um Fassung.

»Egal, was es ist – ich muss es wissen.«

Sie schluckte noch einmal. »Als ich erfuhr, dass ich Krebs habe, wollte ich meine Angelegenheiten regeln.«

»Natürlich.« Er griff nach ihrer Hand und hielt sie fest in der seinen.

»Ein großer Teil meines Vermögens geht an Wohltätigkeitsorganisationen.«

George schwieg. Offensichtlich fiel es ihm schwer, über diese Dinge zu sprechen. Es war auch für Mary nicht leicht gewesen, sich damit auseinanderzusetzen, dass ihre Zeit womöglich vorzeitig ablaufen und sie bald sterben könnte. Sie hatte immer gedacht, ihr würden noch genug Jahre bleiben, um entsprechende Vorkehrungen zu treffen. Bis sie die Krebsdiagnose erhielt und sich alles veränderte. Wieder einmal sah sie sich einer völlig neuen Perspektive gegenüber, die eigentlich keine war, weil sie die Zukunft ausschloss.

»Ich wollte sicher sein, dass Amanda alles hat, was sie braucht.«

Georg schwieg weiterhin. Es schien, als würde er den

Atem anhalten und darauf warten, was sie ihm zu sagen hatte.

»Ich bin nach Seattle gekommen, um …«

»Und darüber bin ich so froh, so dankbar«, unterbrach er sie.

»Ach George, für mich war es das wundervollste Geschenk, zu sehen und zu hören, dass es dir gut geht.«

Sein Blick tauchte ein in den ihren, und mit einem Mal dämmerte ihm, dass sie ihm etwas ganz anderes hatte sagen wollen. Die Erkenntnis traf ihn wie ein Schock, und eine vage Vermutung nahm zunehmend Gestalt an.

»Soll das heißen, unsere Tochter … Willst du damit sagen, dass die Adoptiveltern in Seattle wohnen?«

»Nein.«

»Nein? Dann habe ich wohl deine Andeutungen falsch verstanden«, sagte er mit leichter Enttäuschung.

»Sie leben in Cedar Cove.«

Er blinzelte, als hätte er sich verhört.

»Cedar Cove«, wiederholte er. »Woher weißt du das?«

»Ich habe einen Privatdetektiv beaufragt.«

»Und Amanda ist gesund und glücklich?«

»Sehr sogar. Sie ist schön, George. Klug und bildschön.«

Er lächelte, und sein Griff um ihre Hände verstärkte sich. »Wie ich schon sagte – sie ist wie ihre Mutter.«

»Locken hat sie inzwischen keine mehr, aber ihre Augen sind noch immer blau.«

Er streichelte Marys Wange, umschloss ihr Kinn. »Demnach hast du sie gesehen?«

»Bislang nicht. Was ich zu Gesicht bekommen habe, war ein Foto.«

»Wo?«

»Im Internet waren ein paar Zeitungsartikel mit Fotos über Schulveranstaltungen eingestellt.«

»Möchtest du sie persönlich kennenlernen?«

»Nein, eher nicht. Zwar würde ich sie einerseits liebend gerne sehen und mit ihr reden, doch andererseits will ich nicht ihr ganzes Leben durcheinanderbringen. Das wäre nicht fair.«

»Und trotzdem bist du nach Cedar Cove gekommen?«

»Ja«, flüsterte sie. »Ich bin gekommen, weil es vielleicht eine Gelegenheit gibt, sie zu sehen. Und zwar eine, bei der wir nicht erklären müssen, wer wir sind.«

»Und das wäre?« George schaute sie verständnislos an.

»Unsere Tochter bekommt morgen Nachmittag ihr Abschlusszeugnis von der Highschool«, erklärte Mary. Sie machte es absichtlich spannend und ließ sich ihre Informationen nur scheibchenweise entlocken.

»In Cedar Cove?«

Mary nickte, und Tränen des Stolzes stiegen ihr in die Augen. »Amanda hält für ihre Jahrgangsstufe die Abschlussrede. Genau wie ich damals.«

24

Noch immer starrte ich auf den Brief in meiner Hand, auf den in der energischen Handschrift meines Mannes geschriebenen Satz: *Jo Marie im Falle meines Todes zu übergeben.*

Unfähig, auch nur einen Finger zu rühren, stand ich da. Mir kam es vor, als hätte ich Pauls Testament vor mir. Sein Vermächtnis. Seine letzten Worte an mich.

Ich sollte diesen Brief lesen. Mein Verstand sagte mir, dass er tot war, doch mein Herz weigerte sich nach wie vor, es zu glauben. Bis ich die endgültige Bestätigung erhielt, dass sein Leichnam gefunden und identifiziert worden war, weigerte ich mich, den Brief zu lesen. So lange würde ich die Möglichkeit, dass Paul noch lebte, nicht verwerfen. Hoffnung war ein starker Trost. Voller Verzweiflung klammerte ich mich daran; hielt an meinem Traum fest und betete, dass das Unmögliche eingetreten sein möge.

Ich wollte wieder seine Stimme hören, die von einer Zukunft sprach, und keine Abschiedsworte und Verfügungen für die Zeit nach seinem Tod. Deshalb faltete ich den Brief hastig zusammen und schob ihn zurück in den Umschlag. Er schien meine Hände zu verbrennen. Schnell weg damit.

Ich lief in mein Zimmer, zog die Schublade des Nachttischs auf und steckte ihn zwischen die Seiten meines Tagebuchs. Dann war es vorbei mit meiner Fassung. Keuchend rang ich nach Atem und zitterte am ganzen Körper. Um mich zu beruhigen, legte ich mich aufs Sofa, holte mit geschlossenen Augen ein paarmal tief Luft und versuchte mich zu entspannen. Schließlich hatte ich das Haus voller Gäste, die zwar im Augenblick bis auf Mary alle auf dem Fest der Shivers waren, aber jederzeit kurz vorbeikommen konnten, weil sie etwas brauchten. Deshalb durfte ich mich nicht völlig gehen lassen.

Wie um mich daran zu erinnern, läutete das Telefon und riss mich in die Wirklichkeit zurück. Ich wartete bis zum dritten Klingelton, bevor ich mich zu melden wagte. Wenn es nun wieder Lieutenant Colonel Milford war?

»Rose Harbor Inn«, sagte ich so ruhig, wie es mein angstvoll hämmerndes Herz zuließ.

»Jo Marie?«

Ich atmete auf. Es war Mark und nicht Milford.

»Ja.«

»Du klingst irgendwie komisch. Stimmt etwas nicht?«

»Alles in Ordnung.«

Wenn jemand nicht klang wie sonst, dann Mark. Seine Stimme war leise und rau, von Frust und Furcht erfüllt.

»Was ist denn bei dir los?«

Es folgte eine längere Pause, bevor er antwortete. Obwohl ich nichts hörte am anderen Ende der Leitung, war sein Schweigen beredt. Ich hatte das Gefühl, Mark würde sich vor Unbehagen winden wie ein Aal, weil er womöglich um Hilfe bitten musste. Und genauso war es.

»Ich bin mit diesen verdammten Krücken ausgerutscht

und komme alleine nicht mehr vom Boden hoch«, sagte er gepresst.

Schlimm für ihn, gut für mich. Sein Pech lenkte mich von meinen persönlichen Problemen ab.

»Ich bin gleich da«, rief ich ins Telefon und wollte schon weg.

»Ich hätte dich nicht angerufen, wenn es nicht nötig wäre«, hörte ich ihn noch sagen.

»Ich weiß.«

»Du bist immerhin diejenige, die sich ständig in mein Leben einmischt, und da dachte ich …«

Langsam verlor ich die Geduld. »Willst du jetzt meine Hilfe oder nicht?«

»Ich habe die Wahl zwischen dir und dem Notruf.«

»Bin schon unterwegs.«

Bevor er weitere unnütze Diskussionen anzetteln konnte, beendete ich das Gespräch. Ein unvernünftigerer Mensch als Mark Taylor war mir wirklich nie zuvor begegnet. Wenigstens schien er dieses Mal sein Handy zur Hand oder zumindest in erreichbarer Nähe gehabt zu haben. Vermutlich nur deshalb, weil der Arzt ihm das eingeschärft hatte, um im Fall der Fälle nicht hilflos in seinem Haus zu liegen. Ein guter Rat, wie sich jetzt herausstellte.

»Komm«, sagte ich zu Rover. »Unser Charmebolzen ist gestürzt und kann ohne unsere Hilfe nicht aufstehen.«

Rover legte den Kopf schief und blickte verständnislos zu mir auf. Trotzdem folgte er mir gehorsam. Erst als ich die Tür zur Waschküche öffnete, begriff er, dass es nach draußen ging, und trottete zum Eingang, um sich dort die Leine anlegen zu lassen.

Sobald wir die Straße erreichten und er die Richtung erkannte, die wir einschlugen, begann er wieder, mich hinter sich herzuzerren. Er mochte Mark und schien, obwohl der sich nicht unbedingt um seine Zuneigung bemühte, eine besondere Vorliebe für den Mann zu haben, den zu verstehen mir so schwerfiel. Während Rover es normalerweise für seine Pflicht hielt, alle paar Meter sein Territorium zu markieren, strebte er heute von sich aus vorwärts. Als würde er mal wieder spüren, dass Eile geboten war.

Bei Marks Haus angekommen, erlebte ich eine böse Überraschung: Die Tür war abgeschlossen. Was nun? Klopfen konnte ich mir sparen, denn er war ja unfähig, sich vom Boden hochzurappeln. Na prima, jetzt begann das Theater von vorne.

Ich hämmerte gegen die Tür. »Bist du da?«

»Nein, ich bin draußen und spiele Sackhüpfen«, rief Mark von drinnen zurück.

»Die Tür ist zugesperrt. Hast du irgendwo in der Nähe einen Schlüssel hinterlegt?«

Ich hielt nach den üblichen Verstecken Ausschau, einem Blumentopf etwa, entdeckte aber nichts.

»Nein.«

Wenn Mark dachte, ich sei bereit, nach einem offenen Fenster zu suchen und mich hindurchzuzwängen, dann irrte er sich gewaltig. Selbst wenn es ihm komplett gegen den Strich ging, würde ich in diesem Fall die Feuerwehr anrufen, die ihm ja bereits einmal zu Hilfe geeilt war.

»Versuch es bei der Hintertür, die ist wahrscheinlich nicht abgeschlossen«, hörte ich ihn genervt rufen.

»Okay, mache ich.«

Mit Rover im Schlepptau begab ich mich über den mit Platten belegten Weg zum hinteren Teil des Grundstücks, wo sich auch seine Werkstatt befand, und stieg die vier Stufen zu der Veranda hoch. Diesen Eingang hatte ich schon genommen, als ich im Haus fieberhaft nach dem Schlüssel für die Werkstatttür suchen musste.

Zu meiner Erleichterung ließ sich der Türknauf drehen, und ich trat in einen kleinen Vorraum, der in die Küche führte.

»Wo bist du?«, rief ich.

»Diele.«

Dieses eine Wort klang so ungnädig, als würde er sich ärgern, dass ich so lange gebraucht hatte. Allerdings war seine Lage nicht gerade angenehm, wie ich zugeben musste. Ich fand ihn in einer unbequemen Position auf dem harten Holzboden des schmalen Flurs, in dem er sich nicht frei bewegen konnte. Die Krücken entdeckte ich seltsamerweise ein ganzes Stück von ihm entfernt, als seien sie wütend weggeworfen worden. Ich setzte mich neben ihn.

»Erzählst du mir, wie das passiert ist?«

»Nein.«

»Warum nicht?«

»Du würdest voller Schadenfreude über mich lachen.«

»Meinst du?«

»So sind die Frauen. Für sie gibt es nichts Schöneres, als einem Mann unter die Nase zu reiben: Ich habe es dir ja gleich gesagt.«

»Wirklich?«, fragte ich, denn ich begriff beim besten Willen nicht, was an der Geschichte peinlich sein sollte.

»Versuch nicht, es abzustreiten.«

Er blickte mich ausgesprochen finster an, und ein Unbeteiligter hätte den Eindruck gewinnen können, dass er mich für sein jüngstes Fiasko verantwortlich machte.

»Und du weißt das, weil du einen so reichen Schatz an Erfahrungen mit Frauen besitzt?«, fragte ich süffisant.

»Ja«, sagte er und ignorierte meinen Sarkasmus völlig. »Hilfst du mir jetzt oder nicht?«

»Ich denke darüber nach.«

Heimlich genoss ich die Situation, wenngleich es gemein von mir war. Das fand offenbar auch Rover. Als wolle er unterstreichen, wie grausam ich den armen Mark behandelte, lief er demonstrativ zu ihm hin und leckte ihm übers Gesicht. Armer Rover, dachte ich, gleich würde er weggescheucht, aber Mark überraschte mich mal wieder und legte einen Arm um den Hund.

»Wenigstens kann ich mich darauf verlassen, dass wir Männer zusammenhalten.«

Okay, es reichte. Langsam sollte ich Mark aus seiner Zwangslage befreien. Ich rappelte mich wenig anmutig hoch und hob als Erstes seine Krücken auf. Vermutlich war er erst gestürzt, nachdem er sie frustriert durch die Diele geschleudert hatte. Und genau das wollte er offenbar nicht eingestehen. Obwohl es mir Spaß gemacht hätte, ihn darauf anzusprechen, verzichtete ich darauf, um ihn nicht weiter zu reizen.

»Es funktioniert nicht, sich mit den Dingern aufzurichten«, knurrte Mark düster. »Ich habe es probiert. Mehrmals.«

»Also liegst du jetzt da wie ein Käfer auf dem Rücken.« Ganz ohne eine spöttische Bemerkung kam er mir nicht davon.

Sein Gesicht verfinsterte sich noch mehr. »Wenn du das so komisch findest, kannst du gleich wieder nach Hause gehen.«

»Na, na.«

Ich drohte ihm mit dem Finger, trat hinter ihn, schob die Arme unter seine und versuchte ihn aufzurichten. Vergeblich. Mark war zu groß und zu schwer für mich, um ihn hochhieven zu können.

»Hör auf«, schrie er nach einer Weile. »Auf diese Weise wirst du dir bloß den Rücken verrenken.«

Erschöpft ließ ich mich neben ihm auf den Boden sinken, strich mir das Haar aus meiner feuchten Stirn und überlegte, wie ich ihn am besten auf die Beine bekam.

»Bist du okay?« Er musterte mich fragend.

»Ja. Gib mir eine Minute zum Nachdenken.«

Sein prüfender Blick verursachte mir Unbehagen. Es schien, als würde er geradewegs durch mich hindurchsehen.

»Du hast nicht wie sonst geklungen, als ich dich angerufen habe«, sagte er. »Habe ich dich bei etwas gestört?«

»Wobei zum Beispiel?«

Er zuckte die Achseln. »Keine Ahnung. Vielleicht hattest du Besuch.«

»Nein.« Normalerweise war ich mitteilsamer, doch über Pauls Brief zu reden, das brachte ich im Augenblick nicht fertig. Ich wollte nicht unbedingt hier auf dem Fußboden neben jemandem die Fassung verlieren, der meine Hilfe brauchte.

Mark sah mich missbilligend an.

»Was ist?«, fragte ich und tat so, als sei alles in schönster Ordnung.

»Irgendwas stimmt nicht. Ich kann es spüren«, beharrte er.

»Bist du neuerdings unter die Seelenklempner gegangen?«, giftete ich ihn ungnädig an, obwohl er es nur gut meinte und an meiner Missstimmung nicht die geringste Schuld trug.

Seine Augen weiteten sich angesichts meiner unbeherrschten Antwort. »Nein.«

Da ich eindeutig zu weit gegangen war, versuchte ich Schadensbegrenzung zu betreiben und mich herauszureden. Falls er mir überhaupt noch etwas abnahm, denn für Unwahrheiten und Ausflüchte besaß Mark eine verdammt gute Antenne.

»Wahrscheinlich liegt mir mein Tag der offenen Tür im Magen. Immerhin habe ich so etwas noch nie veranstaltet und weiß folglich nicht, ob ich richtig plane, ob es reicht, Plätzchen anzubieten, oder ob die Leute mehr erwarten … So etwas eben. Deshalb bin ich ein bisschen von der Rolle.«

»Ein bisschen?« Er zog spöttisch eine Braue hoch.

Ich gab ihm einen Klaps auf den Oberarm. »Hör zu, Kumpel, ich könnte jetzt einfach verschwinden und dich vierundzwanzig Stunden deinem Schicksal überlassen. Also sei etwas netter zu mir.«

Er nahm meine Drohung nicht ernst. »Lass es uns noch mal versuchen«, sagte er und setzte sich gerader auf. »Aber anders: Du ziehst mich nicht in die Höhe, sondern ich benutze deinen Arm als Hebel.«

Sein Vorschlag funktionierte, auch wenn es nicht einfach war. Als Mark endlich wieder auf den Füßen stand, waren wir beide so erledigt, als hätten wir die Hänge des

Mount Rainier, des höchsten Gipfels im Staat Washington, erklommen.

Mark nahm seine Krücken und humpelte ins Wohnzimmer, warf sich dort in seinen Sessel, während ich mich seufzend auf das Sofa fallen ließ. Rover sprang an mir hoch und legte die Schnauze auf meinen Oberschenkel. Ein Zeichen, dass er gestreichelt werden wollte.

Auf einem kleinen Tisch neben dem Sessel, in dem Mark saß, lagen ein Messer, ein bearbeitetes Stück Holz und ein Berg Späne. Es sah ganz nach einer Schnitzarbeit aus.

»Was wird das?«, fragte ich und erkannte bei näherem Hinsehen, dass es sich um einen auf einem Ast sitzenden Vogel handelte.

»Ein Adler.«

Ich stellte mir vor, wie sich die Holzfigur wohl in meinem Bücherregal machte. »Er ist sehr schön. Verkaufst du deine Arbeiten?«

»Er gehört sowieso dir«, erwiderte er. »Ich möchte ihn dir schenken.«

Erstaunt sah ich ihn an, wusste nicht, was ich sagen sollte.

»Ich muss mich irgendwie beschäftigen, sonst werde ich wahnsinnig. Du hast dich die ganze Zeit über großartig verhalten, obwohl ich ziemlich eklig war. Deshalb wollte ich mich bei dir bedanken.«

Mark verblüffte mich neuerdings am laufenden Band, und ich wusste nicht so recht, was ich dazu sagen sollte.

»Oh, vielen Dank«, sagte ich gerührt.

»Freu dich nicht zu früh, sondern warte erst mal ab,

wie es wird. Es ist nämlich schon eine Weile her, seit ich zuletzt etwas Ähnliches gemacht habe.«

»Ich werde es trotzdem in Ehren halten.«

Seine Antwort bestand aus einem geringschätzigen Schnauben, um die aufkommende Verlegenheit herunterzuspielen.

»Kann ich dir noch etwas holen, bevor ich gehe?«, fragte ich.

Er schüttelte den Kopf.

»Was ist mit Essen? Soll ich dir etwas machen?«

»Nein, danke.«

Als ich mich zum Gehen wandte und mich von ihm verabschiedete, hielt er mich zurück.

»Du willst es mir nicht sagen, oder?«

Mark konnte ganz schön hartnäckig sein. Er wartete meine Reaktion gar nicht erst ab und redete gleich weiter.

»Es geht um Paul, nicht wahr? Ich schätze, du hast von seinem Offiziersfreund gehört.«

»Nein«, sagte ich, und alles an mir drückte eine Abwehrhaltung aus.

»Dann liegt es daran, dass du nichts von ihm gehört hast.«

»Ich möchte wirklich nicht darüber reden, okay? Ich mische mich ja auch nicht in dein Privatleben ein.«

Er hob beide Arme, als hätte ich mit einer Pistole auf ihn gezielt.

»Tut mir leid.«

»Es ist eine ganz persönliche Sache, die nur mich angeht«, fuhr ich mit zitternder Stimme fort. »Mit der ich alleine fertigwerden muss.«

Das musste reichen. Ich drehte mich um und ging durch die Küche nach draußen. Wie um meinen Abgang zu unterstreichen, bellte Rover Mark noch einmal an und trabte dann hinter mir her.

Erst draußen merkte ich, wie sehr Pauls Brief mich durcheinandergebracht hatte. So sehr, dass ich es an einer völlig unbeteiligten Person ausließ.

Mark schnitzte heimlich eine Holzfigur, die er mir schenken wollte, und ich putzte ihn zum Dank runter. Dabei hatte er sich schließlich nur Sorgen um mich gemacht, was ich eigentlich nett finden sollte. Aber nein!

Die Sache ließ mir auch zu Hause keine Ruhe, beschäftigte und ärgerte mich gleichermaßen. Rover schien zu spüren, dass etwas nicht stimmte, und jaulte leise. Schaute mir zu, wie ich Teewasser aufsetzte. Ich mochte sowohl Kaffee als auch Tee, doch in Krisensituationen bevorzugte ich Tee. Weil er mich eher beruhigte. Und einen Seelentröster konnte ich weiß Gott gut gebrauchen.

Ich setzte mich mit Teekanne und Tasse an den Küchentisch und schloss die Augen. So sehr ich mich auch bemühte, meine Gedanken auf etwas anderes zu richten – sie gehorchten mir nicht, kreisten unentwegt um den Brief. Um diese letzte Nachricht, die ich vermutlich je von meinem Mann bekommen würde.

Was hatte Paul mir zu sagen?

Wollte ich es wissen?

Meine Neugier war groß, und dennoch zögerte ich. Wenn ich ihr nachgab und den Brief las, war das wie ein Eingeständnis, dass Paul tot war und ich meine Hoffnungen endgültig begraben musste. Und das zu tun weigerte ich mich nach wie vor. Wie immer in solchen Situationen war meine Kehle wie zugeschnürt. Zum Glück war kein Gast in der Nähe, der einfach mal so mit mir plaudern wollte. Wenn ich schon meinen Tee kaum schlucken konnte, würde ich bestimmt keinen Ton herausbringen. Zumindest nicht mit einer Stimme, die normal klang.

Der Tee half kein bisschen. Statt ruhiger zu werden, wuchs mein Unbehagen, und meine Gefühle liefen komplett aus dem Ruder. Da ich nicht mehr still sitzen konnte, sprang ich auf, begann in der Küche auf und ab zu laufen und rieb nervös die Handflächen gegeneinander. Ging in mein Büro und griff nach dem Telefon, obwohl ich keine Ahnung hatte, wen ich anrufen sollte. Ganz bestimmt nicht meine Familie. Meine Eltern machten sich schon genug Sorgen um mich, ohne dass ich ihnen noch mehr Anlass gab. Meine Freunde? Ich dachte an die eine oder andere Freundin in Seattle, war allerdings nicht sicher, ob ich mit ihnen über meine Ängste reden wollte. Es war immerhin ein heikles Thema, und nicht viele würden verstehen, dass ich den Brief nicht las. Und warum ich es nicht tat, das begriff sicherlich erst recht niemand.

Oder doch?

Plötzlich fiel mir jemand ein, dem ich mich anvertrauen konnte. Grace. Immerhin hatte sie Ähnliches durchgemacht. Ihr erster Mann war verschwunden, und ein Jahr lang wusste sie nichts über seinen Verbleib. Ob ihm etwas zugestoßen oder ob er freiwillig weggegangen war. Bis man schließlich seine Leiche fand. Vermutlich hatte Grace ebenfalls zwischen Hoffen und Bangen geschwankt. Ich war gespannt, was sie mir aus ihrer Sicht raten würde.

Ich schlug die Telefonnummer nach und wählte sie an. Die Verbindung war sofort hergestellt.

»Stadtbücherei Cedar Cove«, meldete sich eine Stimme.

»Grace Harding bitte.«

25

Nachdem das Buffet eröffnet war, hatte Annie alle Hände voll zu tun. Sie achtete darauf, dass immer alles frisch und heiß auf die Wärmeplatten kam und stets für Nachschub gesorgt wurde. Bei so viel Gästen keine einfache Sache. Einige verabschiedeten sich zwar nach dem nachmittäglichen Kuchen, dafür kamen andere neu hinzu. Annie kannte viele, doch längst nicht alle.

Trotz des Trubels ging ihr das Gespräch mit ihrem Bruder nicht aus dem Kopf. Stimmte es wirklich, was Peter ihr erzählt hatte? Oder handelte es sich bei dem ganzen Gerede, dass Oliver schon als Junge in sie verliebt gewesen sei, um reines Wunschdenken? Weil Peter sie gerne mit dem Freund verkuppeln wollte. Sicher meinte er es gut, denn seit er verheiratet war und eine Familie hatte, gehörten seine dummen Späße, mit denen er die jüngere Schwester früher zu ärgern pflegte, der Vergangenheit an. Inzwischen verstanden sie sich großartig, und so gab es eigentlich keinen Grund, an seinen Worten zu zweifeln.

Sobald der größte Ansturm aufs Buffet vorüber war, begann die Band zu spielen. Als Erstes ein Medley mit Songs aus der Zeit ihrer Großeltern, darunter einige Klassiker, die auch Annie gefielen. Es dauerte nicht lange, bis Kent sich erhob und nach der Hand seiner Frau griff. Julie protestierte zwar und schüttelte den Kopf, aber Kent beugte sich vor und flüsterte ihr etwas ins Ohr. Sie lachte, stand dann ohne weitere Einwände auf und nahm den Arm ihres Mannes.

Annie sah fasziniert zu, wie ihr betagter Großvater seine in die Jahre gekommene Goldbraut auf die Tanzfläche führte, sie in die Arme zog und sie schneidig übers Parkett wirbelte. Alle Achtung, dachte sie, das hätte sie ihm nicht zugetraut. Überhaupt konnte sie sich nicht erinnern, die beiden je tanzen gesehen zu haben. Sie waren fantastisch, ihre Schritte perfekt synchron. Ob sie früher Kurse besucht hatten? Sie vermutete es fast.

Auch die Gäste in dem großen Saal beobachteten gebannt das Solo des Paares und applaudierten begeistert. Am Ende erhoben sich alle, um ihnen mit Standing Ovations Respekt und Anerkennung zu zollen. Woraufhin Kent sich gekonnt verbeugte und Julie zu ihrem Tisch zurückgeleitete.

Jetzt wurde die Tanzfläche für die Allgemeinheit freigegeben, und gerade viele der älteren Jahrgänge folgten nur zu gerne der Aufforderung. Als Annie zwischen Auf- und Nachräumen einmal zur Musik hinüberblickte, entdeckte sie ihre Großeltern bei der Band auf dem Podest stehen und Tamburine schlagen. Sie konnte sich nur wundern.

Auf dem Weg zur Küche hielt Oliver sie auf.

»Es reicht«, sagte er und packte sie bei den Schultern.

Fragend sah sie ihn an.

»Lass die Leute vom Cateringservice die Arbeit tun, für die sie bezahlt werden.«

»Aber …«

»Komm und amüsier dich. Genieß die Party.«

Noch zögerte Annie. Einerseits wollte sie die Kontrolle behalten, damit nichts schiefging, andererseits vermochte sie sich Olivers Argumenten nicht zu verschließen. Ihre Mutter und Tante Patty hatten sie ebenfalls schon zweimal gemahnt, endlich mitzufeiern und das Personal seinen Job machen zu lassen.

»Okay«, sagte sie nach kurzem Überlegen und lächelte.

»Gut.« Er griff nach ihrer Hand und schlängelte sich mit ihr zwischen den Tischen hindurch.

»Wo willst du mit mir hin?«

»Zur Tanzfläche.«

Annie hatte seit Jahren nicht mehr getanzt. Das letzte Mal während ihrer Zeit auf der Highschool, wenn sie sich recht erinnerte, und das war lange her. Sie konnte mit ihren Großeltern bestimmt nicht annähernd mithalten und würde sich sicher blamieren.

»Ich …«

»Keine Ausreden.«

»Oliver, bitte«, protestierte sie und begann sich heftig zu sträuben.

Er ignorierte ihre Einwände und zog sie weiter, bis sie den Rand der Tanzfläche erreichten. Sobald die Musik endete, drehte er sie zu sich herum.

»Das ist wirklich keine tolle Idee«, warnte sie ihn.

Er hob fragend die Brauen. »Warum nicht?«

Sie biss sich auf die Unterlippe und senkte den Blick. »Ehrlich gesagt, tanze ich nicht besonders gut.«

»Das musst du auch nicht. Lass dich einfach führen.«

»Was hast du vor?«

Bevor Oliver Gelegenheit bekam, ihr zu antworten, setzte die Musik wieder ein. Es war ein langsames Liebeslied. Annie stöhnte. Das hatte ihr gerade noch gefehlt.

Oliver, der ihr Widerstreben spürte, zog sie sacht an sich, legte einen Arm um ihre Taille und nahm ihre Hand.

»Entspann dich. Ich beiße dich nicht«, flüsterte er ihr ins Ohr.

Das mochte ja stimmen, doch sie traute ihm durchaus zu, dass er während des Tanzes an ihrem Ohrläppchen zu knabbern begann. Eigentlich gab es nichts, was sie ihm nicht zutraute. Trotzdem – oder war es gerade deswegen, fragte sie sich – merkte sie, wie ihre Anspannung nachließ und sie sich gelöst dem Tanz hingab. Und Oliver, der sie schwungvoll übers Parkett führte.

»Siehst du, so schlimm ist es gar nicht, oder?«, raunte er ihr zu.

»Nein, ist es nicht«, gab sie zurück und musste sich insgeheim eingestehen, dass es ihr sogar Spaß machte.

»Bist du bereit?«, erkundigte er sich, als sich das Tempo steigerte.

»Bereit wofür?«, fragte sie argwöhnisch.

Er verstärkte den Griff um ihre Taille und wirbelte sie mit raschen Drehungen durch den Saal.

Annie rang nach Atem und hielt sich an ihm fest. »Was tust du da?«

»Tanzen.«

»Hör auf damit!«

Er grinste und schien sich über ihre Bemerkung zu amüsieren. »Wir machen das ganz großartig.«

Trotzdem war Annie dankbar, als eine langsame Passage folgte, bei der sie nicht ständig fürchten musste, über ihre Füße zu stolpern. Jetzt konnte sie sich wieder entspannen und den Tanz genießen. Vorsicht, rief sie sich zur Ordnung. Oliver machte es ihr entschieden zu leicht, sich in seinen Armen wohlzufühlen.

»Wo hast du diese rasanten Drehungen gelernt?«, fragte sie ihn neugierig.

»Du wirst es mir nicht glauben, wenn ich es dir sage.«

»Hast du etwa Tanzstunden genommen?«, fragte sie zweifelnd, weil das in ihren Augen nicht zu Oliver passte.

»In gewisser Hinsicht könnte man das so sagen.«

In gewisser Hinsicht? Entweder er hatte, oder er hatte nicht. Sie sah zu ihm auf und stellte fest, dass seine Augen mutwillig funkelten.

»Verrätst du es mir?«

»Wenn du es unbedingt wissen willst – dein Großvater hat es mir beigebracht.«

»Du hast mit meinem Großvater getanzt?«

»Na ja, nicht im eigentlichen Sinne. Er hat mir bloß ein paar Schritte gezeigt und sie mir mit deiner Großmutter vorgeführt.« Oliver lachte. »Mit diesen Drehungen hat er übrigens angeblich Julie erobert.«

»Ich nehme an, du hast dieses kleine Tanzflächenmanöver bereits an anderen ahnungslosen Partnerinnen ausprobiert«, zog sie ihn auf.

Olivers Finger berührten ihre Wange. »Nein.«

»Nein?«

»Nur an dir, Annie, nur an dir.«

Das war nicht das, was sie hören wollte. Sie wandte den Blick ab und bemühte sich vergeblich, die tröstliche Wärme zu ignorieren, die seine Umarmung in ihr auslöste. Zu stark war das Knistern zwischen ihnen, das wechselseitige sexuelle Begehren, das sich nicht verdrängen ließ. Es half alles nichts. Annie musste sich eingestehen, dass sie verrückt nach ihm war. Genauso wie damals als Dreizehnjährige.

Als die Musik verstummte, gab Oliver sie nur widerstrebend frei, und Annie trat einen Schritt von ihm zurück. Er wollte gerade etwas sagen, als ein Kind auf ihn zugerannt kam.

»Tanzt du mit mir?«, bat Tammy Lee, eine kleine Großnichte der Shivers, und umfasste seine Hand. »Wirbelst du mich so herum, wie du es mit Annie gemacht hast?«

Oliver lachte leise. »Das ist ein Angebot, das ich nicht ausschlagen kann.«

»Ich bin als Nächste dran«, rief ein anderes Mädchen.

Wie es aussah, würde Oliver die nächsten Minuten beschäftigt sein. Annie war dankbar für die Verschnaufpause. Allerdings nicht, weil sie außer Atem war, sondern weil ihr der Kopf schwirrte wegen Oliver und ihrer Gefühle für ihn und wegen dem, was zwischen ihnen geschah. Darüber musste sie sich erst klar werden.

Sie gesellte sich zu ihren Großeltern, die gerade alleine an ihrem Tisch saßen.

»Annie, wie schön. Komm, setz dich ein Weilchen zu uns«, sagte Julie und deutete auf den Stuhl neben ihrem.

Ihr Großvater rückte näher heran und tätschelte liebevoll ihre Hand. »Danke, meine Kleine. Du hast ein wunderschönes Fest für uns auf die Beine gestellt. Und die Party heute Abend ist nicht zu überbieten.«

»Einfach perfekt«, stimmte ihre Großmutter zu. »Schöner, als Kent und ich es uns vorgestellt haben. Es übertrifft alle unsere Erwartungen.«

»Ich bin sehr dankbar, dass ich das Fest für euch ausrichten durfte«, sagte Annie bewegt.

Die Organisation dieser Hochzeitstagsfeier hatte ihr eine Menge Kopfzerbrechen bereitet und sie viele Stunden Zeit und harte Arbeit gekostet. Aber die leuchtenden Augen ihrer Großeltern beim Anblick des verschwenderisch geschmückten Saales waren Entschädigung genug für alle Anstrengungen gewesen.

Julie sah Kent an. »Ich weiß gar nicht, warum wir uns solche Sorgen gemacht haben.«

»Wir sind einfach zwei alte Dummköpfe«, brummte der Großvater und lehnte sich lächelnd zu Annie herüber.

»Sprich nicht für andere Leute«, tadelte ihn die Großmutter im Spaß.

Annie freute sich, dass die beiden vollauf zufrieden und glücklich waren. »Ich wusste gar nicht, dass ihr zwei so hervorragende Tänzer seid.«

»Oh, eigentlich trifft das mehr auf Kent als auf mich zu«, korrigierte Julie ihre Enkelin. »Früher haben sich alle Mädchen darum gerissen, mit ihm zu tanzen.«

Annies Blick wanderte unwillkürlich zu Oliver, der nach wie vor von ihren kleinen Cousinen angehimmelt wurde.

»Wie ich sehe, entgeht dir nicht, dass es außer Kent noch andere begehrte Tänzer gibt«, stellte Julie fest, die ihre Augen überall zu haben schien.

»Oliver hat mir erzählt, du hättest ihm beigebracht, wie man eine Frau beim Tanzen erobert«, sagte sie zu ihrem Großvater.

Kent gab ein bellendes Lachen von sich. »So, das hat er also behauptet.«

»Ja, er meinte diese schnellen Drehungen, mit denen du angeblich Grandmas Herz gewonnen hast.«

»Kent«, protestierte ihre Großmutter.

»Wieso, es war schließlich so.«

Julie beugte sich vor. »Glaub deinem Großvater kein Wort. Es stimmt zwar, dass Kent beim Tanzen jeden anderen Jungen in die Tasche stecken konnte, aber wegen seiner Tanzkünste habe ich mich nicht in ihn verliebt. Das wäre dann doch zu oberflächlich gewesen.«

»Du streitest es ab?«, fragte Kent herausfordernd.

»Ja gut, ich gebe zu, dass ich beeindruckt war, aber es waren deine Augen, die den Ausschlag gaben.«

Kent runzelte die Stirn. »Meine Augen?«

»Ich fand sie absolut hinreißend. Das tue ich immer noch«, gestand Julie mit einem leisen Seufzen.

Statt sich zu freuen, kratzte Kent sich am Kopf. »Tja, das kommt jetzt wirklich überraschend für mich.«

»Lieber Gott, Kent, im Laufe von fünfzig Jahren hättest du eigentlich irgendwann von selbst draufkommen müssen.«

»Vermutlich hast du recht«, murmelte er nicht ganz überzeugt.

»Das ist ein Kompliment, Grandpa«, warf Annie erstaunt über seine Reaktion ein.

»Ich weiß. Es ist nur, dass ich Oliver gesagt habe …« Er brach abrupt ab, denn offenbar war ihm mehr entschlüpft als beabsichtigt.

»Was hast du Oliver gesagt?«, hakte Julie nach.

Annie war ebenfalls neugierig. »Ja, was hast du Oliver gesagt?«

Kent schüttelte den Kopf, als sei das nicht weiter wichtig. »Wir haben uns über Frauen im Allgemeinen unterhalten. Oliver stellte mir ein paar Fragen, und ich habe sie so gut beantwortet, wie ich konnte.«

»Kent!«

»Er wollte meinen Rat bezüglich Annie.«

»Wie konntest du?« Die Augen ihrer Großmutter weiteten sich. »Du hast mir immer vorgehalten, was sich zwischen Annie und Oliver abspielt, ginge uns nichts an, und ich sollte mich da raushalten.«

Annies Blick flog zwischen ihren Großeltern hin und her. »Wovon redet ihr zwei eigentlich?«

Sie schenkten ihr keine Beachtung.

»Oliver sagte, er wünsche sich eine Ehe, die fünfzig Jahre hält so wie unsere, und bat mich um einen Rat«, verteidigte Kent sich.

»Für mich klingt das, als hättest du genau das getan, was du mir verboten hast.« Julie schien über das Geständnis ihres Mannes absolut nicht erfreut zu sein.

»Er wollte Einzelheiten wissen.«

»Welche Einzelheiten? Würdest du mir das bitte verraten«, warf Annie ein.

»Ja. Zum Beispiel, wie ich Julie dazu gebracht habe, sich in mich zu verlieben. Und in diesem Zusammenhang habe ich meine Tanzkünste erwähnt. War scheinbar ein Irrtum.«

»Du alter Esel, es war weit mehr als das. Mir hat beispielsweise imponiert, wie rücksichtsvoll und aufmerksam du warst.«

»Und meine Schwester, Gott hab sie selig, hat dir Tipps gegeben, was ich mochte. Richtig?«

»Stimmt«, gab Julie widerwillig zu.

»Was kann es dann schaden, wenn ich Olivers Fragen beantworte?«

»Nun, da Annie …«

Die beiden redeten, als hätten sie völlig vergessen, dass ihre Enkelin direkt neben ihnen saß.

»Hallo, ihr beiden«, unterbrach sie ihre Großmutter. »Ich bin noch da.«

»Natürlich«, entgegnete Julie und blickte sie reumütig an. »Gib uns ein paar Minuten, damit dein Großvater und ich das klären können.« Sie wandte sich an ihren Mann. »Kent Shivers, mir scheint, dass du ein ziemlicher Heuchler bist.«

»Wir wollen beide dasselbe – nur dass wir verschiedene Methoden anwenden.«

Völlig fasziniert von der seltsamen Diskussion ihrer Großeltern, bemerkte Annie gar nicht, dass Oliver an ihren Tisch gekommen war.

»Ich glaube, dieser Tanz gehört mir«, sagte er und streckte ihr eine Hand hin.

Wie in Trance erhob sie sich und suchte seinen Blick, ließ sich von ihm in die Arme schließen und drückte ihr Gesicht gegen seine Brust. Es fühlte sich gut an, einfach richtig.

»Es ist wahr, oder?«, sagte sie mehr zu sich als zu ihm.

Oliver küsste sie auf den Scheitel.

Auch ohne zu wissen, worauf sich ihre Frage bezog, antwortete er: »Jedes Wort.«

26

Ungeduldig wartete ich darauf, dass Grace eintraf. Ich hatte nur kurz mit ihr gesprochen, ohne den tieferen Grund für meinen Anruf zu nennen. Sie musste jedoch die Beklemmung in meiner Stimme gehört haben, denn sie versprach, so schnell wie möglich vorbeizukommen. Etwa in einer Stunde, meinte sie, könne sie bei mir sein. Und ich solle mir keine Sorgen machen, dass ich sie störe.

Als ich hörte, wie ein Auto vorfuhr und eine Tür zugeschlagen wurde, ging ich zur vorderen Veranda, um Grace zu begrüßen, die mit schnellen Schritten den Weg vom Parkplatz heraufkam. Sie trug einen Trägerrock aus Jeansstoff über einem langärmeligen Rollkragenshirt. Obwohl sie etliche Jahre älter war als ich, vermutlich fast so alt wie meine Mutter, betrachtete ich sie als Freundin.

Sie streckte mir beide Hände entgegen. »Jo Marie, ist alles in Ordnung? Sie klangen so durcheinander.«

Es wäre eine Lüge gewesen, wenn ich ihr widersprochen und behauptet hätte, alles sei bestens. Außerdem hatte ich sie ja angerufen, weil nichts bei mir in Ordnung und meine Welt aus den Fugen geraten war.

»Danke, dass Sie sich Zeit nehmen – ich brauche dringend jemanden zum Reden«, brach es aus mir heraus.

»Natürlich.«

Wir setzten uns gleich an Ort und Stelle auf die Verandastufen. Sie hielt nach wie vor meine Hände, und Rover, mein treuer Gefährte, der meinen Kummer spürte, presste seine Schnauze wie immer in solchen Situationen tröstend gegen meinen Oberschenkel.

»Haben Sie etwas dagegen, wenn ich Ihnen zunächst ein paar Fragen stelle?«, erkundigte ich mich.

»Sie können mich alles fragen«, versicherte Grace und lachte leise. »Na ja, innerhalb vernünftiger Grenzen.«

»Ihr erster Mann ist gestorben?«

Ein Schleier der Trauer legte sich über ihre Augen, und ihr Gesicht nahm einen abwesenden Ausdruck an.

»Sein Name war Dan, und wir waren fast dreißig Jahre verheiratet.«

»Ich habe gehört …«, begann ich und hielt sogleich inne, weil ich fürchtete, das Thema könnte zu schmerzhaft für sie sein.

»Was haben Sie gehört?«, fragte Grace nach.

»Mark erzählte mir, Dan sei einige Monate lang verschwunden gewesen, bevor Sie von seinem Tod erfuhren.«

Die Trauer in ihren Augen verstärkte sich. »Er wurde über ein Jahr lang vermisst.«

»Ein Jahr … Und haben Sie sich während dieser Zeit an die Hoffnung geklammert, dass er noch lebt?«, fragte ich sie mit klopfendem Herzen und wartete gespannt auf ihre Antwort, von der für mich so viel abhing.

»O ja, ich war fest davon überzeugt. Dan war schon vorher ein paarmal einfach für ein oder zwei Tage verschwunden. Beim ersten Mal geriet ich in Panik, wusste nicht, was ich denken sollte. Außer mir vor Sorge rief ich den Sheriff an und meldete ihn als vermisst. Als Dan zurückkam, war er deswegen furchtbar wütend auf mich.«

Erleichtert atmete ich auf. Auch Grace hatte sich genau wie ich geweigert, an den Tod ihres Mannes zu glauben. Natürlich lagen die Dinge bei ihr ganz anders, aber das Festhalten an der Hoffnung verband uns. Und der Albtraum, den wir beide durchleben mussten.

»Dann verschwand er wesentlich länger, kehrte jedoch zwischendurch zweimal kurz nach Hause zurück. Heimlich, während ich arbeitete.«

»Woher wussten Sie, dass er da war? Fehlte etwas im Haus?«

»Am Anfang ist mir nichts aufgefallen …«

Ich sah, wie schwer es Grace fiel, Erinnerungen heraufzubeschwören, die sie lieber vergessen würde, und es tat mir leid, dass ich sie praktisch dazu zwang.

»Wenn Sie lieber nicht darüber sprechen wollen …«

»Nein, schon gut.«

Ich dankte ihr mit einem schwachen Lächeln.

»Es ist komisch«, sagte sie. »Nicht komisch im Sinne von lustig – seltsam wäre das richtigere Wort. In dem Moment, wo ich das Haus betrat, spürte ich, dass Dan dort gewesen war. Ich rief sogar seinen Namen, dachte, er sei zurück. Stand mitten im Zimmer und wartete darauf, dass er antwortete. Später tat er so, als sei nichts gewesen, als sei er nicht tagelang fortgeblieben. Ich solle über so etwas einfach hinwegsehen, meinte er.«

»Sicher haben Sie überlegt, weshalb er weggegangen sein könnte. Und wohin. Oder dachten Sie gleich daran, dass ihm etwas zugestoßen war?«

»Ich bin zunächst davon ausgegangen, dass er mich wegen einer anderen Frau verlassen hatte«, sagte sie mit einem freudlosen Lächeln.

»Was hat Sie auf den Gedanken gebracht?«

»Eine Reihe von Dingen. Zum einen fand ich seinen Ehering, den er zuvor nie abgezogen hatte. Das vermittelte mir das Gefühl, ausrangiert, beiseitegeschoben worden zu sein. Zum anderen entdeckte ich ungefähr einen Monat nach seinem letzten Verschwinden, dass er mit unserer Kreditkarte bei einem Juwelier etwas bezahlt hatte. Das schien meinen Verdacht zu bestätigen. Ich suchte das Geschäft auf und erfuhr dort, er habe einen Ring gekauft – was für einen, das ließ sich nicht mehr feststellen. Natürlich nahm ich an, er sei für eine andere Frau gewesen.«

»Und war er das?«

Grace wirkte plötzlich schuldbewusst. »Nein, erst später erfuhr ich, dass er sich einen neuen Ehering gekauft hatte. Anscheinend dachte er, er hätte den alten verloren, und legte offenbar Wert darauf, einen zu tragen, wenn er sich das Leben nahm. Im Nachhinein erkannte ich, dass es seine verdrehte Art war, mich, unsere Töchter und unsere Ehe zu würdigen.«

Bewegt drückte ich ihre Hände. »Sie müssen mir nicht noch mehr erzählen.«

»Sie haben sicher gute Gründe, mich nach meiner Geschichte zu fragen, und mir hilft es ebenfalls, über Dan zu sprechen. Außer dem Ehering und der Rechnung vom Juwelier gab es nämlich noch weitere Gründe für mich, an die Existenz einer anderen Frau zu glauben.«

»Und welche?«

»Nicht lange nach seinem Verschwinden stürmten plötzlich Leute in die Bibliothek und sagten, sie hätten Dan in der Stadt gesehen. Er säße in seinem Pick-up und befände sich in Begleitung einer Frau. Ich glaubte es und nahm es ihm übel. Dass er mich vor der ganzen Stadt lächerlich machte, war mehr, als ich ertragen konnte. Entschlossen, ihn mit dem Schmerz zu konfrontieren, den er mir und den Mädchen zugefügt hatte, rannte ich aufgebracht nach draußen, fiel hin und schürfte mir das Knie auf. Dann saß ich da und weinte.«

»War es Dan, den die Leute gesehen hatten?«

»Nein. Er kann es nicht gewesen sein. Als mehrere Wochen später seine Leiche gefunden wurde, stellte sich heraus, dass er zu diesem Zeitpunkt bereits eine ganze Weile tot war.«

»Aber als man Ihnen von dem Pick-up und der anderen Frau erzählte, da waren Sie wütend?«

»Wütend?«, wiederholte sie. »Das beschreibt nicht einmal ansatzweise, wie mir zumute war. Ich schäumte vor Wut, und in dieser Stimmung habe ich Dans Sachen aus dem Kleiderschrank geräumt und in den Garten geworfen. Wenn er mich schon verlassen wollte, dann hätte er gefälligst seine Sachen mitnehmen sollen, fand ich.«

»Es war eine schreckliche Zeit für Sie, nicht wahr?«

Grace starrte mit leerem Blick in die Ferne. »Nachdem Dan seinen Dienst in Vietnam abgeleistet hatte, war er ein anderer Mensch. Ich bin heute überzeugt, dass er an einer posttraumatischen Belastungsstörung litt, doch damals maß man seelischen Problemen nicht die gleiche Bedeutung bei wie heute. Dan gehörte zu jenen, die mit dem im Krieg Erlebten nicht fertigwurden. Und professionelle Hilfe, die er dringend gebraucht hätte, wurde ihm nach seiner Heimkehr nicht angeboten. Wir suchten auch keine, weil wir nicht ahnten, dass es sich um eine ernst zu nehmende psychische Erkrankung handelte.«

Aus Artikeln, die ich gelesen hatte, wusste ich, dass viele Vietnamveteranen unter dieser Störung litten und ihr Leben nie mehr in den Griff bekamen, weil die Erinnerungen an die Kampfeinsätze sie quälten. Und für eine große Zahl der Betroffenen kamen die Hilfsprogramme zu spät. Dan war einer von ihnen.

»Mein Mann litt jahrzehntelang«, fuhr Grace zu erzählen fort. »Unter den Erinnerungen ebenso wie unter Schuldgefühlen. Er sei es nicht wert, dass man ihm Gutes tue, meinte er. Einmal fand ich die Weihnachtsgeschenke, die er von den Mädchen und mir bekommen hatte, in der Garage. Er hatte sie zerstört, in Stücke geschnitten und dann aus welchem Grund auch immer dort versteckt.«

Mehr und mehr wurde mir klar, welch furchtbare Seelenqualen Dan ausgestanden haben musste. Und was der Krieg aus gesunden Männern machen konnte.

»Der Tod war für ihn eine Erlösung, denn er trug zu schwer an der Last von Schuld und Scham. Es gab da wohl ein Ereignis, das er nie vergessen und sich nie verzeihen konnte. Allerdings hat er mir nie Näheres erzählt, denn wir haben ja erst später geheiratet.«

»Jetzt hat er seinen Frieden«, flüsterte ich. Obwohl ich mir verzweifelt wünschte, dass Paul noch am Leben sein möge, war mir durch Dans Schicksal bewusst geworden, dass der Tod auch ein Segen sein konnte.

»Hilft es Ihnen, meine Geschichte zu hören?«, fragte Grace.

Es war an der Zeit, ihr die Wahrheit zu sagen. »Mrs. Coryelle kam heute Nachmittag hier vorbei«, begann ich.

»Marion Coryelle?«

»Ja. Sie wohnt ein Stück hügelabwärts, und ich schaue gelegentlich nach ihr, wenn die Tochter nicht da ist.«

»Ihre Tochter kommt oft zu uns in die Bibliothek und leiht Großdruckbücher für sie aus. Offenbar liest die Mutter leidenschaftlich gern.«

»Sie ist eine liebe Nachbarin. Normalerweise schaut sie so gut wie nie bei mir vorbei, aber heute brachte sie mir einen Brief, den der Postbote versehentlich bei ihr eingeworfen hatte.«

»War es der Brief, der Sie so verstörte?«

Ich nickte und wartete eine Weile, bis ich sicher war, nicht wieder in Tränen auszubrechen. »Ein Freund von Paul hat ihn mir geschickt.«

Grace rückte näher an mich heran.

»Er teilte mir in einer kurzen Notiz mit, dass Paul ihm einen Brief anvertraut habe, den er mir im Fall seines Todes übergeben sollte. Leider sei das irgendwie in Vergessenheit geraten, entschuldigte er sich, und er habe den Brief erst kürzlich wiedergefunden.«

»O je, kein Wunder, dass Sie aufgeregt sind. Was stand denn in dem Brief selbst?«

»Ich habe bislang nicht einen einzigen Blick darauf geworfen, sondern ihn gleich weggeräumt. Und da liegt mein Problem.«

»Möchten Sie, dass ich dabei bin, wenn Sie ihn lesen?«

»Ich weiß nicht, ob ich das will. Nicht bis ich die definitive Bestätigung habe, dass Paul wirklich tot ist.«

Jetzt brach ich gegen meinen Willen doch in Tränen aus, woraufhin Rover zu winseln begann und mir mein Gesicht abschleckte. Ich hob ihn vorsichtig hoch und setzte ihn auf meinen Schoß.

Grace legte den Arm um mich. »Und wenn sein Leichnam nie geborgen wird?«

Als sie das fragte, erkannte ich erst, dass sie mein Dilemma nicht wirklich verstehen konnte, ohne von Milfords Anruf zu wissen. Schniefend und schluchzend atmete ich tief durch, bevor ich Grace den Rest berichtete.

»Mit dieser Situation hätte ich mich irgendwann abfinden müssen und vielleicht auch können. Doch vor einigen Tagen wurde mir seitens der Army mitgeteilt, dass die Absturzstelle inzwischen zugänglich sei und man die sterblichen Überreste dort herausholen könne. Bei einem zweiten Anruf erfuhr ich, es seien nur fünf Männer gefunden worden. Sechs waren es aber, die mit dem Hubschrauber abstürzten. Jetzt werden DNA-Tests durchgeführt, und dann weiß man, wer fehlt. Natürlich heißt das nicht, dass derjenige überlebt hat. Allerdings wäre es möglich … Ich denke immerzu daran, dass dieser eine Paul sein könnte. Dass er vielleicht noch lebt. Ich weigere mich einfach, die Hoffnung aufzugeben. Allein schon aus der Überzeugung heraus, dass ich es gespürt hätte, wenn er tot wäre. Das klingt absurd, ich weiß, doch es ist so.«

Ich merkte selbst, mit welchem Nachdruck ich darauf bestand, dass mein Mann leben müsse. Als könnte ich dadurch Tatsachen schaffen. Was würde Grace von mir denken?

Sie schwieg lange, bevor sie wieder das Wort ergriff.

»Während des gesamten Jahres, als Dan vermisst wurde, dachte ich genauso wie Sie. Dass ich es tief in meinem Innern wüsste, wenn er tot wäre. Dass ich in diesem Fall irgendwelche Signale von ihm aufgefangen hätte.«

»Und passierte so etwas? Hatten Sie irgendwann das Gefühl, dass er gestorben war?«, fragte ich.

Grace beugte sich vor und schlang die Arme um die Knie. »Nein. Deshalb glaubte ich ja eine Zeit lang, er sei freiwillig gegangen. Wegen einer anderen oder was weiß ich.«

»Sie haben es also nicht gespürt?«

»Nein, und das werden Sie bei Paul auch nicht – so sehr Sie ihn lieben und so eng Ihre Verbindung sein mag. Am Ende muss jeder seinen eigenen Weg gehen und stirbt seinen eigenen Tod. Versteifen Sie sich nicht darauf, dass Sie es hätten merken müssen.«

Ich dachte an den Brief, der in meinem Nachtschränkchen auf mich wartete.

Grace berührte meinen Arm. »Sie brauchen Pauls Brief nicht gleich zu lesen. Warten Sie damit, wenn Sie wollen. Ihr Herz wird Ihnen sagen, wann der richtige Zeitpunkt gekommen ist.«

Ihr Rat war hilfreich, denn es sprach Weisheit und Lebensklugheit aus ihren Worten.

Eine letzte Frage hatte ich noch. »Wie haben Sie weitergemacht?«

Der nachdenkliche Ausdruck, den ich zuvor schon in ihren Augen gesehen hatte, kehrte zurück. »Der Tod eines Menschen, der uns nahesteht, tut unbeschreiblich weh. So sehr, dass wir denken, der Schmerz bringt uns um. Wer das nicht leidvoll am eigenen Leibe erlebt hat, vermag das nicht nachzuvollziehen und zu verstehen. Meine Freundin Olivia versuchte während der Zeit von Dans Verschwinden und nach seinem Tod mir zu helfen. Da sie einen Sohn verloren hatte, konnte sie sich in mich hineinversetzen, und doch gab es keinen Trost. Nichts, was meinen ganz persönlichen Schmerz gelindert hätte. Weil es einfach nicht möglich ist.«

Ich schluckte und nickte.

»Anders als bei einer körperlichen Verletzung stehen keine Medikamente zur Verfügung, die schnell helfen. Und keine Prognosen, wie lange es dauert, bis die Seele zu heilen beginnt. Wenn Sie sich ein Bein brechen, wissen Sie, dass es in ungefähr sechs Wochen wieder zusammengewachsen ist. Bei einem Todesfall verhält es sich anders. Glauben Sie, über den Verlust von Paul irgendwann hinwegzukommen?«

»Werde ich das, was denken Sie?« Ich brauchte Antworten, keine weiteren Fragen. »Haben Sie Dans Tod je verwunden?«

»Nein«, flüsterte sie. »Er war mein Mann, der Vater meiner Kinder. Ich habe den größten Teil meines Erwachsenenlebens mit ihm verbracht und werde ihn immer lieben. Allerdings anders als vorher, denn das Leben geht weiter. Am Anfang will man das nicht, wünscht sich, dass alles zum Stillstand kommt. Damit einem das vertraute Leben erhalten bleibt. Doch gleichzeitig versucht man nach und nach zu begreifen, was geschehen ist.«

Genau wie Grace es beschrieb, war es mir ergangen, als ich von dem Absturz des Hubschraubers erfuhr. In diesem Moment kam es mir vor, als sei mein Leben mit Pauls

Tod beendet. Ohne jegliches Gefühl für Zeit und Raum hatte ich mich von einem Tag zum nächsten geschleppt.

»Sie haben wieder geheiratet«, sagte ich.

»Ja.« Graces Augen leuchteten auf. »Das ist eine weitere Lektion, die man durch den Tod eines geliebten Menschen lernt. Weil das Leben um uns herum weitergeht, werden wir automatisch mitgezogen. Und wenn wir uns noch so sehr an die Vergangenheit und an unsere verlorene Liebe klammern. Beides bekommen wir nicht mehr zurück. Ich für meinen Teil habe mich lange gesträubt, das zu akzeptieren und loszulassen. Ein Jahr brauchte ich, bis ich lernte, ohne Dan zu leben.«

»So lange ist es jetzt bei mir her. Am siebenundzwanzigsten April vor einem Jahr stürzte Paul an einem Berg im Hindukusch ab«, flüsterte ich.

Irgendwer musste mir die Gewissheit geben, dass es ein Leben nach dieser Trauer gab. Eines, das sich lohnte. Eines, in dem der erlittene Verlust nicht alles Schöne und Lebenswerte unterdrückte. Eines, in dem man sich wieder von Herzen freuen konnte. Im Augenblick schien mir das undenkbar.

Grace verstand meine Not und mein unausgesprochenes Flehen. »Ich versichere Ihnen aus persönlicher Erfahrung, dass Ihre Wunden heilen werden, Jo Marie. Auch wenn Narben zurückbleiben.«

Alles, was Grace sagte, klang gut und richtig. Ich sollte auf ihre Worte ebenso vertrauen wie auf Pauls und darauf bauen, dass es für mich irgendwann Heilung geben würde.

»Eines Tages verlieben Sie sich vielleicht sogar wieder«, fuhr Grace fort.

Angesichts der langen Zeit, die ich als Single verbracht hatte, lachte ich laut auf. »Ich habe siebenunddreißig Jahre gebraucht, um Paul zu finden. Wenn es das nächste Mal erneut so lange dauert, bin ich über siebzig.«

»Vielleicht hält das Leben ja eine Überraschung für Sie bereit«, wandte Grace ein.

Mit Überraschungen konnte ich zwar noch nie gut umgehen, aber die Zeit würde es zeigen.

27

Ein Lächeln breitete sich auf Georges Gesicht aus, als er Mary einen Arm um die Schulter legte und ihren Kopf dicht an seinen heranzog.

»Unsere Tochter hält wirklich die Abschlussrede ihrer Jahrgangsstufe?«, fragte er nach, und sie hörte ihm an, wie überwältigt er war.

»Ja, stell dir vor, George – ich bin schrecklich stolz auf sie.«

»Ich ebenfalls. Es mag vermessen klingen, aber in gewisser Weise halte ich es mir zugute, ein so kluges Kind gezeugt zu haben.«

Mary wusste zu gut, was in ihm vorging. Seine Gefühle spiegelten exakt wider, was sie in dem Moment empfand, als sie von dieser großen Ehre für Amanda erfuhr. Wie die Mutter, so die Tochter, musste sie unwillkürlich denken, wenngleich ihr das eigentlich nicht zustand.

»Obwohl ich erst seit ein paar Stunden von der Existenz meiner Tochter weiß, kommt es mir vor, als hätte ich selbst für ihre guten schulischen Leistungen gesorgt.«

Mary strich ihm mit der Hand über die Wange. Sein Stolz auf Amanda machte sie glücklich, doch ihr und Georges Anteil an diesem Mädchen beschränkte sich auf die Weitergabe ihrer Gene. Gut, sie hatte sie außerdem ausgetragen und ihr das Leben geschenkt. Aber großgezogen, behütet und geleitet wurde Amanda von ihren Adoptiveltern. Eine andere Frau und nicht sie war es, die nächtelang bei einem kranken Kind saß, später aufgeschürfte Knie küsste und Trost spendete. Die Amanda beibrachte, was ein Kind lernen muss. Diese Familie verdiente allen Dank der Welt, und ihr vor allem kam das Recht zu, stolz auf dieses wunderbare junge Mädchen zu sein.

»Und wir können an der Abschlussfeier teilnehmen?«, hakte George nach.

»Leider ist das nicht ganz so einfach, wie ich ursprünglich dachte …«

»Und?«

Mary kannte den Ausdruck verbissener Entschlossenheit, den sie jetzt auf seinem Gesicht entdeckte. Er besagte, dass George Himmel und Hölle in Bewegung setzen würde, um seine Tochter bei dieser Abschlussfeier zu sehen.

»Da die Zahl der Absolventen in diesem Jahr sehr groß ist, werden Karten nur an Angehörige und Freunde ausgegeben. Und das wird am Eingang des Saales kontrolliert.«

»Dann werden wir uns eben Karten besorgen.«

»Genau das ist der springende Punkt, George. Abgesehen davon, dass wir nur schwer den Anspruch auf eine Karte begründen könnten, gibt es keine mehr. Das Auditorium ist restlos ausverkauft, wurde mir gesagt.«

»Willst du dich wirklich davon abhalten lassen?«, forderte er sie heraus und korrigierte sich dann. »Wollen wir uns davon abhalten lassen?«

Unter anderen Umständen vermutlich nicht. Da hätte

Mary von sich aus Himmel und Hölle in Bewegung gesetzt, um Unmögliches möglich zu machen, doch durch die Krankheit war ihr Kampfgeist geschwächt, und sie schaffte es einfach nicht mehr wie früher, sich jedem Widerstand entgegenzustemmen und ihn mit allen ihr zur Verfügung stehenden Mitteln aus dem Weg zu räumen.

Jetzt würde George sich der Sache annehmen.

»Verlass dich darauf: Wir werden unsere Tochter sehen«, erklärte er und duldete keinerlei Widerspruch.

»Willst du uns mit Brachialgewalt Zutritt verschaffen?«, fragte sie mit einem schwachen Lächeln. »Ich glaube nicht, dass ich einen Tumult am Eingang ertragen könnte. Und dass wir uns unbemerkt hineinschleichen können, bezweifle ich, denn Fremde fallen in Kleinstädten sofort auf.«

»Kein Grund zur Sorge«, beruhigte George. »Ich habe genug Beziehungen, um dieses Problem zu lösen. Morgen Nachmittag habe ich zwei Karten, verlass dich drauf.«

Mary zweifelte keine Sekunde, dass George das schaffte.

Dennoch kam es wie ein unerwartetes Geschenk. Sie war bereits traurig gewesen, dass es vielleicht nicht klappte mit ihrem schönen Plan, und das war mit ein Grund gewesen, warum sie gezögert hatte, George die ganze Geschichte mit der Abschlussfeier zu erzählen. Sie wollte ihm eine weitere Enttäuschung ersparen. Jetzt würde er dafür sorgen, dass ihr Traum wahr wurde.

George strich ihr über die Wange, entdeckte Tränen der Rührung in ihren Augen. »Verlass dich auf mich«, wiederholte er. »Du wirst sie sehen.«

»Danke«, sagte sie leise.

Auf George konnte man sich verlassen, und auch dafür liebte sie ihn. Ihn wiederzusehen, mit ihm zusammen zu sein, das hatte ihre Gefühle für ihn nur verstärkt, und sie durfte nicht daran denken, dass sie ihn in weniger als achtundvierzig Stunden erneut verlassen musste. Mary wusste nicht, woher sie die Kraft nehmen sollte, das zu überstehen.

In Gedanken versunken, merkte sie kaum, dass George den Motor anließ und zum Freeway zurückfuhr. Sie zurückbrachte nach Cedar Cove. Irgendwann schlief sie ein, denn ihre Erschöpfung war größer als der Wille, wach zu bleiben. Das Erste, was sie wieder bewusst wahrnahm, war die große Hängebrücke, die über einen Seitenarm des Pudget Sound auf die Halbinsel Kitsap führt. Bald würden sie ihr Ziel erreichen.

»Bist du wach?«, erkundigte er sich leise, sobald sie die Augen geöffnet hatte.

Sie gähnte und streckte sich. »Ja … Tut mir leid, dass ich eine so langweilige Beifahrerin bin. Und das, wo du eigens meinetwegen um die ganze Bucht herumfährst.«

Sie schaute auf die Uhr: Kurz nach drei Uhr nachmittags, und ihr waren einfach die Augen zugefallen.

»Unsinn. Du hast den Schlaf gebraucht. Sag mir die Adresse deiner Pension, damit ich sie in das Navi eingeben kann, und dann kannst du weiterschlafen, wenn du magst.«

»Ach ja, aus dieser Richtung kennst du den Weg ja nicht«, sagte sie und nannte ihm die genaue Anschrift, die sie mittlerweile auswendig wusste.

»Wahrscheinlich würde ich es auch so finden«, meinte George. »Aber warum das Risiko eingehen, sich zu verfahren. Außerdem sind diese fabelhaften Geräte dazu da, dass man sie benutzt«, fügte er grinsend hinzu.

War es wirklich erst gestern gewesen, dass sie ihm ihren Aufenthaltsort nur widerstrebend verraten hatte? In Anbetracht der Tatsache, was sie ihm seitdem alles gestanden und anvertraut hatte, kam ihr das mittlerweile einfach lächerlich vor.

Dabei hatte sie ursprünglich ernstlich überlegt, ob sie George überhaupt von seiner Tochter erzählen sollte. Weil sie unsicher war, was ihn mehr schmerzte: weiterhin an eine Abtreibung zu glauben oder sich mit der Tatsache abfinden zu müssen, dass sie das Kind weggegeben hatte. Doch mehr und mehr war ihr zu Bewusstsein gekommen, wie egoistisch es war, ihm diese Information vorzuenthalten. Damit musste es ein Ende haben, beschloss sie und erzählte ihm schließlich mit schonungsloser Offenheit alles. Die ganze Wahrheit.

»Es tut mir so leid«, flüsterte sie.

George verstand, worauf sie anspielte. »Natürlich hätte ich mir gewünscht, dass es anders gelaufen wäre. Trotzdem werde ich dir immer dankbar sein, dass du mein Kind zur Welt gebracht hast. Und sie genug liebtest, um loszulassen und dafür zu sorgen, dass sie in einer richtigen Familie aufwuchs. Dafür brauchst du dich nicht zu entschuldigen, Mary, das ist zur Not für mich akzeptabel. Bloß wie du mir das alles einfach verschweigen konntest, das begreife ich nicht. Hatte ich nicht das Recht, es zu erfahren?« Er atmete geräuschvoll aus und fügte mit gepresster Stimme hinzu: »Aber lassen wir es auf sich beruhen. Was geschehen ist, ist geschehen, und angesichts der Umstände hast du getan, was dir das Beste zu sein schien.«

Seine Worte gingen Mary nahe. Er war entschieden zu großmütig, zu tolerant. Damit hatte sie nie im Leben gerechnet und fand es im Grunde ihres Herzens eigentlich unverdient. Und dass er sie trotz allem, was sie ihm angetan hatte, noch liebte, erschien ihr erst recht wie ein Wunder.

Nicht mehr lange und Cedar Cove war erreicht. Sie fuhren an der Bucht entlang, wo sie Conner durchs Fenster in seinem Coffeeshop sah, und dann den Hügel hinauf zum Rose Harbor Inn.

George stellte den Motor ab. »Du bleibst, wo du bist, und wartest, bis ich dir helfe.«

Mary unterdrückte ein Lächeln. George und seine Fürsorge, die sie manchmal etwas übertrieben fand.

Er eilte um den Wagen herum, öffnete die Beifahrertür und war ihr beim Aussteigen behilflich, umfasste anschließend ihre Taille und führte sie den Weg zur vorderen Veranda hoch.

»Die letzten beiden Tage habe ich hier gesessen und Sonne getankt«, sagte sie versonnen.

Ja, sie hatte es wirklich genossen, in der unerwarteten Wärme dieser Frühlingstage zu dösen, die verschwenderische Blumenpracht und ihren süßen Duft mit allen Sinnen aufzunehmen. Rose Harbor erschien ihr wirklich wie ein magischer Ort.

»Sollen wir das jetzt auch tun?«, fragte er, während sie bereits die Treppenstufen zur Veranda hinaufstiegen. »Ich würde gerne mit der Frau, die ich liebe, in der Sonne sitzen.«

»Hast du denn so viel Zeit?«

»Mary, falls du es immer noch nicht begriffen hast –

nichts ist für mich im Augenblick wichtiger, als mit dir zusammen zu sein. Ich genieße jede einzelne Minute.«

»Okay, dann setzen wir uns eine Weile auf die Veranda.«

»Ich habe ganz vergessen, dich zu fragen, ob du nicht zu müde bist und dich lieber ins Bett legst.«

»Nein, das ist schon in Ordnung«, sagte sie, obwohl sie sich trotz des Schlafes im Auto ein wenig müde fühlte. Aber das zählte nicht, wenn sie dafür mehr Zeit mit George verbringen konnte.

Sie gingen zur seitlichen Veranda und nahmen Platz. Im Haus bellte ein Hund, und nach ein paar Minuten trat Jo Marie mit dem kurzhaarigen Rüden an ihrer Seite ins Freie.

Sie blickte erst George, dann Mary an. »Kann ich Ihnen irgendetwas bringen?«

»George Hudson. Ich sollte mich erst einmal vorstellen«, sagte er und erhob sich. »Vielleicht hätten Sie für Mary eine Decke. Das wäre sehr freundlich.«

»Wird sofort erledigt.«

Jo Marie verschwand und kehrte kurz darauf mit jener handgestrickten Decke zurück, die offenbar für die Veranda im Haus bereitlag. Mary kannte sie bereits.

»Die Aussicht hier ist zauberhaft.«

Träumerisch blickte Mary in die Ferne. Sog die Schönheit des blauen Himmels in sich auf, der sich über dem grünen Wasser der Bucht und den Gipfeln der teilweise noch schneebedeckten Olympic Mountains wölbte.

»Ja«, stimmte George zu, der sich inzwischen wieder neben sie gesetzt hatte, meinte aber etwas ganz anderes. Nämlich sie.

Mary errötete. Zum einen war sie an Komplimente nicht gewöhnt, denn einer knallharten Managerin gegenüber äußerte sich kaum jemand über ihr Aussehen. Und zum anderen war es ihr peinlich. Wie konnte man eine magere, blasse Frau ohne Haare als zauberhafte Aussicht betrachten? Sie tat einfach so, als habe sie die Anspielung nicht verstanden.

»Die Olympic Mountains sind überwältigend, findest du nicht?«, lenkte sie von sich selbst ab.

»Wirklich schön«, bestätigte er und sah zum ersten Mal zu der Bergkette hinüber.

»Warst du je im Hurricane Ridge?«

Er schüttelte den Kopf. »Nein, sollte ich eigentlich als jemand, der in der Gegend geboren wurde. Leider habe ich es nie geschafft. Es soll sehr schön dort sein.«

»Ja, so heißt es allgemein«, sagte sie mit leiser Wehmut.

Mary hatte in einer der Reisebroschüren, die in Bremerton am Fährterminal auslagen, geblättert und über Ausflüge in diese Bergregion gelesen. Hurricane Ridge, etwas weniger als zwei Autostunden von Seattle entfernt und Teil eines Nationalparks, biete atemberaubende Blicke auf die Gipfel der Olympic Mountains und ausgezeichnete Wanderwege, stand da, und ein tiefes Bedauern überkam sie, dass sich solche Exkursionen für sie verboten. Berge waren zu anstrengend für sie, nicht zu bewältigen mit ihren reduzierten Kräften. Der Krebs hatte ihr auch das genommen.

Sie unterhielten sich noch eine Weile angeregt, scherzten und lachten, zogen sich gegenseitig mit alten Erinnerungen auf, bis George nach einer halben Stunde lapidar feststellte: »Du bist müde.«

Sie nickte. Das war sie in der Tat. Mehr noch: Sie fühlte sich wie erschlagen und fragte sich, ob sie überhaupt alleine die Treppe zu ihrem Zimmer schaffte.

George nahm die Decke von ihrem Schoß, faltete sie zusammen und legte sie beiseite, bevor er ihr aufhalf. Die Treppe stellte sie, wie befürchtet, vor ein Problem, doch er half ihr Stufe für Stufe langsam und vorsichtig nach oben. Nahm Mary den Zimmerschlüssel aus der Hand und schloss die Tür auf.

»Ich kann mich an eine Zeit erinnern, da wolltest du mich bis zu meiner Tür begleiten und bist erst am nächsten Morgen wieder gegangen«, flüsterte sie.

»Führ mich nicht in Versuchung, Mary.«

Sie lachte.

»Glaubst du, ich scherze?«

»Ja, das tue ich.«

»Dann steht dir eine Überraschung bevor.«

»Also wirklich, George, ich …«

Er presste einen Finger auf ihre Lippen, bevor sie weitersprechen konnte. »Du bist schön. Und ich liebe dich.«

Ihre Gefühle drohten sie zu überwältigten. »Danke«, sagte sie sichtlich bewegt.

Ob es stimmte oder nicht, egal. Es war genau das, was Mary jetzt dringend hören wollte. Sie streckte die Arme nach ihm aus, und er zog sie an sich und hielt sie fest. Ein Schauer überlief sie, und sie merkte, dass sie vergeblich gegen die Wirkung seiner Worte ankämpfte.

»Ich bin so müde«, hauchte sie.

»Entschuldige meine Rücksichtslosigkeit. Ich hätte schon längst darauf bestehen sollen, dass du dich hinlegst.«

»Nein …« Sie sank auf die Bettkante und zog ihre Jacke aus.

George streifte ihr die Schuhe ab, hob ihre Beine auf die Matratze und deckte sie mit der Steppdecke zu. Dann bückte er sich und küsste sie sacht auf die Stirn.

»Ich rufe dich später an, okay?«

Sie nickte bloß und fiel, kaum dass George das Zimmer verlassen hatte, in einen tiefen, erholsamen Schlaf. Als sie eine Stunde später erwachte, fühlte sie sich wesentlich besser. Kurz darauf wurde leise an die Tür geklopft.

»Wer ist da?«, fragte Mary.

»Jo Marie. Ich habe ein Tablett für Sie.«

Mary blinzelte überrascht. »Ich habe nichts bestellt.«

Trotzdem öffnete sie die Tür, und Jo Marie kam mit einem Holztablett herein, auf dem sie eine große Kanne Tee nebst Tasse und Untertasse sowie einen Teller mit Feigengebäck, einen saftigen Apfel und ihren Lieblingsschokoriegel entdeckte.

»Ihr Bekannter hat mich gebeten, Ihnen das hochzubringen, sobald Sie wach sind.«

Mary war gerührt. Bevor er nach Seattle zurückfuhr, hatte George offenbar das Gebäck und die Schokolade besorgt. Einmal mehr wunderte sie sich, dass er sich noch an solche Einzelheiten erinnerte.

»Er hat auch ein Dinner für Sie bestellt«, sagte Jo Marie. »Es soll um sieben Uhr gebracht werden. Ich habe angeboten, für Sie zu kochen, aber er bestand auf dem Lieferservice.«

»Huhn mit scharf gewürzten Nudeln«, flüsterte Mary.

»Ja.« Jo Marie war sichtlich überrascht. Sie konnte ja

nicht ahnen, wie oft sie dieses Gericht in ihrem Lieblingsrestaurant in Seattle gegessen hatten.

»Ich glaube, er will mich mästen«, meinte Mary mit einem Lächeln und griff nach dem Schokoriegel.

»Lassen Sie es sich schmecken. Und scheuen Sie sich nicht, mich zu rufen, wenn Sie etwas brauchen.«

»Ich habe alles, danke.«

Sie begleitete Jo Marie zur Tür und blickte ihr nach, bis sie aus ihrem Sichtfeld entschwand. Dann drehte sie sich um und schenkte sich eine Tasse Tee ein. Pfefferminz. Ihre Lieblingssorte.

Dazu verdrückte sie zu ihrer Überraschung einen Teil des Feigengebäcks und den Schokoriegel. So viel hatte sie seit Monaten nicht gegessen. Es schien, dass unter Georges Einfluss sogar ihr Appetit zurückkehrte. Nicht so wie früher, doch immerhin war es ein Fortschritt.

Um halb acht klingelte ihr Smartphone, das bereits in Erwartung von Georges Anruf griffbereit auf dem Nachttisch lag.

»Mary? Habe ich dich geweckt?«

»Nein, ich lese gerade. Danke für den Nachmittagsimbiss und das Dinner.«

»Wie waren die Nudeln?«

»Köstlich. Hast du sie hier in der Gegend bestellt?«

Er lachte leise. »Denkst du das im Ernst?«

»George, erzähl mir nicht, sie wurden von Seattle hierhergebracht.«

»Okay, ich erzähle es dir nicht.«

Der Mann war unglaublich. Ebenso liebenswert wie

verrückt. Und das machte es ihr umso schwerer, an die Heimreise nach New York zu denken.

»Du solltest mich nicht so verwöhnen«, sagte sie mit leiser Trauer in der Stimme. »Das ist gefährlich.«

»Dann willst du auch nicht wissen, dass es mir gelungen ist, zwei Karten für die Abschlussfeier der Highschool von Cedar Cove zu ergattern.«

Ihre Stimmung schlug augenblicklich um. »Du nimmst mich auf den Arm, oder?«, fragte sie aufgeregt.

»Nein.«

»Wie? Wo?«

»Ich sagte doch, dass ich über Beziehungen verfüge, weißt du nicht mehr?«

»Schon. Zwar habe ich nicht daran gezweifelt, dass du vieles ermöglichen kannst, aber ich wollte mich nicht zu früh freuen. Um nicht am Ende zu sehr enttäuscht zu sein.«

»Nun, das musst du nicht. Wir dürfen uns noch in den Saal hineinquetschen und werden die Abschlussfeier unserer Tochter miterleben.«

»Danke«, flüsterte sie so überwältigt, dass sie kaum sprechen konnte.

»Ich hole dich morgen um ein Uhr ab. Schlaf gut, mein Schatz.«

»Du auch«, hauchte sie und unterbrach die Verbindung, bevor er die Tränen in ihrer Stimme hören konnte.

28

Die Feier anlässlich der goldenen Hochzeit der Shivers neigte sich dem Ende zu. Annie konnte sehen, dass ihre Großeltern nach der Aufregung des Tages erschöpft und bettreif waren. Sie suchte ihre Mutter und fand sie in ein Gespräch mit einer Cousine vertieft, die wie andere Verwandte morgen zu dem großen Familiendinner eingeladen war, das Annies Eltern in ihrem Haus in Seattle veranstalteten.

»Ich glaube, es wäre das Beste, wenn wir Grandma und Grandpa zur Pension zurückbringen«, schlug Annie vor. »Was meinst du dazu?«

»Oh, du musst dich nicht darum kümmern«, erhielt sie zur Antwort. »Oliver schleppt sie gerade eben ab.«

Annie blickte auf und sah noch, wie Oliver mit ihren Großeltern den Saal verließ.

Enttäuschung stieg in ihr auf. Sie hatte gehofft, mit ihm noch ein wenig alleine zu sein, nachdem die Gäste gegangen waren. Jetzt würde er allerdings kaum mehr zurückkommen, vermutete sie, sondern gleich im Rose Harbor bleiben.

»Das geht doch in Ordnung, oder?«, vergewisserte sich ihre Mutter.

»Na klar. Alles bestens, kein Problem.«

»Du hast dich mit diesem Fest wirklich selbst übertroffen, Annie. Dad und ich sind schrecklich stolz auf dich. Stolzer geht's gar nicht mehr.«

»Danke, Mom.«

Das Lob tat ihr nach den Aufregungen und Bedenken der letzten Tage gut, und dankbar umarmte sie ihre Eltern, die im Begriff waren, ebenfalls aufzubrechen. Da sie in Seattle lebten, hatten sie kein Hotelzimmer genommen.

Annie blieb noch, um Aufräumen und Einpacken zu überwachen, und legte hier und da selbst Hand mit an. Während noch Stühle gestapelt, Tische abgedeckt und Dekorationen entfernt wurden, öffnete sich die Tür des Saales, und zu Annies großer Freude trat Oliver ein.

Er hatte sich umgezogen und trug jetzt Jeans und einen Pulli. Ihr Herz begann augenblicklich schneller zu schlagen – eine Reaktion, die sie selbst überraschte. Sie musste sich offenbar erst wieder an das Gefühl gewöhnen, verliebt zu sein, und an die Turbulenzen, die es im Innern auslöste. Strahlend lächelte sie ihn an.

»Du hast wohl nicht ernstlich geglaubt, ich würde verschwinden, ohne mich von dir zu verabschieden. Außerdem lasse ich dich nicht mit der ganzen Arbeit sitzen.«

»Hier ist im Grunde nichts mehr zu tun, das meiste haben die Leute selbst erledigt. Die Caterer ebenso wie die Hilfskräfte vom Jachtclub. Aber erzähl mal, wie's meinen Großeltern geht.«

»Sie sind erschöpft und dennoch aufgeregt, dankbar und glücklich. Sie konnten gar nicht aufhören, von den Freunden zu erzählen, die sie wiedergetroffen haben, und von all den Leuten, die gekommen sind.«

»Sehr gut.« Genau das hatte Annie erreichen wollen.

»Und sie haben unentwegt geschwärmt, wie großartig du das Fest geplant und organisiert hast. Sie haben alles genossen: die Zeremonie im Pavillon, den Empfang mit der Kuchenschlacht und die rauschende Party als krönenden Abschluss.«

Fast bedauerte Annie es, das nicht mit eigenen Ohren gehört zu haben.

»Kent und Julie haben recht: Es war wirklich alles perfekt, vom Anfang bis zum Ende. Und vermutlich bist du jetzt rechtschaffen müde«, fügte Oliver hinzu.

»Halb so wild.«

Sie hatte ihre Pflicht und Schuldigkeit getan. Für heute reichte es. Morgen stand dann das große Familiendinner auf dem Plan, doch darum kümmerte sich zum Glück ihre Mutter. Sie schwang sich auf einen Tisch und ließ die Füße baumeln.

»Du bist schon morgen bei dem Dinner dabei?«, fragte sie Oliver.

»Leider nein.«

Annie sah ihn verständnislos an. Sie war fest davon ausgegangen, dass er eingeladen worden war. Von den Großeltern oder von ihrer Mutter …

»Wieso denn das nicht? Immerhin hast du meine Großeltern hergefahren, und ich dachte …«

»Möchtest du denn, dass ich komme?«

»Ja«, erwiderte sie ohne Zögern, wunderte sich allerdings über sich selbst.

Ein breites Lächeln überzog sein Gesicht. »Dann werde ich tun, was ich kann … Ich würde dich nur äußerst ungern enttäuschen, weißt du.«

»Ich werde meiner Mutter Bescheid geben, dass sie

dich noch einplant. Bestimmt hat sie es bloß vergessen. Es geht ja nicht nur um mich. Ich bin nämlich sicher, dass meine Eltern dich ebenfalls dabeihaben wollen. Von meinen Großeltern ganz zu schweigen«, fügte sie hinzu und versuchte damit den Eindruck zu korrigieren, dass er nur ihretwegen an dem Familiendinner teilnehmen müsse.

Bevor sie die Sache weiter diskutieren konnten, winkten die Musiker, die inzwischen ihre Instrumente eingepackt hatten, Annie zu sich. Sie dankte ihnen nochmals und überreichte ihnen das vereinbarte Honorar, ging dann zu Oliver zurück. Er telefonierte gerade. Einem Namen nach zu urteilen, den sie aufschnappte, handelte es sich um einen seiner Freunde, die mit ihm nach Australien und Neuseeland reisen würden. Näheres erfuhr sie von ihm nicht.

Nachdem für sie nichts mehr zu tun blieb, verließen sie den Jachtclub.

»Wohin jetzt?«, fragte Oliver und hielt sich an ihrer Seite.

»Ich habe mein Auto beim Pavillon geparkt.«

»Ich begleite dich.«

»Das wäre schön«, sagte sie dankbar. Noch vor kurzer Zeit hätte sie sein Angebot schroff ausgeschlagen. So vieles hatte sich geändert und so schnell. Nach allem was sie insbesondere seit heute Nachmittag über diesen jungen Mann, den Albtraum ihrer Kindheit, erfahren hatte, schwirrte ihr förmlich der Kopf.

»Möchtest du noch eine Weile auf dem Steg sitzen?«, fragte er, als sie sich der Marina näherten.

»Ja schon, nur wie kommen wir da rein?«, wandte sie ein. »Die ist bloß für Bootseigentümer zugänglich.«

»Ich meine nicht die Marina, sondern eine Anlegestelle, die problemlos zugänglich ist. Dort können wir uns ein Weilchen hinsetzen. Wäre schließlich schade, einen so schönen Abend nicht auszunutzen.«

»Eine gute Idee«, bekräftigte sie aus vollem Herzen. Sie wollte nicht nur mit ihm zusammen sein, sondern zudem über die überraschende Wendung reden, die ihr Verhältnis genommen hatte.

Sie gingen zu Olivers Wagen, der beim Jachtclub parkte, und fuhren ungefähr zwei Meilen am Wasser entlang zu einer Stelle in der Nähe des Cranberry Point. Die Anlegestelle war öffentlich zugänglich, wie Oliver versprochen hatte, und da gerade Ebbe herrschte, ragte der Steg ziemlich weit aus dem Wasser. Ein Schild erinnerte an die Zeiten, als die Dampfboote der Mosquito Fleet den Pudget Sound befuhren und alle möglichen Orte und Plätze ansteuerten, aber mit dem Aufkommen von Autofähren, dem Bau von Brücken und Highways endete ihre große Zeit. Hier, von diesem Anleger aus, waren insbesondere die Arbeiter der Marinewerft nach Bremerton hinübergefahren.

Oliver nahm sie bei der Hand und ging mit ihr zum Wasser. Er zog seine Jacke aus und breitete sie auf den Holzplanken aus, damit sie darauf sitzen konnten. Annie streifte ihre Schuhe ab, ließ die nackten Füße über den Rand baumeln, und gemeinsam schauten sie auf das dunkle Wasser und den hellen Sternenhimmel. Da sie nicht wusste, womit sie anfangen sollte, beschloss sie abzuwarten, ob er nicht das Wort ergriff.

»Das war heute ein großer Tag für dich.«

»Und für dich«, gab sie zurück.

»Für mich?«

»Ja, für dich. Ich konnte die Damen nicht zählen, die mit dir tanzen wollten«, sagte sie scherzend. »Tu also nicht so, als hättest du das nicht bemerkt. Immerhin dürfte dir das nicht jeden Tag passieren.«

»Es hätte mir mehr Spaß gemacht, wenn sie etwas älter als dreizehn gewesen wären«, gab er süffisant zurück und spielte damit auf ihr Alter in jenem schicksalhaften Sommer an.

Annie lachte und hielt ihr Gesicht in die frische Brise, die vom Wasser her wehte. Ansonsten war es noch überraschend warm. Überhaupt hatte das Wetter sich heute von seiner besten Seite gezeigt. Als habe der liebe Gott wohlwollend auf ihre Großeltern herabgelächelt und ihren Ehrentag gesegnet.

»Bist du eifersüchtig?«

»Auf Dreizehnjährige?«

»Ein Punkt für dich.«

Sie konnten mit diesem Geplänkel vermutlich den ganzen Abend fortfahren, doch Annie fand, sie sollten die Gelegenheit zu einem ernsthaften Gespräch nicht ungenutzt verstreichen lassen. Schließlich würde Oliver bald nach Portland zurückkehren und kurz darauf für ein Jahr auf der anderen Seite der Erde verschwinden.

Oliver bemerkte, dass ihr Verhalten sich veränderte. »Du bist plötzlich so still.«

»Ich weiß«, erwiderte sie. »Entschuldige. Ich möchte dich so viel fragen und weiß nicht recht, wo ich beginnen soll.«

»In der Zeit unserer Kindheit vielleicht?«

»Besser nicht«, meinte sie nachdenklich. »Das wirbelt zu viele böse Erinnerungen auf und scheint mir kein guter Anfang für ein Gespräch zu sein.« Und dann platzte sie mit dem heraus, was sie momentan am meisten beschäftigte. »Stimmt es wirklich, dass du mich all die Jahre gerne mochtest?«

»Gernhaben ist eine Untertreibung. In Wahrheit war ich verrückt nach dir.«

»Oliver, du hast so etwas zwar gestern angedeutet, aber ich konnte und kann es nicht wirklich glauben.«

»Ich meine es ernst. Wenn du denkst, nur du hättest in jenem Sommer unter Hänseleien leiden müssen, so irrst du dich. Dein lieber Bruder Peter hat das mit dem Kuss gnadenlos vor allen Freunden breitgetreten, und du kannst dir vorstellen, wie die Reaktionen aussahen. Wer selbst derartige Erfahrungen noch nicht gemacht hat, überzieht andere gerne mit Spott und Hohn.«

»Du hast nie ein Wort darüber verloren.«

»Ich kam ja nicht an dich heran, obwohl ich alles tat, um deine Aufmerksamkeit zu erregen.«

Annie dachte angestrengt nach, doch ihr fiel dazu nichts ein. Sie hatte lediglich in Erinnerung, dass sie ihn seit dem Kuss weniger zu Gesicht bekam, ohne sich je nach den Gründen zu fragen.

»Irgendwann akzeptierte ich, dass ich dich wohl zu tief verletzt hatte und du mir nie verzeihen würdest. Das bedeutete gleichzeitig, keine Gedanken mehr an dich zu verschwenden und stattdessen zu schauen, ob andere Mütter nicht ebenfalls schöne Töchter hatten.«

Sie sah ihn an und runzelte die Stirn.

»Aber es gelang mir nie wirklich. Dann hörte ich, dass du deine Verlobung gelöst hast, und nahm das als Wink des Schicksals, es noch einmal zu versuchen.«

Sie spürte die Aufrichtigkeit in seinen Worten und die Sehnsucht in seinem Blick, und ihr wurde ganz warm ums Herz.

»Ich wusste, dass du Zeit brauchen würdest, um über Lenny hinwegzukommen, daher wartete ich. Allerdings konnte ich nicht für ein Jahr fortgehen, ohne mit dir zu reden. Ich wollte dich zumindest wissen lassen, was ich für dich empfinde – deshalb habe ich die Sache mit Cedar Cove eingefädelt.«

»Was ist mit deiner Reise?«

»Ich habe alles gebucht, nachdem ich von deiner Verlobung erfahren hatte. Leider war es dann zu spät, alles wieder rückgängig zu machen. Insofern war ich glücklich über dieses Fest, habe mich zugleich jedoch innerlich gewappnet, dass es auch mit einer Enttäuschung enden und zum Schwanengesang für meine Jugendträume und meine unerwiderte Liebe werden könnte. Ich bin sehr glücklich, dass es anders gekommen ist«, sagte er eindringlich und griff nach ihrer Hand.

»Und du fährst trotzdem?«

Er zögerte und nickte schließlich. »Abgesehen davon, dass alles bereits gebucht ist, verlassen meine Freunde sich auf mich – ich kann keinen Rückzieher machen.« Er sah sie lange an. »Außer du verlangst es von mir.«

»Nein, in eine solche Situation würde ich dich nicht bringen. Das wäre unfair.«

»Wenn ich mich entscheiden müsste, würde ich es tun, das musst du wissen.«

Annie war sprachlos über dieses Angebot, das er zweifelsfrei ernst meinte, und wusste nicht, was sie darauf antworten sollte.

»Du kannst dir meine Aufregung nicht vorstellen, als ich von der geplatzten Verlobung hörte, Annie. Plötzlich sah ich wieder eine Chance. Meine größte Angst war nur, ich könnte etwas sagen oder tun, was unser Verhältnis zusätzlich verschlechtern statt verbessern würde.«

»Und da hast du meinen Großvater gebeten, dir ein paar Ratschläge zu geben, oder?«

»Ja, aber das ist schon lange her. Damals war nicht einmal die Rede von einem Fest in Cedar Cove. Kent hat mich bloß ermutigt, es noch einmal bei dir zu versuchen.«

»Das ganze Gerede von der verschwundenen Brille war also nichts als ein Vorwand, damit du als Fahrer einspringen konntest.«

»Ja und Nein. Kent macht mit der Brille wirklich ein ziemliches Theater, setzt sie nicht auf und verlegt sie ständig. Als Julie mich aus diesem Grund fragte, ob ich sie nicht fahren könnte, kam mir das sehr gelegen. Doch andernfalls hätte ich mir irgendetwas einfallen lassen, um hierherkommen zu können. So war es natürlich glaubwürdiger«, sagte er grinsend und fügte nach einer kurzen Pause hinzu: »Ich habe eine Frage an dich, Annie. Eine ernsthafte Frage.«

»Okay, schieß los.«

»Sei ehrlich, Annie, denn ich muss es wissen. Habe ich eine Chance bei dir?«

Sie legte eine Hand an seine Wange. »Bevor ich antworte, musst du erst etwas tun.«

»Okay.«

»Küss mich.«

»Mit Vergnügen«, sagte er strahlend.

Sie hatten sich im Laufe dieses Wochenendes bislang zweimal geküsst, und jeden Kuss hatte sie anders empfunden. Beim ersten schwankte sie noch heftig zwischen Anziehung und Ablehnung. Einerseits gefiel es ihr, andererseits ärgerte es sie, dass sie Oliver, ausgerechnet ihm, solche Freiheiten gestattete. Beim zweiten Kuss war sie bereits viel empfänglicher und entsprechend aufgewühlt gewesen, und den dritten, der jetzt folgen würde, betrachtete sie als Test. Um ganz bewusst Olivers Gefühlen nachzuspüren. Und ihren eigenen.

Langsam senkte er seine Lippen auf die ihren herab, bog ihren Kopf nach hinten und vergrub seine Finger in ihrem Haar. Der Kuss war sanft und zärtlich, feucht und warm und schlug schnell um in heftiges Verlangen und Leidenschaft. Raum und Zeit schienen nicht mehr zu existieren, und Annie wünschte, sie könnten ewig so weitermachen. Als er sich von ihr lösen wollte, gab sie einen protestierenden Laut von sich.

Oliver strich mit den Lippen an ihrem Hals entlang, bedeckte ihn mit federleichten Küssen und knabberte an ihrem Ohrläppchen. Annie fühlte sich wie in Trance und brauchte mehrere Sekunden, um wieder zu sich zu kommen. Wenn er sie nicht festgehalten hätte, wäre sie womöglich ins Wasser gekippt, schoss es ihr durch den Kopf.

»Hast du erfahren, was du wolltest?«, fragte er. »Oder möchtest du, dass ich dich ein weiteres Mal küsse? Ich hätte nichts dagegen, obwohl wir dann wegen der abzusehenden Konsequenzen verhaftet werden könnten.«

Sein Scherz löste Annies Erstarrung, und sie grinste. »Danke, aber ich glaube, ich habe meine Antwort erhalten.«

»Darf ich wissen, wie deine unausgesprochene Frage lautete?«, bohrte er nach.

»Ich wollte sichergehen, dass das, was ich empfinde, echt ist und nicht bloß ein Ersatz, um über die Trennung von Lenny hinwegzukommen.«

»Aha.« Er zögerte. »Und zu welcher Erkenntnis bist du gekommen?«

»Dass es echt war. Sehr echt sogar.«

Oliver legte seine Hand über ihre und umschloss sie. »Nachdem das nun geklärt ist – wie soll es weitergehen?«

Genau diese Frage beschäftigte Annie ebenfalls. Zum einen wegen der Reise, zum anderen wegen der weit auseinanderliegenden Wohnsitze. Sie in Seattle, er in Portland. Sie sah ihn an und lehnte den Kopf an seine Schulter.

»Ganz ehrlich, Oliver, ich habe keine Ahnung.«

»Ich auch nicht.«

Sie lächelte glücklich. Überraschend glücklich für eine Frau, die noch vor ein paar Monaten verlobt gewesen war und einen anderen Mann hatte heiraten wollen. So, wie sie sich momentan fühlte, wünschte sie sich nichts anderes, als genau da zu sein, wo sie war: hier mit Oliver.

29

Ich hatte nicht länger als eine oder zwei Stunden am Stück schlafen können und war noch vor Tagesanbruch auf den Beinen. Wie ich diesen Tag überstehen sollte, war mir ein Rätsel. Ich musste Gäste versorgen, und später am Nachmittag fand auch noch der Tag der offenen Tür statt.

Da zu dieser frühen Stunde kaum jemand auftauchen würde, erlaubte ich es mir, im Bademantel in der Küche zu sitzen und einen Kaffee zu trinken. Rover lag wie immer zu meinen Füßen. Mit meinem dampfenden Becher in der Hand starrte ich blicklos ins Leere und versuchte positiv zu denken.

Es half nichts, in dieser düsteren Stimmung zu verharren, denn das verhinderte genau das, was ich letztlich ja wollte: irgendwann wieder den Anschluss an das normale Leben finden. Noch mehr Nächte wie die letzte und ich konnte das vergessen. So elend hatte ich mich nicht mehr gefühlt seit der Nachricht vom Absturz des Hubschraubers vor anderthalb Jahren.

Ich wusste, dass es falsch und gefährlich war, Pauls Tod weiter zu leugnen. Mein Verstand war bereit, die Wahrheit zu akzeptieren, mein Herz nicht. Weil es sich nicht von dem Traum zu lösen vermochte, dass er noch lebte. Und so klammerte ich mich an das absolut Unwahrscheinliche und verweigerte mich einem Leben ohne ihn.

Paul hätte das nicht gewollt. Selbst ohne seinen letzten Brief gelesen zu haben, war mir das klar. Ich ahnte sogar, was er geschrieben hatte.

Lebe dein Leben weiter. Halte an den Erinnerungen fest. Trauere nicht.

Das war leichter gesagt als getan, dachte ich. Und falls Paul mir diese Ratschläge wirklich geben sollte, verlangte er Unmögliches. Hatte ich es nicht außerdem versucht, begehrte ich auf. Nein, sagte eine Stimme in mir, zumindest nicht ernsthaft. Und das funktionierte auch nicht, solange ich mir einredete, dass er vielleicht zurückkam.

Hoffentlich lenkte die zu erwartende Hektik des Tages mich ab. Mit Ausnahme von Mary Smith, die noch einen Tag blieb, würden meine Gäste abreisen. Die Shivers, Oliver Sutton und Annie Newton wollten zusammen mit einigen anderen Verwandten nach Seattle zu Annies Eltern fahren, die am Abend ein Dinner veranstalteten. Wer nicht zum engeren Familienkreis gehörte, machte sich auf den Heimweg.

Für mich bedeutete das: Frühstück machen, Bettwäsche wechseln, die Zimmer putzen und herrichten und anschließend alles für den Tag der offenen Tür vorbereiten. Mir war, als trüge ich die Last der Welt auf meinen Schultern. Ich konnte mir nicht erklären, welcher Teufel mich geritten hatte, diese Präsentation ausgerechnet an einem Wochenende zu veranstalten, an dem ich das Haus voller Gäste hatte. Ich musste komplett verrückt gewesen sein.

Rover stellte eine Pfote auf meinen Schoß. Entweder

wollte er mich trösten oder mir zu verstehen geben, dass er nach draußen musste. Ich stand auf und öffnete die Hintertür, um ihn rauszulassen.

Er trottete ins Freie, blieb aber auf der obersten Stufe der Veranda stehen und ließ den Blick über den Garten wandern, als würde er sein Königreich begutachten. Dann drehte er sich um und sah mich an. Anscheinend wollte er, dass ich ihm folgte.

»Erledige endlich dein Geschäft, Rover«, sagte ich ungeduldig. »Mach schon.«

Langsam bequemte er sich die Stufen hinunter und begab sich zu seiner bevorzugten Ecke des Rasens. Schnupperte dort herum und blickte anschließend erwartungsvoll zu mir auf.

»Sehr schön, braver Hund«, lobte ich ihn.

Mein vierbeiniger Gefährte schien heute ebenfalls nicht in bester Stimmung zu sein. Er nahm sich alle Zeit der Welt und ließ sich nur mit Mühe ins Haus zurückscheuchen, um sich dort gekränkt in sein Körbchen zurückzuziehen und sich zu einem Fellknäuel zusammenzurollen.

»Willst du mich jetzt mit Missachtung strafen?«

Rover tat, als schliefe er.

»Verräter«, murmelte ich und trank meinen Kaffee aus, stellte den Becher in die Spüle und ging in mein Zimmer, um mich anzukleiden. Ich durfte keine Zeit mehr verlieren, wenn das Frühstück rechtzeitig auf dem Tisch stehen sollte. Schnell kramte ich Jeans und eine langärmelige gelbe Bluse aus dem Schrank und hoffte, die Farbe würde meine Stimmung heben. Darüber trug ich wie immer eine Latzschürze, allerdings eine in fröhlichen Farben.

Annie kam als Erste nach unten. Vergnügt wie ein Kind an Weihnachten hüpfte sie in den Frühstücksraum, und ich fragte mich, was ihr wohl Erfreuliches widerfahren sein mochte.

»Sie haben heute Morgen aber gute Laune«, sagte ich betont munter, um meine eigene gedrückte Stimmung zu verbergen.

»Ja«, gab sie strahlend zurück. »Die Party war ein voller Erfolg. Alles ging glatt. Das Buffet war super, der Kuchen ein Traum, und die Musik erste Sahne. Besser hätte es gar nicht laufen können. Und meine Großeltern haben sich benommen wie ein glücklich verheiratetes Paar.«

»Wie schön.« Ich freute mich für sie; denn ich wusste ja von der vielen Arbeit und den Problemen in letzter Minute.

Sie setzte sich an einen der gedeckten Tische und seufzte. »Ich befinde mich immer noch auf einem emotionalen Höhenflug.«

»Dazu haben Sie ja auch allen Grund.«

»Ja, das habe ich in der Tat.« Sie nahm sich einen Muffin von der Platte in der Mitte des Tisches. »Nicht nur wegen des Festes.« Ein träumerischer Ausdruck breitete sich auf ihrem Gesicht aus, und sie hielt gedankenverloren inne. Die Hand mit dem Muffin verharrte über ihrem Teller.

Da ich keine Ahnung hatte, worauf sie anspielte, antwortete ich ziemlich vage. »Hauptsache, wenn sich alles so gut gefügt hat.«

»Entschuldigung. Haben Sie etwas gesagt?«

»War nicht weiter wichtig.«

Sie schien mit den Gedanken weit weg zu sein, und so goss ich ihr unaufgefordert ein Glas Orangensaft ein.

»Haben Sie Oliver heute Morgen bereits gesehen?«, fragte sie.

»Noch nicht.«

»Oh.« Sie klang enttäuscht.

Welch unerwartete Wende. Wie es aussah, lief da etwas zwischen den beiden. Und das, obwohl Annie ihn vorher bloß angegiftet hatte. Allein die Erwähnung seines Namens brachte sie in Rage. Er hingegen wollte schon immer, denn er konnte den Blick kaum von ihr losreißen. Das war für niemanden, der Augen im Kopf hatte, zu übersehen.

»Was ist mit meinen Großeltern?«

»Ich habe bisher keinen Mucks von ihnen gehört.«

Erneut schien sie durch mich hindurchzusehen und vergessen zu haben, dass sie mich etwas gefragt hatte. Ich lachte. Annie schwebte eindeutig in höheren Sphären.

»Er reist bald ab, wissen Sie«, sagte sie unvermittelt und völlig zusammenhanglos.

»Sie reden von Oliver?«

»Entschuldigung, ich muss laut gedacht haben.« Sie trank einen Schluck Orangensaft und stellte das Glas ab.

»Ja, heute Morgen. Genau wie Sie und die anderen.«

»Davon spreche ich nicht, aber ich habe mich missverständlich ausgedrückt«, sagte Annie. »Ich meinte die richtige Reise, zu der er demnächst aufbricht. Nach Australien, Neuseeland, die Südsee und wer weiß wohin.«

»Wie interessant.«

»Er will ein ganzes Jahr wegbleiben.«

Das klang mehr nach einem Abenteuertrip als nach einer Urlaubsreise. »Fährt er ganz allein?«

»Nein, mit zwei Freunden, doch die haben ebenfalls keine Mädchen dabei.« Bei den letzten Worten runzelte sie die Stirn. »Das macht es unmöglich.«

»Macht was unmöglich?«

Annie redete heute eindeutig in Rätseln, und ich konnte mir aus ihren Andeutungen keinen Reim machen. Aber vermutlich wollte sie das auch gar nicht. Sie sprach mehr zu sich selbst, und ich war eben zufällig anwesend und bekam ihre Worte mit. Auf meine letzte Frage antwortete sie überhaupt nicht. Was allerdings daran lag, dass Kent und Julie Shivers das Zimmer betraten. Sie trugen Shirts im Partnerlook und benahmen sich ausgesprochen friedlich. Ihre Zankerei schien Schnee von gestern zu sein, nur fragte ich mich, ob sie nicht irgendwann in ihre alten Gewohnheiten zurückfielen. Nun gut, wenn sie es so wollten!

Kent rückte Julie höflich den Stuhl zurecht, und sie blickte dankbar zu ihm auf, während sie Platz nahm.

»Wir möchten gleich nach dem Frühstück aufbrechen«, erklärte Kent. »Haben Sie die Rechnung vorbereitet?«

Ich nickte und ging in die Küche, um die Platte mit Speck hereinzuholen. Extra kross gebraten, wie die meisten Gäste es liebten. Außerdem gab es noch Stücke ofenwarmer Spinat-Käse-Quiche, bei der der geschmolzene Käse seitlich herausquoll.

Kurz darauf erschien Oliver. »Guten Morgen«, grüßte er gut gelaunt.

»Morgen«, erwiderte Kent und griff nach drei Speckstreifen.

Ich hielt den Atem an; rechnete halb damit, dass Julie ihn an seine Cholesterinwerte erinnern würde. Doch zu meiner Überraschung schwieg sie. Auch Kent schielte in Erwartung eines Tadels zu seiner Frau hinüber, grinste reumütig und legte zwei Speckstreifen auf die Platte zurück.

»Gib sie mir.« Oliver hielt ihm seinen Teller hin und wandte sich dann an Julie. »Ein schöner Morgen, nicht wahr?«

Ich sah aus dem Fenster und stellte fest, dass der Himmel grau und wolkenverhangen war. Was fand Oliver an diesem Morgen schön. Wahrscheinlich erschien ihm genau wie Annie die ganze Welt rosarot.

»Kent, planst du immer noch, selbst nach Seattle zu fahren?«, fragte Oliver.

»Du willst dich ans Steuer setzen? Und in wessen Auto?«, erkundigte sich Julie überrascht und ein wenig alarmiert.

»Mach dir keine Sorgen.« Kent tätschelte ihr Knie. »Oliver und ich haben alles besprochen.«

»Du fährst mit Olivers Auto?« Annie war nicht weniger verwundert als ihre Großmutter.

»Jawohl.«

Ihr Blick wanderte von ihrem Großvater zu Oliver und dann wieder zurück.

»Wann habt ihr das denn ausgehandelt?«

»Ach, irgendwann«, antwortete Kent ausweichend und wollte nicht mit der Sprache heraus.

Und was Oliver betraf, der tat völlig unbeteiligt, nahm sich einen Muffin, vier Streifen Speck und zwei große Stücke Quiche. Anscheinend hatte er Hunger wie ein Wolf.

»Und wie willst du zum Haus meiner Eltern kommen?«

»Kann ich nicht mit dir fahren?«, fragte er und sah sie lächelnd an.

»Klar, das schon. Nur kommt mir die ganze Angelegenheit etwas komisch vor, oder?«

»Das sehe ich ebenso«, meinte Julie. »Nicht dass ich das für eine schlechte Idee halte …«

»Ich finde die Idee sogar hervorragend«, stimmte Kent zu. »Auf diese Weise können Annie und Oliver mehr Zeit miteinander verbringen. Stimmt's, Kinder?«

»Und wessen Idee war das?«

Annie ließ nicht locker. Zwar hatte sie grundsätzlich nichts dagegen einzuwenden, wollte aber zumindest informiert sein.

»Meine«, erklärte Oliver.

»Meine«, echote Kent und lachte dann heiser. »Wir sind beide gleichzeitig draufgekommen.«

»Ist ja wirklich reizend von euch beiden«, kommentierte Annie mit unüberhörbarem Sarkasmus.

»Ganz meiner Meinung«, grinste Oliver. »Da kannst du mir nämlich gleich dein Apartment in Seattle zeigen.«

»Bilde dir bloß keine Schwachheiten ein«, spottete Annie, musste aber sogleich lachen. »Du bist echt unmöglich.«

»Kent war genauso«, warf Julie ein.

»Und du hast ihn gezähmt, Grandma.«

»Ja, dafür habe ich allerdings fast fünfzig Jahre gebraucht.«

Während der Schlagabtausch munter weiterging, kehrte ich in die Küche zurück, um den Goldhochzeitsgästen, die inzwischen ebenfalls nach unten gekommen waren, das Frühstück zu servieren.

Die Einzige, die noch fehlte, war Mary. Seit gestern Nachmittag hatte sie ihr Zimmer nicht verlassen, und ich machte mir allmählich Sorgen. An den anderen Tagen war sie um diese Zeit längst beim Frühstück gewesen. Obwohl sie es nicht mochte, nach ihrem Befinden gefragt zu werden, beschloss ich nach oben zu gehen. Vorsichtig klopfte ich an ihre Tür

»Wer ist da?«, hörte ich ihre Stimme, die mir zittriger als sonst vorkam.

»Ich bin es, Jo Marie. Ich wollte nur nachschauen, ob mit Ihnen alles in Ordnung ist.«

»Mir fehlt nichts.«

»Sind Sie bereits auf?« Bevor sie antworten konnte, fügte ich schnell hinzu: »Das Frühstück ist nämlich fertig.«

»Vielen Dank, ich habe heute keinen Hunger.«

»Soll ich Ihnen ein Tablett hochbringen?«

»Nein, nein, das ist nicht nötig.«

Ich zögerte, wusste nicht, was ich tun sollte. Ihre Stimme schien ihre Beteuerungen, dass alles in Ordnung sei, Lügen zu strafen. Andererseits wollte ich gerade bei Mary nicht aufdringlich sein. Schließlich hatte sie mir mehrfach indirekt zu verstehen gegeben, dass sie keine Einmischung in ihr Privatleben wünsche.

»Kommen Sie bald herunter?«, fragte ich trotzdem.

»Ich brauche noch ein bisschen«, rief sie durch die geschlossene Tür.

Weiter mochte ich nicht in sie dringen. Also machte ich kehrt und ging wieder nach unten. Im Frühstücksraum traf ich außer Annie und Oliver niemanden mehr an. Sie saßen vor den Essensresten, steckten die Köpfe zusammen und unterhielten sich. Oder flirteten. Vielleicht Letzteres. Sobald Annie mich nämlich sah, errötete sie leicht und setzte sich etwas aufrechter hin. Oliver hingegen blickte über seine Schulter zurück und lächelte mir komplizenhaft zu.

Ich nahm rasch ein paar leere Platten vom Tisch und verschwand in der Küche. Richtete für alle Fälle einen Teller für Mary her und verstaute die Reste in meinem großen Kühlschrank. Mehr konnte ich nicht tun, weil alles andere noch im Frühstücksraum herumstand. Einmal spähte ich vorsichtig durch die Tür, aber da Annie und Oliver gerade angelegentlich zu diskutieren schienen, mochte ich nicht stören. Nicht dass sie dachten, ich würde lauschen.

Während ich untätig in der Küche herumsaß und nur daran dachte, dass mir die Zeit davonlief, hörte ich nach einer Weile, wie im Frühstücksraum Stühle über den Boden geschoben wurden. Ein Zeichen, dass die beiden ihr Gespräch beendet hatten und sich auf dem Weg in ihre Zimmer befanden. Endlich. Sofort stürzte ich nach nebenan, um das letzte Geschirr und die Überbleibsel vom Frühstück abzuräumen. Die Spülmaschine wartete bereits darauf, gefüllt zu werden. Ich arbeitet so schnell, wie man es mit zwei Händen vermag.

Mit einem Mal vernahm ich hinter mir eine Stimme. »Jo Marie, ist etwas passiert?«

Mary stand im Türrahmen und beobachtete meine hektischen Aktivitäten.

»Es ist nichts, außer dass ich heute nicht weiß, wo mir

der Kopf steht bei all dem Trubel«, versicherte ich so ruhig wie möglich. »Möchten Sie jetzt frühstücken?«, fügte ich hinzu.

»Ich nehme nur Saft.«

»Nur Saft?«, wiederholte ich und hätte um ein Haar einen dieser dummen Sprüche losgelassen, sie müsse mehr essen, weil sie so dünn sei. Zum Glück fiel mir rechtzeitig ein, dass ihr Gewichtsverlust andere Gründe hatte.

»Ja, ich habe, wie gesagt, heute keinen Appetit.«

Trotzdem konnte ich es nicht lassen. »Nicht einmal die Quiche möchten Sie probieren? Nehmen Sie doch wenigstens ein kleines Stück.«

»Sie ist sicher köstlich, aber ich gehe heute Nachmittag zu einer großen Veranstaltung und möchte dann keine Magenbeschwerden haben.«

Resigniert gab ich auf, füllte ein Glas mit Orangensaft und reichte es ihr.

Mir stand heute Nachmittag ebenfalls eine große Veranstaltung bevor.

30

Annie trug ihren gepackten Koffer zusammen mit dem Kleidersack in den Flur und ging in ihr Zimmer zurück, um ein letztes Mal zu überprüfen, ob sie etwas vergessen hatte. Ihre Großeltern waren bereits vor ein paar Minuten abgefahren.

Soweit sie sehen konnte, war nichts zurückgeblieben. Als sie sich umdrehte, stellte sie fest, dass ihr Gepäck wie von Zauberhand verschwunden war. Oliver hatte es offenbar für sie nach unten getragen, ohne dass sie es bemerkte.

Sie wusste nicht, was sie von den Ereignissen der letzten Nacht halten sollte. Ihre Gefühle für ihn hatten sie ganz gewaltig aus dem Gleichgewicht gebracht. Vor allem diese abrupte Kehrtwende war ihr unheimlich. Hätte ihr das vor ein paar Tagen jemand prophezeit, sie wäre in Hohngelächter ausgebrochen.

Als er am Freitag angekommen war, hatte sie seinen Anblick kaum ertragen. Und jetzt beschleunigte allein der Gedanke an ihn ihren Herzschlag in absolut unvernünftiger und besorgniserregender Weise. Obwohl es derselbe Oliver war, den sie fast ihr ganzes Leben lang kannte. Er selbst hatte sich kaum verändert, wie sie erkennen musste – sie war es, die ihn plötzlich mit anderen Augen sah. Innerhalb kürzester Zeit war er für sie von einer

Plage zu einem Prinzen geworden. Wirklich erstaunlich. Und ziemlich überwältigend.

Oliver kam ihr mit einem Papier in der Hand, vermutlich dem Rechnungsbeleg, entgegen.

»Bist du so weit?«

Sie nickte. Noch diese gemeinsame Fahrt nach Seattle, der kurze Aufenthalt im Haus ihrer Eltern, dann war es erst einmal vorbei. Oliver würde nach Portland zurückkehren und bald auf die andere Seite der Welt entschwinden. Unerreichbar für sie.

Ein Jahr war eine sehr lange Zeit, in der sich vieles ändern konnte. Auch Gefühle. Annie brauchte nur an Lenny zu denken. Es war nicht viel mehr als sechs Monate her, dass sie ihn noch heiraten wollte. Inzwischen eine undenkbare Vorstellung.

»Du siehst aus, als würdest du über ein Problem nachdenken«, sagte Oliver. »Lässt du dir meinen Vorschlag durch den Kopf gehen?«

»Nein. Was ich gesagt habe, war mein Ernst. Ich will nicht, dass du auf diese Reise verzichtest, Oliver. Es ist das Abenteuer deines Lebens.«

Sie hatten am Frühstückstisch darüber gesprochen, und bei dieser Gelegenheit bot er ihr an, das Ganze abzublasen, aber Annie lehnte ab.

»Dann komm mit.«

»Das geht leider nicht, so gerne ich es möchte.« Annie zuckte bedauernd die Schultern. »Wir haben derzeit einen Haufen Termine und Aufträge … Ich glaube kaum, dass ich Urlaub bekäme. Außerdem denke ich, dass wir beide Zeit brauchen.«

Er widersprach, indem er die Augen verdrehte.

Annie versetzte ihm einen Rippenstoß. »Okay, du benötigst vielleicht keine Zeit, ich schon. Du scheinst zu vergessen, dass ich gerade eben meine Verlobung gelöst habe.«

Seine Augen wurden dunkel und ernst. »Irgendwelche Bedenken grundsätzlicher Art?«

»Was uns beide angeht, nein. Trotzdem bin ich noch nicht bereit, gleich wieder eine feste Beziehung einzugehen.«

Er verzog das Gesicht, als würden ihn ihre Worte beunruhigen.

»Mach dir keine Gedanken. Zwischen dir und mir ändert sich nichts.«

»Okay, dann ist es gut.«

»Im Übrigen könntest ja du es sein, der plötzlich seine Meinung ändert. Wenn dir etwa irgendein Inselmädchen über den Weg läuft, in das du dich Hals über Kopf verliebst.«

»Na klar. Du weißt doch, dass alle meine Versuche, mich für irgendeine andere zu erwärmen, jämmerlich gescheitert sind. Deshalb bin ich dir auf Gedeih und Verderb ausgeliefert.«

»Wie romantisch«, gab sie mit leichtem Spott zurück.

Er griff lachend nach ihren Koffern, und nachdem sie sich von Jo Marie verabschiedet hatten, verließen sie das Haus.

Als sie zum Heck des Wagens gingen, um ihr Gepäck zu verstauen, hörten sie, wie ein Auto auf den Parkplatz fuhr. Anscheinend ein neuer Gast. Annies Blick fiel auf einen schnittigen roten Sportwagen, und unwillkürlich musste sie an Lenny denken. Dieser Schlitten wäre ganz nach seinem Geschmack.

Dann traf sie der Schlag. Sie erstarrte, bekam keine Luft mehr, und ihr Mund wurde trocken. Der Mann hinter dem Steuer war Lenny.

Oliver registrierte sofort, dass etwas nicht stimmte.

»Annie?«

Sie war unfähig, auch nur einen Ton herauszubringen.

Lenny stieg aus und knallte die Autotür zu. »Sieh mal einer an, was haben wir denn da?« Seine Augen wurden schmal; richteten sich anklagend erst auf Annie und dann auf Oliver. »Mir scheint, meine süße Verlobte ist gar nicht so unschuldig, wie sie tut. Offenbar hast du selbst nebenher was laufen.«

»Wenn du der bist, für den ich dich halte, sollten wir die Sache vielleicht lieber von Mann zu Mann regeln«, mischte Oliver sich ein.

Annie fasste sich schnell wieder. »Ich bin nicht mehr deine Verlobte«, erinnerte sie ihren Verflossenen. »Und du, Oliver, halt dich bitte, bitte raus.«

Lenny ignorierte Oliver und wandte sich erneut an Annie. »Du machst einen Riesenaufstand, weil ich mir ein paar kleine Ausrutscher geleistet habe, und löst die Verlobung. Denkst kein bisschen daran, wie ich mich dabei fühle, nimmst keine Rücksicht auf meine Familie und schläfst die ganze Zeit mit irgendeinem Erbsenzähler.«

Oliver lachte ihm ins Gesicht. »Erbsenzähler? Wie originell.«

»Na schön, mit irgendeinem Möchtegernlover.«

»Annie, erlaube mir bitte, diesen Schwachkopf auf die Größe zurechtzustutzen, die ihm zusteht«, bat Oliver und hob kampfbereit die Fäuste.

»Nein, bitte nicht«, rief sie entsetzt. Das Letzte, was sie

wollte, war eine Prügelei. Außerdem fand sie Lennys Verhalten zu indiskutabel, um überhaupt darauf einzugehen. Am Ende würde er sich noch geehrt fühlen.

»Versuch es doch. Das möchte ich gerne sehen«, forderte Lenny seinen Rivalen prompt heraus.

»Hört auf damit, alle beide«, fuhr Annie energisch dazwischen. »Ihr macht euch bloß lächerlich. Lenny, das ist Oliver. Oliver, das ist Lenny, mein ehemaliger Verlobter. Und nebenbei möchte ich klarstellen, dass du, Lenny, dir deine miesen Unterstellungen sparen kannst. Oliver ist nicht mein Lover.«

»Zumindest noch nicht«, fügte der süffisant grinsend hinzu.

Annie bedachte ihn mit einem bitterbösen Blick.

»Oliver ist ein Nachbar meiner Großeltern. Er hat sie von Portland hergefahren – sie haben hier ihre Goldhochzeit gefeiert.«

Lenny schien ihr gar nicht zuzuhören, sondern legte es eindeutig auf eine handgreifliche Auseinandersetzung an. Tückisch funkelte er Oliver an.

»Falls du dich mit mir prügeln möchtest, sollte ich dir vorher sagen, dass ich Judo beherrsche.«

»Wie bitte?«, sagte Annie erstaunt. »Das hast du gerade erfunden, oder? Noch eine deiner Lügen!« Und diesen Mann hatte sie heiraten wollen. »Wie hast du mich überhaupt gefunden?«, fragte sie, um Lenny abzulenken.

»Wie wohl? Ich habe in deiner Firma angerufen.«

Annie stöhnte. Das wurde ja mit jeder Sekunde schlimmer, und sie dachte bereits mit Schrecken an die dämlichen Kommentare ihrer Kollegen. Von ihrem Chef ganz zu schweigen.

»Was hätte ich sonst tun sollen? Du hast meine Anrufe nicht entgegengenommen, auf keine SMS reagiert und außerdem meine Nummer blockiert. Ich muss dir nämlich etwas Wichtiges mitteilen.«

Wie sie Lenny kannte, handelte es sich wahrscheinlich um eine weitere flehentliche Bitte oder eine weitere bedeutungslose Entschuldigung.

»Was könnte so wichtig sein, dass du deswegen Gott und alle Welt nach meinem Verbleib fragst?«

»Meine Mutter will mit dir sprechen.«

»Das ist in der Tat ungemein wichtig«, sagte sie sarkastisch. »Hast du deiner Mutter endlich von deinem kleinen Seitensprung mit diesem Flittchen erzählt?«

Sein unbehaglicher Blick war Antwort genug.

»Also nicht«, stellte sie fest. »Mit anderen Worten: Du hast mir die Schuld an der geplatzten Verlobung in die Schuhe geschoben.«

»Was hast du denn erwartet? Allerdings wäre die Verlobung aus meiner Sicht spätestens jetzt vom Tisch«, erklärte er ebenso gekränkt wie großspurig und deutete anklagend auf Oliver.

»Fein, dann gibt es ja kein Problem mehr.«

»Wie kannst du mir das antun und dich mit diesem – wie heißt er doch gleich – abgeben?«

»Oliver«, antwortete er an ihrer Stelle.

Annie trat einen Schritt vor. »Lass mich mit ihm reden«, sagte sie und legte Oliver eine Hand auf den Unterarm. »Er ist immer so und verschließt die Ohren vor allem, was ihm nicht in den Kram passt. Ich kenne das schon.«

»Das ganze Wochenende war ich krank vor Sorge, weil

ich dich nicht erreichen konnte«, warf Lenny gekränkt ein. »Habe an nichts anderes gedacht und deshalb seit Freitag kein einziges Auto verkauft. Wenn mir dadurch in diesem Monat der Bonus für den besten Verkäufer durch die Lappen geht, dann ist das allein deine Schuld.«

»Tatsächlich?« Sie bemühte sich erst gar nicht, ihren Sarkasmus zu unterdrücken. »Und du hattest keine Ahnung, wo ich sein könnte?«

»Nein. Aber es ist nicht so, als hätte ich nicht versucht, dich zu finden«, erwiderte er vorwurfsvoll. »Alle deine Freundinnen habe ich angerufen.«

»Wen denn?«

Jede ihrer Freundinnen wusste genau, wo sie steckte. Schließlich redete sie seit Monaten von diesem Fest und den Vorbereitungen.

»Elle zum Beispiel.«

Nun gut, zu ihr bestand kaum noch Kontakt, nachdem Elle mit Lenny so hemmungslos geflirtet hatte, dass man es nicht mehr als Spaß betrachten konnte.

»Sonst mit jemandem?«

Lenny senkte den Blick. »Mit noch ein paar anderen.«

»Mit wem?«

»Ist doch egal. Entscheidend ist nur, dass ich vor Angst und Sorge ganz außer mir war.«

»Du lügst wie gedruckt, und ich habe keine Lust, mir das länger anzuhören. Wie wichtig ich dir bin, erkenne ich daran, dass du nicht einmal wusstest, was das für ein Wochenende war.«

»Wie sollte ich denn ahnen, dass an diesem Wochenende eine große Party bei deinen Eltern steigt?«

»Großeltern.«

»Wie auch immer«, brummte er.

»Du hättest es wissen müssen, weil es für mich von Bedeutung war. Außerdem hatten wir darüber gesprochen.«

»Okay, jetzt kapiere ich. Du bist sauer, weil ich dir schon vor Monaten begreiflich zu machen versuchte, dass ich nicht kommen kann. Darum geht es also. Aber ich habe dir damals klipp und klar gesagt, dass ich am Wochenende den meisten Umsatz mache. Und da soll ich mir einen Samstag freinehmen, bloß weil ein paar alte Leutchen es geschafft haben, endlos lange verheiratet zu bleiben?«

»Ach Lenny, ich habe wirklich einen furchtbaren Fehler gemacht.«

Er blickte auf, und seine Augen begannen zu leuchten. »Das hast du in der Tat. Trotzdem bin ich bereit, das ein für alle Mal abzuhaken. Vergeben und vergessen. Du bist das erste Mädchen, das meine Mutter je mochte, und sie wäre völlig außer sich, wenn es keine Hochzeit gäbe.«

»Annie?«, flüsterte Oliver und schaute sie fragend an.

»Alles in Ordnung«, gab sie leise zurück, richtete ihre Aufmerksamkeit erneut auf Lenny und straffte die Schultern. »Du bist ein attraktiver Mann mit großem Potenzial.«

Er lächelte geschmeichelt, tat jedoch sehr bescheiden und hob wie beiläufig die Schultern.

»Mein Problem war, dass ich es mir in den Kopf gesetzt hatte, mich um jeden Preis verlieben zu wollen. Und da kamst du daher: gut aussehend, witzig, erfolgreich.«

Jetzt lächelte er sie an. »Eine Menge Leute behaupten, ich bringe Schwung in jede Party.«

»Das tust du«, stimmte sie zu. »Dafür weißt du nicht,

wie man sich benimmt und was Anstand bedeutet. Oder Treue.«

»Ach komm, geht das schon wieder los? Okay, ich gebe es zu, ich bin fremdgegangen – aber einmal habe ich es geschafft, der Tussi dabei ein Auto zu verkaufen.«

»Du hast mich betrogen.«

Lenny starrte Oliver finster an. »Wer im Glashaus sitzt, sollte nicht mit Steinen werfen. Wie es aussieht, hast du dir selbst ein kuscheliges Wochenende gemacht.«

Im selben Moment trat Oliver vor und baute sich vor Lenny auf. Sie standen sich so dicht gegenüber, dass sich ihre Nasen fast berührten.

»Von Annie wusste ich bereits, dass du ein hübsches Gesicht hast«, stieß Oliver mit zusammengebissenen Zähnen hervor. »Ich würde es dir nur ungern zu Brei schlagen, doch du machst es mir verdammt schwer, mich zurückzuhalten.«

»Schluss jetzt, alle beide«, befahl Annie.

Weder der eine noch der andere schenkte ihr Beachtung. Die Kontrahenten fochten ein Blickduell aus.

»Eine gebrochene Nase würde dein Äußeres ziemlich beeinträchtigen«, knurrte Oliver.

»Bildest du dir ernsthaft ein, du könntest mit mir fertigwerden?«, höhnte Lenny. »Denk daran, dass ich Judo beherrsche.«

»Richtig. Aber weißt du was, Loverboy? Ich auch.«

Lenny blinzelte ihn verwirrt an.

Annie beschloss, nicht länger untätig zuzusehen, wie diese testosterongesteuerten Kampfhähne sich weiter zum Narren machten. Sie packte jeden von ihnen bei der Schulter und versuchte sie zu trennen.

»Ihr spinnt wohl«, schimpfte sie. »Und was dich betrifft, Lenny: Begreif endlich, dass es kein Zurück mehr gibt. Also sei so gut, und fahr nach Hause. Du verschwendest hier bloß Zeit, die du besser nutzen könntest, um Autos zu verkaufen.«

Er ließ die Arme sinken und wich zurück. »Meine Mutter …«

»Ehe du dich versiehst, findest du eine andere Frau, mit der sie einverstanden ist.«

Er seufzte gequält: »So einfach ist das nicht.«

»Mach's gut, Lenny.«

Endlich kapitulierte er. Gestand sich ein, dass er auf ganzer Linie verloren hatte. Mit hängendem Kopf und hochgezogenen Schultern stieg er in den roten Sportwagen und brauste davon.

Annie wandte sich an Oliver. »Kannst du wirklich Judo?«

»Ja, ein bisschen. Denkst du, ich würde angesichts einer solchen Gefahr lügen?«

Sie wusste nicht recht, was sie überhaupt glauben sollte.

»Mit acht Jahren habe ich Unterricht genommen«, fügte er hinzu.

»Acht?«

»Was soll's? Lenny hat genauso geblufft. Er würde nie im Leben einen Kampfsport betreiben und es riskieren, dass sein Gesicht Beulen und Narben davonträgt.«

Wahrscheinlich war Olivers Vermutung zutreffend, denn andernfalls hätte Lenny bereits früher mit seinen Judokünsten geprahlt.

»Da ist noch etwas«, sagte Oliver.

»Und das wäre?«

»Meine Mutter mag dich. Sie liegt mir seit Jahren in den Ohren, ich soll mir ein nettes Mädchen suchen. Etwa die älteste Enkelin der Shivers.«

»Das hast du dir jetzt ausgedacht.«

»Habe ich nicht«, beteuerte er. »Komm, lass uns losfahren.«

Lächelnd öffnete Annie die Autotür und setzte sich hinters Steuer. Oliver schwang sich neben sie auf den Beifahrersitz.

»Wir steckten mitten in einer wichtigen Diskussion, bevor wir so unangenehm unterbrochen wurden«, erinnerte Annie ihn. »Ich möchte, dass du diese Reise machst.«

»Damit du die Zeit bekommst, die du brauchst.«

»Genau.«

Er war zwar nicht glücklich darüber, würde sie jedoch von ihrer Meinung kaum abbringen können.

»Und du versprichst, in ein paar Monaten nachzukommen, sofern es sich einrichten lässt.«

Sie schielte zu ihm hinüber, lächelte und erwiderte: »Wir werden sehen. Im Moment würde ich allerdings sagen, dass die Chancen nicht schlecht stehen.«

31

Marys Herz raste wie wild, als sie auf den Parkplatz der Stadthalle von Bremerton einbogen, wo die Abschlussfeierlichkeiten stattfanden. George fuhr herum, bis er eine Parklücke in der Nähe des Eingangs fand, sodass sie nicht lange laufen mussten. Als er den Motor abstellte und gerade aussteigen wollte, hielt Mary ihn zurück.

Er drehte sich um und sah sie fragend an.

»George, tun wir wirklich das Richtige?«, sagte sie bang und griff nach seinem Arm.

In ihrem ganzen Leben war sie noch nie so nervös gewesen. Im Laufe der Jahre hatte Mary sich vielen Herausforderungen stellen und viele schwierige Situationen bewältigen müssen, aber nichts, nicht einmal Treffen mit Regierungsbeamten, erbosten Aufsichtsräten oder aufgebrachten Fondsmanagern hatte sie dermaßen aus der Fassung zu bringen vermocht wie diese Abschlussfeier.

Nicht mehr lange und sie würde das Kind sehen, das sie zur Adoption freigegeben hatte. Die Tochter, die sie liebte.

»Wie meinst du das?«, fragte George. »Ich dachte, du wünschst dir, diese Abschlussfeier mitzuerleben.«

»Tue ich auch.«

»Erzähl mir jetzt nicht, dass du kalte Füße bekommst.«

Mary wusste nicht, was sie antworten sollte.

»Ich habe mich bislang nicht einmal daran gewöhnt, mich in derselben Stadt wie Amanda aufzuhalten«, flüsterte sie.

»Hast du etwa Angst?«, fragte er ungläubig.

Das Nein lag ihr bereits auf der Zunge, doch sie würde George sowieso nichts vormachen können, und so sagte sie die Wahrheit. Eröffnete ihm, wie es wirklich um sie stand.

»Mein Herz rast … Schau mich nur an. Ich habe keine Ahnung, wie ich das überstehen soll. Und ja, ich habe Angst.« Sie streckte ihre Hände vor, damit er ihr Zittern sah.

»Mein Liebling.« George lächelte liebevoll. »Sie wird nie erfahren, dass sich ihre leiblichen Eltern im Publikum befinden.«

»Nein, das nicht …«

Mary sprach nicht weiter, senkte den Blick unschlüssig auf ihre im Schoß gefalteten Hände.

»Es besteht nicht die geringste Möglichkeit, dass sie uns erkennt. Wie sollte sie auch?«

Sie rang mit sich, ob sie weitersprechen sollte. Ihre Bedenken in Worte zu fassen, war ebenso schwierig wie sie einzugestehen.

»Was belastet dich dann?«

Endlich hob sie den Blick und sah ihn an. »Ich habe Angst vor mir selbst. Angst, dass ich mich nicht zurückhalten kann und zu ihr gehe … Um ihr zu sagen, wie stolz ich auf sie bin.«

»Bei einer Abschlussfeier mit sechshundert Schülern und mindestens zweitausend Gästen ist die Chance, auch nur in Amandas Nähe zu gelangen, gleich Null, das versichere ich dir.«

Obwohl alles logisch klang, was er sagte, halfen ihr seine Worte nicht.

»Aber sie ist unsere Tochter«, sagte sie und biss sich auf die Unterlippe, um die aufsteigenden Tränen zu unterdrücken.

»Du darfst dich nicht grundlos aufregen«, mahnte George sie sanft. »Amanda ist ein Teil von uns, gehört jedoch zu einer anderen Familie.«

Obwohl das alles vernünftig klang, blieben ihre Bedenken. Was, wenn sie sich Amanda gegen alles bessere Wissen zu nähern versuchte? Einfach weil sie noch einmal im Leben ihre Tochter umarmen wollte.

»Komm jetzt, es wird Zeit«, drängte George, als sie reglos im Auto sitzenblieb.

»Ich kann nicht.«

»Du kannst, und du wirst.«

Ohne auf sie zu warten, stieg er aus, ging um den Wagen herum und öffnete die Beifahrertür. Mary blickte unschlüssig zu ihm auf.

»Du hast nicht die weite Reise unternommen, um plötzlich einen Rückzieher zu machen.«

Tief in ihrem Innern wusste Mary, dass er recht hatte. Sie holte tief Luft und stieg aus. Schweigend gingen sie über den Parkplatz und mischten sich unter die Menge von Angehörigen und Freunden, die das Gebäude betraten. Am Eingang zum Auditorium händigte George dem Türsteher zwei Karten aus, und sie wurden zu ihren Plätzen geleitet, die in der Mitte des riesigen Saales lagen und einen freien Blick auf die Bühne gewährten.

Mary konnte die Aufregung spüren, die in der Luft lag, und die freudige Erwartung, die gepaart war mit Stolz und Glück. Noch herrschte ein solcher Lärm, dass man sich kaum unterhalten konnte. Mary, nach wie vor befangen und unsicher, war dankbar, George an ihrer Seite zu haben. Nach einer Weile hakte sie sich bei ihm ein und lehnte sich gegen ihn, weil sie seine Kraft und seinen Trost brauchte. Früher wäre ihr so etwas nie in den Sinn gekommen. Ob George es wohl bemerkte, fragte sie sich.

Egal, was er denken mochte. Ohne ihn würde sie die Veranstaltung nicht durchstehen.

Kurz darauf setzte Musik ein, und die Schüler des Abschlussjahrgangs, gekleidet mit Talar und Barett, zogen in einer geordneten Prozession ein. Marys Blick glitt über die Gesichter der Mädchen; hielt nach dem Abzeichen der National Honor Society Ausschau, denn als Rednerin würde Amanda eines tragen. Es dauerte eine Weile, bis sie das Mädchen entdeckte, das ihre Tochter sein musste. Ihr Griff um Georges Hand verstärkte sich – sie hielt sie wie in einem Schraubstock gefangen.

Er verstand augenblicklich. »Siehst du sie?«

Mary nickte. »Sie geht zur ersten Reihe. Die dritte von rechts.«

George reckte den Kopf, doch Amanda wurde gerade von nachfolgenden Schülern verdeckt, die ihre Plätze in der zweiten Reihe einnehmen wollten.

Mary musste an ihre eigene Abschlussfeier denken. Inzwischen lag das viele Jahre zurück. Viel mehr, als sie zählen konnte. Während es damals ernst und feierlich zuging, ging es hier eher fröhlich zu. Die Absolventen benahmen sich recht ungezwungen, lachten und flüsterten. Zu Marys Zeiten hätte man das als Respektlosigkeit betrachtet.

Die Feier wurde eröffnet durch eine Ansprache des Schuldirektors, gefolgt vom Jahrgangsstufensprecher, der die Familien und Freunde begrüßte. Mary hörte kaum zu – all ihre Sinne waren auf den Auftritt ihrer Tochter gerichtet. Dann endlich wurde die Rede angekündigt, und George griff nach ihrer Hand. Beide hielten sie den Atem an, während sie Amanda beobachteten.

Als das Mädchen die Stufen zum Rednerpult auf der Bühne hochstieg, bemerkte Mary, wie nervös Amanda war. Sie breitete ihr Skript aus, legte es vor sich hin, hielt sich an beiden Seiten des Pultes fest und ließ den Blick über die Menge schweifen. Eindeutig suchte sie nach einem vertrauten Gesicht, und Mary versetzte es einen Stich. Warum konnte es nicht sie sein, nach der Amanda Ausschau hielt?

Plötzlich lächelte die junge Rednerin jemandem zu. Mary schaute verstohlen in die Richtung und sah eine Frau, die beide Daumen hob. Amandas Mutter. Dann begann Amanda mit ihrer Rede. Mary beugte sich vor und hörte aufmerksam zu. Das Mädchen sprach von seinen Erfahrungen als Schülerin und von den Klassenkameraden, mit denen es die letzten zwölf Jahre verbracht hatte. Amanda hatte also ihr ganzes Leben in Cedar Cove verbracht. Mary fragte sich, wann und warum die Familie in diese Gegend gezogen war, aber eine Antwort darauf würde sie wahrscheinlich nie bekommen.

»Und jetzt stehen wir alle kurz davor, ein neues Leben zu beginnen«, fuhr Amanda fort. »Für einige von uns heißt das College oder Handelsschule. Andere treten vielleicht in die Armee ein. So oder so ist es wahrscheinlich das letzte Mal, dass die gesamte Jahrgangsstufe vollzählig versammelt ist.«

Aus eigener Erfahrung wusste Mary, dass das zutraf. Sie selbst war nie zu Highschool- oder Collegetreffen in ihre Heimatstadt zurückgekehrt. Weil es gerade beruflich nicht passte oder sie etwas anderes vorhatte oder einfach keine Lust verspürte. Außerdem hatte sie aufgrund ihrer schwierigen familiären Bedingungen nicht allzu viele Freunde gehabt und mochte überdies nicht unbedingt an diesen traurigen Teil ihrer Biografie erinnert werden. Deshalb hatte sie selbst den Kontakt zu den wenigen, die ihr nahegestanden hatten, nicht gepflegt. Und jetzt war es zu spät.

Als Amanda von ihren Eltern sprach und ihnen für ihre Liebe und Unterstützung dankte, blickte Mary George an und lächelte mit leiser Wehmut.

»Was die meisten von euch nicht wissen«, fuhr Amanda fort, »ist, dass ich ein zweites Elternpaar habe. Meine leibliche Mutter, meinen leiblichen Vater.«

Mary zog geräuschvoll den Atem ein und hielt ihn an. Georges Hand schloss sich fast schmerzhaft um ihre.

»Sie sind diejenigen, die mir das Leben schenkten und sich aus welchen Gründen auch immer entschieden, mich zur Adoption freizugeben. Ich bekam ein liebevolles Zuhause und eine Familie, die immer für mich da war. Obwohl ich meine leiblichen Eltern nicht kenne und nicht weiß, warum sie mich nicht behielten, werde ich stets dankbar dafür sein, dass sie mich zu den Palmers gaben.«

Die Rede ging unter donnerndem Applaus zu Ende. Mary tupfte die Tränen weg, die aus ihren Augenwinkeln rannen, und hoffte, dass niemand es merkte. Als sie es wagte, zu George hinüberzublicken, sah sie, dass seine Augen ebenfalls feucht glänzten.

Dann wurden die Namen der Schüler nacheinander aufgerufen, jeder Einzelne ging nach vorne auf die Bühne, um Glückwünsche und Abschlusszeugnis entgegenzunehmen. Erstaunlicherweise dauerte das nicht so lange, wie Mary gedacht hatte, und die Zeremonie war beendet. Unter dem tosenden Applaus der Anwesenden warfen sechshundert Jungen und Mädchen traditionsgemäß ihre Barette in die Luft, bevor sie mit musikalischer Untermalung das Auditorium verließen.

Sowie sie nicht mehr zu sehen waren, erhoben sich Familien und Freunde ebenfalls, und eine riesige Menschenmenge schob sich in Richtung der Ausgänge. Unter ihnen auch Mary und George.

Draußen ging das Gedränge weiter. Eltern suchten ihre Kinder, Kinder suchten ihre Eltern.

»Beth«, brüllte jemand direkt neben Mary. »Warte auf mich.«

»Die Abschlussparty fängt um sieben an«, rief einer einem anderen über mehrere Köpfe hinweg zu.

»Entschuldigung, Entschuldigung.«

Eine Schülerin versuchte sich an George vorbeizudrängen und wäre in der Eile fast gestolpert. Er packte sie am Arm und verhinderte so, dass sie stürzte.

Es war Amanda.

»Oh, tut mir leid. Habe ich Ihnen auf den Fuß getreten?«, entschuldigte sie sich.

Eine Schrecksekunde lang dachte Mary, sie würde gleich in Ohnmacht fallen.

Sie standen da wie Felsen inmitten eines tosenden Flusses, nur dass an ihnen Menschen vorbeiströmten und kein Wasser. Trotzdem hatte Mary das Gefühl, als habe eine gewaltige Welle sie erfasst und würde sie unbekannten Ufern entgegentragen. Etwas zu sagen war ihr unmöglich, denn ihre Zunge schien an ihrem Gaumen festzukleben.

George fasste sich schneller.

»Nein, nichts passiert«, sagte er und fügte rasch hinzu: »Das war eine großartige Rede.« Er sah Mary an. »Nicht wahr?«

Während Mary nach wie vor kein Wort herausbrachte, strahlte Amanda ihn an.

»Danke«, antwortete sie sichtlich erfreut über das Lob und lächelte sie beide an. »Ich habe sie einige Male umgeschrieben. Bis zur letzten Minute konnte ich mich nicht entscheiden, welche Version ich nehmen sollte. Nicht einmal meine Mom wusste, worauf meine Wahl fallen würde.«

Marys Erstarrung wich. »Die Rede war perfekt, gut durchdacht, und du hast genau das gesagt, was deine Familie und deine Freunde am stärksten berührte.«

»Vielen Dank.« Sie wandte den Blick von Mary ab. »Entschuldigen Sie. Ich glaube, meine Eltern suchen mich.«

»Natürlich.« Mary trat zur Seite und sah die Palmers auf sie zukommen.

»Hallo«, begrüßte Amandas Mutter sie und George. »Tut mir leid, dass wir sie entführen müssen, aber unsere Gäste warten zu Hause. Wir veranstalten nämlich heute eine Party.«

»Sicher, wir haben ihr lediglich unsere Anerkennung für ihre Rede ausgesprochen.«

»Amanda hat uns viel zu viel Anteil an ihrem Erfolg beigemessen«, erwiderte Mrs. Palmer. »Sie hat hart für ihre Noten gearbeitet, und wir sind sehr stolz auf sie.«

»Das können Sie auch sein«, bekräftigte George.

»War Ihr Kind ebenfalls unter den Absolventen?«, erkundigte sich Mrs. Palmer.

»Ja, allerdings, und wir sind ebenfalls sehr stolz auf sie«, erklärte George lächelnd, nachdem er einen Blick mit Mary gewechselt hatte.

»Wer ist es denn?«, wollte Amanda wissen.

»Schätzchen, wir müssen gehen«, sagte Mrs. Palmer und enthob George damit einer Antwort.

Für sie gab es hier nichts mehr zu tun. Sie schoben sich durch das Gedränge zum Parkplatz, stiegen in ihr Auto und verbrachten die nächsten vierzig Minuten damit, sich in der Schlange der Wartenden langsam zur Straße vorzuschieben. Während der gesamten Zeit sprachen sie kein Wort. Zumindest Mary musste erst einmal verarbeiten, was soeben geschehen war.

Sie hatte mit ihrer Tochter gesprochen. Von Angesicht zu Angesicht.

Ohne es zu wissen, war Amanda ihren leiblichen Eltern begegnet.

Kurz bevor sie Rose Harbor erreichten, fand George die Sprache wieder. »Sie ist so zierlich wie meine Mutter.«

»Und wie meine.«

»Und die Schönheit hat sie von ihrer Mutter. Von dir.«

Er hielt auf dem Parkplatz und stellte den Motor ab. Keiner von ihnen machte Anstalten auszusteigen.

»Danke«, flüsterte Mary.

George nahm ihre Hand. »Kein Problem, ich wollte sie ja genauso dringend sehen.«

»Ich danke dir nicht allein dafür, dass du den Besuch dieser Abschlussfeier ermöglicht hast. Sondern ebenfalls dafür, dass du mich liebst, dass du ein Teil meines Lebens warst und dass du mir die letzten Tage zur Seite gestanden hast. Ich habe jede Minute unserer gemeinsamen Zeit genossen und werde sie wie einen Schatz hüten.«

»Sie muss ja nicht zu Ende gehen.«

»Doch.«

»Ich möchte, dass du in Seattle bleibst. Zieh zu mir. Dann werde ich dafür sorgen, dass sich die besten Ärzte um dich kümmern und …«

»Nein«, schnitt sie ihm energisch das Wort ab. »Das kann ich nicht, George. Ich muss zurück nach New York, zurück zu meinen Ärzten und meinen Therapien. Der Urlaub von meiner Krankheit ist zu Ende.«

Sie verschwieg ihm, was ihr in der näheren Zukunft alles an Therapien bevorstand. Vielleicht würde sie zurückkommen, sofern die Behandlungen erfolgreich verliefen und dem Krebs Einhalt geboten. Aber der Ausgang war mehr als ungewiss. Und deshalb wollte sie ihn nicht unnötig belasten. Nicht mit ihrer Krankheit, ihrer Schwäche, ihren Sorgen.

»Also verbannst du mich ein zweites Mal aus deinem Leben. Ist es das, was du willst, Mary? Nach allem, was war … Willst du das wirklich?«

Sie zögerte und nickte dann. »Es geht nicht anders, tut mir leid.«

»Das glaube ich nicht.«

»George, bitte …«

»Liebst du mich?«, fragte er geradeheraus.

Sie wandte den Blick ab. »Das weißt du doch.«

»Warum kannst du mir dann nicht ein einziges Mal den Vorrang einräumen und mir das geben, was ich schon immer wollte. Nämlich dich.«

»George, bitte.« Sie hasste es, dass er es ihr so schwer machte. »Ich könnte sterben.«

»Willst du mir weismachen, dass du lieber allein und einsam sterben würdest als mit mir an deiner Seite?«

Sie erwiderte nichts darauf. So sehr sie ihn liebte und mit ihm zusammen sein wollte, sie konnte und wollte ihm diese Tortur nicht zumuten.

Zumindest ein kleines Zugeständnis machte sie und willigte ein, dass er sie am nächsten Morgen in Cedar Cove abholte und sie zum Flughafen nach Seattle brachte.

Dann stieg sie, bevor er ihr helfen konnte, schnell aus dem Wagen und ging hocherhobenen Hauptes und mit gebrochenem Herzen auf das Haus zu.

32

Nachdem alle abgereist waren, begann ich sämtliche Zimmer wieder herzurichten, damit ich sie am Nachmittag den Besuchern, die zum Tag der offenen Tür kamen, mit gutem Gewissen zeigen konnte. Ich hetzte mich ganz schön ab, damit mir anschließend genug Zeit blieb, alles für den Empfang vorzubereiten. Schließlich sollte alles schön aussehen. Ursprünglich war ich davon ausgegangen, dass Hailey helfen würde, aber sie feierte an diesem Nachmittag mit Familie und Freunden ihren Highschoolabschluss.

Auf einem großen Tisch im Frühstücksraum arrangierte ich kunstvoll bunte Keramikteller mit Plätzchen, die ich die Woche über gebacken hatte, rund um eine große weiße Vase mit knospenden roten Rosen. Auf das Sideboard stellte ich Krüge mit Eistee und große Kannen mit Kaffee und Tee sowie Teller, Tassen und Besteck. Ich trat einen Schritt zurück, begutachtete mein Werk und war zufrieden. Der Tisch sah genauso aus, wie ich es mir vorgestellt hatte: schlicht und elegant.

Ich wünschte, meine Kleiderwahl wäre ebenso einfach gewesen wie das Dekorieren. Die Businesskostüme, die noch aus meiner Zeit bei der Bank stammten, waren zu elegant und damit unangemessen für die Besitzerin eines B&B. Mein übliches Outfit, Jeans und Latzschürze, war ebenso ungeeignet, nur auf dem anderen Ende der Skala. Ich brauchte ein Mittelding, das gleichermaßen seriös wie leger wirkte, doch davon besaß ich nicht gerade viel. Nachdem ich mich zwei- oder dreimal umgezogen hatte, entschied ich mich für einen weißen Rock mit passender Jacke. Dazu eine Bluse aus rosa Seide mit Perlenknöpfen. Rover schaute mich verwirrt an, als er mich in diesem Aufzug sah.

Erleichtert, auch das letzte Problem zufriedenstellend gelöst zu haben, ging ich wieder nach unten, brachte Rover in die Waschküche und kontrollierte ein letztes Mal, ob ich an alles gedacht hatte. Perfekt. Jetzt mussten nur noch meine Gäste kommen.

Obwohl alles in Ordnung war, lief ich nervös von Raum zu Raum und verwünschte mich einmal mehr, dass ich dieses Event ausgerechnet an diesem Wochenende ansetzen musste. Aber Peggy Beldon, B&B-Besitzerin wie ich, redete mir ständig zu, es nicht zu lange hinauszuschieben. Wenn ich warten würde, bis alle meine Vorhaben realisiert seien, würde ewig nichts passieren. Recht hatte sie. Dennoch war es zusammen mit der Goldhochzeit der Shivers ein schlechtes Timing. Selber schuld, dachte ich seufzend.

Seit ich die Pension gekauft hatte, waren bereits einige Veränderungen vorgenommen worden. So hatte Mark eine neue Kamineinfassung aus Eichenholz angefertigt und das Geländer der Verandatreppe durch eines ersetzt, das mehr hermachte, an allen Fenstern hübsche Schlagläden angebracht und einige Lampen ausgetauscht, die weder nostalgisch schön noch funktionell waren.

Fünf Monate war das erst her. Dennoch hatte ich mittlerweile nicht nur Rose Harbor liebgewonnen, sondern auch Cedar Cove und fühlte mich in meiner neuen Umgebung zu Hause. Es gab nette Leute im Ort, die mich wie selbstverständlich aufnahmen und mir halfen bei meinen Schritten in die Selbstständigkeit als Pensionswirtin. Seattle vermisste ich inzwischen so gut wie gar nicht mehr.

Ein Auto rollte in die Auffahrt und riss mich aus meinen Gedanken. Mein erster Gast. Ich erkannte Olivia Griffin und ihre Mutter Charlotte Jefferson Rhodes. Unwillkürlich musste ich lächeln. Ich hatte Charlotte ein paarmal getroffen, und immer hatte sie ihr Strickzeug dabeigehabt. So wie jetzt auch.

Kurz nach meinem Umzug waren Charlotte und ihr Mann Ben vorbeigekommen, um sich vorzustellen. Wir hatten Tee getrunken und dazu ihre selbst gebackenen Scones gegessen, ihre Spezialität. Während wir angeregt miteinander plauderten, strickte sie unermüdlich, ohne auf ihre Finger zu schauen, die blind die Wolle um die Nadeln schlangen. Damals war sie gerade mit einem Paar Socken für ihren Sohn Will beschäftigt. Mal sehen, an was sie heute arbeiten würde.

»Schön, dass Sie sich Zeit nehmen konnten«, begrüßte ich die beiden und spähte nach draußen, während ich ihnen die Tür aufhielt.

Es hatte aufgeklart, und der Himmel zeigte sich nicht mehr trüb und grau wie am Morgen, sondern sonnig und hell. Allerdings war es nicht mehr so warm wie die Tage zuvor.

»Sind wir die Ersten?«, fragte Olivia, jeder Zoll eine distinguierte Richterin. »Ich glaube, wir sind ein bisschen früh dran.«

Ich kannte sie durch Grace, mit der sie ebenfalls befreundet war, und mochte sie sehr. Sie besaß die Anmut und Eleganz einer Jacqueline Kennedy oder Audrey Hepburn, trat aber im Gerichtsaal trotzdem sehr energisch auf, wie es hieß.

»Machen Sie sich bitte keine Gedanken«, beruhigte ich sie. »Sie kommen zur rechten Zeit – einer muss schließlich den Anfang machen.«

»Mom und ich freuen uns darauf, Rose Harbor endlich selbst in Augenschein nehmen zu können. Wir haben schon viel Lobenswertes gehört. Außerdem machen wir beide uns heute einen schönen Tag. Nach der Kirche sind wir zum Brunch in Justine's Restaurant gegangen, und es hätte sich nicht mehr gelohnt, zwischendurch nach Hause zu fahren.«

Charlotte blickte sich um und nickte zustimmend. »Mir gefällt das neue Schild ebenso wie der Name, den Sie gewählt haben: Rose Harbor Inn. Wirklich eine geniale Idee bei Ihrem Nachnamen. Wie ich hörte, hat Mark Taylor das Schild für Sie angefertigt.«

»Ja. Er hat mehrere Arbeiten für mich erledigt.«

Charlotte betrachtete den Tisch und betastete die gehäkelte Spitzendecke. »Ein guter Mann, dieser Mark. Er hat auch schon für Ben und mich gearbeitet und uns immer einen guten Preis gemacht.«

Beim Gedanken an Mark keimten Schuldgefühle in mir auf. Ich hatte heute Morgen bei ihm vorbeischauen wollen, aber es in der Hektik glatt vergessen.

»Wie ich sehe, haben Sie im Aufenthaltsraum ein bisschen was verändert mit anderen Kissenbezügen und so«, bemerkte Olivia.

»Ja, in den Gästezimmern ebenfalls. Da habe ich mit Marks Hilfe außerdem Möbel umgestellt oder umgetauscht. Von einem Zimmer ins andere.«

Immer wieder Mark, dachte ich und merkte, welch große Rolle er inzwischen in meinem Leben spielte.

»Fein, wenn ich darf, würde ich gerne die Zimmer sehen«, bat Charlotte.

Olivia warf einen skeptischen Blick zur Treppe. »Mom, willst du wirklich so viele Stufen steigen? Nicht dass du hernach wieder Schmerzen in den Knien hast.«

»Unsinn. Mit der Treppe werde ich schon fertig.«

»Mom …«

Charlotte hob protestierend die Hand. »Ich lasse es langsam angehen, versprochen. Ansonsten kannst du reden, was du willst: Die Zimmer schaue ich mir an, die sind schließlich das Interessanteste. Oder denkst du, ich bin hergekommen, um die Küche zu inspizieren?«

Olivia kapitulierte und steuerte mit ihrer Mutter am Arm auf die Treppe zu.

In diesem Moment traf Sheriff Troy Davis samt Frau ein. Wir kannten uns von einer Wohltätigkeitsauktion, auf der wir beide Gebote für eine blaue Vase abgaben, die ich schrecklich gerne für eines der Gästezimmer gehabt hätte. Der Sheriff bekam den Zuschlag und bedankte sich hinterher bei mir, weil ich nicht weitergeboten hatte. Die Vase war als Geschenk für seine Frau Faith gedacht, die damals nicht dabei war. Anschließend unterhielten wir uns noch eine Weile, und ich lud ihn zu diesem Tag der offenen Tür ein.

Jack Griffin, der Mann der Richterin, kam in einem verbeulten, fünfzehn Jahre alten Ford. Er nahm zwei Verandastufen auf einmal und schien es eilig zu haben. Er trug einen langen Regenmantel und verkörperte das Klischee des Zeitungsherausgebers in einer Kleinstadt. Und genau das war er auch. Um das Bild zu vervollständigen, fehlten ihm außer einem Hut lediglich Kugelschreiber und Block – Utensilien, die zweifellos in einer seiner Manteltaschen steckten.

»Ist Olivia schon da?«, fragte er, bevor ich überhaupt dazu kam, ihn zu begrüßen.

»Sie ist mit ihrer Mutter oben.«

»Danke.« Er ging auf die Treppe zu, blieb stehen und drehte sich zu mir um. »Sie haben hier übrigens ganze Arbeit geleistet.«

Dann fiel sein Blick auf den Tisch und die Plätzchen. »Sieht wirklich lecker aus«, sagte er im Ton eines Mannes, der in der Wüste unverhofft eine Oase erspäht.

»Bedienen Sie sich.«

Er schüttelte den Kopf, obwohl die Versuchung offensichtlich groß war.

»Olivia macht mir die Hölle heiß, wenn ich von meiner Diät abweiche. Sie ist momentan auf einem Gesundheitstrip.« Er ging zum Tisch hinüber, um sich das Ganze genauer anzusehen. »Erdnussbutter ist gesund, oder?«

»Natürlich.«

»Laut Olivia hat Hafermehl viele Ballaststoffe.«

»Ebenfalls richtig.«

Er lachte, nahm sich von jeder Sorte und legte sie auf einen Teller. »Also kann man eigentlich gar nicht gesünder essen.«

»Bestimmt nicht.« Ich hatte meinen Spaß an seiner Logik.

Gerade als er in das erste Plätzchen beißen wollte, kam Olivia die Treppe hinunter.

»Jack Griffin, was tust du da?«

Er wirkte sichtlich schuldbewusst. »Die hier sind mit Erdnussbutter, die anderen mit Hafermehl.« Sehnsüchtig blickte er auf den Teller mit den Plätzchen. »Also enthalten sie viele Ballaststoffe, nicht wahr?«

»Nur zu.« Olivia schüttelte den Kopf. »Ich bin nicht dein Kindermädchen – du musst deine eigenen Entscheidungen treffen.«

Jack seufzte und stellte den Teller mit den nicht angerührten Plätzchen wieder weg.

»Mehr kann man eine Frau nicht lieben«, sagte er dramatisch zu mir.

Ich lächelte und wollte etwas erwidern, als draußen ein Taxi vorfuhr. Ein Taxi? O Gott, hatte ich komplett den Verstand verloren und einem Gast für diesen Sonntag zugesagt? Wenn, wäre das ein Versehen. Ein ziemlich schreckliches allerdings.

Die Tür des Taxis wurde geöffnet, und ein Mann stieg aus, den ich nicht sofort erkannte. Und selbst als er aufs Haus zuhumpelte, musste ich zweimal hinschauen. Konnte nicht glauben, was ich da sah. Litt ich bereits unter Halluzinationen?

Mark Taylor.

Und nicht nur das. Er hatte sich sogar in Schale geworfen mit einer modischen Freizeithose und weißem Hemd, war zudem rasiert und ordentlich gekämmt. Mir fielen die Augen fast aus dem Kopf angesichts dieser Veränderung. Schließlich kannte ich ihn bloß in Arbeitskleidung. Das sollte Mark sein? Ich wusste nicht, was ich sagen sollte.

Während er sich mit seinen Krücken im Haus recht geschickt bewegte, fiel es ihm draußen offenbar ziemlich schwer. Mühsam näherte er sich der Treppe, begann die Stufen in Angriff zu nehmen. Mir stockte der Atem.

»Mark«, rief ich, riss die Tür auf und eilte zu ihm, um ihm zu helfen. »Was machst du denn hier?«, fügte ich wenig intelligent hinzu.

»Ich dachte, ich sei eingeladen. Du hast mir eine Karte dagelassen.«

»Natürlich freue ich mich über dein Kommen, habe allerdings irgendwie nicht damit gerechnet. Wegen deines Beins und auch so …«

Wenn ich mich recht erinnerte, hatte er eine ziemlich abfällige Bemerkung gemacht, als ich ihm von meinem geplanten Tag der offenen Tür erzählte.

»Komm, ich helfe dir«, sagte ich und nahm seinen Arm, damit er mit den Krücken nicht das Gleichgewicht verlor und die Treppe hinunterstürzte.

»Das schaffe ich schon alleine.«

»Sicher, ich will nur für den Fall eines Falles zur Stelle sein.«

Ehe ich mich versah, hatte er tatsächlich die Stufen bewältigt und stand auf der Veranda. Ich hielt ihm die Tür auf und überlegte fieberhaft, ob ich ihm eine Erklärung für meine Verblüffung angesichts seines Erscheinens schuldete. Meine Worte hatten ja fast geklungen, als sei er nicht willkommen. Was natürlich nicht stimmte.

»Möchtest du dich nicht setzen?«, fragte ich im Haus und deutete auf den Aufenthaltsraum.

»Gute Idee«, meinte er, humpelte erstaunlich schnell dorthin und sank erleichtert auf das Sofa. Seine Krücken legte er so auf den Boden, dass sie für ihn griffbereit waren, aber andere Gäste nicht darüber stolpern konnten.

Weitere Besucher trafen ein, und die nächsten zwei Stunden war ich vollauf damit beschäftigt, Leute herumzuführen und Fragen zu beantworten. Es war ein ständiges Kommen und Gehen. In dem Gästebuch, das ich ausgelegt hatte, standen am Ende wenigstens fünfzig Namen. Ein voller Erfolg also und doch fühlte ich mich ziemlich ausgelaugt.

Nur ein Gast war noch da.

Mark.

Er hatte sich die ganze Zeit über nicht vom Sofa weggerührt, sich allerdings dort mit einer ganzen Reihe von Leuten unterhalten.

»Sind Plätzchen übrig geblieben?«, erkundigte er sich beiläufig.

»Ein paar. Soll ich dir welche bringen?«

»Ich glaube, ich habe schon mehr als genug gegessen.«

»Möchtest du den Rest mitnehmen?«

Ein breites Grinsen kam als Antwort. »Ich dachte schon, du würdest nie fragen.«

Also packte ich die restlichen Plätzchen, drei verschiedene Sorten, ein – für ihn alleine eine ordentliche Portion.

»Komm, setz dich«, befahl er. »Du warst die letzten zwei Stunden ununterbrochen auf den Beinen.«

Er hatte recht. Nachdem alles vorüber war, spürte ich meine Erschöpfung immer mehr und hatte das Gefühl, an einem Marathon teilgenommen zu haben. Bevor ich mich jedoch ausruhte, musste ich Rover aus der Waschküche holen und nach draußen lassen. Erst als er wieder reinkam, fiel ich buchstäblich neben Mark auf das Sofa.

»Du kannst echt stolz sein«, meinte er. »Die Leute waren total begeistert, was du aus der Pension gemacht hast.«

»Danke.«

Mir entging nicht, dass er seinen eigenen Verdienst nicht erwähnte. In Anbetracht der Tatsache, dass er die Veränderungen maßgeblich angeregt und gestaltet hatte, fand ich das ausgesprochen bescheiden.

»Du siehst gut aus.« Er sah zu mir herüber.

Ein Kompliment? Von Mark? Ich wusste kaum, was ich darauf antworten sollte.

»Du auch.«

Er grinste und fuhr sich mit der Hand über den Kopf. »Lange her, dass ich dieses Hemd zuletzt getragen habe. Kann mich gar nicht erinnern, wann das war. Bei einer Hochzeit, glaube ich.«

»Bei deiner Hochzeit oder der von jemand anderem?«, hakte ich nach, denn ich witterte eine gute Gelegenheit, mehr über Mark in Erfahrung zu bringen.

Seine Augen wurden schmal. »Der von jemand anderem.« Er wandte den Blick ab und wechselte das Thema. »Ich bin eigentlich deshalb hier aufgekreuzt, weil ich mich davon überzeugen wollte, dass du okay bist.«

»Wie kommst du darauf, dass das nicht der Fall sein könnte?«

Er lachte. »Abgesehen von dem Umstand, dass du mir fast den Kopf abgerissen hast, weil ich es wagte, dir ein paar harmlose Fragen zu stellen?«

»Habe ich das? Wann denn?«

»Gestern Nachmittag. Du hast gesagt, ich soll mich um meine eigenen Angelegenheiten scheren und bist beleidigt davonstolziert.«

»Tja, das kann ich wohl kaum leugnen. War aber nicht böse gemeint.«

Er zuckte betont gleichmütig die Achseln, um die Angelegenheit herunterzuspielen. »Ich habe nicht viele Freunde und mich irgendwie an dich gewöhnt.«

An seinem Tonfall merkte ich, dass er ernstlich besorgt gewesen war, und bereute meine Unfreundlichkeit. Zumal er mir jetzt zudem indirekt zu verstehen gab, dass er mich als Freundin betrachtete.

»Danke. Geht mir umgekehrt genauso.«

»Hat sich jemand über den Zustand des Rasens geäußert?«, wollte er wissen.

Offenbar wurmte es ihn, dass er damit nicht fertig geworden war und eine hässliche Narbe im Rasen hinterlassen hatte.

»Nein, niemand. Ich habe lediglich nebenbei den Rosengarten erwähnt, der dort entstehen soll.«

»Und du hast auch nicht zufällig erzählt, dass ich meinen Zeitplan nicht einhalten konnte und der Garten deshalb so wüst aussieht?«

»So etwas würde ich nie tun.«

»Gott sei Dank. Allerdings hast du mir ganz schön zugesetzt.«

»Ich war eben enttäuscht, weil ich es mir anders vorgestellt hatte.«

»Schon gut. Sowie ich wieder auf den Beinen bin, hat dein Rosengarten samt Pavillon für mich oberste Priorität.«

»Das wäre schön.«

Zu meiner Verwunderung schien er es nicht eilig zu haben, nach Hause zu gehen.

»Hast du heute irgendwelche Schmerzmittel genommen?«

»Nein.« Er klang überrascht. »Wieso willst du das wissen?«

»Ich dachte, du hättest vielleicht Lust auf ein Glas Wein.«

»Mit dir?«

»Nein«, erwiderte ich amüsiert. »Mit Rover.«

Er dachte einen Moment nach und zuckte die Achseln. »Keine schlechte Idee, ich könnte ein Glas vertragen.«

»Rot oder weiß?«

Die Entscheidung schien ihn zu überfordern. »Ich überlasse dir die Wahl.«

»Okay, dann rot«, sagte ich und holte eine Flasche Pinot noir aus dem Willamette Valley, einem bedeutenden Weinanbaugebiet in Oregon.

Die nächste halbe Stunde saßen wir beim Wein zusammen und unterhielten uns. Zumeist redete ich, denn Mark war wie immer eher mundfaul. Trotzdem genoss ich das entspannte Zusammensein und geriet sogar in Versuchung, ihm von dem Brief zu erzählen. Aus Furcht, dadurch erneut weinerlich und deprimiert zu werden, ließ ich es aber. Bald darauf drängte es Mark zum Aufbruch, und ich brachte ihn rasch nach Hause.

Kaum war ich zurückgekehrt, fuhr draußen ein Auto vor, und kurz darauf betrat Mary Smith die Eingangshalle. Ohne ein Wort an mich zu richten oder mir einen Blick zu schenken, ging sie an mir vorbei die Treppe hinauf.

Dann hörte ich nur noch, wie sie die Zimmertür hinter sich schloss.

33

Am Montagmorgen wachte Mary früh und ausgeruht auf. So gut hatte sie schon lange nicht mehr geschlafen. Seit vielen Wochen oder gar Monaten nicht. Sie setzte sich im Bett auf und streckte gähnend die Arme nach oben, bevor sie aufstand und zum Fenster ging, von dem aus man die ganze Bucht überblickte. Heute allerdings nicht, denn die Wolken hingen tief, und es hatte zu regnen begonnen. Nach vier herrlichen Sonnentagen im pazifischen Nordwesten, wo das Wetter eher wechselhaft und kühl zu sein pflegt.

Mary fühlte sich rundum zufrieden. Sie hatte ihre Tochter nicht nur gesehen, sondern sogar mit ihr gesprochen. Ein unerwartetes Geschenk, das sie mit großer Dankbarkeit erfüllte und alles überstieg, was sie sich für ihr Leben noch erhofft oder ausgemalt hatte. Und das alles war allein Georges Verdienst.

Bei dem Gedanken an ihn wurde ihr weh ums Herz, und Traurigkeit überfiel sie, verdüsterte schlagartig ihre Stimmung. Weil sie ihn heute erneut verlassen würde. Verlassen musste. Seiner Bitte, bei ihm in Seattle zu bleiben, Folge zu leisten, käme ihr egoistisch vor. Es hieße, ihn in ihre Krankheit, ihr Leiden und womöglich ihr Sterben mit einzubeziehen. Und das wollte sie nicht.

Sie liebte ihn – natürlich, wie sollte sie nicht –, und

gerade deshalb mochte sie ihm nicht die Last ihrer Gegenwart aufbürden. Vermutlich ahnte er nicht, was im Ernstfall auf ihn zukäme. Mary selbst hingegen hatte ziemlich klare Vorstellungen davon. So schwer es ihr auch fiel: Sie musste zurück nach New York in ihren Alltag, zu ihren Ärzten, zu ihren Therapien. Seattle war lediglich eine kurze Flucht gewesen. Doch wer weiß: Falls die neuen Behandlungen anschlugen, gab es ja vielleicht eine Wiederholung …

George hatte es ihr nicht leicht gemacht, Nein zu sagen. Immer wieder versuchte er sie umzustimmen, aber ihr einziges Zugeständnis war gewesen, dass sie sich heute noch einmal sahen. Wenn er sie abholte und zum Flughafen brachte.

Sie packte ihre Sachen und begab sich nach unten in den Frühstücksraum. Außer ihr schienen alle Gäste bereits abgereist zu sein, stellte sie fest. Erneut lehnte sie Jo Maries Angebot, ihr ein opulentes Frühstück zuzubereiten, ab und begnügte sich mit einer Scheibe Toast und Orangensaft.

Dann blieb nichts mehr zu tun, als auf George zu warten. Wie unvernünftig von ihm, die vielen Meilen um die Bucht herum nach Cedar Cove zu fahren, um sie zum Flughafen zu bringen, dachte sie. Und das zudem an einem Montag, wo erfahrungsgemäß auf allen Straßen dichter Verkehr herrschte. Von seinem Terminplan ganz zu schweigen. Trotzdem war sie froh, ihn ein letztes Mal zu sehen, seine Stimme zu hören und die Wärme seiner Umarmung zu spüren. Bald würde das alles Vergangenheit sein.

»Ich hole Ihren Koffer herunter«, erbot sich Jo Marie,

nachdem Mary ihre Rechnung beglichen hatte und sich anschickte, in den Aufenthaltsraum hinüberzugehen.

»Vielen Dank, sehr nett von Ihnen.«

Obwohl sie erst mittags in Seattle abfliegen würde und es nicht eilte, war es ihr nur recht, wenn das Gepäck bereitstand. Schließlich wusste sie nicht, wann genau George eintreffen würde.

Ein paar Minuten später kam Jo Marie so leichtfüßig mit dem Koffer die Treppe hinunter, als würde er überhaupt nichts wiegen.

»Hat es Ihnen hier gefallen?«, fragte sie.

»O ja, sehr sogar«, antwortete Mary und meinte es ernst.

Diese paar Tage in Cedar Cove würde sie für den Rest ihres Lebens in ihrem Gedächtnis bewahren. Die Begegnung mit George und mit Amanda hatte ihr neue Kraft verliehen, von der sie noch eine Weile zehren würde. Ebenso wie von den unvergesslichen Erinnerungen.

»Sicher freuen Sie sich wieder auf New York«, fügte Jo Marie hinzu. »Nach Hause zurückzukehren hat immer etwas Tröstliches, finde ich.«

Mary lächelte, enthielt sich jedoch eines Kommentars. Ihre Wohnung in New York war kein Zuhause im eigentlichen Sinn. Sie war schön, aber nicht anheimelnd. Vielleicht weil darin nicht gelebt wurde. Mary schlief dort mehr oder weniger bloß, trank mal einen Kaffee in der Küche oder einen Wein vor dem Fernseher. Auch kam niemand sie besuchen. Meist aß sie außerhalb, traf sich mit Bekannten in Restaurants oder Bars. Gelegentlich ließ sie sich einmal etwas liefern oder nahm von unterwegs etwas mit, das sie dann ebenso hastig hinunterschlang wie die Mahlzeiten im Büro zwischen zwei Besprechungen. Essen war eine Notwendigkeit, mehr nicht. Und für ausgiebige Dinner war sie in der Regel sowieso zu müde.

Als sie draußen ein Auto hörte, schrak sie zusammen. Es war George, und ihr Herz begann erwartungsvoll zu klopfen. Sie beobachtete, wie er ausstieg und mit langen Schritten auf die Veranda zueilte, um nicht völlig durchweicht zu werden. Mary ging hinaus in die Eingangshalle, zog ihren Regenmantel mit Kapuze an, den sie vorsorglich mitgenommen hatte, und trat, ihren Koffer hinter sich herziehend, auf die Veranda heraus.

George nahm ihr den Koffer ab. »Bist du so weit?«

»Ich wünsche dir einen guten Morgen.«

Er hob den Kopf, ihre Blicke kreuzten sich, und er sah sie eindringlich an. »Für mich ist das kein guter Morgen.«

»Ach, George, das haben wir doch alles bereits ausgiebig besprochen.«

Er nickte und wandte sich ab.

Jo Marie kam mit Rover an ihrer Seite auf sie zu. »Ich hoffe, Sie kommen irgendwann einmal wieder.«

Da sie das für eher unwahrscheinlich hielt, lächelte Mary bloß unverbindlich. »Danke für alles.«

»Es war mir ein Vergnügen.«

George nahm Marys Hand, führte sie zum Auto und öffnete ihr die Tür, bevor er ihren Koffer verstaute. Bis er selbst einstieg, war er vom Regen durchweicht.

»O George, du bist ja pitschnass.«

»Das trocknet wieder.«

Er wirkte bedrückt, ließ die Schultern hängen und sah sie unendlich traurig an. Mary fühlte sich schrecklich schuldbewusst, denn in diesem Moment erkannte sie, dass sie ihm erneut das Herz brechen würde. Eine Weile saß er reglos im Auto, als müsse er über etwas nachdenken. Dann startete er den Motor und wandte ihr sein Gesicht zu.

»Ich habe mir auf der Fahrt hierher überlegt, dass ich mir eine oder zwei Wochen freinehmen und nach New York fliegen könnte.«

Zögernd wartete er auf ihre Reaktion, während er anfuhr und vom Parkplatz hügelabwärts in die Straße einbog.

Mary durchschaute seinen Plan. Er versuchte quasi, sich durch die Hintertür wieder in ihr Leben zu schmuggeln, und hoffte, dass sie seine Absicht nicht bemerkte. So sehr sie sich auch freuen würde, ihn zu sehen – George setzte die Prioritäten einfach falsch, und das durfte sie nicht zulassen. Dennoch war die Versuchung übermächtig, nachzugeben und Ja zu sagen. Unsicher, was sie tun sollte, lehnte sie sich an ihn. Als müsse er jetzt entscheiden, was gut und richtig war für sie beide.

Das Problem bestand in der krankheitsbedingt ungewissen Zukunft. Gab es für sie überhaupt ein Leben nach dem Krebs, oder musste sie über kurz oder lang sterben? Die Ärzte wussten es nicht und Mary noch weniger. Wie konnte sie da mit George Pläne schmieden, über ein gemeinsames Leben reden? Und vor allem wünschte sie nicht, dass er sie sterben sah, jeden Tag ein kleines Stück mehr.

»Was hältst du davon?«, fragte er und hielt das Lenkrad fest umklammert.

»Wir werden sehen.«

Er seufzte schwer. »Willst du mir mit dieser windelweichen Antwort indirekt zu verstehen geben, dass du nicht interessiert bist?«

Sie erwiderte nichts darauf.

»Offenbar habe ich mir etwas vorgemacht«, stieß er bitter hervor.

»Inwiefern?«

»Ich dachte, dieses Wochenende ... Nun, ich hatte gehofft, du seist zu dem Schluss gekommen, dass du mich nach wie vor liebst. Dass du nie damit aufgehört hast ...«

Wie konnte er nur annehmen, es wäre nicht so, fragte sie sich. Um sogleich zu erkennen, dass Schmerz und Enttäuschung aus ihm sprachen.

»Ich habe dich immer geliebt, George. Immer.«

»Sogar als du mich verlassen hast?«

Mehr, als er je ahnen würde. »Sogar da.«

»Und jetzt?«

»Auch jetzt«, versicherte sie mit großer Zärtlichkeit in der Stimme.

Er schwieg eine Weile, dann meinte er leise: »Du hast eine merkwürdige Art, das zu zeigen.«

Seine Antwort bedrückte Mary, bewies sie ihr doch, wie wenig er ihre Beweggründe verstand. George begriff einfach nicht, dass es diesmal um ihn ging und nicht wie damals um sie. Dass sie ihn nicht wieder um des eigenen Vorteils willen verließ, sondern weil sie ihn schonen wollte. Sie liebte ihn viel zu sehr, um ihm eine todkranke Frau, wie sie es war, zuzumuten.

Sie verstummte, bis sie den Highway nach Tacoma erreichten, der sie auf die Interstate nach Seattle führen würde.

»Gibt es etwas, das du mir verheimlichst?«, fragte er, ohne den Blick von der Straße zu wenden.

»Zum Beispiel?«

»Irgendetwas, das mit deinem Krebs zu tun hat.«

»Nein, ich habe dir alles gesagt, was ich selbst darüber weiß.«

»Bist du sicher?«

»George, natürlich bin ich sicher.«

Dachte er, sie würde ihn in einer so ernsten Angelegenheit belügen? Ja, das tat er, schoss es ihr durch den Kopf. Und zwar mit Recht nach allem, was sie ihm in den letzten Tagen zögerlich nach und nach enthüllt hatte. Wie sollte er da nicht an ihrer Ehrlichkeit zweifeln?

»Du weißt schon, dass Seattle über eines der besten Krebsforschungszentren im ganzen Land verfügt, oder?«

»Ja«, antwortete sie einsilbig.

Das Fred Murchinson Cancer Research Center war nicht nur in Amerika bekannt, sondern genoss weltweit großes Ansehen.

»Lass uns bitte nicht von meiner Abreise und auch nicht von meiner Krankheit sprechen. Es ist für uns beide so schon schwer genug«, fügte sie hinzu.

»Worüber möchtest du denn reden?«

»Über Amanda.«

Sie bemerkte, wie er sich entspannte.

»Unsere Tochter. Sie ist wie ein kleines Wunder für mich«, sagte er mit einem versonnenen Lächeln.

Auch Mary fühlte sich allein bei der Erwähnung des Namens wieder leichter.

»Mir geht es genauso«, sagte sie inbrünstig. »Sie zu sehen und mit ihr sprechen zu können, das hat meine kühnsten Träume übertroffen. Dafür kann ich dir gar nicht genug danken.«

»Ist es dir schwergefallen, sie nicht zu umarmen?«

»Sehr schwer. Ich musste die Fäuste ballen, um nicht die Arme auszustrecken und ihr Gesicht zwischen die Hände zu nehmen. Ach George, wie gerne hätte ich sie in die Arme geschlossen und ihr gestanden, dass ich sie in meinem Bauch gespürt und zur Welt gebracht habe.«

»Einen Moment lang hatte ich Angst, ihre Eltern könnten etwas merken«, entgegnete George.

»Wie sollten sie?«

»Mein Gott, Mary, sie sieht aus wie du. Ist dir das etwa nicht aufgefallen?«

»Nein, ich fand sie eher dir ähnlich.«

»Vor allem hatte ich das Gefühl, dass sie bei den Palmers glücklich ist. Und das zu sehen, war sehr wichtig für mich.«

Mary empfand ähnlich, obwohl sie sich während der Abschlussfeier nichts sehnlicher gewünscht hatte, als selbst die Mutter zu sein, deren Blick Amanda suchte. Und am liebsten hätte sie es jedem gesagt, dass dieses wundervolle, kluge und schöne Mädchen ihr Kind war. Das Ergebnis der Liebe zwischen ihr und George. Aber Mary war realistisch genug, um zu erkennen, dass diese Wünsche ebenso zu spät kamen wie die Reue, auf das alles verzichtet zu haben.

Es entbehrte nicht einer gewissen Ironie, dass die Begegnung mit Amanda in ihr sowohl tiefe Freude als auch tiefe Trauer ausgelöst hatte. Schwer zu erklären, schwer zu begreifen. Nicht einmal sie selbst wusste, wie beides zugleich möglich war.

Auf der Interstate wurde der Verkehr immer dichter. Mary sah auf die Uhr. Zum Glück hatte sie ausreichend Zeit eingeplant. Selbst wenn sie den Rest der Strecke lediglich langsam vorankamen, würden sie rechtzeitig am Flughafen eintreffen. An der ersten Ausschilderung Airport fuhr George vorbei, blieb weiter auf der Interstate.

»Hättest du nicht diese Ausfahrt nehmen müssen?«, fragte sie.

»Es gibt zwei. Ich nehme immer die nächste.«

»Okay.«

»Dein Flug geht erst in zwei Stunden.«

»Es dauert, bis man durch die Sicherheitskontrolle ist, und außerdem sind die Wege zum Gate ziemlich lang. Da muss ich derzeit reichlich Zeit einplanen.«

Den Vorschlag ihres Arztes, sich im Rollstuhl zum Flugzeug schieben zu lassen, hatte sie rigoros abgelehnt.

»Möchtest du, dass ich dich bis zum Gate begleite? Einen Passierschein zu bekommen ist bestimmt kein Problem.«

»Nein, aber danke für das Angebot.«

Sie mussten den Abschied nicht unnötig in die Länge ziehen und es sich dadurch noch schwerer machen, als es ohnehin war.

»Du gibst deine Tasche gleich auf, ja?«

»Ja. Ich habe meine Sitzplatzreservierung schon ausdrucken lassen.«

»Gute Idee. Hat das diese Jo Marie für dich übernommen?«

»Ja. Sie war ausgesprochen hilfsbereit.«

»Sie ist Witwe, oder?«

»Ja.«

Je näher der Flughafen und der Abschied von George rückten, desto stärker schnürte sich Marys Kehle zu.

»Kennst du ihre Geschichte?«

»Nein.«

»Alles in Ordnung?«, fragte George in Anbetracht ihrer Einsilbigkeit.

»Ja, was sollte denn sein?«, sagte Mary mit einem gequälten Lächeln und versuchte die Furcht zu überspielen, die von ihr Besitz ergriff.

Die nächste Ausfahrt wurde ausgeschildert. Noch eine Meile. Der Kloß in ihrer Kehle wurde größer. Sie würde nicht weinen, auf keinen Fall. George sollte sie nicht tränenüberströmt in Erinnerung behalten.

Nach ein paar Minuten zog George, der sich bereits auf der rechten Spur zur Ausfahrt befand, den Wagen scharf nach links und fädelte sich erneut in den Verkehr Richtung Norden ein.

»Was soll das?«

Sie erhielt keine Antwort.

»George, du hast gerade die Ausfahrt verpasst!«

»Ich weiß.«

»Aber ich muss zum Flughafen. Du hast gesagt, du fährst mich hin.«

»Ich habe gelogen«, gab er so gelassen zurück, als sei das nicht weiter von Bedeutung.

»Was soll das heißen, du hast gelogen?« Mary war völlig konsterniert.

»Sobald wir in meiner Wohnung sind, wirst du alles erfahren.«

»Ich habe nicht die Absicht, mit in deine Wohnung zu gehen.«

»O doch. Dir bleibt gar nichts anderes übrig.«

»Ich bestehe darauf, dass du die nächste Ausfahrt nimmst und zum Flughafen zurückfährst.«

»Tut mir leid, das ist nicht möglich.«

»Natürlich ist es das. Willst du mich etwa entführen? Wohl kaum.«

»In ein paar Minuten erkläre ich dir alles.«

»Erklär es mir jetzt. Das ist das Lächerlichste, was du je getan hast«, empörte sie sich.

»Ich dachte mir, dass du das sagen würdest«, sagte er ein wenig schadenfroh.

»George, was zum Teufel ist in dich gefahren?«

Er schüttelte nur grimmig lächelnd den Kopf und verweigerte die Antwort.

Resigniert lehnte sie sich zurück und verschränkte die Arme vor der Brust. Sie wusste nicht, was sie tun sollte. Für den Augenblick jedenfalls blieb ihr nichts anderes übrig, als klein beizugeben.

Inzwischen hatten sie Seattle erreicht. George fuhr auf direktem Weg zu sich nach Hause und stellte den Wagen auf dem für ihn reservierten Platz in der Tiefgarage ab. Stieg aus und öffnete die Beifahrertür. Mary rührte sich nicht vom Fleck, hielt die Arme weiterhin verschränkt, blickte starr geradeaus und übersah die Hand, die er ihr hinstreckte.

Sie konnte genauso stur sein wie er.

»Ich habe dich einmal gehen lassen«, begann er ruhig zu sprechen, »und diesen Fehler werde ich nicht wiederholen. Mich wie ein Idiot benehmen und tatenlos zusehen, wie du aus meinem Leben entschwindest. Nicht ein zweites Mal. Weder jetzt noch später.«

»George«, warnte sie und kniff die Augen zu schmalen Schlitzen zusammen. »Ist dir klar, was du da tust? Ich habe Krebs. Meine Ärzte und meine Krankenakten befinden sich in New York.«

»In Seattle gibt es mindestens ebenso hervorragende Onkologen, und Akten zu mailen ist überhaupt kein Problem.«

»New York ist meine Heimat.«

»Nein, das ist es nicht«, widersprach er. »Und das weißt du selbst ganz genau.«

Sie seufzte gereizt.

»Deine Heimat ist bei mir«, fuhr er fort. »Wir haben uns schon um neunzehn Jahre betrogen, und ich bin nicht bereit, künftig auch nur einen einzigen Tag unnötigerweise ohne dich zu verbringen.«

»Sei nicht unvernünftig …«

»Liebst du mich nun oder nicht?«

Sie biss sich auf die Lippe, um sich an einer Antwort zu hindern.

»Du kannst nicht lügen, Mary. Ich kenne dich zu gut.«

»Warum fragst du dann?«

Ihre Augen schwammen in Tränen. Himmel, jetzt fing sie doch mit der Heulerei an. Sie war wirklich ein elender Jammerlappen geworden.

»Ich denke nicht daran nachzugeben. Wenn ich dich jetzt gehen lasse, werde ich es für den Rest meines Lebens bereuen.«

»Verstehst du denn nicht?«, flüsterte sie, und ihre Stimme brach. »Ich könnte sterben …«

»Wir müssen alle sterben.« George kauerte sich neben sie. »Du kannst dich so lange gegen mich wehren, wie du willst, aber diesen Kampf gewinne ich. Akzeptiere es endlich: Ich dulde es nicht, dass du mich verlässt. Du kannst diskutieren, bis du schwarz wirst – es nützt dir nichts. Meine Entscheidung ist gefallen, unumstößlich.«

»Wie meinst du das?«

»Ich habe mich bereits mit einem Freund in Verbindung gesetzt, der über einschlägige Erfahrungen verfügt und sich schlaumacht, wer als bester Krebsspezialist in den Staaten gilt.«

»Mein Arzt in New York.«

George schüttelte lachend den Kopf. »Netter Versuch. Wir werden sehen, was er herausfindet. Doch egal, was die Zukunft bringt, wir stehen es gemeinsam durch.«

»Ach George«, murmelte sie unter Tränen.

»Wir gehören zusammen, das war von Anfang an so. Wie lange willst du weiter dagegen ankämpfen?«

Der Wille, ihn zu verlassen, verflog. Schluchzend schlang sie ihm die Arme um den Hals und klammerte sich fest an ihn.

»Gar nicht mehr – ich liebe dich so sehr.«

»Ich weiß. Was immer geschehen mag, Mary, ich bin und bleibe bei dir.«

Sie nickte, wusste nicht, womit sie diesen Mann verdient hatte. Doch sie würde ewig dafür dankbar sein.

34

Ich war gerade mit Marys Zimmer fertig geworden, als das Telefon klingelte. Schwungvoll sprang ich die Treppe hinunter, um den Anruf entgegenzunehmen, denn ich befand mich in einer weit gelösteren Stimmung als in den letzten Tagen.

»Rose Harbor Inn«, meldete ich mich.

»Jo Marie?« Auf die Nennung meines Namens folgte ein leichtes Zögern.

Lieutenant Colonel Dennis Milford.

Das war der Anruf, dem ich entgegengefiebert und vor dem ich mich zugleich gefürchtet hatte. Das Gespräch, das den zarten Faden der Hoffnung verstärken oder ganz durchtrennen würde. Ich sank auf meinen Schreibtischstuhl und presste das Telefon so fest an mein Ohr, dass es schmerzte.

»Was haben Sie herausgefunden?«

»Ich weiß es erst seit ein paar Minuten.«

»Liegen die DNA-Tests vor?«

Warum konnte er es mir nicht einfach mitteilen, statt meine Qual zu verlängern?

»Solche Untersuchungen dauern länger als einen oder zwei Tage.«

»Also besteht eine Möglichkeit …«

»Nein«, unterbrach er mich. »Es besteht keinerlei

Chance, dass Paul den Absturz überlebt hat. Nicht die geringste.«

»Wie meinen Sie das?«, fragte ich unsicher.

»Es tut mir leid.«

»Aber Sie sagten, die DNA-Tests stünden noch aus«, wandte ich ein.

»Das ist richtig.«

»Wie können Sie dann so sicher sein, dass Paul tot ist? Sie haben mir selbst gesagt …«

Wieder unterbrach er mich. »Man hat die Überreste aller sechs Männer geborgen und nicht nur von fünfen. Ich wünschte, ich hätte bessere Neuigkeiten für Sie.«

Eine Welle des Schmerzes schlug über mir zusammen und begrub mich unter sich. Verzweifelt rang ich nach Luft, als sei ich wirklich unter Wasser gedrückt worden. Dann vernahm ich einen klagenden Laut, der mich erschreckte. Aller Kummer und Gram angesichts des unfassbaren Verlustes schwangen darin ebenso mit wie unermessliches Leid. Und abgrundtiefe Verzweiflung, weil es nun endgültig keine Hoffnung mehr gab. Ich brauchte einen Moment, um zu begreifen, dass ich selbst diesen Laut ausgestoßen hatte.

Mein Mann war tot.

Rover war augenblicklich an meiner Seite. Er stellte sich auf die Hinterbeine und stemmte die Vorderpfoten gegen meinen Oberschenkel, wie immer, wenn er mich trösten wollte. Meine Hand zitterte heftig, als ich sie auf seinen Kopf legte, und mein Gesicht brannte von den Tränen, die unaufhörlich aus meinen Augen rannen.

»Wenn Sie wollen, kann Paul auf dem Arlington National Cemetery begraben werden«, bot Milford an.

Natürlich würde sich mir sehr bald die Frage nach der Beisetzung stellen. An welchen Ort der mit einem Sternenbanner bedeckte Sarg, sobald er aus Afghanistan zurückkam, gebracht werden sollte. Ich wusste es nicht, musste erst darüber nachdenken. Nach ein paar abschließenden Beteuerungen Milfords, welch prachtvoller Mensch und Soldat Paul gewesen sei, legte ich das Telefon beiseite.

Es war vorbei. Alle meine Hoffnungen waren dahin. All die schönen Bilder, die ich mir im Geist ausgemalt hatte, zerfielen zu Staub. Ich saß da und starrte ins Leere. Dann atmete ich mehrmals tief durch und trocknete meine Tränen.

Es war an der Zeit, Pauls Brief zu lesen.

Wie in Trance ging ich in mein Zimmer, setzte mich auf mein Bett und öffnete die Schublade meines Nachtschränkchens. Ich griff nach dem Umschlag, zog den Bogen heraus und entfaltete ihn. Das Schreiben enthielt keine Überraschungen. Paul sagte mir genau das, womit ich gerechnet hatte.

Er liebte mich.

Er wollte nicht, dass ich trauerte.

Er würde mich im Himmel wiedersehen, hoffte allerdings, dass bis dahin viele Jahre vergehen würden, weil ich anderen noch so viel zu geben hätte.

Nachdem ich den Brief zweimal gelesen hatte, faltete ich ihn wieder zusammen und schob ihn in den Umschlag zurück.

»Leb dein Leben weiter«, schrieb Paul, und er hatte recht. Es gab viel zu tun für mich.

Ich konnte gleich damit anfangen. Kaum dass ich mich einigermaßen gefasst hatte, hörte ich ein Geräusch an der Vordertür, und Rover schoss laut bellend aus dem Zimmer. Besuch.

Bis ich unten ankam, klingelte es ein zweites Mal. Vor der Tür stand Michelle Nelson.

Ich hatte sie zwar nur selten gesehen, wusste aber von ihr durch Joshua Weaver, einen der ersten Gäste des Rose Harbor. Er war im Januar nach langer Abwesenheit nach Cedar Cove gekommen, um seinen todkranken Stiefvater zu sehen. Er und Michelle waren Nachbarskinder gewesen und sich offenbar bei der Betreuung des Todkranken nähergekommen.

Michelle arbeitete als Sozialarbeiterin in der Gemeinde, und ich hatte sie zum Tag der offenen Tür eingeladen. Aus Neugier zugegeben, weil ich nichts mehr von Joshua gehört hatte und wissen wollte, was mit ihm war. Und ob bei den beiden etwas lief.

»Tut mir leid, dass ich es gestern nicht geschafft habe«, sagte sie statt einer Begrüßung.

Richtig, sie war gar nicht da gewesen, was mir bei den vielen Leuten, die sich die Klinke in die Hand gegeben hatten, kaum aufgefallen war. Und wenn, war es gleich wieder in Vergessenheit geraten. Irgendwann verlor ich den Überblick, wer da war und wer nicht.

»Ich wette, Sie hatten ein volles Haus.« Michelle trat in die Eingangshalle, und sofort war Rover zur Stelle, um sie zu begrüßen. Sie bückte sich, kraulte seine Ohren und flüsterte ihm zu, was für ein braver Hund er sei. Er genoss ihre Aufmerksamkeit in vollen Zügen. Scheinbar waren alle männlichen Wesen, ob Zweibeiner oder

Vierbeiner, wahnsinnig empfänglich für Schmeicheleien und Streicheleinheiten. Nur Süßigkeiten konnten da noch mithalten.

»Haben Sie Zeit für einen Kaffee?«, fragte ich Michelle.

»Ich schon – und Sie?«, gab sie zurück.

»Klar, sonst hätte ich nicht gefragt.«

Jede Abwechslung war mir im Moment mehr als willkommen. Ich musste einen Schritt nach dem anderen machen, um die unumstößliche Wahrheit zu verarbeiten und mein Leben ohne Paul in Angriff zu nehmen. Zum Glück hatte ich den heutigen Tag für mich, denn meine nächsten Gäste würden erst morgen eintreffen.

Gemeinsam gingen wir in die Küche. Während ich nach der Kaffeekanne griff, setzte Michelle sich an den kleinen Tisch an der Wand, an dem gerade zwei Personen Platz fanden.

»Ich muss in einer halben Stunde im Gericht sein«, erklärte sie. »Kann also bloß ein paar Minuten bleiben.«

»Kein Problem.«

»Es geht um eine Adoption, und zwar um einen besonders angenehmen Fall. Der kleine Junge ist goldig, und seine neuen Eltern sind total begeistert. Sie haben es sechsmal mit künstlicher Befruchtung versucht, bevor sie sich zu einer Adoption entschlossen. Natürlich wünschten sie sich einen Säugling.«

»Ist doch verständlich, oder?«

»Das schon. Allerdings sind bei uns Neugeborene, um es salopp auszudrücken, Mangelware.«

»Wie alt ist dieses Kind?«

»Drei, aber der niedlichste kleine Junge, den man sich vorstellen kann.«

»Was hat das Paar denn letztlich bewogen, einen Dreijährigen zu adoptieren?«, fragte ich und reichte Michelle einen dampfenden Kaffeebecher. »Zucker?«

»Ich trinke ihn schwarz, danke.« Sie nippte an dem Kaffee, bevor sie meine Frage beantwortete. »Ich habe ihnen von dem Kleinen erzählt und sie überredet, ihn zunächst einmal als Pflegekind aufzunehmen.«

»Und dann hat sich die Familie in ihn verliebt?«

»Das habe ich vorhergesehen. Es war ein perfektes Arrangement. Dieser bezaubernde kleine Kerl und die Familie, deren Traum durch ihn in Erfüllung geht. In solchen Situationen bin ich überzeugt, den schönsten Job der Welt zu haben.« Ihre Augen funkelten, und sie grinste von einem Ohr zum anderen. »Ich habe zusätzlich ein kleines Mädchen für die Familie im Sinn, mal sehen …«

Nachdem ich ihr bestätigt hatte, wie großartig ich so etwas fände und wie sehr ich ihren Einsatz bewunderte, brachte ich das Gespräch vorsichtig auf Joshua Weaver. Nicht dass sie aufbrach und ich so schlau war wie zuvor.

»Ach, Michelle, wo sie gerade da sind …«, sagte ich so nonchalant wie möglich. »Ich wollte sie schon seit Längerem fragen, ob sie was von Joshua wissen. Sie standen doch in Kontakt, soweit ich weiß.«

Obwohl es eigentlich unmöglich war, wurde ihr Lächeln noch breiter. Und wie zur Verstärkung leuchteten ihre Augen auf. Aufmunternd schaute ich sie an.

»Wenn Sie es genau wissen wollen – wir sprechen jeden Tag miteinander«, erklärte sie freimütig.

»Jeden Tag?«

»Er ist an einem großen Bauprojekt in North Dakota beteiligt. Muss ziemlich anstrengend sein. Trotzdem findet er immer die Zeit, sich bei mir zu melden, entweder telefonisch oder per E-Mail oder SMS.«

Jetzt, wo sie das erzählte, fiel es mir wieder ein. Joshua hatte damals erzählt, dass er als Projektmanager den Bau eines Einkaufszentrums betreut habe und gerade in Verhandlungen wegen eines Anschlussauftrags stünde. Er kam offenbar in seinem Beruf viel herum, arbeitete mal hier und mal dort.

»Es freut mich, dass Sie beide in Verbindung geblieben sind.«

Michelle hob den Kopf und sah mich an. »Er hat mich vor Kurzem gebeten, ihn zu heiraten.«

»Das ist ja wundervoll«, rief ich mit einer Begeisterung aus, als würde es um mich selbst gehen. »Und was haben Sie geantwortet?«

Die junge Frau zögerte. »Es musste alles gründlich bedacht werden, denn unser beider Leben verläuft schließlich sehr unterschiedlich. Natürlich liebe ich Josh und möchte seine Frau werden. Andererseits bin ich in Cedar Cove verwurzelt. Hier ist meine Heimat, hier habe ich einen Job, der mich erfüllt. Und das will ich nicht alles aufgeben.«

»Könnte Joshua nicht hierherziehen?«

»Das schon. Aber egal, wo er seinen Wohnsitz nimmt – sein Job führt ihn kreuz und quer durch die Staaten und manchmal sogar ins Ausland. Er liebt seine Arbeit, und er macht sie wirklich gut …«

»Sie befinden sich also gewissermaßen in einer Zwickmühle?«

Michelle zuckte die Achseln. »Kennen Sie das Sprichwort: Wo ein Wille ist, da ist auch ein Weg?«

»Sogar sehr gut.«

»Josh und ich haben hin und her überlegt, diskutiert und verhandelt. Von ihm könnten Gewerkschaftsbosse sich Tricks abschauen. Wenn er etwas will, macht er es einem fast unmöglich, Nein zu sagen.«

»Und er will Sie?«

Michelle errötete und nickte. »Er hat mit seiner Firma einen Deal abgeschlossen, ihm bevorzugt Projekte im Westen von Washington zu übertragen. Das heißt, hauptsächlich im Bereich von Seattle und Tacoma. Falls dort gerade nichts ansteht, bekäme er solche, die etwas weiter weg sind und eine zwei- bis dreitägige Abwesenheit erfordern.«

»Können Sie sich damit zufriedengeben?«

»Ja. Natürlich hoffe ich, dass hier oben weiter fleißig gebaut wird«, meinte sie lachend.

»Und wann findet die Hochzeit statt?«

»Im August, wenn die Sache in North Dakota beendet ist. Anschließend fahren wir erst mal in aller Ruhe in die Flitterwochen, und danach ist Josh mit einem Projekt ganz in der Nähe beschäftigt.«

Sie lächelte geheimnisvoll und weckte meine Neugier.

»Wie schön für Sie. Und wo?«

»In Cedar Cove.«

Verwundert sah ich sie an. Ich hatte nichts von einem großen Bauvorhaben gehört, obwohl in einer Kleinstadt jede Neuigkeit und jedes Gerücht in Windeseile die Runde machte.

»Das Ganze entbehrt nicht einer gewissen Ironie«, beeilte sich Michelle zu erklären. »Joshs Stiefvater hat verfügt, dass sein Haus verkauft werden und der Erlös einer wohltätigen Stiftung zugutekommen soll.«

»Ja, davon habe ich gehört. Schade, dass Josh nicht geerbt hat«, warf ich ein.

»Josh hat das Haus gekauft, sobald es angeboten wurde.«

»Tatsächlich?«

»Ja. Es liegt direkt neben dem meiner Eltern. Er will es komplett umbauen, vergrößern und die Küche von Grund auf renovieren. Am Ende ist es mehr oder weniger ein neues Haus.«

»Das sind ja erfreuliche Neuigkeiten.«

»Wir wollen Kinder, und meine Mutter ist bereit, gelegentlich als Babysitter einzuspringen. Und wir revanchieren uns, indem wir ein Auge auf ihr Haus haben, wenn sie mal wieder auf Reisen gehen. Eine optimale Lösung also.«

Ich freute mich ehrlich. Insbesondere für Joshua, der sich immer nach einer Familie gesehnt hatte und nun mit Michelle eine eigene gründen würde.

»Sie vergessen hoffentlich nicht, mir eine Einladung zu Ihrer Hochzeit zu schicken?«

»Keine Sorge, Ihr Name steht bereits auf der Liste.«

»Grüßen Sie Ihren Josh von mir, wenn Sie mit ihm sprechen.«

»Wird gemacht.« Michelle trank den letzten Schluck Kaffee, erhob sich und stellte den Becher in die Spüle. »Tut mir leid, dass ich so schnell weg muss …«

Ich folgte ihr zur Vordertür und blieb mit Rover auf der Schwelle stehen, bis sie in ihr Auto stieg.

Joshua Weaver würde also nach Cedar Cove zurückkommen. Eine gute Nachricht, und ich freute mich für

Michelle. Sie war eine Frau, die wusste, was sie wollte, und die nicht gewillt war, sich mit dem Zweitbesten zufriedenzugeben. Eine Eigenschaft, die ich an ihr bewunderte.

Als sie gegangen war, erinnerte ich mich erneut an den Traum meiner ersten Nacht in diesem Haus. An Pauls Worte, diese Pension würde ein Ort der Heilung sein für mich und für andere. Innerhalb weniger Tage erhielt ich zwei Beweise, dass Paul recht hatte. Erst Abby, jetzt Josh. Beide würden heiraten, nachdem sie in Cedar Cove Liebe und Glück gefunden hatten.

Ich wollte gerade in die Küche gehen, als das Telefon klingelte.

»Rose Harbor Inn.«

»Hier spricht Mrs. Eleanor Reynolds.«

Ihre Stimme klang spröde und ein wenig streng. Sie fragte nach einem freien Zimmer für das letzte Wochenende im August mit der Option, eventuell ein paar Tage dranzuhängen.

»Ja, beides ist möglich«, versicherte ich ihr, nachdem ich einen Blick auf die Vormerkungen geworfen hatte.

»Gut, dann reservieren Sie bitte verbindlich von Freitag bis Sonntag, eventuell bis Montag oder Dienstag. Das weiß ich noch nicht.«

»Das geht in Ordnung. Handelt es sich um einen besonderen Anlass?«

»Nun ja, das wird sich herausstellen.«

Sie ging nicht näher darauf ein, und ich drang nicht weiter in sie. Zwischenzeitlich hatte ich gelernt, dass die meisten Gäste es nicht schätzten, wenn man zu viel wissen wollte.

Ich schaute in mein Reservierungsbuch. Bald war es

vorbei mit den ruhigen Zeiten. Ab Juni war ich an vielen Tagen sogar ausgebucht, denn die Bucht erfreute sich bei Wassersportlern großer Beliebtheit. Außerdem wurde in der warmen Jahreszeit fleißig geheiratet, und die anreisenden Gäste brauchten Unterkünfte. Ich musste unbedingt dafür sorgen, dass mein Rosengarten samt Pavillon baldmöglichst fertig wurde.

»Ich habe Sie eingetragen«, sagte ich zu der Anruferin und wiederholte noch einmal das Datum.

In diesem Augenblick bellte Rover, weil sein Wassernapf leer war.

»Sie haben Tiere?« Mrs. Reynolds klang leicht indigniert und irgendwie unangenehm berührt.

»Einen Hund«, erwiderte ich. »Ich hoffe, das ist kein Problem für Sie.«

Tiere in einer Pension waren ein Risiko, weil immer mehr Menschen unter Allergien litten. Deswegen hatte ich anfangs auch gezögert, einen Hund ins Haus zu nehmen.

»Es wird schon gehen«, antwortete sie mit einer Spur Herablassung. »Wenngleich ich persönlich Katzen vorziehe. Mit Hunden habe ich nie viel zu tun gehabt …«

»Rover ist ein freundlicher Zeitgenosse und wird Sie nicht stören.«

»Dann hoffen wir mal das Beste«, gab sie spitz zurück.

Armer Rover, dachte ich bloß. Diese Dame würde er kaum für sich einnehmen können.

Obwohl ich die Pension noch nicht lange betrieb, war ich bereits recht gut darin, mir bereits beim ersten Telefongespräch ein Bild von dem Gast zu machen. Es überraschte mich immer wieder, wie viele Volltreffer ich landete.

»Ich freue mich auf Ihren Besuch, Mrs. Reynolds.«

»Ganz meinerseits«, verabschiedete sie sich knapp und hängte ein.

Spröde und zimperlich, Katzenliebhaberin … Ich konnte nur raten. Vielleicht eine Bibliothekarin. Ende vierzig oder Anfang fünfzig. Eher unverheiratet. Aus einem besonderen Anlass in der Stadt? Es gab genug Fragen, um über die Dame nachzugrübeln, und ich war gespannt, ob ich bei ihr mit meinen Vermutungen richtiglag.

Bevor ich mein Reservierungsbuch zuschlug, sah ich noch einmal auf die Eintragungen für das letzte Augustwochenende. Außer Eleanor Reynolds war da ein junges Paar vermerkt: Maggie und Roy Porter.

Maggie hatte vor ein paar Tagen angerufen und so jung geklungen, als hätte sie gerade die Highschool hinter sich. Aber sie musste ein ganzes Stück älter sein, denn sie erzählte mir, dieses Wochenende sei eine Auszeit ohne die Kinder. Sie und ihr Mann müssten dringend mal wieder in Ruhe miteinander reden.

Was würde ich nicht dafür geben, mich ebenfalls mit Paul aussprechen zu können? Alles.

Während ich weiter den üblichen morgendlichen Tätigkeiten nachging, summte mein Handy, das in der Schürzentasche steckte, und zeigte auf diese Weise den Eingang einer SMS an.

Die Nachricht kam von Mark, und erneut konnte ich mich nur wundern. Das war ja etwas ganz Neues. Meist wusste er nicht mal, wo sein Handy herumlag. Vielleicht war ihm seine verzweifelte Lage, eingequetscht unter dem Tisch zu liegen und keine Hilfe rufen zu können, doch eine Lehre gewesen.

Er schrieb: *Ich langweile mich.*

Ich antwortete: *Lies ein Buch.*

Sehr witzig.

Das ist kein Witz. Du darfst dein Bein nicht belasten.

Du hast gut reden.

Ich grinste. *Möchtest du, dass ich dir einen Lunch bringe?*

Was gibt es denn?

Hey, ich bin kein Cateringservice. Du isst, was du vorgesetzt bekommst, und nörgelst nicht.

Ich habe wohl kaum eine Wahl, oder?

Gar keine. Ich bin gegen Mittag da. Schätze dich glücklich, und zeig etwas Dankbarkeit.

Ja, Ma'am.

Lächelnd blickte ich auf mein Telefon hinunter, bevor ich es wieder in die Tasche schob. Ich füllte Rovers Wassernapf und ging in die Küche, um den Lunch für Mark herzurichten. Anschließend würden Rover und ich ihn persönlich zu dem launischen, oft gereizten Handwerker hinüberbringen, der zu unserem Freund geworden war.